李朝全

著

一生西藏情

作家出版社　西藏人民出版社

援藏精神是中国共产党的一个崇高精神，是中国特色社会主义的一个显著优势。缺氧不缺精神，这个精神就是革命理想高于天。你们在高原上，精神是高于高原的。这个事情必须一茬接一茬、一代接一代干下去。

　　　　　　　　　　　　　　——习近平

目录

引言

寥廓雪域，精神高地

西藏，镶嵌在祖国西南的雪域明珠，是中国重要的腹地和根基。藏族同胞，自古以来便是中华民族大家庭的重要成员，参与创造了悠久深厚的中华文明，推动了国家的团结进步与发展繁荣。千百年来，西藏与祖国内地骨肉相连，休戚与共，早已融合成了不可分割的一个整体。

西藏，唐宋时期称为"吐蕃"，元明时期称为"乌斯藏"，清代称为"卫藏""图伯特"等。清朝康熙年间起称"西藏"。1951 年 5 月 23 日，西藏和平解放。1965 年 9 月 1 日至 9 日，西藏自治区第一届人民代表大会第一次会议在拉萨召开，宣告西藏自治区正式成立。

受限于自然条件恶劣、发展基础薄弱、生产要素难以集聚等因素，和平解放后的西藏，经济社会发展水平与全国平均水平相比，仍然较为落后，并且单靠自身力量短时间内难以跟上全国的发展步伐。就像一个相亲相爱的大家庭，兄弟姊妹之间贫富不均，然而，出于手足情深骨肉同胞的亲情，彼此总是要相互帮扶相互提携的，总是希望一家人一个都不能少地尽快过上好日子，过上幸福美好的生活。和平解放后的西藏，如同中华民族大家庭中比较贫穷落后的一员，其他发展较好地区的兄弟姊妹当然希望能够帮扶西藏这个家庭成员。

中央支持西藏、全国支援西藏的方针政策由此应运而生，援藏机制、援藏模式也在不断完善。

在和平解放西藏初期，随军进藏的地方干部总额 2200 名，其中汉族 2000 名，占 90% 以上，少数民族 200 名。随后，西藏工委报请中央组织部批准，从全国各省市抽调 2000 多名汉族干部陆续进藏，并且在西藏吸收了大批的藏族干部。西藏各级党政机构迅速地建立起来，逐步形成了全面进行民主改革的气势。后来，人们把这一阶段西藏的工作称为大发展阶段。大发展导致人员迅速过快增加，开支急剧增大，市场投放、人员过多，引起物价上涨。这时，中央对西藏的民主改革问题一直十分慎重，发现急躁冒进的苗头立刻纠正。1956 年，在客观地分析了西藏的政治形势后，党中央认为西藏的改革条件目前还不成熟，勉强去做势必出乱子，于是提出了六年内西藏不实行民主改革的方针。

随后，进藏干部逐步得到恢复发展。到 1959 年民主改革前夕，全区干部总数 8967 名，其中汉族 6200 名，占 69%。

1959 年 3 月 10 日，在西藏和平解放 8 年之后，以十四世达赖为首的西藏上层反动集团突然发动全面武装叛乱，试图永保农奴制，维护其既得利益。随后，达赖及其追随者叛逃出国。

平叛后，中央政府开始在西藏进行民主改革，将封建领主的财产、土地分给广大农奴。农奴翻身做了主人。

这一年，为进行民主改革，中央先后下发了《关于抽调干部赴西藏工作的通知》等 9 个文件，从中央国家机关和各省市抽调了 10300 余名干部进藏。1965 年 9 月西藏自治区成立时，全区干部总数 22818 人，从组织上保证了各项任务的顺利完成。改革开放初期，1979 年中组部下发了《关于抽调干部支援西藏和在藏干部内返问题的通知》，决定从 1979 年至 1980 年，每年为西藏抽调干部约 3000 人，其中党政干部和专技干部各占一半。

西藏和平解放后，我国采取的是"帮助"少数民族的政策。仅1952—1979 年支持西藏财政经费就达 464374 万元，占西藏全部财政收入的 87%。1974 年，在《国务院批转国务院科教组〈关于内地支援西藏大、中、专师资问题意见报告〉的通知》中，首次提出，由固定省市"定区定校包干支援"。改革开放后，国家从加快西藏经济社会发展出发，对西藏的"帮助"逐渐提升为"强力援助"。1979 年 4 月，全国边防工作会议的报告中明确，"国家还要组织内地省、市，实行对口支援边境地区和少数民族地区"，首次提及"全国支援西藏"。

1980年3月，中共中央书记处召开了第一次西藏工作座谈会，提出了西藏工作的中心任务和奋斗目标，要求调动一切积极因素，千方百计发展经济，建设边疆，巩固边防，有计划有步骤地使西藏兴旺发达、繁荣富裕起来。确定了"减免放"的政策，即减轻农牧民负担、免征免派购、放宽政策，标志着西藏农牧区经济改革的起步，西藏开始了工作重点的转移。

1983年8月，国务院指定由四川、浙江、上海、天津四省市重点对口支援西藏。

1984年2—3月，中央书记处在北京召开第二次西藏工作座谈会，确定了"一个解放，两个转变"的经济工作指导思想，"一个解放"即解放思想，"两个转变"即西藏经济要从封闭式经济转变为开放式经济，从供给型经济转变为经营型经济，制定了"两个长期不变"的经济政策，即土地归户使用自主经营长期不变，牲畜私有私养自主经营长期不变，确定了第一批援藏工程43个项目。标志着西藏经济体制改革的推进。

1987年6月，邓小平会见美国前总统卡特时，明确谈到"其他省市要分工负责帮助西藏搞一些建设项目，而且要作为一个长期的任务"。

与此同时，达赖集团利用我国改革开放之机进行渗透破坏，策划了80年代末拉萨骚乱，党和政府采取果断措施迅速平息了骚乱。

1989年10月，中央政治局召开常委会，形成了指导西藏工作的10条意见，成为新时期西藏工作的一个转折点。

1994年7月，党中央、国务院在北京召开了对西藏工作具有重要作用和深远意义的第三次西藏工作座谈会，作出了"全国支援西藏"的重大决策，确定了"分片负责、对口支援、定期轮换"的援藏方针。在政治方面，明确维护社会稳定、坚决同达赖集团斗争的方针政策。在经济方面，确定了第二批中央国家机关、18个省市和17家中央企业对口支援西藏项目62项工程。

从最开始4个省市援藏，到18个省市、17家央企和中央国家部委对口支援西藏，国家对西藏实施了长期的财政补贴、价格补贴、财税金融、产业政策、社会保障等诸多优惠政策和变通办法，这在中国历史上绝对都是力度空前、绝无仅有的。

2001年6月，中央召开第四次西藏工作座谈会，决定增加部分省市和国有骨干企业承担对口支援工作。部署了在新世纪初促进西藏从加快发展到跨越式发展，从保持稳定到实现长治久安的各项工作，确定了117项重点建设工程，成为新时期西藏工作的第二座里程碑。

2005年，在西藏自治区成立40周年之际，中央政治局召开专题会议，研究西藏工作。2006年，国务院制定了加快西藏发展、维护西藏稳定的40条优惠政策。2007年1月，国务院确定西藏"十一五"建设项目180个。

2010年1月，中央召开第五次西藏工作座谈会，明确当前和今后一个时期做好西藏工作的指导思想、主要任务、工作要求，对推进西藏实现跨越式发展和长治久安作出战略部署。

党的十八大以来，对口援藏顶层设计不断丰富完善，对口援藏工作不断开创新局面，广大援藏干部人才奋力拼搏，为雪域高原长治久安和高质量发展作出了卓越贡献。

2015年8月，习近平总书记在中央第六次西藏工作座谈会上，阐明了党的治藏方略：必须坚持中国共产党领导，坚持社会主义制度，坚持民族区域自治制度；必须坚持治国必治边、治边先稳藏的战略思想，坚持依法治藏、富民兴藏、长期建藏、凝聚人心、夯实基础的重要原则；必须牢牢把握西藏社会的主要矛盾和特殊矛盾，把改善民生、凝聚人心作为经济社会发展的出发点和落脚点，坚持对达赖集团斗争的方针政策不动摇；必须全面正确贯彻党的民族政策和宗教政策，加强民族团结，不断增进各族群众对伟大祖国、中华民族、中华文化、中国共产党、中国特色社会主义的认同；必须把中央关心、全国支援同西藏各族干部群众艰苦奋斗紧密结合起来，在统筹国内国际两个大局中做好西藏工作；必须加强各级党组织和干部人才队伍建设，巩固党在西藏的执政基础。

2020年8月，习近平总书记在中央第七次西藏工作座谈会上指出，中央支持西藏、全国支援西藏，是党中央的一贯政策，必须长期坚持，认真总结经验，开创援藏工作新局面。

2021年7月，习近平总书记在西藏考察时强调："当前，全面建设社会主义现代化国家的新征程已经开启，西藏发展也站在了新的历史起点上，只要跟中国共产党走、坚定走中国特色社会主义道路，同心协力，加强民族团结，我们就一定能够如期实现第二个百年奋斗目标，实现中华民族伟大复兴的中国梦。"

从1994年至2020年，对口援藏省市、中央国家机关及中央企业分9批共支援西藏经济社会建设项目6330个，总投资527亿元。其中，仅"十三五"规划期间，17个对口援藏省市安排援藏项目就达1260个，完成总投资200亿元。截至2022年，17个对口省市和17家央企（2022年增加到22家）先后派出10批共1.19万名援藏干部奋战在高原各地。30年来，数以万计的优秀干部和专技人员陆续进藏工作，实施援藏项目超过1万个，改善了西藏民生和基础设施建设，为西藏的经济社会发展作出了重大贡献。

建设美丽幸福西藏，共圆伟大复兴梦想。开展对口支援西藏工作，是党中央从党和国家工作全局出发作出的战略部署，是实现先富帮后富、最终实现共同富裕目标的重大举措，是我国各民族共同团结奋斗、共同繁荣发展的生动实践，是社会主义制度巨大优越性的充分体现。

援藏工作并非一朝一夕之事，亦非权宜之计，而是一项长期性的国家政策，功在当代，利在千秋，堪称是一项百年工程。

从西藏和平解放之日起，援藏工作便在润物细无声地逐步展开。一批又一批优秀的干部和医生、教师、军人、科学家、工程师、作家、艺术家等专门人才，纷纷进入西藏，参与西藏的建设和发展，在雪域高原抛洒青春，抛洒热血和汗水，共同浇育民族团结、幸福生活之花。

新时代的援藏工作，坚持以铸牢中华民族共同体意识为主线，促进各民族交往交流交融，让各民族在中华民族大家庭中像石榴籽一样紧紧抱在一起，共同发展，共同富裕，以中国式现代化推进中华民族伟大复兴。

　　派出干部、专业技术人员等援藏是援藏工作的重要内容和基石，援藏工作、援藏任务和目标也要依靠援藏干部来执行和完成。

　　30年来，各地派出的援藏干部，如同繁星撒落在世界屋脊上，缀满了青藏高原的天空，照亮了这片古老的土地，照亮了西藏人民美好生活之路。他们生龙活虎地活跃在经济建设、科技研究、文化文艺、国防军队、医疗卫生、新闻宣传等各条战线上，挥洒青春与汗水，奉献赤诚与热爱，为西藏耕耘，为人民奉献。他们，至今仍是这块土地不可分割的一个组成，是西藏发展繁荣不可替代的推动力量。

第一章

精兵强将援藏，开辟西藏新局

"政治路线确定之后，干部就是决定的因素"。对口援藏是党中央的一项重大决策。政治上忠诚、工作上实干的援藏干部，便是执行这一决策的精兵强将。

30年来，数以万计的援藏干部人才与西藏各族干部群众，接续奋斗在雪域高原，书写了感天动地的时代诗篇。其中，单北京市就先后选派了1400多名援藏干部人才奔赴西藏，建设了拉萨群众文体中心等一大批打基础、填空白、惠民生、可持续的项目，成为拉萨标志性民心工程。

援藏干部代表马新明、孙伶伶夫妇，2010—2016年连续两届援藏，创造了当年对口援藏历史上多个第一：第一对夫妻援藏、第一对援藏博士、第一对两届援藏、第一对北大校友……

马新明，1972年出生在云南省丽江市宁蒗彝族自治县战河乡子差拉村马家窝子小组这个偏僻的彝族山寨。毕业后在北京市宣传文化出版等单位任职，是一名拔尖的青年干部。援藏期间，他先后担任北京援藏副总指挥，拉萨市副市长，拉萨市委常委、宣传部部长，北京援藏总指挥，拉萨市委副书记。

孙伶伶，1973年出生在山东烟台栖霞市大柳家庄园村。凭借天资聪慧与勤奋善良，在求学之路上过关斩将，在工作中努力做不可替代的人，成长为中国社会科学院资深研究人员。援藏期间，孙伶伶先后任西藏自治区社科院《西藏研究》副主编、当代研究所所长。

夫妻携手奔赴高原

2005年，西藏自治区新闻出版局发起，全国各地同行响应，在海拔4700米的纳木错湖畔种植一片"新闻出版林"。当时马新明作为北京市新闻出版局的代表参加捐赠和植树活动。晚上住在纳木错湖边的帐篷里，雪山与湖水相映，晚霞绚丽多彩，月亮皎洁，星空璀璨，人间天堂般的美景，给马新明留下了难忘的印象。第二天路过一所帐篷学校，马新明与同行朋友主动给学校捐钱和文具。回京后，他把此次西藏之行的美好感受写下来，发表在《中国新闻出版报》上。他认为西藏是一个神奇而美好的地方，自己身体很适应高原，便开玩笑说："将来有机会，我要到西藏来工作。"这个想法，在马新明心里埋下了援藏种子并最终成真。也许这就是所谓的缘分。

2006年，马新明调到北京市委宣传部工作，先后担任机关党委专职副书记、基层工作处处长。

2010年4月的一天，他正在向领导汇报工作。领导接了一个电话，得知组织上安排去援藏的同志因为家庭困难不能前往。马新明毫不犹豫地主动请战："我可以去援藏。"

领导用怀疑的眼光看着他："你想去，家人会同意吗？"

马新明回到家，告诉孙伶伶想主动报名去援藏的事。没想到孙伶伶非常支持："你想做的事，我肯定支持。"

那时，孙伶伶正在日本研究领域崭露头角，成果频出，而且，她马上就面临晋升职称的关键时刻，如果她留在中国社科院继续从事这项研究，应该很快就能取得更大的成果。

过了几天，孙伶伶"先斩后奏"告诉马新明："我们中国社科院也有援藏任务，西藏社科院需要一名援藏干部担任《西藏研究》杂志的英文版编辑，我已经报名了。"停顿了一下，她又接着说，"我说过，既然嫁给了你，哪怕当乞丐，我也跟着你。"

马新明感动之余，对此却始料不及。他相信妻子会全力支持他去援藏，却没想到竟变成了夫妻双双援藏。转念一想，这是好事，至少到了高原，两人能够相互照顾。

就这样，他俩成为 1994 年中央开启对口援藏工作以来的第一对援藏夫妻。三年后，他们又从第六批转为第七批援藏干部。马新明开玩笑说："主要是我自己能力不足，别人一个人就能完成的任务，自己得两个人才能完成；别人一批就能干完的事，自己得两批才能干完。"

马新明夫妇报名援藏的消息传开后，亲朋好友纷纷劝他们三思而后行。马新明回答："我来自深度贫困地区，又是少数民族干部，如果没有国家多年的培养，我可能现在还在穷山沟里放牛牧马。党和国家的需要，就是我努力的方向。援藏就是很好的报答机会，能够为艰苦的少数民族地区做一些实实在在的事情。"

几年之后，面对记者，马新明这样表明心迹："有机会改变少数民族地区贫困面貌，这是我一生的梦想。西藏受自然和历史条件制约，发展相对滞后于其他省市。治国先治边，治边先稳藏。西藏在国家战略全局中占有重要地位，国际上的关注度高。如果西藏建设不好，党的执政形象就会受到影响。另外，北京人才济济，个人要想发挥作用并不容易，我们如果去干别人不愿干的事，脚踏实地，不争不抢，肯定能干出成绩来。"

做别人不愿意做的事，这也是马新明的为人处世之道。

倾情奉献雪域高原

马新明坦言，两批援藏的主要动因，一方面，这里的人淳朴善良、知道感恩，有干事的平台；另一方面，西藏这片高天厚土，战略地位极其重要，需要共同守护好、发展好。

第六批援藏期间，马新明作为北京援藏指挥部党委副书记、副总指挥、纪委书记，2010 年 7 月至 2012 年 5 月，任拉萨市副市长，分管交通、铁路、旅游、工商、商务、农牧民安居等工作；2012 年 5 月至 2013 年 7 月，任拉萨市委常委、宣传部部长，负责创城、宣传、文化、广电、新闻出版、文物、雪顿节等工作。第七批援藏期间，作为北京援藏指挥部党委书记、总指挥，拉萨市委副书记，除了做好北京援藏干部管理服务、资金项目外，主管拉萨宣传、文化、教育、卫生、环保、民政、科技和"六城同创"等统筹协调工作。

2010年7月，马新明才刚到拉萨履职不久，尚未适应高原反应，就被任命为雪顿节组委会主任。

雪顿节是拉萨夏季最盛大的传统节日。为了办好雪顿节，马新明着手调研、策划、筹备、推介、招商。他立下的规矩是：当日事当日毕；工作遇到问题，努力克服解决，只能说如何行、如何完成，不能说不行或不能完成的话。

在时任拉萨市政府副秘书长江嘎等同志全力支持下，他负责的这一届雪顿节特别成功。后来，他又连续三届担任雪顿节组织者，策划推出了幸福城市市长论坛、赛马节、商品交易会、徒步大会等60多项活动，藏戏和综艺演出80多场，招商100多个项目。这期间，拉萨雪顿节被评为中国最有影响力的节庆。

马新明援藏期间，拉萨市大胆提出"六城同创"，包括文明城市、双拥城市、环保城市、园林城市、卫生城市、优秀旅游城市，后来又增加了民族团结城市创建。2015年全部创建成功。在许多城市，仅创建文明城市这一件事，就极其不易，拉萨能够用如此短的时间完成"七城同创"，实在是一件不可思议的事。创建文明城市期间，马新明经常凌晨两三点钟，带着创城办人员，到街上四处转悠，查看有没有卫生死角，有没有停放不入位的车辆，有没有未清理干净的小广告，有没有污水处理不合格的问题……一旦发现问题，立即督促整改，做到问题不过夜。

2010年开始，北京派出强大的援藏阵容，加大了援藏资金投入。第六批北京援藏领导班子中，还有时任拉萨市委副书记、北京援藏总指挥贾沫微，拉萨市常务副市长、北京援藏副总指挥陈文，副总指挥吴雨初、胡蕴刚、张金利等。北京援藏聚焦拉萨发展、稳定和民生，拓宽援藏领域，建成了一个个标志性的援藏项目，成为全国援藏的典范。

建设拉萨群众文体中心，是北京送给拉萨的一个"大礼包"。北京市在中央规定的每年拿出财政收入 1% 做援藏资金之外，多安排近 8 亿元，建设了包括体育场、体育馆、牦牛博物馆、德吉罗布儿童乐园在内的大型文体项目，填补了拉萨没有大型文体和儿童游乐设施的空白。

在北京援藏指挥部统筹推动下，北京住总集团、北京首旅集团派出骨干力量，不到 3 年便完成了拉萨群众文体中心、德吉罗布儿童乐园建设，其高质高效的建设还分别获得了鲁班奖和长城杯。拉萨群众文体中心被称为"小鸟巢"，马新明亲自对接国家体育场（鸟巢）与"小鸟巢"结成帮扶对子，解决了后期管理和运维的问题。

当时，北京出版集团董事长吴雨初辞去工作，只身来到拉萨筹建牦牛博物馆。吴雨初如此比喻：如果说淮海战役胜利是独轮车推出来的，那么西藏和平解放就是牦牛驮出来的。以此说明建设牦牛博物馆的必要性，并说服各方给予支持。他坚信，自己在江西成长了 20 年，在西藏工作了 20 年，在北京工作了 20 年，而将来真正能留下来的就是这座牦牛博物馆。牦牛博物馆在筹建、征集藏品时遇到了很多困难，但在北京援藏指挥部和吴雨初同志的坚持努力下，如今成为拉萨的一个文化地标和打卡地。

为充分利用好拉萨群众文体中心，马新明提议拉萨市成立体育工作领导小组，主动请缨出任领导小组组长。按照拉萨市委要求，谋划组建了拉萨职业篮球、围棋、登山等职业队，组织开展了群众性篮球联赛、足球联赛，筹划举办了全国 30 个民族自治州篮球联赛暨民族体育论坛……这一系列举措和活动，有效地引导拉萨市民过上健康文明的生活方式，促进了民族团结交往交流交融，拉萨群众文体中心也呈现出了一派生气勃勃的热闹景象。

在拉萨群众文体中心建成后，即举行了盛大的中国男篮联赛 CBA 揭幕战，作为正式建成投入运营的标志性活动。这源于 2014 年 3 月 18 日，马新明回北京开会，在飞机上偶遇同机的白喜林。白喜林是国家体育总局派出在西藏体育局任副局长的援藏干部，在国家体育总局负责篮管中心工作。两个人在飞机上谈起拉萨群众文体中心即将竣工，如何利用好国家体育总局的资源支持拉萨体育发展事宜。他俩一拍即合：邀请中国男篮联赛 CBA 揭幕战到拉萨来举办。白喜林回到北京后努力促成了这件事。

当年 9 月 6 日，八一队、北京首钢队两支 CBA 球队抵达拉萨，球员克服高原反应，到福利院慰问，与援藏干部共度中秋节，同大学生对话，到拉萨北京小学捐赠物资，与北京实验中学的学生交流。每到一处，他们都赢得了热烈的掌声。

9 月 10 日晚上，"2014CBA 西藏行"在拉萨群众文体中心正式开幕，能容纳 6000 多人的体育馆座无虚席。这是拉萨群众文体中心首次启用，中国男子篮球职业联赛首次在西藏赛场亮相，载入了高海拔体育比赛的吉尼斯世界纪录。赛前，举行了庄严的唱国歌、升国旗仪式。看到 6000 多人齐声歌唱的场景，马新明禁不住热泪盈眶。此时此刻，多少的辛苦与付出，都化作了自豪与骄傲。

第一场是西藏联队对阵 CBA 联队。八一队老将兼教练阿的江披挂上阵，王治郅和孙悦也上场助阵。虽然两队水平相差悬殊，但是西藏联队敢打敢拼，充分彰显了主场优势。

第二场，八一队对阵北京首钢队，为拉萨人民奉献了精彩的比赛。整个观赛过程，观众们情绪高昂，喊声震天。

没想到，比赛快结束时，八一队队员阿尔斯兰出现严重高反，突然昏迷了过去。医生进行了紧急抢救。马新明连忙安排时任拉萨市委副秘书长的北京援藏干部孙德康护送病人去医院，活动结束后又赶到医院看望慰问，直到凌晨 1 点左右阿尔斯兰平安回到了酒店，才放心地回到北京援藏公寓。

勇于承担急难险重任务

壁立千仞，无欲则刚。只要出于公心，不掺杂私心私利，任何困难的事，都会迎刃而解。

拉萨公交改革攻坚，马新明毫无怨言啃下硬骨头；海拔 5000 多米的当雄县纳木错乡发生鼠疫，他火速奔赴现场救援；墨竹工卡县发生山体滑坡，他三天三夜未合眼；尼木县一小学师生集体发烧，他与医护人员整宿未眠，共同抢救和安抚……在急难险重任务面前，马新明总是第一时间到达现场，从不退缩推卸责任。

他初到拉萨时，大街上跑着数百辆中巴，这些中巴已运营多年，都是招手即停、上车即走，没有固定运行线路和站点，容易造成交通安全事故，极大地影响着拉萨的城市形象，群众对此反映强烈。2010年，拉萨市政府下定决心让中巴全部退出，取而代之的是由政府主导经营的新公交。

拉萨市委、市政府将这项工作交给了分管交通的马新明具体负责，并建立了由拉萨市政府副秘书长泽兵等组成的工作专班。

马新明深知这件事之复杂和重要。当时全市中巴共有578辆，涉及几千名从业者，稍有不慎，就有可能引发群体性上访事件。中巴运营情况相当复杂。有的是个人运营，有的是几个人一起合作。有的是开自己买的车，有的则把车租给别人开。每一辆中巴、每一名从业者背后都关系到其一家几口人的生活。如何安排好这些从业者就业，亦是一大难题。同时，新成立的公交公司，数千名司乘人员的配备也是个大问题，还需要对从业者进行招募培训，司机获得A本后才能上岗。

在西藏，社会稳定极其重要。考虑和决策事情，如果操之过急，就有可能出现影响社会稳定的问题。马新明因此十分慎重。他不回避矛盾，不推诿难题，进行充分调研，听取各方意见。他深入到经营中巴的从业者中去开展座谈，倾听他们的心声，了解他们的愿望。在认真吃透政策的基础上，依法依规办事，硬性任务，柔性操作。他又专门请来了专家，对中巴退市和新公交入市进行论证分析，对将会遇到的难点重点和症结问题，提出相应的办法。他深知，只有把群众利益放在首位，才能得到群众的理解与支持。同时，特别注重做好政策的宣传教育，挨家挨户去进行交流、沟通想法，提前预判问题，统一政策口径，做到公平公正。

在深入调研和专家论证的基础上，马新明他们提出了解决的路径：一是按照经营者当初购买中巴时的价格由政府全部回购，不让经营者吃亏；二是给他们就业的机会，优先安排中巴司机及乘务员到新成立的公交集团工作；三是根据中巴驾驶员的车本和不同诉求，免费对司乘人员进行全面培训，提升其技能水平。

中巴车主红林至今还记得当时的情景："那时候经常找我们做工作，至少不下十几次。政府很耐心地跟我们介绍政策，回复我们关心的问题。司机都很快签订协议，同意把车交上去了。"

因为充分尊重了广大司乘人员的意愿，同时也充分保障了他们的利益，所以，578辆中巴几天之内便都签订了退市协议。对新的司乘人员进行了严格的上岗培训，使之能够顺利再就业，从而实现了中巴平稳退市。

当时，有的寺庙自己有运营车，有偿接送参观游客，因此不同意让公交车开进寺庙。马新明带人上门去做工作，晓之以理，最终也做通了工作，寺庙同意开通新公交。

拉萨市提出中巴退市是在9月份，要求11月新公交就要正式运营。马新明带着专班，每天晚上10点钟复盘一天工作进展情况，度过了许多不眠之夜。按照他"当日事当日毕"的要求，及时处理完当天工作，绝不拖到第二天，确保如期完成任务。

为了引进新的500多辆公交车，专班对国内生产大型客车的企业进行充分调研，请其中排名前五位的企业参与投标，便于从中选择那些既能保障质量、按时供车，又能保证条件优惠、价格合理、售后服务好的公司。

当500多辆新公交客车浩浩荡荡地开进拉萨的时候，那个场面十分壮观，令人震撼。

实现公交运营，还需要进行科学规划及部署。对于线路、场站、停靠站点，马新明都亲自谋划，现场查看，细致安排。为了做到科学合理布局线路，专班通过媒体，动员广大市民参与提出意见，再根据意见进行反复论证比选，力求满足各方群众的诉求。

拉萨新公交如期运营后，票价更优惠，乘车更方便，安全更有保障，受到群众普遍赞誉，市民出行获得感倍增。

援藏，要有义不容辞的责任与担当、不计得失的气魄与胸怀。每当遇到急难险重，马新明都当仁不让，冲在前列。2010年11月26日，尼木县中心小学有 339 名学生出现咳嗽、发烧等各种症状。得知此消息，马新明按照拉萨市委、市政府的指示，第一时间赶往现场，组织救治，防止疫情蔓延。在病情尚未确诊、防护条件简陋的情况下，他不顾个人安危，全力投入抢救防治工作。经过 30 多小时的全力救治，开展流感病情监测、隔离、筛查、消毒、输液、治疗等工作，有效地遏制了病情恶化和疫情蔓延。孩子们也都很快便恢复了健康并重返校园。

2011 年 4 月，为迎接庆祝西藏和平解放 60 周年，西藏第一条高速公路——拉萨贡嘎机场高速公路的修建正在加紧推进。

由于施工方与当地群众运输队因土石方价格方面的分歧，致使工程停工。作为分管的市领导，马新明连夜召集会议进行调解。在现场，双方各执一词，据理力争，互不相让，火药味十足。马新明当即宣布休会半小时。他分别与双方负责人谈话，晓之以法，动之以情，并摸清了双方的底线。

接下来的会议，一开场，马新明就先讲大局、讲利害，讲明工程进展事关国家政治大局和西藏人民福祉、事关支持国家项目建设与维护市场公平秩序、事关鼓励当地群众增收致富与支持西藏发展，大家都要全力支持配合，绝对不能出现阻工行为。同时，统筹维护市场公平与维护群众合法利益，以法律和合同约定为准绳，以同等业务的市场价格为基础，本着合情、合理、合法原则，找到利益平衡点和双方接受点。在此基础上，他提出了解决方案和立即复工的要求。最终，施工方和当地群众都心服口服，双方当场达成一致，签订协议，当夜进场复工，确保了工程按期完成。

2012 年 11 月 30 日下午 3 点左右，下乡一整天都还没吃上午饭的马新明，正走在从当雄回城的路上，突然接到应急电话，当雄县发生了里氏 5.2 级地震。他立即让司机掉转车头，不顾疲惫和饥饿，赶赴震中指挥抗震救灾。冒着余震不断的危险，他深入各村各户查看灾情，安抚受灾群众，连夜安置受灾人员，与专家研究分析可能发生的余震及应对措施，一夜都未合眼。

2013 年 3 月 29 日，在海拔 5000 多米的拉萨墨竹工卡县扎西岗乡斯布村普朗沟择日山发生山体自然滑坡并引发泥石流，造成83名工人被埋。灾情就是命令。灾难发生后，中央领导高度重视，迅速作出指示，西藏自治区、拉萨市各级领导和军队、武警、公安、消防、卫生、通信、媒体等单位人员，迅速赶到现场，不惜代价搜救被埋人员。根据现场救援领导小组的部署，马新明担任媒体宣传负责人，负责媒体接待、新闻发布、舆情监测、回应社会关切等工作。在条件艰苦的高海拔地区，高度紧张连续工作60多个小时都没有合眼，亲自组织撰稿、录制、编辑，制作以山体滑坡成因、全力救援、安抚政策等为主要内容的专题片，供相关人员了解前因后果，得到遇难者家属的理解认同，有的还主动送来锦旗，为救援工作创造了良好的社会舆论环境。马新明说，人在使命和责任的支撑下，就能激发出超常的力量。

筑牢百姓民生基石

按照中央要求，援藏工作重点是"三个倾斜"，即向基层倾斜、向农牧民倾斜、向民生倾斜，这些方面投入资金要达到80%以上。

住有所居，自古至今都是民生大事，亦是衡量政策优劣、检视政府作为的重点。马新明任拉萨副市长期间，分管农牧民安居工程。此前因当雄"10·26"地震中有安居房倒塌，出现人员伤亡事故。中央主要领导同志批示：要查明原因，严肃处理。经过调查，发现倒塌的安居房有严重的质量问题。当时负责的市县领导因此都受到了处分。马新明随后接手分管安居工程。

农牧民安居工程是政府主推的一项利民惠民的民心工程。过去，牧区百姓以游牧为主，主要住在帐篷里，随着牧场而不断迁徙，无法建设配套的基础设施和公共服务设施。为了解决这些问题，国家实施农牧民安居工程，除了为每家每户建设住房外，还配套修建供水、供电、道路及学校、卫生所等设施。

根据自然条件和各家各户不同的情况，政府研究拿出了五套设计方案，整合援藏资金、农牧民安居工程资金和抗震加固资金等，按照人畜分开、人均 30 平方米作为基础，结合各家能够配套的资金，选择设计户型和房子面积，建成两层的藏式小楼。

当时实施安居工程主要在高海拔地区。马新明第一次下乡调研安居工程是在当雄县纳木错乡，海拔 5000 米左右。一个村分很多组，面积几百平方公里，每个组之间都离得很远。那时正在推动乡与乡之间通柏油路，村与村之间都是土路，村民小组之间则几乎没有路，因此，汽车就在没有路的戈壁原野上行驶。在这种地方建房子，必须进行抗震加固，要有上下圈梁和构造柱支撑。

当雄县由北京市对口援建，面积 1.2 万平方公里，地广人稀，条件艰苦。2010 年 6 月 23 日，时任当雄县副县长的北京市第五批援藏干部陈北信下乡检查验收安居工程，由于一路奔波，加上高海拔严重缺氧，导致突发脑溢血，经全力抢救无效去世。这给刚上高原的第六批援藏干部们带来了很大的心理压力，特别是当雄的援藏干部在 4300 多米的高海拔地区工作，长期处在缺氧和低气压环境，给个人身体带来更大的风险和伤害。

在高海拔地区，因为气温低、有冻土层，一年里只有 6 月至 9 月4 个月可以施工，加上缺氧以及材料运距远，工程进度非常缓慢。

尽管如此，参与各方按照安全、质量、舒适、美观原则，两年间拉萨市就建成了 12000 多套安居房，农牧民群众居住条件得到极大改善。每座房屋对水泥、钢筋、木材原材料等进行严格审核，全部是梁柱钢筋水泥构造，建造全过程都要拍照，作为证据备查。由于严格的质量把关，这些新建的房子在后来遭遇地震后全都安然无恙，保护了农牧民的财产和生命安全。

在负责安居工程过程中，马新明切身感受到：我们的各项工作一定要充分尊重老百姓自身意愿，政府包办一切未必是好事。有的房子政府全部帮着盖，结果验收入住时，老百姓挑出各种毛病，满意度不高。而如果指导老百姓自己盖，就能调动群众积极性用双手建设美好家园，群众的满意度和获得感更强。政府包办多了，吃力不讨好，群众勤劳致富的意识也会减弱。

教育援藏和医疗援藏，最受西藏群众欢迎，也是北京援藏的重点及亮点。

2013年，拉萨市启动教育城建设，其中拉萨北京实验中学由北京援建。学校占地200多亩，投资2.13亿元。马新明带领北京援藏团队，在时任拉萨市分管教育的副市长计明南加的全力支持下，在规划建设、办学理念、运行管理等方面倾注了大量心血。经过一年半的建设，完成了全部基建工作。学校很现代，又有藏式民族特色。2014年，时任中央政治局委员、北京市委书记郭金龙到拉萨北京实验学校视察时赞叹，这是他见过的最美的学校。

2014年，北京市率先以"成建制"教育援藏模式，向拉萨北京实验中学选派出第一批52名援藏教师，开创了"组团式"教育援藏的先河。10年来，北京市教育援藏坚持首善标准、需求导向，共有299名干部教师进藏支教。他们用"爱"与"情"点亮了高原学子求知的目光，为西藏教育事业提质增效赋能助力。

"京藏宏志班"，就是北京教育援藏团队精准把握西藏学生需求，在中学阶段进行的一个尝试。2017年，北京援藏指挥部在拉萨北京实验中学设立首个"京藏宏志班"，投资50万元用于师资、教学资源及课程体系建设，并提供生活补贴等支持。拉萨北京实验中学在宏志班项目上不断实践创新，制定了基础保障、学业提升、文化建设、课程创新、综素培养五大工程。截至2023年年底，该计划已扩展至6个年级，共资助700余名学生。

如今，通过援藏教师与当地教师10年的努力，拉萨办学设施与教育质量得到大幅提升。2023年，拉萨北京实验中学高考上线率继续保持100%，重点本科率79%，成为西藏各族群众最满意的一所优质学校。北京组团式教育援藏成果被教育部评为"2023年度基础教育领域实践创新典型案例"。

医疗援藏最受西藏人民欢迎。经过一届又一届援藏医疗团队的努力，医疗援藏有力拓宽了医疗服务覆盖面，提高了诊疗水平，实现了"小病不出乡、中病不出县、大病不出藏"的目标。藏语中医生叫"门巴"，援藏"门巴"为千家万户救死扶伤、雪中送炭，成为雪域高原最亮丽的一道风景线。

为了使支援效果更好，留下带不走的团队，2015年，中组部开始实施"组团式"医疗援藏。马新明作为时任北京援藏总指挥，带领团队积极筹措资金、对接资源，推动这项工作落地生根、开花结果，为全国援藏作出了示范。

北京市派出了以北京友谊医院牵头、22家市属医院共同参与的精干的医疗团队，支援拉萨市人民医院。拉萨市高度重视，建立了市级层面协调机制，市人民医院的院长、医疗副院长、医政处长及主要科室主任，均由北京派出的医生担任，以便在较短时间内全面提升医疗水平。

拉萨市人民医院当时属于二级医院，科室不健全，设备设施落后，科研能力较弱，诊疗水平不高。当地群众的大病都要到北京或成都华西医院去治疗。北京组团式医疗援藏的第一项任务就是启动创"三甲"工作，全面提升综合医疗水平，实现"大病不出藏"的目标。

北京市和拉萨市共同组建领导小组及专班，首先对医院的现状进行全面调研，坚持问题导向，提出创建方案。其次，补齐硬件短板，北京援藏资金重点倾斜，投入1亿多元购买医疗设备，建设专家楼及保健楼等。再次，规范医院管理，健全门类不全的科室，重点加大影像、妇幼、心脑血管等高原急需科室，提升诊疗水平。最后，加大人员引进及培训力度，建立师傅带徒弟的导师制度，同时，派出骨干到北京各大医院进行跟岗培训，全面提升人员素质。

经过两年的努力，拉萨市人民医院在全区7市（地）中率先成功创建三甲医院。如此高效完成创建前所未有。马新明认为，这主要得益于在创建工作中上下左右一盘棋的协同精神。时任中组部常务副部长陈希、国家卫健委主任李冰亲自部署，深入拉萨市人民医院调研指导，极大地鼓舞了医护人员的干劲。北京市委组织部、北京市卫健委和北京友谊医院等市级医院在医生援派、跟岗培训、专业指导等方面，给予了大力支持和悉心指导。

北京市在帮助拉萨市人民医院完成"三甲"创建基础上，通过"以院包科""师带徒"等方式，支持建设国家胸痛中心、国家综合防治卒中中心、中国创伤救治联盟创伤救治中心、西藏自治区孕产妇危重症救治中心、新生儿危重症救治中心五大中心，开展首例胎儿胸膜腔穿刺等102项新技术。

如今，拉萨市人民医院实现可治的大病病种达到300种，年门急诊量31万余人次，住院量1.7万余人次，手术量6000余台次。医疗援藏从单纯的输血模式转变为造血模式，留下了带不走的、业务过硬的队伍，基本实现了"大病不出藏"目标。

婴幼儿死亡率，是检验医疗水平和社会文明程度的重要指标。过去，藏族农牧民群众经常在自己家里生孩子，极易造成婴幼儿死亡。为了降低婴幼儿死亡率，政府想方设法鼓励农牧民上医院生产，让孕产妇享受住院分娩全额报销、一次性住院分娩补助1000元政策，并不断兑现孕产妇及护送者奖励和孕产妇提前待产补助，加之通过医疗援藏加强对妇产科、儿科、急救专科及检验、麻醉等科室建设，从而极大地降低了婴幼儿死亡率。西藏妇幼健康核心指标持续向好：孕产妇死亡率从1951年的5000/10万降至38.63/10万，婴儿死亡率从430‰降至5.37‰，孕产妇住院分娩率提高至99.15%。

孕妇到医院生产，政府免除费用，还给予适当的补贴和奖励。孩子上学，十五年免费教育（即学前三年、小学六年、初中三年、高中三年）"三包"政策，即包吃、包住、包学习费用，家里几乎不用支出。上大学有各种奖学金，大学毕业生由政府安排就业。年老了以后有养老院。社会上还办有孤儿院、福利院。

天葬是藏族同胞的丧葬习俗。随着城市面积的扩大和人口的增加，有的天葬场距离城市居民区太近，地面上人多车多，秃鹫就下不来，影响了天葬活动。政府主动听取各方意见，安排对天葬场周边环境进行搬迁改造，提升了天葬环境质量。

马新明用"五真五实"概括援藏工作，即真情实意、真金白银、真抓实干、真帮实扶、真功实效。通过30多年来持续不断的干部、人才、医疗、教育、产业、科技等支援，不仅帮助西藏实现了整体脱贫，更增强了当地藏族百姓的"五个认同"，即认同伟大祖国、认同中华民族、认同中华文化、认同中国共产党、认同中国特色社会主义。在普通藏族群众心里，援藏工作代表着党中央的关怀，体现了党对边疆少数民族地区的关心与厚爱。

不是亲人胜似亲人

马新明、孙伶伶都来自农村，对农牧民群众有一种天然的深厚感情。他们用爱心温暖着需要帮助的人，温暖着走过的每一片土地。

拉萨市地处我国西南高原，过去没有供暖设施，冬天非常严寒。为了解决这个问题，西藏自治区和拉萨市党委政府经过审慎调研，决定实施拉萨供暖工程。这意味着要把拉萨全城开膛破肚，埋好各类管网设施再回填，确保进度质量安全。面对如此浩大的工程，拉萨发挥全民动员机制，马新明和拉萨市每位市委常委都要承包一段，亲自盯在工地上，直到所有的管线都入户通气。供暖工程仅用半年多时间即建成，彻底改变了群众生活环境，成为实实在在的暖心工程。老百姓对此赞不绝口。

北京援藏干部倾情投入，在做好惠民利民工作的同时，还主动结对帮扶困难农牧民 500 多户，同 SOS 儿童村的家庭和拉萨儿童福利院结对帮扶，定期送温暖，一起过年过节。北京派遣去的援藏医生，经常利用节假日，深入到农牧区和寺庙，开展义诊及巡回送医送药活动。马新明夫妇与堆龙德庆东嘎村、尼木尚日村、林周阿布村的藏族村民、僧人结为亲戚，经常送去钱物，邀请到家做客，不是亲人胜似亲人，展现了其乐融融的民族一家亲。

马新明每次下乡都受到教育，为藏族同胞的真诚善良所感动。特别是 SOS 儿童村的"妈妈"们的大爱精神，让他终生难忘、感动至今。许多"妈妈"为了无家可归的孤儿们主动放弃成家生育，视孤儿为己出，给孩子们一个温暖和谐的家，为他们的成长之路铺满了爱的鲜花，点亮了人间大爱的星辰大海。

每次下乡到农牧民家之前，马新明都会让妻子替他提前准备好钱款和米面油、藏茶等。遇到困难的农牧民群众，就对他们说"习近平总书记很关心大家，派我们来看望帮助你们"。与农牧民群众拉家常，嘘寒问暖，带去钱物，解决孩子上学、看病就医、饮水困难等急难愁盼问题。农牧民群众由衷地献上洁白的哈达，并不住地说"感谢共产党，感谢习主席"。经常遇到钱没有带够的情形，马新明就跟身边的工作人员借，回城里后再还给他们。

对老百姓很大方，对自己却很抠门。马新明、孙伶伶对物质要求都很简单。有一次接受中央电视台采访，孙伶伶换了几次衣服，记者都不满意。于是记者们提出亲自去衣柜帮忙挑衣服。可记者翻遍衣柜，仍然找不出一件像样的衣服。有一名记者顿时泪流满面。她们万万没有想到，一名高级知识分子、一名正厅级干部的夫人，居然没有一件像样的衣服。

孙伶伶说，马新明买衣服很少有超过300元的。在他身边工作了多年的拉萨市工作人员闫伟说："马书记心中装着太多人，唯独没有自己。马书记平时生活很俭朴，自己吃饭就点一碗面，理发也只去便宜的店。"

有一年冬天，马新明在扶贫联系点林周县调研时发现，阿朗乡海拔4300多米，冬天昼夜温差很大，孩子们衣着特别单薄。当时，他就和同行的妻子自掏腰包，为该乡两所小学400多名学生购买了全套的冬衣。

为了帮助更多高寒农牧区的学生温暖过冬，马新明夫妇又向"未名基金"捐助者提出倡议，开展"京藏情·送温暖"行动。当年，他们在亲友帮助下，用筹集到的资金，购置了3000多套冬衣，发给了北京对口援助的当雄县、尼木县等海拔4000米以上农牧区的孩子。随后，他们又为拉萨市六中、林周县阿朗乡小学等学校募集捐赠了20余万元的电脑和图书。

马新明组织北京援藏指挥部策划推动了一系列爱心暖心贴心活动。如与北京市文联每年组织"首都艺术家西藏行"，深入农牧区、军营哨所演出，得到西藏各族群众的高度赞誉；与北京市教委每年组织西藏青少年夏令营学生到北京来参观学习，促进交往交流交融，在孩子们心里播下民族团结的种子；与北京市卫健委开展数百名先心病儿童免费救治，为他们点亮生的希望；与北京市人社局为西藏籍学生提供就业岗位，帮助他们过上幸福美好的生活；与援藏医疗队的医生们主动放弃假期，深入拉孜县、萨嘎县、普兰县开展义诊，近千名农牧区群众受益……这一桩桩不胜枚举的例子，体现了京藏亲如一家的情谊。

回到北京工作后，马新明依然时刻牵挂西藏。只要有人找到他帮忙，他都全力以赴，解决看病、上学、就业等实际困难。

人间都是故乡

西藏历史文化厚重，是中华优秀文化中璀璨的明珠。《文成公主》实景演出，为西藏的文化发展增添了浓墨重彩的一笔，成为迄今全国文旅项目中水平、效益最好的一个文化品牌。

2012 年是党的十八大召开之年。时任西藏自治区党委主要领导提出：西藏作为一座国际旅游目的地，应该有一部面向游客的舞台剧，打造成西藏的一张文化名片。同时要求，作为党的十八大的献礼剧目，要在 10 月初到北京国家大剧院演出。

这项工作落在了拉萨市。拉萨市委、市政府决定组建专门指挥部，由时任拉萨市分管文化的副市长马新明具体负责。马新明接手这项工作后，全身心地投入。遇到的首要问题是演什么题材、谁来投资、谁来创制、如何运营。

题材方面，当时有几个备选的主人公：一是松赞干布，二是格萨尔王，三是文成公主，四是仓央嘉措。大家通过深入研讨、反复权衡比较，一致认为文成公主的故事是最好的题材，它具有很强的包容性。首先，这是一个表现民族团结、祖国统一的宏大主题；其次，这是一名 16 岁女孩历尽千辛徒步到拉萨的励志故事；最后，这是一个双向奔赴、两情相悦的唯美爱情故事。从历史维度或当下需要看，文成公主作为主人公都是不二选择。

"没有在西藏工作的经历，很难理解祖国统一、民族团结的极端重要性，更难感受到国家与个人命运如此息息相关。"马新明说。

文成公主故事在西藏家喻户晓，她为民族团结和西藏发展作出了巨大贡献。松赞干布一生有五个妻子，除了来自大唐的文成公主，还有来自尼泊尔的尺尊公主，来自吐蕃内部的芒妃墀嘉、象雄妃勒托曼和木雅茹妃嘉姆增。松赞干布在建立吐蕃王朝之后，为继续加强政权的稳固，他迎娶了尺尊公主为妻，借助尼泊尔的力量巩固对吐蕃的统治。而后，松赞干布欲与唐朝交好，提出了求婚的请求，并成功迎娶了文成公主。文成公主带着12岁释迦牟尼等身佛像和书籍、种子、工匠等进藏，用自身的聪明才智为西藏经济社会发展作出了重大贡献，促进了佛教在青藏高原的传播，增进了汉藏人民的感情，受到了藏汉人民的尊敬和爱戴。

创作研讨中，有专家提出意见：有些方面不好处理。比如，文成公主在西藏文献记载中缺失，主要是靠艺术形式和口口相传，有些说法还存在争议。因此，按照1/3篇幅在进藏路上、2/3篇幅主要体现文成公主在西藏所作出的贡献这样的最初的演出设计，最终未能实现，而改变成主要展现文成公主从长安到逻些（即拉萨）一路上所发生的故事。

调研了解到，当时国内正在演出的《印象刘三姐》《禅宗少林》《天门狐仙》《康熙大典》等大型实景剧均出自知名导演梅帅元团队。时间紧、要求高，为了呈现一部高质量的史诗剧，拉萨市委、市政府决定派马新明带队到北京邀请梅帅元来负责这台舞台剧的编剧及制作。此时离10月份演出不到5个月时间，大家都担心这么短时间不可能完成如此宏大的巨制。

为了如期完成从创作到演出一系列任务，拉萨市组建了强有力的专班，齐心协力快速推进各项工作。在短短4个多月里，从确定选题、谈判签约、组织创作、组建公司、寻找融资、招募演员、舞台制作、建设场馆、组织彩排……在各部门、制作公司、投资公司、专家团队的协同支持下，马新明带领团队夜以继日忙碌不止。这期间，2012年7月，马新明被任命为拉萨市委常委、宣传部部长，这项工作更成了他承担的一项十分重要的政治任务。

按照马新明的要求，所有的事情都要"当日事当日毕"，因此，经常到了凌晨两三点还有人送来批阅文件。无论多晚多累多困，他都会立即起床处理完毕。在他的电脑里，保存着与《文成公主》相关的文件300多份，仅《文成公主》剧本先后修改就达18稿之多，逐字逐句反复推敲，精益求精。

遵照西藏自治区党委主要领导的要求，国庆期间首先到北京的国家大剧院演出。可是，自治区党委宣传部派人去国家大剧院对接时才得知，早在一年之前，演出档期就都排满了。

为了实现如期在国家大剧院演出，西藏和拉萨市领导再次派马新明向北京市委寻求支持。通过时任北京市委副秘书长、宣传部副部长傅华（2022年6月起任新华社社长）和国家大剧院院长陈平的全力协调，最终，经国家大剧院出面协商，把原先排演《红色娘子军》的档期让了出来。终于赶在了国庆之前，节目排练全部完成。

10月1日至7日，大型史诗音乐剧《文成公主》在国家大剧院成功首演。演出时长2小时40分钟，参演人员350多人。演出获得来自各方的高度评价，受到社会广泛赞誉。陈平评价说，这是国家大剧院开院演出以来"规模最大、水平最高的演出"。

《文成公主》剧场版在北京首演成功后，按照西藏自治区和拉萨市的安排，马新明又带领团队开始打造实景剧《文成公主》。

实景剧地点选择了与布达拉宫相望的拉萨河对岸的次角林。这是拉萨著名的"四大林"之一。据说，当年文成公主抵达逻些城之后，随行人员便聚居于此。

为了重点打造实景版《文成公主》，拉萨市主要领导提出，《文成公主》剧采取政府引导推动、市场化运作的运营方式，确保可持续、有效益。由马新明牵头成立拉萨国有文旅企业布达拉文化旅游公司，与从成都招商引资来的民营企业共同成立越上和美文化公司，国有股份占30%多，其余由民营资本控股，按照现代企业模式运营。政府在政策及配套投入上给予支持，包括土地、道路、河道治理、园林绿化等，其他由企业投资。

在打造实景剧最吃紧的时刻，马新明第六批三年援藏时间就要到期了。过去，作为运动健将的马新明从未去过医院，但这三年下来，因为高原缺氧，加上工作节奏快，夜里睡眠不好，身体也出现了状况。特别是在高原上人很难出汗，他尿酸升高，患上了痛风，而且日益严重。加上滑膜炎，膝盖经常肿得像大碗口那么粗，火烧火燎，疼痛难忍，不敢着地和屈伸。

他的联络员闫伟说，为了不耽误工作，马书记经常都是挂着拐杖，他曾亲眼看到马书记把拐棍挂断了。当时他的眼泪都在眼眶里打转，但是他什么也没说，因为他知道马书记是一个拼命三郎，即便说了他也不会听。对此，马新明却一笑而过："我没那么娇气，小毛病而已！"

看到马新明被痛风折磨得痛苦不堪，孙伶伶一再劝他援藏到期就回北京。马新明回答："《文成公主》的实景剧演出千头万绪，各项工作都在关键时期，咱不能撂挑子啊！"

西藏自治区和拉萨市领导也希望他能再留一届。马新明做妻子工作，"拉萨虽然高原缺氧，但这里的人好，也有很好的干事平台，能够为老百姓做很多事"。孙伶伶同意继续留下来援藏。马新明很快便获得组织上批准，并被任命为北京援藏总指挥、第七批援藏干部领队、拉萨市委副书记，肩上的担子更重了。

2013年8月1日，《文成公主》实景剧正式开演。该剧导演梅帅元感慨道："拉萨是个创造奇迹的地方！"这么大型的项目，如果放在内地发达地区，3年时间能够打造出来算是很快了，而拉萨仅仅花了8个月就圆满完成、精彩上演。

如今，在布达拉宫对岸次角林山腰处建起了醒目的建筑，这就是大型实景剧《文成公主》演出剧场。每当夜幕降临，4500多个观众席座无虚席。舞台前方是高耸的山峰崩巴日山和那色山，只有抬头才能望见山顶。在两山夹峙的峡谷里，便是实景剧的舞台。实景剧就以浩瀚星空作为帷幕，以山川大地作为背景。

舞台上，伴随着五彩缤纷的灯光和如梦如幻的音乐，600多名演员倾情投入演出，时而翩翩起舞，时而长途跋涉，时而雪崩地陷……仿佛回到了1300多年前唐蕃和亲的年代。演出将当年文成公主奉唐太宗之命，携带着释迦牟尼12岁等身像，经过漫长旅途，历尽艰辛来到逻些城，缔结了这段传颂千载的雪域情缘，演绎得精彩绝伦。

《文成公主》上演后，政治效益、文化效益、经济效益、社会效益俱佳，成为全国文化扶贫的一个典范。这部实景剧也为当地农牧民提供了很好的就业机会和增收渠道。项目建设过程中，次角林村群众增加了3000多万元的收入。项目完成后，实景剧的演出，需要大量的群众演员，还有牛、马、羊、藏獒等作为道具。全剧600多名演员，95%以上都是当地的藏族群众。有趣的是，当地的农牧民，白天在田里干活或草原上放牧，晚上他们便登台演出，成为演职人员。实景剧为当地群众增加了包括保安、保洁、管理等近千个工作岗位。而各家各户养的牦牛、马、羊、藏獒也能上台表演，又有一份收入。每年总计可以为当地群众增加5000多万元收入。

《文成公主》实景剧的推出，为西藏文旅事业增添了一张响亮的名片，也结束了拉萨旅游"白天看庙，晚上睡觉"的历史。现在，游客们到拉萨，观看《文成公主》变成了必选项。

《文成公主》中有一句经典台词："天下没有远方，人间都是故乡，有爱就是天堂。"有的导游戏称文成公主是第一批援藏干部，文成公主将西藏视为自己的故乡，正如北京援藏干部将拉萨当作自己魂牵梦绕的第二故乡一样。

来自高原的挑战

能够克服重重困难去援藏的干部人才，都是有情怀、有担当、有勇气的人。每个干部都经受身体、心灵、家庭、工作、生活等多重挑战。

首先，面临高原缺氧的身体挑战。拉萨市区海拔3650米左右，周边的当雄等县城所在地海拔在4300米以上，空气含氧量仅是内地的65%左右。缺氧造成有的人彻夜难眠，有的人头疼欲裂，有的人血压升高，有的人头发脱落变白，有的人记忆力衰退。特别是气压低，造成免疫力普遍下降，诱发各种疾病，痛风发病率、肿瘤发病率明显偏高。长年累月在高原艰苦工作，不少援藏干部身体出了状况，比如第五批援藏干部陈北信，因为脑溢血在援藏期满即将离藏前夕因公殉职。北京第六、第七批援藏干部有 10 多位查出肿瘤，远远高于正常水平，幸亏及时手术治疗，没有生命危险。其中有的多次手术，有的切除了 3/4 的胃，都不同程度地留下了后遗症。第七批援藏干部、时任拉萨市委常委、常务副市长洪家志，是当时北京市较年轻的厅级干部，工作能力很强，为人善良谦和。援藏后期查出口腔癌，经过多次手术，不仅造成极大身心伤害，也带来家庭经济负担。有的回到平原地区工作后，身体调适不过来，造成突发疾病、英年早逝，有的长期服药，有的反应明显迟钝。马新明说，最怕在援藏干部微信群里看到点酥油灯，这意味着又有援藏干部去世了。他建议，应该建立援藏干部跟踪关心机制，从政治上、身体上关心帮助，体现组织的温暖，也有利于援藏工作的可持续。

其次，面临来自家庭的挑战。大多数援藏干部正值青壮年时期，上有老，下有小。援藏，意味着不能给父母尽孝，不能陪伴、辅导和接送孩子。有的家里老人长期瘫痪在床，他们无法照顾老人起居；有的援藏期间老人去世，未能看上老人最后一眼。有的新婚燕尔，来不及度完蜜月，便踏上了援藏征程。有的因为援藏，夫妻聚少离多，耽误了生儿育女。有的孩子刚出生不久，孩子还没来得及看清爸爸的脸庞，只能经常在手机里通过视频交流，问孩子爸爸在哪里，孩子毫不犹豫地回答"爸爸在手机里"，爸爸变成了"手机里的爸爸"。

再次，面临心灵的挑战。离家的孤独，这是每个干部都要过的坎。3 年离家，长夜漫漫，寂寞难耐。特别是缺氧导致夜晚难以入睡，那是最想家的时候。

......

作为北京援藏总指挥，马新明尤其注重援藏干部的健康问题。援藏干部一旦身体出现问题，他总是第一时间不惜代价地组织抢救和治疗。

北京潭柘寺学校有一位来支援西藏的老师，突发脑溢血，被紧急送到了西藏自治区人民医院。马新明当即找到医院的普志副院长组织紧急抢救。但是，凭借西藏医院的条件，无法完成手术，病人必须尽快送到北京。可是，当时西藏还没有开通夜航，病人无法立即送出。

马新明了解到普志曾在北京天坛医院实习过，能做脑外科手术。生命至上，刻不容缓。他当即与病人家属商量，决定由普志做手术，缓解脑干压力。同时，协调天坛医院和宣武医院的著名专家赶赴拉萨，指导提出进一步治疗方案。由于高原缺氧及医疗条件所限，还需要协调医疗专机护送患者到北京继续治疗。在北京市委组织部和北京市卫健委的协调支持下，通过医疗专机很快就把患者送到了北京。救护车早在机场迎候，接上病人后立即送往天坛医院。就这样，病人被抢救过来，逐渐恢复了意识。

不久，又有昌平区援藏的一位老师主动脉夹层破裂。在这危急关头，北京市也是第一时间启动专机安全护送，第一时间安排最好的专家进行手术，治好了几乎不可能治愈的病症。这位老师被抢救过来后，提出还要继续返回西藏工作的请求。可见，援藏干部用生命捍卫神圣的使命，即便付出生命的代价亦在所不辞。

一桩桩生死考验，让我们深切体悟到，援藏干部是这个时代最可爱的人。马新明认为，为了使援藏事业更加可持续，需要建立一套完整的保障机制，以确保全体援藏人员的健康和安全。

为此，北京市投入 1 个亿的资金，建设高原康复训练中心，在拉萨和玉树建成分中心。给每个干部身上佩戴监测仪器，实现前后方联动，一旦干部感觉不适后方平台就会亮灯提醒，并给予适时的指导，有效保障援派干部健康。高原病主要是心脑血管病，如果抢救及时，延长存活时间，能够进行抗缺氧能力训练，就有可能赢得宝贵的抢救时机。人体经过训练后，可以抗缺氧，就能挺过危险期。

作为北京援藏干部领队，随着北京援藏干部数量不断增加，马新明组织提炼出了"首善、创新、奉献、律己"的北京援藏精神，要求北京援藏干部充分发挥学习上进的表率、政治坚定的表率、维护稳定的表率、推动发展的表率、促进民族团结的表率、勤政廉政的表率"六个表率"作用。马新明强调，援藏干部要把民族团结放在首位，每周组织学习藏语、藏歌、藏舞，在援藏干部中形成了浓厚的学习氛围。

马新明夫妇在海拔 3650 米的拉萨援藏 6 年，几乎没有休过一个完整的周末。来西藏之前，有人说在西藏工作，一年里有半年可以到内地休假。来到拉萨后，他们发现，这个说法与实际大相径庭，工作任务很重，除了完成当地分工任务外，还得完成北京援藏的任务，基本上都是 5 + 2、白加黑。工作要求和效率却很高，比如六城同创、河变湖、树上山、气入家、暖入户等工作，在其他地方 5 年才能办成的事，在这里 1 年就能完成，而且合规合法、保质保量。

他们援藏期间，拉萨市委、市政府工作节奏效率很快，共同努力，完成了许多看似不可能完成的任务，拉萨市更是发生了翻天覆地的变化，被人们称作"拉萨速度""拉萨奇迹"。

胸怀大爱家国情

马新明拼命工作，成绩不凡。孙伶伶也巾帼不让须眉，在自己的研究领域不断突破创新，取得了累累硕果。

2011 年 5 月，应台湾东吴大学邀请，西藏社科院组团赴台交流。孙伶伶是这个代表团的团员。

在和台湾同行座谈时，刚谈了几句，就被对方打断，对方引用一些境外的歪曲资料，指责西藏破坏生态环境、压制宗教自由、不尊重藏族文化。

气氛陷入尴尬。这时，孙伶伶不慌不忙，侃侃而谈，从西藏特殊的婚姻习俗、藏语言文字的推广应用、对文物的立法保护，到西藏老百姓日常开展的宗教活动，还有国家拨款、不断修缮寺庙等各个方面，摆事实，讲道理，用翔实的事实来介绍西藏在保护传统文化、发展经济、维护宗教信仰自由的真实状况。

在这些铁的事实面前，那位教授哑口无言，在场的与会者也都听得连连点头，同行的西藏专家也感到特别吃惊，因为孙伶伶才到西藏半年多，她竟然已经对西藏的情况这么熟悉。

台湾的学者开始另眼相看。他们原本以为西藏非常贫困落后，代表团成员都是老土。没承想，这次参加西藏代表团的4位成员中，居然有3位曾经留过学，都是响当当的博士，于是对方态度开始变得谦恭而尊敬。

孙伶伶之所以能如此快地进入角色，这和她自己的刻苦努力分不开。援藏之初她先是到西藏社科院《西藏研究》杂志社担任编辑部副主任，承担了汉文版大量的编辑事务和英文版创刊的筹备工作。她刻苦钻研西藏的宗教、文化、历史，发表和出版了一系列研究成果。

2013年后，作为一名哲学社会科学工作者，她转任西藏自治区社科院当代所所长。她利用自己的科研优势，积极开展西藏经济社会发展的调研，为西藏实现跨越式发展和长治久安的战略目标建言献策。她先后主持和参与完成了两项国家社科基金项目、3项个人主持课题，参与了9项国家级有关部门委托的课题，发表结项的成果超过百万字。在国家级核心期刊发表的学术论文超过10篇。由于表现突出，孙伶伶被西藏社科院连续评为"先进工作者"和"优秀共产党员"，获得"全国民族团结进步先进个人"称号。

2013年，拉萨市作出深入推进"法治稳市"战略的重大决策。受拉萨市委委托，孙伶伶担任执行主编，带领社科院的课题组专家，历时半年多，对拉萨市近年来在科学立法、公正司法、依法行政、法治理念四大领域的现状、进展和经验进行全面总结。当年10月，系统反映拉萨"法治稳市"战略主题思想及其实践经验的《拉萨法治报告》（2013）正式出版。这是我国边疆民族地区第一份首府法治蓝皮书，对拉萨的法治建设进行了深入总结分析，进行顶层设计，提出努力方向。

她参与负责的《拉萨市加强和创新社会管理实践与研究》课题，为拉萨市对城镇、农牧区及寺庙、社区如何加强和创新社会管理提出了制度设计及决策参考；《西藏重大理论与现实问题研究——依法治藏的理论与实践》课题，为建设法治西藏的目标提供了理论支持和决策参考。

她紧紧围绕涉及西藏发展稳定和民族团结的重大课题开展科学论证，建言献策。位于拉萨市帕玛日山上的关帝庙的修缮及对外开放，她也提出了建设性的建议。

18世纪，廓尔喀两次入侵西藏。清政府派兵击退。为了纪念战争胜利，1792年在拉萨帕玛日山上修建了关帝庙，以感谢"战神"关羽的护佑，并以此纪念汉、藏、满等各族人民共同抗敌的功绩。

孙伶伶受命收集整理相关资料，建议有关部门按照关帝庙原貌予以修缮扩建，使之成为中华民族团结融合和爱国主义教育基地，她的建议得到采纳。

经常与孙伶伶合作的同事边巴拉姆说，孙老师特别重视培养和带动当地科研人员成长，年轻同事参与她主导的课题后，能力得到了提升，有的已经可以独立承担课题。

面对援藏工作和生活的艰辛，孙伶伶说："相比那些在海拔更高、条件更艰苦地区工作的在藏和援藏干部，我们要幸福得多。"没错，那曲、阿里的干部到了拉萨，仿佛到了人间天堂。

"国家培养我这么多年，当然应该为国家出些力。我之所以选择去西藏援藏，一是担心马新明身体出问题，两个人在一起可以互相照顾；二是在西藏比在北京更能发挥个人的作用，更能把实现个人价值同国家和民族的需要结合起来。"她认为，一个人的价值在于为国家、为社会、为他人付出。

援藏多年，经常熬夜，很少用化妆品，孙伶伶原本秀丽的脸庞逐渐变得粗糙，头发开始大把脱落，日益稀疏。为伊消得人憔悴，告慰平生终不悔。虽然在身体上吃了亏，但她在西藏研究上却收获不少。高原缺氧，免疫力下降，孙伶伶患了高原病溃疡性结肠炎。但她认为，与长期在西藏工作的同志相比，自己实在算不了什么，衡量得失，自己的得远大于失。

高原工作环境恶劣，不少人将其称为是"眼睛上天堂，身体下地狱，精神回家园"。高原缺氧，工作节奏不能太快，否则就会给身体造成过重的负担和伤害。因此，许多好友都善意地提醒马新明夫妇，在西藏工作不能太拼命，否则身体垮了，于公于私都得不偿失。马新明却这样说："每个人的生命长度都差不多，多为国家做些有益的事，增加生命的厚度，这是生命的意义所在。"

2014年是我国正式开展对口援藏工作20周年。马新明和孙伶伶作为第一对援藏的夫妻，3月份他们接到通知，按照中组部的要求请他们接受媒体采访。马新明和孙伶伶对此很不配合，一再推托，主要理由是，比起长期在藏工作的干部，他们所做的事情既平常又平凡，不需要宣传报道。时任中组部派出的援藏干部总领队王奉朝，多次打电话催促他们尽快完成采访任务。8月初，他们俩迫于无奈，抽出一个中午，接受新华社记者杨步越的采访。不久在新华社《国内动态清样》刊发。没承想，这篇采访同时得到多位中央领导高度肯定和批示，中组部、中宣部为此专门下发通知，组织中央和地方媒体对他们的事迹进行深度采访报道。不久，中宣部组织中央各大媒体赴拉萨采访，并用显著的版面、时段，大版篇幅和大量时长，进行了深入全面的报道，如《人民日报》用整版篇幅，以《因为爱，所以爱》为标题报道他们援藏的感人事迹，中央电视台在《新闻联播》和《焦点访谈》报道他们援藏的家国情怀，《光明日报》配发大幅"编者按"称誉他们为时代楷模……许多地市的报纸也纷纷刊登转载了他们的事迹。他们用心用情无私奉献的精神，正是对老西藏精神的传承，感动了无数善良的人。

马新明和孙伶伶忙于"大家"的事，总是忽略了"小家"。2010年双双报名援藏后，"封山育林"生养孩子的计划受到了影响。或许是对他们的"奖赏"，孙伶伶在援藏期间怀上了孩子，2016年1月女儿出生。按照马海家族的传统，马新明请母亲给女儿起名"马海古曼"，意思是"健康美丽"，寄托着老人对子孙最美好的祝福。十一世班禅大师得知后，赐予藏族名字"泽吉旺姆"，意思是"幸福的主人"。

2016年8月，马新明、孙伶伶夫妇回到北京后，服从组织安排，全力投入工作。马新明先后任西城区委副书记（正局）、北京市扶贫支援办主任、密云区区长和北京市文联常务副主席等，高质高效完成各项任务。特别是他任北京市扶贫支援办主任期间，用心用情投入脱贫攻坚，走遍北京对口帮扶的西藏、新疆、青海、河北、内蒙古等地

90个县，精准实施项目、人才、教育、医疗、产业、消费扶贫，助力200多万贫困群众脱贫。北京市在东西部扶贫协作考核中连续三年排名全国首位，北京消费扶贫、"成建制"教育扶贫、"组团式"医疗扶贫模式在全国推广。马新明还兼任北京市政协民宗委副主任、市民族团结进步协会副会长，致力于民族团结进步事业，促进各民族交往交流交融，为铸牢中华民族共同体意识作出新贡献。

马新明、孙伶伶夫妇先后编写了《筑梦高原——援藏扶贫实践与思考》《丰碑——北京援藏工作纪实》《北京扶贫协作样本》《解码生态密云》等著作，总结援藏经验，形成具有新时代特色的援藏模式，以期为一批批援藏干部在为西藏长治久安和高质量发展接续奋斗提供借鉴。

回顾自己的援藏经历，马新明说："援藏6年是我一生中最难忘的时光。6年间所做的事，比在北京20多年做的事更加难忘；留下的美好回忆，值得一生回味。"

第二章

监测天上风云，为了大地丰收

习近平总书记指出，发展是解决西藏所有问题的关键。

发展是第一要务，科学技术是第一生产力。经济社会的发展进步，离不开先进科技的强劲支撑。在帮助西藏发展过程中，科技的推广应用，社会科学研究的长足进步，都发挥了巨大作用，包括气象科学、天文学研究、畜牧业繁殖优化技术、西藏历史宗教文化学术研究等，都有力地推动了西藏经济社会的全面进步。

气象工作者捕捉天上风云，为农牧业生产保驾护航，也为经济社会建设包括道路交通运输等提供基础性保障。

西藏和平解放初期，气象工作还是一片空白，尤其需要掌握现代科技知识的新一代气象工作者。陈金水正是响应祖国号召，在气象学校学习毕业后第一时间奔赴西藏、效力边疆的优秀代表。他先后三上高原，担任"世界上海拔最高气象站"安多气象站首任站长，参与开创新中国西藏的气象事业，一共在西藏地区工作了 33 年，无疑是一名名副其实的老西藏、气象老兵，被人们誉为"高原赤子"。

写血书赴西藏

1934 年，陈金水出生于江南水乡浙江临安。他的父亲是一名农民，在一次砍大树时，不幸被倒下的大树压死了。父亲去世 17 天后，陈金水才出生，而他可怜的母亲又是一个裹着小脚的女人。母亲一个人领着一家四口住在山上的茅草棚里，含辛茹苦地把三个孩子拉扯大。

1955 年，陈金水被保送上了北京气象学校。

1955 年秋天，陈金水来到北京，到 1956 年春天就毕业了，实际上只学习了一年。毕业时，同班同学纷纷咬破食指，在志愿书上写下自己的名字，志愿申请到祖国最需要的地方去、到边疆去、到最艰苦的地方去。

当时，学校对申请赴西藏工作的学生要求很高，规定：家里只有一个孩子的不能去；不会打枪的不能去。因为那时西藏还没有完全安定，时常还要打仗，特别是剿匪斗争，因此不会打枪的人不能去。好在 1949 年 5 月 4 日临安解放后，陈金水曾经参加过民兵，他每天背着枪值班站岗，检查过往行人车辆，学会了放火枪、土枪。因此，打枪对于他来说不在话下。而他家里又有兄弟姊妹，不属于独生子女。

最终，他们学校一共有 21 名同学被批准进藏工作。那些没被批准的同学还哭鼻子呢。

陈金水被任命为领队，负责带领 20 名同学进藏。一路上，他们历经千辛万苦，经过 74 天的长途跋涉，才来到了拉萨。

他们 7 月初就离开了北京。当年因为大洪水冲坏了铁路，因此他们直至 8 月 4 日才乘上火车来到陕西宝鸡，然后沿宝成线乘汽车到了成都。到成都后，他们从川西由川藏线进藏。

1953 年 8 月 1 日以后，其他省市的气象部门都划归地方管理，唯有西藏气象局仍归部队管理。因此，陈金水和他的同学们乘坐部队的汽车进藏。他们从成都坐上军车到拉萨，整整走了 1 个月。路上的治安比较差，他们这支车队有 100 多辆军车，每辆车上都配有枪支和炮兵，遇到土匪就要跟他们交战。陈金水他们车上就有一支冲锋枪。在金沙江边，遭遇了土匪，发生了一场激战。

好不容易抵达西藏。每个人都配发了一把手枪和一支步枪。陈金水胆子大，个头也大，一米八几的个儿，因为他会打枪，组织上信任他，就额外又给他多配了一挺轻机枪。因此，只有他一个人背着三支枪，还携带着若干枚的手榴弹。大家都立下誓言"人在阵地在，誓与阵地共存亡"，每天都要轮流值班站岗。大家晚上睡觉都不脱衣服，抱着枪睡觉。吃饭时也要背着枪，以防悍匪突然袭击。

到拉萨后，陈金水被分配到了山南地区的泽当镇气象站工作。那时从拉萨到泽当没有汽车，他和同行的4名同事一起乘坐拉萨河上的牛皮筏子。牛皮筏子上还载着一只大活羊和上千斤的面粉、大米。西藏有120多万平方公里的土地，但是生产的粮食却不够全西藏100万人口吃，因此很多粮食都是从内地运去的。按照当时和平解放西藏的协议，进军西藏不吃地方，进藏部队官兵自己解决吃饭问题。

陈金水一行人乘着牛皮筏子，沿着拉萨河、雅鲁藏布江顺流而下。经过6天，陈金水终于到达了目的地泽当。

火线入党

当时在山南还有很多叛匪，包括国民党的残部，打着青天白日旗，杀人不眨眼。因此，气象站的工作人员全部要上前线，除了工作就练习军事，打枪，甩手榴弹，修工事，建碉堡。

同时，气象站的工作一刻也不能停。气象站要求每天在固定的4个时间都要做观测和气象记录，也就是凌晨2点、早上8点、下午2点和晚上8点。这是雷打不动的。每一次到观测场去观测和记录，都要冒着巨大的风险。但是观测场必须按时去，每次去大家都提心吊胆的，因为敌人常常躲藏在暗处，偷偷地开枪。

1958年7月的一天，地温表还没收回来，就遭遇敌人开枪。在同志们看来，这个地温表比气象人员的生命还重要，因此冒着生命危险也要把它抢回来。

那天天刚亮，大家都不知道土匪已经包围了气象站，土匪抬来了60斤一箱的炸药要炸他们的房子。土匪已经把这些炸药铺放在房子周围，然后，端着枪冲到了楼上。当年气象站住的是当地头人夏洛家的房子。这座两层楼的土坯房第一道防线被突破了，第二道防线也没守住，直到第三道防线陈金水他们才把敌人打退。但是，因为房子被炸药轰炸倒塌下来了，有一个同事被埋在了下面。大家齐心协力挖了六七个小时才把同事挖了出来，但这时他已经没有了生命气息。

陈金水体力好，一个人背着三支枪和八颗手榴弹。他们挖工事，修碉堡，顽强地和土匪对抗。在和土匪对峙过程中，时间最长的一次达到了 74 天。

山南组织了一个指挥部，部长由王一平担任。陈金水被任命为战斗组组长。他在打仗时非常英勇，不怕牺牲，因此，在 1959 年 3 月 19 日，他被火线批准入党。

1960 年"五一"节，作为一名先进工作者，陈金水被列入西藏观礼团，赴北京参加"五一"观礼活动。

西藏观礼团一共有 90 多人，西藏一共 7 个地区，其中山南地区大约有十六七个人。观礼团受到了党和国家领导人朱德、邓小平、贺龙等的亲切接见。领导们勉励他们："西藏很需要人去，要把西藏建设得繁荣富强。"

观礼活动结束后，西藏代表团还参观了中南海，又被组织去全国十多个省参观，了解内地的大好形势，接受现实的教育。

1960 年，当年在战斗中牺牲的那些烈士要统一迁葬到烈士陵园。于是就把这些烈士的遗骸一具一具地从当年埋葬的坑里挖出来，那些遗体已经全部腐烂。陈金水不怕中毒，不惧危险，一一地将烈士的遗骸捡好，收拾整齐。好多医生都劝他不要去捡，他们告诉他如果中了湿毒后果非常严重，会治不好的。但是，陈金水却不听劝阻。他认为烈士们把性命都献给了国家，应当让他们好好安息，因此他硬是冒着巨大的危险，认真地捡拾遗骨，甚至把骸骨里的手指头也一截一截地都捡出来。在他看来，这是他作为一个人所应尽的义务，也是为了表达自己对英烈们由衷的崇敬。

为了改善气象站工作人员的伙食，陈金水尝试着自己种粮食、种蔬菜。

当时他工作非常繁忙，但还是抽出时间，开辟了一些田地。他尝试着种过水稻，托人从辽宁省营口县寄来了稻种，但是没能种成功。他后来总结，可能是因为这些水稻还不适应西藏气候。

他又去河南漯河买来冬小麦的种子。当年种下去，亩产 800 斤以上，可以解决粮食问题。冬小麦试种了五分地，但是因为麻雀太多，麦子都快被吃光了。后来他们还专门成立了一个赶麻雀小分队。

过去西藏缺粮，陈金水他们依靠自力更生，基本实现了粮食自足。

大家都重视资源开发。陈金水认真琢磨过对西藏的水利资源进行开发，包括年楚河、雅鲁藏布江、澜沧江、怒江等，全部都可以进行开发。他还设想过充分利用西藏高原的日照资源，进行太阳能开发，利用太阳能来发电烧水。还有土地资源的开发，包括河流、沼泽地、生态涵养区、水资源涵养区等，他都曾探索、思考过。他甚至设想，在朗县雅鲁藏布江拐弯处打个洞建电站，落差 1000 多米，那里水利资源的蕴藏量是极其可观的。

1961 年以后，因为麻雀太多，种的粮食经常被吃掉大半，后来他们就没再种冬小麦。陈金水又尝试着种萝卜、莲花白、土豆。品种都是从外地引进的。在这里萝卜一只能长到二十多斤。大的土豆一个就能长到两斤，需要用十字镐去刨出来，一窝土豆就能装满一脸盆。

从小就会种地的陈金水在这里可谓如鱼得水，充分发挥了自己的专长。而西藏因为高原气候，白天温度高日照长，晚上气温低，有利于植物的生长。以前在这里吃不到青菜，甚至连整个西藏都买不到，即便有一些青菜土豆也都长得很小，其他的青菜都是由内地运进藏的。用汽车运容易腐败，而如果用飞机运，成本又太高。陈金水他们就依靠自力更生，最后做到了夏天冬天的菜都吃不完。到了冬天，因为气温低，那些收储的菜也不容易烂掉。

那些年他们种了很多菜。陈金水笑着说，他是一个种庄稼的好手，种粮食蔬菜都成，就是种花不成，家里养的花养多久都养不活，而在自家楼下院子里种的菜却都长得生机勃勃。

奔赴西藏"北大门"

当时介绍陈金水入党的是地委组织部部长和银行的行长。他就在碉堡里入党。陈金水从全国各地参观回到西藏，组织上注重培养这位新入党的青年。山南地委下了通知，让陈金水上南京大学去学习五年，要作为一名县级干部来培养。组织部部长还专门找他谈了话。

但是，泽当气象站站长因工作离不开，不让陈金水去南大学习。陈金水在山南深受党组织的器重。山南地区共青团第七届委员会任命陈金水为组织委员，可见对他是相当关心和重视的。

1963年，泽当气象站分来了一批新的学生。陈金水到来后，泽当气象站有11个人，后来提拔了几个，在战斗中牺牲了1个，这样气象站就只剩下了6个人。因此这些新来的学生正是气象站所急需的，给气象站带来了新鲜的力量。这批学生中有一位来自湖南桃江的女孩刘晓云，她是成都气象学校毕业的。

在食堂里大家都在一块吃饭。在工作中经常接触，陈金水和刘晓云慢慢地彼此都培养起了好感。

刘晓云，1941年9月20日生，属蛇。父母在1960年双双去世。刘晓云一共有5个兄弟姊妹。家里还有一个哥哥、两个姐姐。那时家里吃的东西很少，甚至连树皮树根都吃。刘晓云在桃江一中上初中，离家有20里地。

1959年，她考上了成都气象学校。在上学期间，吃饭不要钱，国家免学费，条件非常优厚。1960年4月，刘晓云加入了共青团。1963年，她从气象学校毕业，毕业前学了半年的通信和发报，这个班上有50来个人。气象学校一共有6个班。

毕业后，刘晓云被分配到了西藏。7月底离开成都，走青藏公路入藏。乘火车到了甘肃，一周之后再坐汽车到了格尔木。9月中旬才到达拉萨。到拉萨后就地休息，然后等待分配。到了高原后，刘晓云就患上了感冒，吃不下饭，头痛腹胀，人特别难受。

接着，她和一位女同学一起被分配到了泽当气象站。气象站为他们这批新来的学生举行了欢迎仪式。这时已过完了国庆节。

在工作中，刘晓云慢慢地认识了那位高个子的"陈技术"陈金水，感觉他这人很热心助人。

1964年，刘晓云和女同事搬到了新房子里，烧木炭取暖。因为没有及时通风，导致一氧化碳中毒。陈金水冒着危险把她们从昏迷中抢救过来。

这，让刘晓云非常感激，也让她对陈金水有了特别的好感。

1965年，刘晓云和陈金水确定了关系。这一年，刘晓云24岁，陈金水31岁。

平叛以后，西藏100多万人的吃用供应有些跟不上，单靠汽车运输很难保障，而且效率很低，因此当时国家便筹划要在青藏线上修筑一条铁路。而要修青藏铁路，必须先开展前期的气象监测，积累气象数据，为铁路修建提供科学勘察的依据。这样，西藏自治区气象局就决定在藏北的安多设立气象站。安多海拔4800多米，设立这个气象站，目的就是为铁路建设服务，后期也可以为农牧业生产、经济建设服务。

当时，自治区气象局局长认为陈金水非常可靠，因此，1965年决定筹建安多气象站时就安排局里的滕科长带着陈金水两个人去安多布点。由此开启了这座世界上海拔最高的气象站的历史篇章。

安多是西藏的北大门，地处唐古拉山麓，平均海拔5200米，年平均气温零下2.4℃。安多有"三多"：风多、雪多、冷天气多。全国中低纬度高海拔面积最大的多年冻土区就在安多。人们经常用"风吹石头跑，四季穿棉袄，氧气吃不饱"来形容安多环境之恶劣。

陈金水他们的任务是在安多创建一座新的气象站，站址就选在安多县城后面的山坡上。当时的安多县城、县政府位于山坡下的河岸边。

山坡上荒无人烟，陈金水和他的同事滕建明徒手搭起了两座帐篷。这既是他们的宿舍，又是他们的办公室。两个人还用铁镐刨开坚硬如石的冻土，在十几名当地民工的帮助下修建了一片625平方米的观测场。这里海拔高，含氧量不到海平面的60%，因此每挥动一次铁镐，陈金水都要喘上好一阵子的气才能缓过来。他的脸庞憋得发紫，嘴唇也都裂了口子。他们克服了常人难以想象的困难，终于平整出了25×25平方米的标准气象观测场。

1965年10月，海拔4802米、有人值守的高原气象站——安多气象站拔地而起。它填补了气象史上的空白，被誉为全球海拔最高的"天下第一气象站"。

观测场修建好以后，滕建明便回拉萨去了，只留下了陈金水一个人驻守在安多气象站。

黯淡无光的日子妻子来了

安多县位于唐古拉山区，这里寸草不生，不仅高山灌木无法生长，对人类的生命而言也是一座禁区。许多常年走青藏线的司机，宁愿连夜赶路也不愿在安多过夜。

陈金水一个人值守安多气象站，可谓是名副其实的一个人的世界，如果没有人从山坡上路过，陈金水经常几天都说不上一句话，只能自言自语，自己跟自己说话。吃不到新鲜的蔬菜，只有就着霉豆腐和咸菜。由于气压低，水烧不到100℃就开了，饭也煮得半生不熟的，一天到晚吃的都是夹生饭。冬天更是难以入眠，呼出来的蒸汽很快便在鼻尖上凝结成冰。第二天起床，被褥和床板都冻在了一起。有一天夜里，陈金水怎么也睡不着，头很疼，胸口沉闷。实在睡不着，他就起床来，看了一眼帐篷里的温度表，发现温度表上显示的温度竟是零下27℃！

什么苦什么罪，陈金水都能忍都能受，他最怕的就是看见日头落到了草原的下面。草原上没有电没有灯，每一个黑夜都很漫长很难过。太阳一落山，帐篷里就像冰窖一样。加上一个人待着，冷冷清清，寂寞难耐。

那时唯一陪伴他度过漫长日子的就是那台跟着他走过了千里高原的晶体管收音机。但是这里的信号断断续续，声音也不是很清晰。即便如此，只要能收听到万里之外传来的中央人民广播电台的播音，他都会热泪盈眶。他认为那是北京传来的声音，自己这一个小小的帐篷气象站就和祖国的心脏紧紧地联系在了一起。那些字正腔圆的普通话播音，陪伴他度过了无数个难眠的漫漫长夜。

在气象站，喝水要走几百米路到山坡下去打。烧的柴火就是向藏族百姓买来的干牛粪。偶尔有跑青藏线的司机路过，陈金水慢慢地跟他们熟络了以后，偶尔还能托他们从格尔木或拉萨捎来一些萝卜。陈金水用棉袄把萝卜小心翼翼地包起来，放在床底下，想吃的时候拿出一点来煮，就感觉很奢侈了。

在气象站，陈金水每天的主要工作就是收集气象数据，并将各种数据转换成代表特定气象含义的字母和数字，再填写成报表。这些看似简单的工作却并不容易。

安多冬天气温通常都在零下30℃左右，极端最低气温零下43.2℃。这对观测员来说是极大的挑战。如果不戴手套直接去开铁门，手就会被冻粘到门上，扯掉一层皮。

有一次，测风仪坏了。陈金水爬上杆子，不小心嘴唇碰到了铁杆，低于零下40℃的气温使嘴唇一下子就粘到了杆子上，吓得他动都不敢动，生怕嘴唇皮被撕下来。后来，他拼命地吹热气，用舌头慢慢地舔，才把嘴唇化开了。

这时他和刘晓云已经确立了恋爱关系。两个人一个在藏南泽当，一个在藏北安多。每个月相互通一封信，彼此汇报一下自己的情况、工作的情况。刘晓云因为三个人要24小时负责气象信息的发报，忙都忙不过来，根本没有想到要和陈金水调到一起。

1966年1月，陈金水和刘晓云结婚了。

才过了一个月，刘晓云突然接到组织通知，要调她去安多，让她和陈金水两个人在一起安心工作。当时组织上特别担心，如果陈金水一个人熬不住离开了安多，那么这个气象站有可能就不存在了。

听到组织上的调令，刘晓云还是很开心的，因为她终于可以和自己相爱的人在一起，相互可以有个照顾，生病了也有人照料。

刘晓云搭上汽车，先到了拉萨，见到了自己的老同学。当同学得知她要去安多丈夫那里，都替她高兴。然后，刘晓云就又搭乘货车，坐在货车驾驶室里赶往安多。

陈金水是一个热心人，总是乐于助人。城里的干部或者藏族牧民有什么事他都主动去帮忙。人家造房子他也去帮忙。他还帮老百姓理发，别人都叫他"剃头匠"。他的人缘很好。那一天，他正在县里干活。

刘晓云一路打听着找到了安多气象站。

当陈金水猛地见到妻子，十分吃惊。他问："你干啥事得马上来见我？"

刘晓云回答："我调这里了！"

陈金水喜出望外，他怎么也没想到，亲爱的妻子能够被调来陪伴自己。

"两个人在一起，天寒地冻都不怕。"陈金水毫不掩饰地对笔者说。这下子，他确实就能更加安心地在安多工作了。

许多年以后，回忆起安多的生活，陈金水这样描述道："天上无飞鸟，地上不长草，风吹石头跑。夏天穿棉袄，米饭煮不熟，咸菜食个饱。"

在安多气象站，夫妻俩很难吃到新鲜的蔬菜。陈金水非常心疼自己的妻子。有一天，当他路过坡下的运输站时，看到路边堆着一堆快要烂掉的菠菜。那些菜叶都已经枯黄了。他毫不犹豫地走过去，在这堆烂菜里扒拉来扒拉去，好不容易才捡出了几根勉强还可以吃的菠菜、菜根和一些已经发黄的叶子。晚上，他就用这些青菜给妻子做了一道蔬菜汤。这，对于他们两口子可是几个月都难得吃上一顿的鲜菜了。

十三年始得还家

1967 年年初，刘晓云怀上了第一个孩子。

陈金水冒着天寒地冻，下到安多河里，砸开坚硬的冰面，想要钓一条鱼给妻子补补身体。

他从早上一直钓到日头落下去。忙活了一整天，才钓上来一条鱼。这条鱼只有三寸来长。陈金水就用这条小鱼熬了一碗汤。夫妻俩你推我让，都舍不得自己一个人喝。

陈金水眼泪吧嗒吧嗒地掉下来，心里很难过，觉得自己很对不住妻子。

不久后，陈金水被派下乡去进行毛泽东著作和思想的宣讲。因为他能说会写，笔头又好，因此安多县委很看重他，充分地利用他这个人才。这样，就只留下了刘晓云一个人独自守在气象站。她一个人要干三个人的活，既要按时去监测气象，记录气象信息，然后还要一边手摇发电机一边发电报，把气象信息第一时间传回拉萨。

那一天，天气寒冷，刘晓云一个人下坡去河边挑水。刚走进帐篷，脚下一软，她就昏倒在了火炉旁。

也不知昏倒了多久，直到火炉中的火苗蹿过来，灼伤了她的皮肤，她这才苏醒过来。她挣扎着爬起来，扑灭身上的火焰。这时她才发现，自己的下半身流血了，地上有一摊血。原来，她怀了两个多月的孩子流产了！

她一个人默默地流泪，心里非常难受。想到这是为老陈怀上的第一个孩子，而且今年他已经33岁了，好不容易怀上了孩子，自己又不小心弄掉了。她又伤心又懊悔，心里万分痛苦。

这时，离定点观测的时间又快到了，她赶紧简单收拾了一下，擦干身上的血迹，忍受着刚刚失去第一个孩子的强烈的疼痛，一边流着泪，一边一步一步地艰难地挪向天寒地冻的观测场，去记录气象信息，回来还要继续发报……

过了一个多月，陈金水才从藏北牧区兴冲冲地赶回安多气象站。妻子流着泪告诉了他流产的噩耗。她说："你都33岁了，我还没保住孩子……"

陈金水强忍着内心的酸楚，紧紧地抱住自己的妻子，轻声细语地抚慰她："我们选择了世界上最高的气象站，自然就需要比别人承受更多的磨难。这没什么，我们都还年轻，孩子没了，我们还可以再要。"

妻子流产了，身体很虚弱，陈金水便一个人担负起了全部的家务和观测任务，让妻子好好地休养。

1968年，刘晓云再次怀上了孩子。这一次，两口子都格外地小心。

陈金水说什么都不会让妻子一个人留在家里，也不让她多干活，总是处处护着她。到了妻子怀孕6个月时，陈金水便向组织上提出申请，希望允许他陪着爱人回老家去生产。组织上批准了他们6个月的假期。

就这样，在离别家乡 13 年之后，陈金水第一次踏上了回乡的旅程。

他们一路颠簸，先后经过了青海、甘肃、陕西、河南、安徽、江苏、上海等 9 个省市，跋涉数千里才回到了浙江临安。

这么多年过去了，前些年因为形势动荡不稳，陈金水虽然每个月都给家里写信，但这些信都被土匪劫获了。不少邮递员被叛匪杀害，邮件不通，因此家里一直都没有收到他的信息。1959 年平叛的时候，在一个土匪窝点里找到了很多陈金水之前写给家里的信。后来因为对印自卫反击战等，西藏的邮路还是不通。

在老家临安的陈金水的母亲一直牵挂着她的这个小儿子，盼望着他能够平安回家。每次听到院子里有个风吹草动或是狗叫，她都要起来看看是不是自己的儿子回来了。听到头顶上有飞机飞过，她就揣摩着儿子会不会坐着这架飞机回来。这个朴实的母亲以为飞机可以随时随地降落，儿子说不定就会从飞机上直接走下来。每次，她都一直望着飞机消失在了远方，但还是没有见到自己的儿子归来。

可怜的母亲，一年等，两年等，三年等，五年等，八年等，一直都没等到小儿子回家来，也收不到他的一丝消息。痛苦无奈的母亲，只好去庙里烧香拜佛，去找和尚求签问卦，而那些签，却有好有坏。

有一次，母亲抽到了一支签，和尚给她解释说：这支签很不好，你的儿子已经不在人间了。母亲顿时被吓得快昏死过去。她以为自己的儿子可能被打死了，或者被土匪给杀了，认定这个小儿子已不在人世了。

于是，每年清明、冬至，在祭祀祖宗烧香烧纸钱的时候，她都要多烧一份。她还去买了符纸烧给自己的儿子。每逢过年过节，都要在桌上多摆上一副碗筷。每次她都是哭哭啼啼地过年。

因此在 1968 年，当突然看到"从天而降"的儿子，还带回了一个漂亮媳妇，母亲怎么也不相信这是自己的小儿子回来了！

她左看右看，上打量下打量，还怀疑是不是组织上派人来安慰她。

当确认的确是自己的小儿子回来了，她喜极而泣，赶紧从房梁上拿下已经悬挂了 8 年的一大块火腿。这是 8 年前过年时她专门买的一条猪腿，想留着给儿子回家过年时做给他吃。这一次，终于等回了这个"死而复生"的儿子，她一定要亲手做这道火腿菜给他吃。陈金水觉得，那是他这辈子吃过的最美味的食物。

村里的乡亲们见到陈金水，也都很吃惊，都像打量怪物似的看着他。

陈金水娘俩坐着一天天地聊天。母亲才渐渐了解到，儿子这么多年遭了很多的难，吃了很多的苦。她一边听一边流泪，流了很多的泪。不过现在可好了，儿子活着回来了，而且还带回了一个怀着第三代的漂亮媳妇。对于孤苦勤劳的母亲而言，天下还有比这更美满的事吗？

本来可以休 6 个月的假，但陈金水才休了 4 个月就赶回了西藏，继续一个人坚守着安多气象站。

而妻子也在生下孩子 4 个月之后，把孩子托付给了奶妈，也重返安多，去继续陪伴自己的丈夫。

1969 年，刘晓云又怀上了一个孩子。

因为在高原上生产有很大的危险。生产日期不等人，在怀孕到 6 个月时，孕妇就必须回老家去，不能再等待，要不就会有危险。在安多没有一个汉族女性在这里生产。陈金水对妻子说："你回去吧，好好把孩子生下来。我留在站上值班。"

那一天，陈金水下乡去了。在这之前，他特意为妻子烙好了十几个面饼，准备让妻子带着在路上吃。安多汽车运输站帮忙找到了一辆车，搭送刘晓云到柳园去坐火车。

等到陈金水回来，妻子已经走了。他看到家里的桌上有一张字条，上面写着：老陈，我搭一辆过路的货车回家生孩子，给你留了几个烧饼，你要照顾好自己。

看着留下来的三四个烧饼和妻子的亲笔字条，陈金水泪水不禁夺眶而出。他一个人走出气象站，独自走到路边，双眼望着远方，久久默默地伫立着。

他知道，妻子这一路要跋涉几千公里，一个人上路是很危险的。他知道，从安多到柳园，要走好长的路，经过很多的困难颠簸，而且沙漠戈壁里不下雨气候干燥，连喝的水都没有。有时司机甚至会连续开 20 多个小时的车，容易疲劳，容易翻车。何况晓云是一个女人，还怀着 6 个月的身孕……

一个月后，陈金水终于收到了妻子从老家发来的报平安的电报。知道妻子已平安到家，他心里悬着的一块石头总算落了地。

后来他才得知，妻子当时一个人坐着车，一路颠簸到了甘肃的柳园火车站，又排了整整一天一夜的队，才买到一张坐票，然后再一路颠簸坐着火车回到了临安老家。

这一次，刘晓云生下了一个儿子。孩子出生才刚 188 天，刘晓云便不得不离开他，又返回了西藏。儿子没人照料，只好交给刘晓云的姑姑帮忙抚养。

1968 年，组织上一度打算把陈金水调到拉萨去工作，但是陈金水自己不愿意。他认为，如果自己走了，安多这个气象站就没人了。

8 年之后，组织上又想把他调走，他仍旧没走，坚持要留下来。他说，安多环境艰苦，艰苦的环境如果面貌没有改变，他就对不起这份工作。因此他执着地留守在安多，下决心要改变安多气象站的面貌。

起初的 5 年，他和妻子住的都是帐篷。1970 年以后，安多气象站陆续调来了一些新人。每调来一位新同志，陈金水都要找他推心置腹地谈心。

"这里苦不苦？"陈金水自问自答，"是很艰苦。但这里的工作需要我们，我们就不能怨天尤人。你可以动手来改变它。"

他把帐篷让给了新来的同事住，自己和妻子则另外挖了一个半地窖，住到地窖里。

接着，他带领气象站的同事到 20 多里外的申格里贡大山上去开采石头，打算自己建造房子，一年建起几间。

那时，气象站没有人会木工，陈金水就找到了安多县农机站，和农机站换工，请他们来帮忙盖房子。

1972 年 8 月，终于建成了几间土石结构的房子。从此，气象站告别了多年的帐篷和地窖生活，陈金水与同事们一道搬进了新盖成的房子里。

到了 1975 年，一共建起了 16 间房子。这些土坯房可以很好地阻挡风雪。住进自己亲手盖的房子，冬季保暖夏季温暖，陈金水感觉比住进五星级宾馆还要舒服。

住房的问题解决了，喝水的难题还没有解决。气象站的饮水十分艰难，长年累月都要走几百米路下到山坡下的安多河里去挑水。如果遇到大风天气，往往辛辛苦苦地从坡下挑上来的水洒得就只剩下了半桶。而到了严冬季节，河水结成了坚硬的冰，厚厚的冰就需要用钢钎一点一点地砸开，再用麻袋一袋一袋地把冰背上山坡，化作水来解决饮水的问题。

为了找水，陈金水走遍了坡上坡下。1978 年 5 月，他带领同事在气象站附近的山坡上砸下了掘井第一锤。

山坡上布满了砾石，又是多年的冻土层。每次抡起十字镐砸下去，几乎只能刨出一个小白点。土要一点点地刨开，每掘进一寸都要付出艰辛的努力。

陈金水没有气馁。他让女同志留下来值班观测气象，其他的同志一起上阵，团结一心，一定要靠自己的力量挖出一口井来。

井越挖越深。在井底干活，每动一下都得喘好几口气才能缓过来。陈金水规定，每个人下井干活不得超过半小时就要上来换班休息。虽然是夏天，但是井下的水依然非常寒冷，只有 2℃，他们又没有任何防护措施，特别是从水里捞沙子更是艰苦。每个人从井下上来几乎都快冻麻木了，就得赶紧用被子裹住，烧上火堆来烤，烤暖和了才能缓过劲来。

可是到了陈金水自己下井时，他就一直坚持着，即便头痛难忍也还要继续坚持。说好的半小时一换，他自己却到了一小时还不肯上来。两条腿都冻麻木了，还在坚持。他先是感到刺骨的疼痛，后来便没有了任何知觉，铁锹挖到了脚都不知道。

到了两个小时，井上的同事都急了。他们威胁他："你如果再不上来，我们就都走了！"

陈金水这才无奈地从井下上来。当他从井下被同事们强拽上来后，下半身已经完全没有了知觉。两个小伙子不得不夹着搀扶他，几乎是把他抱到了屋里去休息。

大家都流泪了，说："老陈，你这是何苦啊？都50多岁的人了，还这样子拼命，我们就怕你累垮了身体！"

从那以后，年轻的小伙子每次都抢着下去，但是陈金水却拦住了他们，说："你们年轻，骨头嫩。我的骨头硬。我们把井挖成了，那就是一劳永逸的，大家就不用再那么辛苦去挑水担冰了。"

经过61天的艰苦鏖战，终于打成了一口井。泉水清澈甘甜。当水井打到七八米深时，当地的牧民纷纷来围观。井打成后，牧民们都来这里打水。用辘轳从十几米深的井底打上清冽的水来，牧民们都说，用这个水冲泡出来的酥油茶更香甜可口。后来，这口井就被叫作"金水井"。直到今天，大家还在喝这口井的水。

在这次建房和打井过程中，安多气象站都没有要国家一分钱，完全靠同事们自力更生、艰苦奋斗。

1980年，西藏气象局的领导到安多来调研。他们到处看看，看那些自建的房子，看那口打得很深的水井，了解到了气象站的许多事迹。领导说："你们在这里把业务工作做好就行了。这些本来都应该由国家来投资，而你们却自己修房子，自己挖井，自己把这些事情都办成了，这是需要一种多么可贵的精神啊！没有哪一位领导要求你们这么做，你们都是自觉自愿地干，为国家省了钱。"他让局里同志回拉萨后一定要好好宣传这种精神。

从那时起，陈金水及其同事们的故事便在西藏气象局流传开来了。

16年之后，全国气象系统也组织了宣传，到处介绍安多气象站和陈金水的事迹。

1996年，江泽民总书记在中央办公厅主任陪同下考察国家气象局，让国家气象局汇报全国气象工作和精神文明建设情况。气象局领导汇报了25分钟全国气象情况，特别介绍了安多气象站和陈金水的事迹。

江泽民同志听完汇报，称赞陈金水是气象部门的"活的孔繁森"。

从此以后，对陈金水的宣传便开始在全国展开。陈金水逐渐被视为气象部门的一面旗帜。

百班无错情

安多自然条件恶劣，即便是在内地炎热难忍的 7 月，这里也会下起鹅毛大雪。安多一年中有 200 多天是八级以上的大风天气，最大风速可以达到每小时 150 千米。而如果遇上了沙尘暴，连白天都得点着蜡烛照明，观测时更是需要打着手电才能看清数据。遇到飞沙走石的大风天气，陈金水每个小时都要顶风冒雪到观测场去检查各种仪器的工作情况，一旦发现仪器出现故障要及时排除。他每天还要准确记录几时几分开始刮风下雪、几时几分风停雪止，一天常常要工作上十三四个小时。

而最难的是填气象报表。在观测场观测做记录用的是铅笔，正式填气象报表的时候，则需要用钢笔，而由于海拔高天气严寒，墨水常常会被冻住，硬是写不出字来。陈金水不得不坐到牛粪炉边上，没写几个字就得把钢笔放到炉子上去烤一烤，这样才能让墨水流出来。一旦刮起大风，风夹着沙子会从帐篷的各个缝隙往里钻。没一会儿报表上就会覆上厚厚的一层沙土。接着，他还要立即把测量获得的数据变成电报，第一时间发往拉萨。这时，他就需要一只手不停地摇手摇发电机，另一只手在电键上不断地敲击信号代码。

气象观测要观测和记录一个个数据，包括风向、风力、雨量、温度、低温、蒸发量等等。一天 4 次，每次观测都要收集上百个数据，每个月就要收集 1 万多个数据，一年就是 10 多万个。每个观测点的数据汇总上去后，由国家气象中心进行综合研判，然后转化成天气预报，成为千家万户离不开的出行、工作指南。

陈金水说："当气象观测员工作平平凡凡，而且环境艰苦、工作辛苦、生活清苦，在西藏就更苦，但是国家需要我，千家万户需要我。只要心中装着千万人的阴晴冷暖，再苦也甘愿。"

作为一名气象人员，他总是尽自己全力确保每一次按时观测，每一次都能准确记录每一项的气象数据，保证不漏一个、不错一个。

1973年2月的一天，安多遭遇罕见的沙尘暴。气象站的6位同志都不约而同地同时冲进了值班室。

外面天空一片昏暗，感觉天都快塌下来了。这时，观测的时间到了。陈金水毫不犹豫地站出来说："我去！"

气象员仓决和卓玛央宗两位藏族女士都解下了自己的头巾，围裹在陈站长的脖子上。陈金水猫着腰冲进了观测场。狂风夹杂着沙砾，劈头盖脸地打在身上，陈金水连站都站不稳，但他仍紧紧地把记录本揣在怀里，每换下一张自记纸，就赶紧揣进自己的怀里，生怕被风刮跑。就这样，他顶着风沙，跌跌撞撞地完成了有关数据观测和记录。等他冲回值班室时，大伙儿都紧紧地围绕着他，就像迎接英雄一般，迎接他们的站长归来。

1974年冬天，有一天刮起了十几级大风，安多县家家户户门窗紧闭，气象站的门却敞开着。陈金水对年轻的同事们说："我们气象员和别人有啥不一样？就是刮风下雨、电闪雷鸣，人家可以往家躲，我们不行。"

观测时间就要到了，可因为风力太大，这时风向杆上测风的仪器却出了故障。如果不能及时排除，就会耽误观测。而即便是耽误一次观测，也是一次气象观测事故，失去的数据也将永远无法补回来。

陈金水没有丝毫迟疑，马上冲出房间，迎着狂风沙暴。那些沙石迎面打来，把他摔倒在地，他爬起来，又继续向观测场冲去。而要爬上十几米高的风向杆，更是无比吃力，尤其是在大风沙暴袭扰下，陈金水几乎被冻僵的手有好几次差一点都抓不住铁杆，险些就从杆上摔下来，但是他仍然顽强地坚持着，吃力地、一寸一寸地往上蹭。

终于，测风杆的沙子被清理掉了，测风仪恢复了正常。

因为常年在风沙里搏击，忍受高寒和高反，陈金水的身体开始出现问题。

1974年有一天夜里，陈金水在睡梦中突然觉得下肢剧烈疼痛，浑身大汗淋漓。他赶紧去医院就诊。医生诊断他患了脉管炎，两只脚不能落地。安多县城医疗条件差，全县都没能找到治这种脉管炎的药。

县委书记特意做了一副拐杖送给了陈金水。医生嘱咐他要卧床休息，但是陈金水哪里坐得住，他每天还是咬着牙，一瘸一拐地走在去观测场的路上。

"百班无错情"是气象部门的一个很高的衡量标准。谁也没有料到，西藏自治区第一个百般无错情的气象观测竟然会在安多这个海拔最高的气象站诞生。1976年至1977年，陈金水连续值了188个班，每班一昼夜连续观测4次，记录下了数万个数据，没有一个发生差错。

因为长年累月雷打不动的每天4次观测，坚持下来他便养成了一种习惯。每天到了凌晨1点他都会不由自主地醒过来。那时气象站的平房已经建成，他把自己的住房就安排在值班室隔壁。每天1点醒过来后，他总要竖耳倾听值班的同志走过屋前的脚步声。他甚至能够凭着脚步声叫出每一位同事的名字。如果万一哪一天值班的观察员睡过了头或者身体不舒服，到了观测的时间还没听见脚步声，陈金水就会披衣起来，或者去唤醒值班的同事，或者就替他去做观测记录。

后来，同事们就养成了一条不成文的规矩：每回值班开始工作之前，都会轻轻地敲一敲陈金水房间的墙壁，轻轻地唤一声"站长"，表示自己没有误班。这样，陈金水下半夜就可以安心地睡觉了。

陈金水经常对同事们说："对党和人民要忠，对国家和事业要爱。只要是党和人民的事业，干什么都要尽心尽力，在什么岗位都要尽职尽责。"

身先士卒

1976年8月30日，陈金水陪同科学考察队从唐古拉山垭口经过。夏天早晨时可以从沼泽地冰面上开过去，可是到了中午沼泽地表面的冰变薄了，车便陷了进去。

陈金水毫不犹豫地脱掉裤子跳了下去。沼泽上面的冰虽然化了大概有一尺，但下面还是冰，还是特别寒凉。车陷得很深。实在没办法，只好把棉帐篷垫在车轮下面。大伙儿连拉带抬，足足花了4个小时才把汽车拉了上来。

还有一次，为了去买干牛粪，陈金水一个人走了100多公里，到了荒无人烟的"三无"地区。因为第二天要找车去拉牛粪，车都已经提前联系好了。以前他都是在路上拦下车，然后搭车回去，但是这一天也真奇怪，一辆车都没停下来。于是，他只好一个人冒着黑夜往回走。

走了10公里，遇到一个道班的人拦住他盘问，怕他是搞特务活动的。那时的人警惕性很高。陈金水回答，自己是安多县气象站站长。对方又问他，安多县委书记、县长分别是谁？陈金水一一做了回答。对方一听全都答对了，这才放心。当时因为担心有一些潜伏特务搞特务活动，所以通知过路的驾驶员一律不得停车。

陈金水一口气走了几十公里，累得实在走不动了，倒在地上歇口气。这时，突然有一辆老爷车路过，车灯亮了，司机一看前面有人倒在地上便停下来察看。

陈金水赶紧从地上爬起来。驾驶员一看，嗬！这人还活着呢！于是就连忙上车开走了。

陈金水搭不到车，没有办法，只好继续艰难地迈着步伐赶回气象站。今天他必须要赶回去，因为第二天他已约好了司机去拉那些买好的牛粪。那时要找一辆车，往往提早一个月都还未必找得到。就这样，这一晚上他赶了100多公里的路，最终昏倒在了气象站外面的草原上。

第二天一早，同事们见站长一夜未归，都出门去寻找。结果在草原上找到了已经昏迷过去的陈金水。大伙儿都心疼得不得了。

好容易把他唤醒来，陈金水第一句话却是："快！快联系司机，赶紧去拉牛粪！"

1979年春节，陈金水和妻子正在老家临安休假。这是他进藏20多年来三次回乡探亲中的一次。

探亲假期还没满，西藏自治区气象局的电报便接二连三地发来，催促他赶紧返藏。

陈金水二话不说，第二天就赶回。经过8天回到了拉萨，接受了自治区气象局安排去双湖无人区进行青藏高原气象科学考察的任务，并且担任科考队党支部书记兼队长。

双湖无人区气候恶劣，海拔高达 5000 米，氧气稀薄，风大，水质差。

科考队在双湖考察了半年，克服了种种困难，遭遇了破纪录的大风，风速达到每小时 360 千米。如果照这个速度刮的话，从浙江到北京三个小时就到了。在这半年时间里，大家吃不到蔬菜，全都一心一意地想做好工作。当时他们带去的 5 马力发电机因缺氧发动不了，只能用手摇来启动。平时只要一个人就能把探空气球放出去，而那里却要 5 个人手拉着手围着气球，等风小一点才能放出去。

当时参加科考队的有 40 多个人，来自全国 8 个省市，有中国科学院的科技人员，也有大学毕业生，都是挑身体最棒的。要不坐车一天颠簸下来，把骨头都会颠散了。开始时他们坐的是吉普车，第二天不得不换成南京 130，这样颠簸的状况就好多了。

大家从来也没想到会这么艰苦。但是即便如此艰苦，大家还都觉得很平常。他们一行一共有十几辆车。路上还遭遇了狼和狗熊，西藏狼虽然有，但没听说会吃人，而狗熊到了冬天就会跑到帐篷边来找东西吃。在离安多气象站只有两公里远的地方，有一只狗熊闯进了一位妇女的帐篷里，用鼻子去嗅看看那个妇女还有没有呼吸，后来那只狗熊自己走了。像这样危险的情况经常会遇到。

双湖距离拉萨 1000 多公里，面积 20 多万平方公里，大部分地区都是只有野牦牛、藏羚羊的无人区。1979 年 4 月 11 日，科考队开始观测收集气象数据。虽然在安多工作了十几年，几乎每天都会遇上八级以上的大风，时速达到 150 千米的风陈金水也遭遇过，可是在双湖遇到的风却令他不寒而栗。大风吹得他连眼睛都睁不开。他只好背着风，蹲在地上，用一只手艰难地摊开观测记录簿，另一只手记录气温、气压、风速。可是四个自记仪器有三个都经不住风沙的猛烈敲击而出现了故障，唯一还能工作的风速自记仪也测不出最大的风速，因为实际风速已经远远超过了仪器所能测量的最高值。

等整个考察活动结束，在地面观测簿"观测员"一栏上，陈金水这名老气象工作者郑重地签上了自己的名字。这是我国无人区气象科考事业的一次开创性的工作，陈金水光荣地参与了这项足以载入气象史册的任务。

除了自己做好工作外，陈金水还注意带领和团结同事们一起来做好工作，尤其注重给年轻一代的气象工作者铺路引路。

1976年，藏族女孩巴桑被分配到了安多气象站。巴桑文化程度低，连普通话都不会说。陈金水夫妇把她当成了自己的亲生女儿，手把手地教她学习普通话、学习气象知识。通过长时间耐心的辅导，巴桑终于能够独立值班，很快便成了气象站合格的业务人员。

后来，气象站那些比陈金水年轻、工作资历短的人一个一个都被提拔了，有的提升的职称都超过了陈金水，但是陈金水却丝毫不眼红。他说："我就是你们的垫脚石，你们在事业上攀升得越高越好。"

为了让年轻的同事全心钻研业务，陈金水主动把最繁重的活都抢过去。包括气象站做饭烤火用的唯一的燃料干牛粪，他时常都要背上几只麻袋，挎包里揣上几个馒头，满山遍野地去捡。

1978年，安多气象站被选拔为全国气象系统唯一的代表，要派人进京参加全国科技群英会。大伙儿都很兴奋，一致推举站长去参加。但是，陈金水却找来当时主要的业务骨干次旦益西，对他说："成绩是大家做出来的。这大草原离外面太遥远了，你出去看看吧！"

次旦益西从北京回来后不久，陈金水又把他送到云南大学去深造。

在安多气象站默默无闻地工作了16年。每一天陈金水几乎就是围绕着宿舍—值班室—观测场三点一线往返穿梭。他的生活看起来单调乏味，他自己却这样说："党的事业不是每个人都能轰轰烈烈。我奋斗过了，奉献过了，就问心无愧，终生无悔。"

虽然在这期间，他有很多次从安多向上调离的机会，但他都放弃了。

1970年8月，家住拉萨的仓决调到了安多。陈金水原以为他们夫妇俩这下可有接班人了，可以安心地调走了。可没想到，仓决第一天才到安多，第二天就提出要离开。陈金水意识到，自己绝对不能再提调走的事。他找到仓决，和她谈天、聊工作，跟她谈心，推心置腹地跟她交流：气象工作是个艰苦的工作，安多是个艰苦的地方，但是再艰苦的工作也是党的工作，再艰苦的地方也是祖国的地方，总要有人在这艰苦的地方、艰苦的岗位上工作。他向仓决一一讲述安多气象站创建之初的艰辛，讲述收集这些气象数据资料的重要性，也讲这座气象站在西藏建设中的重要作用，特别讲到这是全球最高的气象站，在这里工作充满了自豪感和责任感。这番掏心掏肺的话，最终打动了仓决，让她留了下来。

安多天气变化复杂，年均雷暴日数达 90 天以上，年均冰雹日数超过 70 天，均为全国之最。条件虽然艰苦，但在陈金水的感召下，气象站全体职工都尽职尽责，认真地完成各项工作。

有一次，大风把日照自记纸吹跑了，全气象站的人一直追到几公里外的河边才捡回。老气象员多布杰有一次发报时，突然肚子疼，但仍坚持完成发报，最后拉到了裤子里。

正是凭着这种执着认真的精神，几十年来，安多气象站积累了上百万个气象数据。这些数据成为研究青藏高原气候变化、青藏铁路建设、防灾减灾的科学依据。

随着安多气象站的工作人员越来越多，陈金水想，自己是一名老党员，又是站长，应该起带头作用。虽然自治区气象局三番五次地想调他回拉萨，但是为了稳定军心，他都主动放弃了。他这样对同事们说："创业难，守业更难。这块气象事业的空白好不容易才填上。如果我也想走，你也想走，这个'天下第一气象站'还要不要？我们再不要给党和人民的事业留下空白。"

一直到了 1981 年，在西藏已整整奋斗了 25 个春秋的陈金水，浑身都是各种高原病，此时的他，才被内调回老家浙江临安。

当年安多一个县才给 7 个内调的名额。因为刘晓云患有高血压、心脏病，本来只安排内调她一个人而陈金水不内调。陈金水向安多县委反映，自己是在安多工作时间最长的进藏干部。安多县委对陈金水的情况都很熟悉，常委们中午专门开会，把陈金水加了上去。就这样，他调回了老家临安县气象局工作。

谁也不会料到，没过几年，这位气象老兵竟然再一次踏上了高原。

三度进藏

1987年，西藏自治区气象局在报刊上刊登招聘广告，招贤纳才。可是一年多过去，也没有人应征。区气象局领导无奈，只好在曾经在西藏工作过的内地同志中寻找。他们首先想到的就是当年曾一个人在安多开辟出一番天地的陈金水。

1988年8月，西藏气象局的一位副局长和组织人事处处长、科技处处长三个人专程赶到了浙江杭州。在和浙江省气象局的同志见过面后，他们的心凉了半截。浙江的同志告诉他们："陈金水同志已经在西藏工作过25年，如今年岁也大了，最近又刚刚被任命为领导，再让他进藏，我们实在不忍心。"

抱着试试看的想法，西藏的同志还是赶到了临安找到了陈金水，和他推心置腹地进行了一番交谈。他们说："组织上派我们来，希望请您回去建设新西藏。"

这次谈话重新点燃了陈金水的豪情。他想到了自己当年之所以离开江南水乡，前往祖国边远的西藏，就是为了响应国家号召，奔赴祖国最需要的地方。他又想起了30多年前在泽当平叛前线的情景，有的战友都献出了生命，而他自己就是在战斗一线火线入的党，他在党旗下宣誓的誓词至今言犹在耳："把一切都献给党！"三次保卫战结束后，他还作为英雄到过北京，受到了朱德、邓小平、贺龙等领导人的接见和亲切勉励。作为一名共产党人，陈金水认为，自己就应该自觉听从党的召唤。西藏是自己的第二故乡，西藏有自己的事业，西藏的土地和人民养育了自己，现在西藏需要自己，自己还有什么可说的呢？！

陈金水的家人也很支持。妻子刘晓云对他说："西藏需要，你去吧！家里的担子我会挑起来的，放心好了！"

他的母亲是年已86岁。她也对陈金水说："你是国家的人，要听共产党的话。"

家人的理解和支持给陈金水增添了很大的力量和勇气。

1988年国庆节一过，他就出现在了西藏自治区气象局局长马天龙的办公室里。他大声地向局长报告："老兵陈金水报到来了！"

马局长很高兴，紧紧地握住他的双手说："组织上决定把你派到昌都区，担任气象台台长。昌都夏天公路容易塌方，冬天会封山，条件很艰苦。昌都气象台面临技术升级改造的重任，希望你把这副重担挑起来。"

陈金水坚定地回答："好！我服从组织决定。"

就这样，他从拉萨又跋涉了1000多公里，来到了西藏最东部的地区昌都。

昌都气象台是新中国在西藏建立的第一个气象台。当年十八军在这里打响昌都战役之后，实现了西藏和平解放，便在昌都建起了第一个气象台。

担任台长后，陈金水看到气象台百废待兴百业待举。他多方奔走，为基层气象站一一争取来了进行综合技术改造的专项资金，开始了自己的第二次创业。

1988年陈金水到昌都气象台任职时没有一个认识的人。陈金水抓业务工作、规章制度建设，扭转不利因素，提出"走（内调）得愉快，留得安心"。并进行调查研究，发现问题确实不少。

他首先抓领导班子建设，自治区气象局领导说：区局机关放权给你的气象局，包括基本建设、干部交流等。以前一个站长当了几十年，有的一直当到退休，这样调动不了干部的积极性。因此，陈金水向自治区气象局提要求，首先把他自己从昌都的党政正职降为副职，出了问题由他负责，又提交了建议交流提拔的人员名单。

自治区气象局的刘书记批复：对昌都地区的干部交流提拔，基本按照陈金水的意见去做。

后来西藏7个地（市）气象局的干部中有6个地（市）局的一、二把手是从昌都出去的，还有区局里的处室干部也有多位是从昌都选拔的。

那时，陈金水体力体质已经大不如从前，每次走200米都走不到，就得坐一坐、歇一歇。昌都气象台下属9个气象站，房子都还是干打垒的泥土墙，条件简陋。陈金水下乡到各个县去跑，带着昌都气象台能说会道、公关好、熟悉人多的同志一起去。每到一个县，就跟县里的领导充分讲述气象工作的重要性和气象台目前遇到的困难，归根结底就是要跟对方张口要钱来改造气象台的基础设施。

在他们的软磨硬泡之下，各个县多多少少都给了气象台一些资助和支持。少的给个三万两万，多的给了十万二十万。有一次地区的领导打来电话，答应给二十万，陈金水还怀疑自己是不是听错了呢！

经过几年的努力，昌都气象台下属的这些气象站，一个一个地都改造好了。原来破破烂烂的局面，旧貌换新颜都得到了彻底的改观。

条件变好了，气象台的同事们也都能安心地工作了。经过一年的努力，工作质量就大大地提升上去了。留下来的同志都留得安心，都能做出更好的成绩来。

1989年，洛隆县气象站要改造，陈金水打着铺盖卷一头扎进工地，在那里一住就是两个多月，直到改造工程全部完成以后才回到地区。为了节约费用，不给基层气象站增添负担，他自己带着全套的锅碗瓢盆和行李，就在工地上搭了一个简易的工棚，吃住都在工地上。

地区领导有一次去现场考察，看到住在现场工棚里的陈金水，十分惊讶，问他："你为什么不住到县里的招待所？那里条件岂不是更好？"

陈金水回答："这样就很好，又能省点钱。"

领导说："这点钱就不要省了！住宿花的钱我来给你报销。"

陈金水答道："感谢领导的好意！但是住这里离工地近，看着施工我心里更踏实。"

领导赞许地点点头，心里很是感动。

气象台的同事们都非常爱戴陈金水。

1990年，昌都地区气象台综合技术改造，陈金水正忙于工程开工前的各项准备工作。这时，自治区气象局突然转来了临安县气象局发来的电报：刘晓云手术，速归。

当时陈金水手头的工作实在放不下，等他把手里的工作忙出个头绪后，便急匆匆地赶回了临安。而此时他的妻子已经住进医院十几天了。妻子见到他还是非常高兴，一点儿都没有埋怨的神色。作为战友和伴侣，她完全理解自己的丈夫，理解他的事业。

1993年，在完成了全部的综合技改后，陈金水结束了5年的援藏任务，回到了临安。

他本来想着，这次回到老家，就可以等待退休安度晚年了。但是，这时接替他的昌都气象台的藏族台长次仁顿珠还很年轻，面对着台里千头万绪的工作，他感到十分为难。台里的其他几位领导也都是刚刚走上领导岗位的。于是，他们便联名向自治区气象局提出请求：请陈金水同志再进藏工作一次。

按说这一年，陈金水已经58岁了，离退休只有两年了，再说家里人也都需要他，他的老母亲已经91岁了，妻子又体弱多病，陈金水自己身体也有很多的高原病。但是，西藏自治区气象局派了三位领导干部来召唤陈金水再次回西藏去。他们说："我们西藏还需要您呢！"

家里人也都继续支持陈金水返藏。陈金水想，自己虽然年纪超过了，但是既然西藏那么恳切地请求自己回去，再说自己身体也还能坚持，建设新西藏自己还可以再出一点力，于是，他又一次痛快地答应了。才刚回到临安没两个月，他就又踏上了返回西藏的行程。

当他乘坐飞机到达贡嘎机场，然后乘汽车到拉萨，看到道路两边老百姓盖的崭新的房子，许多门口都停着小汽车。过去那些想都不敢想的生活现在都变成了现实。看到西藏今天的变化，他感觉自己当年的那些苦累、那些付出都非常值得，毕竟他也为新西藏的建设付出了自己的一份努力，作出了自己的一份贡献。此时的陈金水倍感自身的价值所在，也感到自己的选择是对的：作为一名共产党员，哪里需要哪里去，哪里需要哪里扎根。他再次担任了昌都地区气象台党委书记。

1995年，陈金水已经过了退休年龄。他第三次进藏工作也已到了最后一个年头。坐在昌都自己那间简陋的办公室兼卧室里，他提起笔来，给远在千里之外的自治区气象局领导写信，这样表明自己的心迹："我一生中三次进藏，在藏工作了33年。现在身体不如从前，听说局里想叫我再到藏北，我也愿意去，那里是我的老家……"

但是，组织上经过综合考虑，特别是考虑到陈金水同志已经为西藏的气象事业连续工作了33年，他是气象部门的一面光辉的旗帜，加上现在已经61岁了，也应该让他退下来好好地保养身体安度晚年了，于是，自治区气象局党组作出决定：同意陈金水同志退休回内地。

1995年9月26日，陈金水从昌都邦达机场搭乘飞机启程返回浙江老家。当他坐在飞机上，从舷窗向外眺望，看到连绵不断的雪峰、冰川、高山、深谷，一切自己如此熟悉的风景，正一一地向身后隐去，两行热泪，从他那饱经沧桑的脸上慢慢地淌下。这，是他为之奋斗了一生的壮丽高原，也是他心心念念的家园与家乡。

临安是陈金水的老家，也是800多年前南宋的都城。南宋著名诗人陆游曾经在此赋诗抒怀："僵卧孤村不自哀，尚思为国戍轮台。夜阑卧听风吹雨，铁马冰河入梦来。"

尚思为国戍轮台，铁马冰河入梦来，这，不也正是陈金水这样一位共和国培养的知识分子毕生的追求和愿望吗？！

退而不休本色不改

在陈金水的带动下，在其精神的感召下，一代又一代的气象人在安多、在昌都、在西藏扎根高原、建功立业、牺牲奉献，作出了卓越的贡献。

1970年，在陈金水语重心长的谈心、引领下，藏族姑娘仓决决定留下来，留在安多。

1976年，优秀的气象工作者次旦益西也决定留下来。

2003年，"60后"的拉巴顿珠和妻子米玛潘多将两个孩子分别寄养在拉萨和日喀则的父母及岳父母家，也坚定地留在了安多。

2012年，"80后"的洛松拉姆、卓玛拉姆也在陈金水精神的感召下，留了下来。

2019年，"90后"的仓啦、尼玛也来到了安多气象站。

……

安多气象站成立60年来，一代代气象工作者坚守安多，守望高原，喝着金水井的甘泉，发挥"吃苦、敬业、奉献、牺牲"和"站在世界最高处，争创工作第一流"的藏北气象人精神，不断传承弘扬陈金水开拓的气象梦想，全力打造"天下第一气象站"。

安多气象站也从最初的天气预报发展到今天的智慧气象服务。气象工作、气象成果全面服务于安多县农牧业生产增收的方方面面。优质的气象科技保障了牧草的高产出、优品质，提高了牲畜的存活率、出栏率。

安多气象站还为唐古拉山路、109国道提供交通安全服务，及时预报风雪冰冻灾害等各种危害性天气，在保障青藏线的交通安全，保障航路安全、飞行安全等各方面都承担了繁重的任务，受到了方方面面的高度赞誉和广大牧民群众的一致好评。安多县气象局多次被评为自治区市县三级优秀集体、自治区文明单位、自治区优秀事业集体嘉奖、自治区巾帼文明岗等。

回顾自己在西藏33年的工作经历，陈金水这样总结道："安多是西藏的北大门，昌都是西藏的东大门，我这一辈子就像是一个守门人。我这辈子也像块石头，一块生命禁区气象工作的铺路石，一块检验自我生命质量的试金石。"

1996年，浙江省授予陈金水"党的好干部"称号。4月2日，中国气象局发起了"向陈金水同志学习"的活动。

接着，党中央决定授予陈金水"全国优秀共产党员"称号，并且迅速地在全国开展关于陈金水事迹的宣传报道，开展向陈金水同志学习的活动。有关陈金水的新闻报道铺天盖地。传记文学作品接连出版。他的名字变得家喻户晓，他的事迹、他的精神感动和感召了越来越多的人。1997年，陈金水荣获全国五一劳动奖章，并且当选党的十五大代表。刘晓云获得全国三八红旗手、"杭州市劳动模范"

称号。

获得了崇高荣誉的陈金水，并没有躺在功劳簿上，而是始终牢记自己在党旗下宣过的誓：把一切献给党，生命不息，战斗不止。

退休以后，他这个老兵虽不在一线却 24 小时在线。他担任临安县讲师团团长 20 余年，为青少年举办爱国主义教育和传播气象科普知识讲座近千场，自觉担负起政府和老百姓之间的桥梁，推动解决了一些民生问题。在他的心中，信念永远坚定。他心中的天平，永远向祖国和人民的需要倾斜。

有一回，一个来自四川汶川地震灾区的农民工到临安的建筑工地打工，不小心从脚手架上掉下来，受伤严重。但是工地老板在付过一笔医药费后却玩起了失踪。陈金水得知情况后，便主动帮助农民工去讨要赔偿。他千方百计地找到了那个老板老家所在的乡镇，并请镇政府领导出面，最终找到了那个老板。在政府主持的协调会上，那个老板指着陈金水的鼻子骂他多管闲事。陈金水义正词严地回答："我是共产党员，如果群众的生死都不顾了，还叫什么共产党员！"最终，那个老板给了那名农民工 8 万元的赔偿。

2001 年，临安横溪乡 10 个村的村支书带领几十名村民找到了陈金水，向他反映乡里不通公交学生上学困难的问题。

陈金水亲自赴实地调查了解，发现当地 3 所学校有 1500 多名中小学生，每天都要来回走几十里的路上下学。于是，他下决心要帮他们解决这个交通难题。他向有关部门反映，起到了桥梁作用。公交通到了横溪乡的 10 个村，解决了孩子们上下学交通的困难。

陈金水在生活上十分俭朴。至今他和家人还是住着一套 60 多平方米的房子。这是当年妻子刘晓云从西藏回到临安气象局后，单位分给她的房子，此后就一直都没有调换过。

当我在线上采访陈金水时，他和妻子安详地坐在一起，脸上始终带着知足而幸福的微笑。其实，晚年的刘晓云和陈金水也是高血压、冠心病、关节炎……百病缠身，陈金水甚至得过大脑猝死，在浙江省、市、区各级部门的关怀下死里逃生。但他们从未被病魔吓倒，更没有把疾病放在眼里。陈金水告诉我："乐观的心态可以当保健品、药品。经常想一想过去，想一想愉快的东西，就能把不愉快的东西都忘掉。"

西藏 33 年的生活，已然化为了陈金水一生用之不尽的宝藏，也使他得以更加从容、更加坦然地面对生活，面向未来。

第三章

技术援藏，共同奔富

以经济建设为中心是兴国之要，是我们党和国家兴旺发达、长治久安的根本。西藏的经济发展，科学技术发挥着极其重要的引领推动作用。西藏百姓的物质生活，畜牧业占据很大比重，因此，引进并在西藏推广先进的畜牧技术意义重大。

畜牧界援藏代表张新慧，长期致力于在西藏各地推广先进繁殖养育技术，竭尽全力帮助藏族人民共同富裕。

入京不久便进藏

牛在藏族生活中具有十分重要的地位，可产牛奶牛肉，制作酥油、酥油茶、酸奶等奶制品，服务农业生产和日常生活。张新慧说，他就喜欢看到牛长得膘肥体壮、毛发油光发亮，看见这样的牛心里就特别舒服；而一旦看到瘦骨嶙峋、营养不良的牛心里就难受。因为在他看来，牛健康，百姓的生活就有保障，就能给百姓带来财富和幸福。

1987年，张新慧大专毕业，先后在国营铁锋畜牧场和新中畜牧场担任技术员。后被调入黑龙江省畜牧研究所，从事动物胚胎移植临床研究。因为实际操作能力强，2001年，又被调入北京奶牛中心。

单位的厚待令张新慧感恩不已。他下决心一定要干好本职，不辜负单位的厚望。因此，他在工作上一直都很卖力。

正式迁入北京才一个月，家都还没有安顿停当，2001年5月，张新慧便被派往西藏，去执行一个援藏项目。

西藏是我国重要的牧区，畜牧业在经济中所占比重很大。农牧民以饲养黄牛和牦牛为生活的重要来源之一。同样是养一头牛，如果能够保证母牛一年怀一胎，那么，从一头母牛养起，用不了几年就能繁殖成一群牛，每年都能有奶喝、有牛卖。但是，如果所养的母牛两年产一胎或更长时间才产一胎，那么，养牛的效益就会大打折扣，甚至还得赔上饲料钱。张新慧认识到，自己的工作就是要让老百姓饲养的牛在尽可能短的时间内怀孕生产，既能产牛犊，还能在哺乳期产奶，从而大大提高养牛的收益，改善农牧民的生活。此次西藏之行，他们就是要给拉萨市的黄牛移植高产奶牛的胚胎。

在此之前的20世纪70年代，西藏就已开始进行黄牛改良。但是当时的改良技术手段比较原始，母牛受胎率没有保障，而且容易感染疾病。而直接引进品种好的奶牛母牛在高原饲养繁殖，这些奶牛因为无法适应高原缺氧环境，死亡率高达50%。

为了解决这些难题，张新慧他们转向采用牛种改良技术。西藏本地牛种藏系黄牛适应当地严酷的环境、能耐粗饲料、抗病力也比较强，但是在长肉、产奶方面都不尽如人意。因此，张新慧他们确定自己的工作目标：通过黄牛改良技术，改变藏黄牛的品质，在保持其原有优秀性能的前提下，提高产奶、产肉的能力。

他们在拉萨娘热乡进行的良种奶牛胚胎移植很成功。第二年也就是2002年便喜获西藏自治区第一头胚胎移植高产牛犊。

2001年去西藏的时候，张新慧感觉风景特别优美。尤其是在纳木错湖畔，站在浩瀚的湖边，神奇而美丽的雪域高原带给了他强烈的震撼，美不胜收的雪域风光更是给他留下了难忘的印象。

2006年7月1日，青藏铁路全线通车。张新慧本来打算全家人一道搭乘首趟列车进藏，带妻儿去西藏休假。但是，他们没买到这一天的火车票，只买到了7月6日的票。他背着一罐装有娟姗牛冻精的液氮罐，同妻子和女儿一起去西藏。

说是陪妻子女儿去西藏旅游，可实际上到了拉萨以后，张新慧便和她们母女俩分道扬镳，独自去执行工作任务，在西藏待了一个多月。他的妻子和女儿则报了旅游团，跟团去林芝、纳木错、羊卓雍措、日喀则和拉萨等地旅游。一周以后就回去了。

娟姗牛是源自英吉利海峡杰茜岛的进口奶牛。其最大的优点是乳质浓厚，乳脂、乳蛋白含量均明显高于普通奶牛，优质乳蛋白含量达3.5%以上。与其他品种相比，娟姗牛耐热性强、耐粗饲、采食性好。

娟姗牛是一种小型的山地泌乳牛，因为性能优秀，张新慧他们就采用娟姗牛的冻精，来改良藏黄牛。由此生产出的杂交牛体形相对较小，对高原缺氧环境适应性强，其母牛所产奶的乳脂和乳蛋白含量高，非常适合藏族同胞制作酥油和奶酪，因此成为深受农牧民欢迎的重要牛种。

张新慧他们在日喀则牧区主推娟姗牛改良的黄牛和牦牛，取得很好的效果，为农牧民增收致富带来了希望。经测算，奶牛每提升100斤的产奶量，大约能给农牧民带来1000元的收入增长。聂日雄乡阿旺家养有5头奶牛，每天能卖一坨酥油30多元，几天就能卖一桶奶渣可获100多元，两项奶产品一年大约就能收入2万元。这样一份收入在当地算得上是致富农户了。

说起农牧民因为改良牛种而获得增产增收，张新慧喜形于色，格外开心。他对于农牧民家的牛的情况非常熟悉，谁家的牛什么时间发情，什么时候配的种，谁家牛下的是哪头种公牛的后代，是第几代的优良品种，每一项他都记得一清二楚。

前辈闯关东，他要闯西藏

就在科研工作进展顺利之际，张新慧突然患上了白内障，发生了视网膜脱落，手术之后仍旧还有脉络膜渗出的后遗症。为了保护眼睛，他从此一直随身携带着决明子茶以减轻眼睛的难受程度，外出时则戴副墨镜来抵抗强烈的阳光对眼睛的刺激。

当雄是拉萨市唯一的牧区。当雄有一座牦牛冻精站，这是十世班禅的表兄弟张云创立的。张云是青海湟源人，担任过拉萨市政协副主席，是一位副厅级干部，也是冻精站站长。这个冻精平台一直是国家民委支持的项目。冻精站实行军事化管理，从山东等地引进1984级、1985级的大学毕业生，其中有六七位已转成事业编制。张云已经到了退休年龄，但他还无法办理退休手续，因为一旦他退休，牦牛的驯化、采精等工作都要受到影响，在这些方面他有丰富的经验。

他向组织上反映了这个情况。但是组织上找不到合适的人。于是，西藏方面便把这个难题交给了对口援藏的北京市，希望北京能够选派高学历、高职称而且有公牛饲养经验的专业技术人员来承担这项任务。

北京市委组织部通过查询了解，就北京奶牛中心有这方面的人才，于是便把这项任务交给了他们。

张新慧正好满足西藏方面提出的这三项条件。领导就找他商量，征求他个人的意见。

由于之前有过一次进藏工作的经历，张新慧自信能够适应高原环境，他也乐意承担这份重任。因此，他很爽快地答应了。于是，他便被推荐到了北京市委组织部。

那时，张新慧70岁的父亲刚被发现患上了胃癌，需要做手术。张新慧便请他在东北的二哥来照顾父亲。

家里人对他做过白内障手术的眼睛不无担忧，怕"日光城"拉萨强烈的阳光会加剧对他眼睛的伤害。张新慧回答："在西藏，不也有白内障患者手术后继续在那里生活的人吗？他们能生活，我就能在那里生活！"这时的他不由得想起自己的祖辈曾经"闯关东"，而今，自己则要去"闯西藏"了！

就这样，张新慧作为北京市第五批援藏干部之一，于2007年，奉命前往当雄县牦牛冻精站担任站长，负责牦牛的提纯、复壮工作。

牦牛被称为"高原之舟"，是我国青藏高原特有的品种，也是一个多用途的畜种，既能耕作、驮运，肉可以食用，产的奶可以制作成酥油、酸奶、奶渣，牛皮可以做皮具，牛毛可以编帐篷，牛尾可以做工艺品，而晒干的牦牛粪又是最天然的燃料。可以说，牦牛浑身是宝，是世世代代藏族百姓生产生活中不可或缺、极其重要的一个成员。

当雄，藏语意思为"天选牧场"，位于拉萨市北部，距拉萨市中心170公里，是拉萨唯一的纯牧业县。当雄草场广阔，优良草场占全县可利用草场的68%。当雄牦牛冻精站是世界上海拔最高、唯一一座位于海拔4000米以上的种公牛站。20世纪80年代在多方面多部门的支持下建立起来。从那时起，北京奶牛中心就开始在技术、设备、人员培训等方面，对其提供有力的帮助。

来到当雄冻精站后，张新慧首先对牦牛的养殖方式进行了调研，对牦牛的养殖经验进行深入了解。他同时翻阅查找资料，了解牦牛的生理习性、繁殖和生长规律。

他走进农牧民家进行实地调查。因为农牧民居住比较分散，他有时一天就要驱车数百公里。他走遍了拉萨、那曲牦牛饲养比较集中的乡镇。

通过调查，他发现，西藏牦牛繁殖率低，生长周期长，受自然条件限制，当地牦牛的养殖方式还停留在比较原始的状态。春天，草长出来，牦牛才能吃饱，积攒点能量，到了夏秋季自然发情，进入繁殖季节，入冬之前牧民才把牛赶回来。这种放牧式饲养牛一般两年才能怀上一胎，或者三年怀两胎。牛的孕育生产完全处于一种自然状态。牦牛的孕期大约280天。因为产犊后牦牛子宫恢复较慢，产奶消耗又大，因此，到了第二年，牦牛才能再次发情和怀孕。牦牛自然发情期一个周期大约18—22天，如果它没受孕就会再次发情。判断牦牛是否怀孕，常规方法是直肠检查法，通过触摸子宫、卵巢，如果已怀孕40—60天就能够发现子宫角变大，卵巢也有相应变化，用直检可以确认。也可以对牦牛做B超，怀孕30天即可查出。还可以通过验尿，检测孕酮的变化来判断。但这些专业手段一般只适用于集约化饲养的牦牛。对于散养的牦牛，牧民们通常都是从感官上来判断，牦牛怀孕后毛发就会变光亮，膘就会长得更好。通过这种直观的观察一般也能猜个八九不离十。

张新慧经过调研发现，西藏牦牛存在着"三多一少"现象：公牛多，100头牛中大约有18头公牛；其次是老龄牛、10多岁的牛多；空怀牛、怀不上的牛多；繁殖母牛少。那些空怀牛和老龄牛相当于

"白吃白养"。藏族对于像家庭成员一样的牦牛普遍存在着惜宰、惜售的情况，因此很多牛都相当于是白养，效益很低。

牦牛的生长发育受水草生长和季节变化影响很大，年景好就长得好。但到了冬天，由于采食不足，牦牛就又瘦了回去。牛长成什么样基本上是靠天吃饭。加上牦牛近亲繁殖等方面的影响，体形退化严重，先进技术的推广使用存在相当难度，当地技术人员掌握科技水平程度亦存在差异。

牦牛正常的怀孕期在280天左右，如果饲养照料各方面都能跟得上，可以实现一年产一只牛犊。母牛产了犊，才能有奶。有奶，牧民才有收入。留足牛犊吃的奶之外，有多余的牛奶，就可以向市场销售。但是，如果母牛两年或三年才产一胎，他们养的牛虽有好多，而其中不产犊的牛这一年就相当于空养白养，所以养殖效率很低。"我们看到这个现状，真是替牧民们着急。"张新慧说。

针对西藏牦牛的现状，张新慧和同事们提出了多方面入手的解决办法：对牦牛发情期进行技术干预；通过人工授精，缩短母牛的胎间距；导入野血牦牛的基因，从提升产奶量、产犊量、耐粗饲等各方面提高后代牦牛品质，遏制牦牛退化的趋势；强度育肥，冬天进行科学补饲，尽量缓解牦牛冬季掉膘。

当雄冻精站饲养有几头种公牛，这些种公牛带有野牦牛的血统，一般具有1/2或1/4的野牦牛基因。

在长江源高海拔地区包括玉树和天峻地区，还生活着许多野牦牛。在牦牛发情的季节，把家牦牛放养在野外，有的家牦牛就会被野牦牛带走。等到冬天草黄之时，这些家牦牛便会怀着野牦牛的胎儿回到牧民家，来年开春它们产下的牛犊就带有野牦牛的基因，即具有1/2的野血血统。张新慧带领团队克服种种困难，用这些带有野血牦牛基因的冻精来改良家牦牛。

按照张新慧的设想，通过人工授精提高牦牛的繁殖率，增加牦牛后代数量，逐步调整牦牛的牛群结构。有了充足的后备牛，牧民自然就会淘汰掉老弱病残牛，牛群结构就会日趋合理。而大量空怀牛经过育肥可以出栏出售。推广普及应用人工授精技术，配种公牛的数量便可逐步淘汰减少，从而实现牦牛品种优良化，并且大大提高牦牛饲养的效率。

但在实际推行过程中，他们却遇到了新的困难：农牧民由于受当地风俗习惯等影响，在思想观念上存在种种顾虑，难以理解和接受新的技术，因此新技术的推广实施几乎无从谈起。

在实施人工授精时，有一套操作规程。母牦牛在发情时需要与公牛隔开，然后再进行人工授精。但是，牧民把自己家的公牛隔开了，而母牛发情散发出的气味和雌性激素却又招来了邻居家的公牛来与之交配，因此也达不到人工授精的效果。这样，就需要给发情的母牛穿上护裆布，就像小孩子的屁帘似的，使得其他的公牛无法与之交配。然后，再根据母牛实际的发情阶段，便可适时实施人工授精。

在人工授精时，需要将手伸到母牛的直肠里进行操作，动作稍重就会导致直肠水肿或出血。藏族百姓开始时对此都不理解，也不能接受。他们从爱护牦牛和宗教习俗的角度，认为不能这样对待牦牛。张新慧便让翻译一遍又一遍地帮他翻译，讲解人工授精具体的过程、实施的步骤，以及这样做所能带来的各种好处。

然而，一切都是纸上谈兵。张新慧他们费尽了口舌，藏族牧民还是不能理解、无法接受。

于是，张新慧采用了让事实说话的办法。

西藏的牦牛都是放牧型的。如果水草丰茂，这一年母牦牛的发情率就会高。2007年这一年，因为干旱，牧草长势不好，牦牛发情率低。张新慧首先从空怀牛、难孕牛的摸排诊治入手，采用人工外用激素来刺激牦牛发情，再运用直肠把握法输精技术进行人工授精，以提高配种受胎率。结果，有些空怀了七八年的母牛竟然怀上了。而牧民的普通牦牛因为未做激素刺激，牦牛不发情，这一年却都空怀了。

藏族牧民们一看，冻精站的牦牛都怀上了，而自己家的牛却没怀上，觉得冻精站这些老师的技术确实神奇。冻精站也不断地加大宣传力度。冻精站司机西绕森格的亲属也找到了张新慧，让他帮忙给自家的牛调动发情，然后用他家的公牛来配种，结果获得了成功。

经过两年的宣传，老百姓知道，通过冻精站老师们给牛打药，牛就能配上种。事实加宣传，特别是藏族同胞口口相传，大家就更容易接受了。藏族同胞说一遍，相当于张新慧他们自己说一百遍。

张新慧神奇的医术被到处传播。从此，他每到一处，牧民们便纷纷牵着自家的牛，抢着让他给看看。牧民们提到他时，都会竖起大拇指，说"亚布都"（真棒）！

牧民渐渐接受了这些新技术后，母牛空怀率降低了，产犊增多了，牧民都尝到了甜头。

每次到藏族聚居区，每到一户农牧民家里或者帐篷里，那些藏族同胞都非常热情，不管干不干活，都先邀请张新慧他们坐下来喝茶，喝好了再干活。虽然农牧民家里大多并不富裕，但是藏族同胞都把自己家里最好的食物拿出来招待张新慧他们。碗里的酥油茶喝了一点就添满，茶碗一直都是满的。面对这些质朴善良的藏族牧民，张新慧恨不得把自己掌握的技术倾囊倒出。他更渴望通过技术改良，让牦牛养殖的劳动强度降低，繁殖效率提高，让农牧民收益增加，从而有更多的时间好好地享受生活。

因为农牧民居住点特别分散，每年7月至9月牦牛繁殖季节，每一天张新慧和冻精站技术人员们都要与时间赛跑。他们经常顶风冒雨，在空旷的牧场开展工作。为了提高牦牛人工授精的受胎率，他们必须根据牦牛的发情时间做到适时输精，因此经常需要在晚上进行输精操作。西藏的天亮得比内地要晚，他和同事每天早晨6点天还没亮就带着设备器材出发，驱车100多公里，8点左右便赶到了牧民的放牧点。这时牧民们才刚刚起床，他们便开始了一天的工作。用保定栏将母牛固定住，再通过直肠把握法等进行人工授精。一直要忙碌到天黑了八九点钟才往回赶，往往夜里11点多钟才能返回冻精站。而到了第二天早晨6点就又该起床工作了。每一天都是这样忙忙碌碌，忙而充实，忙而快乐。他们时常忙得顾不上吃饭，就拿自带的干粮饼子就榨菜随便对付一顿。有时夜里赶不回去，就睡在睡袋里，伴着呼啸的大风入眠。

2007年至2008年，西藏先后发生了一系列的骚乱。按规定，援藏干部可以回家休假三个月，但是因为当时西藏局势紧张，2007年

12 月，张新慧回北京休假，不到两个月便返回了西藏。

2008 年 5 月，汶川大地震发生。10 月，当雄也发生了里氏 6.6 级地震。地震是 6 日下午 4∶30 发生的。震中位于格达乡与尼木县交界地带。那里正是张新慧他们做牦牛繁殖项目所在地。地震发生后，通信中断，道路中断，死了几个人。张新慧跑到现场去参加救灾。晚上发生了余震，下起了雪，非常寒冷，大伙儿就挤住在帐篷里。当时的县委书记和县委副书记都是援藏干部，北京崇文区（现划入东城区）统战部的薛国强同志负责值班。后来便抢通了通信和道路。

张新慧他们刚到当雄县时，赶上政府食堂改建，很长一段时间吃饭都是个问题。每天只能东找西凑，到街上去找小吃店。冻精站的几个人经常去的就是街上的老陕面馆和撒拉面馆，还有川菜馆等几家饭店。当雄县城位于 119 国道的两边，县城不大，有千儿八百人。冻精站距离县委、县政府办公地有 5 公里远。那段时间，他们每天都要琢磨吃点什么。周末时可以去拉萨，那里有北京援疆干部公寓，掌勺的是首旅派来的厨师，能做地道北京味的菜。

每回下乡，张新慧他们都自带干粮，还要带一些小食品送给藏族小孩。藏族农牧民们总是热情款待，捧上酥油茶、糌粑，有时还有青稞酒。

在工作中，张新慧总结并率先使用了牦牛同步发情法，大大提高了牦牛人工授精的效果。他们采用国产的"牛欢"、氟孕酮等，对家牦牛实施同期发情。使用灭菌的植物油对阴道栓进行浸润，再通过阴道开膣器将其送入阴道深部。运用这个方法，牛的同期发情率可以达到 96%。

同期发情技术是张新慧团队首次将其带到西藏的。它原本是应用于胚胎移植的一项技术，就是让牛同期发情，以便在其体内植入胚胎。张新慧他们在具体技术应用上进行了一次创新，把它应用于给牦牛做人工授精。

牦牛的发情周期通常在 21—28 天。利用同期发情技术，经过用药物进行处理，亦即通过药物刺激母牛分泌激素，调整牛卵巢的激素水平，从而可以促使多头牛在同一天发情，在同一天给予人工配种。

这样，技术人员便可以接着赶往下一个工作站点，从而大幅提高人工授精的工作效率。

实施这一方法后，就可以在高原牧区短时间、大规模、高效率地实施人工授精技术，为良种牦牛的扩繁打下坚实基础。在工作中，张新慧始终热情高涨，恨不能把一天当成十天，给所有的空怀牛都配上种。

2010年，张新慧和他的同事们采用同期发情技术，在一个月时间里，一次性用野血牦牛冻精给家牦牛人工授精3000头，创造了牦牛改良史上的吉尼斯世界纪录。

然而，冻精站技术人员的力量毕竟还是有限的，要在西藏大范围推广先进的繁育技术，就需要培训更多基层的技术人员。

为此，当雄县牦牛冻精站申请和实施了多项科技研究及推广项目——《牦牛诱导发情与人工授精及良种牦牛扩繁配套技术》《当雄县牦牛本品种选育》《当雄县牦牛程序化人工授精技术推广与示范》《当雄县野血牦牛良种扩繁》等，并逐步地在拉萨、日喀则、那曲等地推广实施。

在推广黄牛改良技术培训过程中，张新慧他们随身携带着冻精、兽药，还有几具母牛生殖系统的标本，这是教学的道具。因为藏牛多数以家庭养牛为主，在黄改过程中，谁家的牛都舍不得拿给当地的黄牛改良技术员当练手，所以黄改员练习的机会少，技术掌握较慢。他们带来这一套教学道具就是为了让学员们能够仿真学习使用。

张新慧和同事们不仅准备了详细分解图的投影PPT课件，还有手绘的直肠把握法、输精剖面示意图，让学员们传看。还利用培训的教具，手把手地教当地的畜牧兽医和技术人员如何操作直肠把握法，提高培训效率，推广新技术。

后期，张新慧团队还承担了日喀则地区的黄牛改良工作，因为老百姓接受人工授精的难度大，掌握技术的人少。以前，人工授精大多采用开膣器法，也就是将牛精液放在母牛的子宫颈口外或者颈口1/3处，精液会回流到阴道里。开膣器法百姓的接受率高，但受胎率低。

而直肠把握法则需将一只手伸入牛的直肠握住子宫颈，另一只手拿着输精枪，将精液通过子宫颈直接送进子宫口内。这样受胎率便会大大提高。

在实施人工授精时，还需要同时掌握卵巢和卵泡的发育程度，以保证受胎率。

张新慧团队选择那些难孕、空怀的牛来进行试验。先通过直肠检查法检查牛子宫和卵巢有无毛病。如果发现有什么问题就有针对性地用药进行治疗。治好后再实施直肠把握法人工授精。第一次授精成功率可以达到50%到60%，未孕的可进行第二次授精，总成功率可以达到90%以上。

在进行这项技术推广过程中，张新慧遇到了一头7年未孕的黄牛。经过检查，张新慧告诉牧民，这是一头幼稚牛，是怀不上的。牧民感到非常难过。张新慧也替他感到惋惜，因为这头牛牧民已经养了7年，要让他把它淘汰掉卖肉，实在于心不忍，也很可惜。如果是患了疾病的牛可以对症治疗，营养不良的牛可以加强营养，而像这种幼稚牛生殖器官先天有毛病的就没有办法了。

在教学员时，张新慧要一遍又一遍地示范，让大家都伸手进去触摸牛的卵巢、黄体、卵泡，再画成图一一地进行解说。如果是没有经验的人，手伸进去摸到的都是软的热的内脏，根本区分不出哪个是子宫，哪个是卵巢，更分辨不出子宫的状态是否正常。张新慧用带去的那几副冷冻好的、用时再化开的牛的生殖系统，手把手地指导学员们去摸索找到卵巢、子宫的位置，再一一教他们正常的器官应该是什么样的。

张新慧团队还用心整理出有100多个专业词汇和短句的藏语发音表。在技术辅导时，使用手势再加上一两个藏语词汇，不仅能活跃气氛，还能与当地技术人员进行简单互动，让他们学得更快。

几年下来，张新慧带领的团队已累计开展直肠把握法输精技术培训85场次，培训西藏"黄改员"2000人次以上。骨干"黄改员"能够熟练掌握技术，为养殖户义务诊治难孕牛超过800头，解决了部分农牧民长期饲养空怀牛的难题。

"养牛抓两头，前头是喂，后头是配；有奶没奶在于配，奶多奶少在于喂。"这句话形象总结了配种和喂养在奶牛养殖中的重要性。只有怀孕生殖、喂养得当的母牛才能源源不断地产出奶汁。

一头母牛一年消耗的饲料成本大约 5000 元。如果母牛产下小母牛，小母牛落地就能卖上 5000 元，一下子便能收回饲料成本。再加上牛奶销售还能另有收入。一头母牛一年产一犊，农牧民一年收入就能近万元。因此，农牧民肯定都希望自家牛能定期受孕生殖产奶。张新慧还教授农牧民如何在冬春季节合理补饲，满足牦牛生长及发育需要，从而大幅减少每年春季大量体弱牛死亡的现象；教他们如何控制人工授精母牛怀孕后期营养摄入量，避免牛胎儿过大导致难产；教他们如何在集中产犊期做好接产、育犊准备工作……

经过逐步推广新技术和改良牛种，牦牛养殖业靠天吃饭的传统局面得到了改观，牧民逐渐感受到科技为他们带来的好处与实惠。

3 年的援藏工作很快就结束了，但是张新慧的高原情怀反而更加强烈。从那以后，他几乎每年都会进藏，参与牦牛育种改良和繁殖等工作。他也曾多次受到北京建藏援藏工作者协会的表彰奖励。他说："只要有可能，我就会尽全力把我的知识和技能，全都投入到为藏族同胞的服务中，让他们享受到先进繁殖技术带来的效益。"

不了援藏情

3 年援藏，张新慧觉得自己对家人亏欠得太多了。女儿上学只能是妻子去接送。父亲生病时，只好请远在东北的哥哥前来陪护。妻子患有椎间盘严重不适，但家里 80 多岁的老母亲，每天还得她下班回家来独自照料。

那时，女儿才刚十一二岁。她总是问妈妈："我爸爸什么时候回来啊？"

在牧区没有网络，只有回到了冻精站住地才有网络。这时，张新慧才能用 QQ 跟放了学的女儿聊一会儿天。那时微信视频通话尚未普及，长途电话费又有点贵，用 QQ 聊天是最经济的方式。现在，张新慧的女儿已经从首都经贸大学工商行政管理专业毕业，分配到了崇外街道工作。

张新慧曾先后做过3次白内障和视网膜脱落手术，常年喝决明子茶、戴墨镜以缓解眼睛的疼痛和不适。

尽管有这么多的牺牲和付出，但是张新慧觉得，西藏那片土地是自己所深爱的。那里的人们朴实善良，是值得自己为他们服务效力一生的。因此，回到北京后十几年来，他和团队仍多次进藏提供志愿服务，发挥优势，帮助排查诊治难孕牛，开展黄牛改良、人工授精，开发奶牛登记系统，印制汉藏双语科学养牛张贴画，为当地开展技术培训。他的脚步一直跋涉在高原强烈的阳光之下，行走在技术扶持援藏的道路上。

2012年，为了黄牛改良项目，张新慧再赴西藏。因为要携带装有冻精的液氮罐，坐飞机和火车都不方便，于是他便自己开车去。他和西藏扶贫办原书记王健两个人开着车，从昆仑山口过去。在海拔5000米的地方汽车突然爆胎。结果，剩下1000多公里路，他俩愣是硬着头皮在没有备胎的情况下，坚持着把车开到了拉萨。

这一年，张新慧和薛建华、吴胜权等首农食品集团的专家一起在西藏开展技术服务。有一天，他们行至帕里高原，遭遇天气突变，只好就近住到了一家大车店里。店里只有一张大通铺，没有其他设施。一行三人也无法讲究，拿出睡袋就挤在大通铺上睡觉。半夜里还能听到户外呼啸的狂风。

有一回，张新慧还遭遇了泥石流。

当时，他们正在日喀则下乡。他们是绕着日喀则地区循环行驶，从浪卡子县到江孜县的一个黄牛改良点去给配种员送冻精并开展培训。此时正值雨季，易发泥石流。张新慧开着奇骏城市SUV车，车上坐着两个人。突然看见前面的车停了下来，他觉得很纳闷，便使劲地按喇叭。前面那辆车的司机使劲比画，意思是前方掉石头，不能再往前走了。但是，张新慧他们因为着急赶路，也缺乏危险意识，开着车便冲过去。结果，"哗"的一声，山上真的掉下石头，砸在车顶上，砸出了一个不小的坑，把车上的人都吓出了一身冷汗。

尽管开展黄牛改良技术服务并没有硬性的任务指标，但是，为了通过科技服务帮助西藏农牧民脱贫致富，张新慧和其他专家主动设计出完整的工作体系，自觉按照科学方法执行任务。他们开发了奶牛建档立卡专用软件、奶牛登记系统，印制配有技术示意图和藏文化吉祥图案的汉藏双语科学养牛张贴画，开展科普宣传。为查诊出的病牛免费给药治病，为愿意体验新方法的黄改员赠送专用手套，为少数技术比较成熟的黄改点赠送内窥镜和冻精细管剪刀等。

至今，由首农食品集团专家团队组织实施的西藏自治区农业综合开发黄牛改良项目在拉萨和日喀则已改良黄牛（奶牛）12万头以上，为西藏农业发展和农牧民脱贫增收作出了巨大贡献。

十几年来，张新慧一直都在关注西藏和涉藏州县奶业的发展，持续跟踪黄牛改良项目的进展。为了这一项目，他前后又去了西藏数十次。

他也关注当雄牦牛冻精站的发展，关注牦牛的提纯复壮。2020年，他重返当雄，发现道路比以前更好，冻精站也从当雄县划归西藏自治区农牧科学院管理，技术力量明显增强。他感受到了自治区对于牦牛改良工作的高度重视。同时他发现，西藏基层特别是偏远地区，技术人才很难留得住，这可能是一个现实的问题。

2015年，张新慧曾去西藏牦牛博物馆，和吴雨初馆长聊牦牛的话题。两人谈到了牦牛的历史、文化与传承，以及对牦牛文化的展示。他们俩都有相同的愿景，就是让藏族百姓一生钟爱的牦牛不断繁衍下去，让牦牛文化不断传续下去。

张新慧的QQ名叫"亚外克"（Yak），藏语就是"牦牛"的意思。藏族朋友一见他面就叫他亚外克，而不叫他的名字。而吴雨初的微博名叫"亚格博"，就是"老牦牛"的意思。藏族朋友都叫他亚格博。两个酷爱牦牛、终生执着地用牦牛为藏族造福的北京人，居然拥有着相似的藏语名字。这，不能不让人称奇叫绝。

近些年，张新慧还常去西藏。他注意到，西藏农业农村厅的文件里已经写入了给黄牛、牦牛进行人工授精。这是第一次在政府文件里写进这样一项新技术，表明这项技术已在西藏地区逐渐地被农牧民百姓所接受。他时刻关注西藏牧业发展战略的改进，为每一个进步感到高兴。他还帮助西藏畜科所因地制宜制定奶业发展规划、长远的育种规划，与西藏畜牧总站协作，共同开展科研。牦牛与藏族百姓休戚相关，也和他们的收入收益联系最直接。脱贫以后，西藏农牧民还面临着乡村振兴等更为艰巨的任务。

张新慧也在琢磨对牛圈牛舍、牛的生存条件进行改善。他大力推广繁殖饲养技术，帮助其提高繁殖效率，同时也认真考虑动物的福利、动物的利益问题，考虑怎么让牛活得更舒服、产奶的品质更好。

以前，高原牧区的牛羊都是放养。有的有牛棚或防风墙，有的牛圈却连挡风的都没有，就是在地上钉一个木橛子，用绳子拴住牛。张新慧认为，藏族牧民原来对牦牛都是采取粗放式养殖，现在是到了考虑动物福利的时候。

他悉心钻研改善动物的生存条件，包括制作犊牛岛、牦牛生活睡觉用的泡沫橡胶床垫；推广电加热饮水槽，不让牦牛喝冰水，特别是孕牛喝冰水会更遭罪；使用电动牛体刷等。现在，这些技术已开始在规模牛场推广应用。

当年，《拉萨晚报》报道了张新慧他们第一个在西藏地区所做的同期发情技术应用，那时的自治区扶贫办主任王健看到了这篇报道，主动联系到张新慧，了解人工授精在西藏应用的问题。他们关注这些技术进展，认为奶牛业的发展需要依靠技术，于是从资金上给予了大力支持，目的都是为了让藏族百姓生活得更美好。

发展牦牛事业，张新慧还有一个更大的愿景。目前世界上的优质肉牛基本上都来自西方。在我国国宴上用的牛排、牛肉亦都来自西方。而只有牦牛是中国的本地物种，没有被改良过。牦牛肉质比较柴，但是牦牛肉中血红蛋白含量更高，更能抗缺氧、抗氧化，因此，他希望，有朝一日牦牛肉也能摆上我们的国宴。牦牛种业繁育是国家种业振兴计划的一个重要方面，他要继续努力，不断实现牦牛的高附加值，在确保国家种业安全的同时，努力使一头牦牛能够卖出八头牛的价格，大幅提升老百姓生活的幸福感、获得感，让老百姓可以有更多的时间享受生活。

在北京延庆区北京奶牛中心延庆基地的停车场上，停放着一辆拖挂房车。张新慧告诉笔者，这是他在二手网站上淘到的。

"等我过几年退休了，就开着它去西藏。"他说，"我要接着去给那里的牦牛进行人工授精，传授技术，继续养牛。"

第四章

脚踏高原，仰望星空

科技是第一生产力，人才是第一资源。科技援藏和人才援藏具有重大的现实意义。

西藏因为海拔高，容易成为人们心目中的畏途，但也正因为其海拔高，空气透明度高，具备诸多优势，也造就了其为进行天文观测的天然高地。

科学界援藏人才代表王俊杰从小痴迷天文学。他是北大高才生，国家天文台研究员、博士、博士生导师，是南仁东式的中国天文学家。

踏上西藏这片净土

王俊杰 1965 年 1 月出生于北京。1986 年北京大学地球物理系天体物理专业毕业后分配到中国科学院北京天文台工作。

有一次，在北大举行的一个恒星形成研讨会上，中国天文学家们讨论了和德国合作在中国境内移址架设德国科隆大学 KOSMA 亚毫米波望远镜的可能性。会议组织者之一的王俊杰敏锐意识到这个意向如果达成其背后的重大意义。因为亚毫米波望远镜是天文望远镜家族中的一件利器，具有光学望远镜等"常规武器"所不具备的各种优势，它能够穿透星云迷雾到常规天文装置无法到达的星空深处，去探索诸如恒星如何形成等太空奥秘。

回到单位后，他立即找到时任国家天文台台长艾国祥院士，向他汇报了相关的情况。并且提出，这台望远镜应该放置在西藏。但是西藏海拔高，条件艰苦，台里是否有人愿意去那里工作？两个人对相关问题都进行了深入的探讨。

不久后，国家天文台便成立了专门的选址队伍。王俊杰起先由于另有科研工作任务，只是协助选址组做了一些筹备工作，一年后正式加入其中，参与了为期数年的科考选址工作。

天文选址就是为了寻找一个光污染少、气候比较干燥、天气条件较好的天文观测地址，2004 年，王俊杰第一次来到了西藏。从此，他便与西藏结下了终身的情缘。

然而，在西藏的科考却并非一帆风顺，而是危险丛生、危机频现。

进藏科考选址

2004 年，王俊杰开始在青藏高原，包括西藏、青海、新疆、云南和四川等西部地区选址。

2004 年年初，成立了选址组。7 月，拟在拉萨召开选址国际研讨会。3 月，为了筹备这个会，王俊杰首次进藏，住在西藏科技厅斜对面的湖北饭店。在此，他第一次体会到剧烈高反所带来的头痛和失眠。他们考察了饭店，也跟西藏科技厅打了交道。返回的时候发现航班已经没了，因为天气预报有沙尘暴，民航停飞了，接连四五天都没有飞机返京。王俊杰着急赶回北京，就一直在拉萨的贡嘎机场守着。

他听人说隔壁有军用机场，那些货运飞机也售票，一张价格要便宜 200 元左右，他就马上跑去军用机场抢票。好不容易买上票上了飞机，舱内环境比较差，乘客只能坐在地板上，但这些军用飞机能够实现全天候起飞。

就这样，王俊杰搭乘军用飞机，降落到了成都太平桥机场，然后再从成都返回了北京。

这一年 6 月底，王俊杰他们开着一辆新配的越野车提前去拉萨为国际研讨会做准备。没想到，在内蒙古乌海附近车轮爆胎了。

因为已经是半夜，找不到修车的地方，大家用钢钎想把轮胎卸下来换，但是却怎么也卸不下来。那时正是夏季，蚊虫特别多，叮咬得人浑身难受。到了白天这里又靠近沙漠，天气干旱，气温高达40℃，晒得人特别难受。

于是，王俊杰就让其他两三个人就地等候，自己拦了一辆车，搭便车去乌海寻找修车点。然而找遍了乌海都没有能修这种车的。他只好请修车师傅找了根大条杠，一起回到车前来撬轮胎，但仍无法撬下来。无奈只好联系4S店求援，将车拉到银川去。

原来，卸轮胎有一个专用螺母，这个小螺母落在了北京的办公室里。当时以为它只是一个不重要的零件因此就没有带上。在银川好不容易才把车修好。然后驾车到了格尔木，上了昆仑山。在青藏公路上，王俊杰发生了高原反应，特别是在经过海拔5200多米的唐古拉山口时头疼得厉害，呕吐。因为路上遭遇了一系列的变故，结果他们比计划晚到了一天多。

2006年，邀请了8位院士参加天文台的选址工作。这些院士有的已七八十岁。当时从叶城到阿里的新藏公路，平均海拔接近5000米，路上需要经过死人谷、红柳滩、界山达坂等地，道路难行。选址组找到了南疆军区，租了架直升机运送院士们上高原。一般的国产直升机飞不上去，只能飞上海拔五六千米，他们租用的是美国黑鹰机。王俊杰他们花费两天时间开着车从新藏公路到阿里。院士们乘着飞机随后到达。之后几天，他们去了选址的地方考察。有一次去札达，王俊杰他们乘车花费了4个小时，回程时院士们让王俊杰几个人一道乘坐直升机，结果只用了8分钟就回到了阿里狮泉河。

结束考察从阿里返回新疆喀什，开车需要两天，王俊杰他们10余人就提前出发了。院士们计划次日乘机返回。

两天后，王俊杰他们到达了喀什，结果发现院士们竟然还没飞过来。打电话询问得知，因为天气条件不够起飞标准，飞机不允许起飞，院士们滞留在阿里。有人便给天文台打电话告状，说王俊杰他们置院士们的生死于不顾，自己先跑了。

当时王俊杰他们利用等院士们这个时间，去了青藏高原西部帕米尔高原的选址点卡拉苏查看仪器设备。回喀什时赶上大雨，发生了泥石流。在过一座拱形桥时，眼看着前面的一辆大卡车开过去了，王俊杰他们的车便加大油门往前冲。正在这时，水"呼"的一声就漫上来，车也漂了起来。王俊杰顿时脑子一片空白，因为桥下面就是悬崖，车滚几滚便会掉下万丈深渊。他当时心里想：这辈子恐怕就这样交待了！

没想到，车辆滚了几滚，居然被一块大石头卡住了。当时王俊杰坐的是副驾驶座，水都浸到了车里。大伙儿随身带的包、钱和证件、文件、眼镜，全都被冲下去了。

司机使劲撬开车门，大家连忙从左侧的驾驶门逃生。王俊杰已没入水中。司机从上面将他拽了上去。他总算捡回了一条命。站在岸上一看，周围白茫茫一片全都是水。

他们一行人后面的另一辆车没有上桥，车上惊魂未定的同事们马上给地方行署打电话，请求救援。

当地交通队派来人，帮助把车拖上来了。同车4个人中，也有西藏大学物理学院的老师。

除此之外，王俊杰在青藏高原以及西藏和新疆交界处的帕米尔高原等地科考途中和定点观测期间还曾多次与死神擦肩而过，遭遇了多次危险。

2005年夏天，也是在帕米尔高原，也是两辆车同行。在4500米的高地上，一辆车承担后勤保障，在休息点支起了帐篷，准备做饭。而王俊杰他们这辆车则向前行驶去探路。

他们去的地方正是电影《冰山上的来客》故事发生地、"高原上的雄鹰"柯尔克孜族居住的帕米尔高原卡拉苏。此地临近塔吉克斯坦，正对着慕士塔格峰。山脚下便是我国边境的海关。那里的沼泽都是一小片一小片的，混杂着泥水和草，不仔细打量很难发觉。

当地的司机开着车，行驶在一块一块的沼泽边上。他猛踩一脚油门，想从一块沼泽上硬闯过去，没想到却陷进了沼泽里，大半个轱辘都陷下去了。

大家下车，使劲地推呀、拉呀，却怎么也无法将车拉上来。无可奈何，看来只能借助另一辆车的马力来拉。这时他们和另一辆车距离有三四公里。王俊杰就返回去找另外那辆车。

天阴沉沉的，下着暴风雪。因为心里着急，王俊杰一不留心，一脚陷进了沼泽里。风大，雪一直在下，他在沼泽里越挣扎就越往下陷，泥水都没到了他胸口的部位。

他的眼睛能够看见那辆陷在沼泽里的车，于是他便掉回头去大声呼救。可是，没有人回应。他又气又慌，忍不住开始骂人：怎么你们耳朵都聋了？你们怎么都听不见我的呼救？

同伴们在那里忙着拉车，暴风雪中根本注意不到此刻已陷入绝境的王俊杰。

时间一分一秒地过去了，王俊杰发现呼救无望，慢慢地便冷静了下来。他自言自语道："我不能就这样报销了！我得自救！"

他扫视着四周，细心地寻找。结果他发现，眼前正好有一块石头，还长有一些草和小树根。于是，他便紧紧地扳着那块石头，使劲拽住那些小树根和草，用膝盖顶着，双脚使劲，手脚并用，一点一点地把自己从沼泽里挣脱出来。

当他费尽九牛二虎之力终于从沼泽里爬上来时，浑身都沾满了泥泞。

他立即赶回第一辆车，一头钻进帐篷里。因为浑身沾满了泥水，他冷得直哆嗦，赶紧烤火取暖，差一点儿没被冻死。然后，把身上的泥烤个半干，再一点一点地将那些泥巴抠下来。

2008 年 7 月，王俊杰在青藏高原和帕米尔高原科考。因为当月，天文学家预测在北疆地区将会发生一次日全食。王俊杰他们正好要去北疆寻找测量台址，正好可以顺道观测一下日全食。于是，他们便开着汽车从高原上下来，准备横穿塔克拉玛干沙漠。那些天司机因为几天没有睡好觉，加之高温天气，开车的时候他便直犯困。

这是辆旧车，空调坏了。王俊杰坐在副驾驶座上。车上还有一名日本科学家和课题组的其他成员。司机开着车，在从喀什到叶城的沙漠公路上行驶，气温高达 40℃，还没有空调。王俊杰一路上也打着盹，等他偶然睁开眼，发现汽车正在走着蛇形路，心想糟了！

说时迟那时快，这时正巧遇到前面有一位维吾尔族同胞在赶着一辆毛驴车，为了躲避毛驴，司机连忙急刹车。因为车速太快，沙子路面又容易打滑，猛一刹车，车便向前翻了，滚了几个滚，沙漠里扬起很大的灰尘。车子掉下了两三米深的沟里，汽油也洒了一地。加上高温摩擦，一旦起火，车辆就会被烧毁。王俊杰赶紧挣扎着从车里爬出来，浑身疼痛，连路都走不动。那位日本专家脖子动不了，躺在了沙地上。

同事马上把电话打到县里。县委书记、县长立即安排急救车把人都拉到县医院去抢救。

王俊杰情况尚好，只是胸前软组织损伤。而那位日本人颈椎错位，医生建议他回日本去治疗。王俊杰胸部贴满了膏药，然后换了一辆有空调的新车继续前行。那位日本人找中医给他做了按摩，坚持要继续和大家一道去北疆观测日全食、进行选址工作。他一回日本，医生即让他戴上了固定保护脖颈的脖套。

受伤后，王俊杰一喘气就感觉胸部疼，既不能平躺，又不能翻身，扭一下就疼，天天都靠抹扶他林来缓解疼痛。直到现在他仍然有后遗症，胸部软组织经常会扭伤疼痛。

2006 年冬天，他们住在固定的观测点，一个蒙古包似的帐篷里，依靠烧煤取暖。煤炉就像北京人涮羊肉火锅的小炉，烟囱可以把烟从帐篷内往外拔。

有一天半夜，王俊杰突然被烟呛醒了。他本来就有较严重的咽炎，对环境的刺激比较敏感。结果呛咳醒过来一看，发现伸手不见五指，自己喘不上气来。王俊杰意识到，这应该是烟气倒灌，很容易发生一氧化碳中毒。同屋的还有两三个人，他赶紧把他们拍醒。

大家醒来一查看，发现原来煤炉子的烟倒灌进来了。这时已是凌晨三四点，再仔细查看，他们发现应该是烟囱堵了。结果从烟囱里拽出了一只鸟。想必是前一天晚上炉子封了火以后，有一只鸟把烟囱当作了温暖的窝，钻了进去，结果被卡住了进不去出不来，活活被烟熏死了，也把烟囱给堵死了。亏得王俊杰被呛醒，要不然还不知道后果会如何。

清醒过来的大伙儿赶紧将火灭掉，把帐篷里的烟都放出去，然后再重新生火。

大家都实实地感到了后怕。

国家天文台在阿里改则县物玛乡建有一个固定的观测点。这里距离阿里行署有数百公里，后勤保障非常困难。观测点距离乡里也有二十几公里。

王俊杰在这个物玛点监测时，住在临时帐篷里，一人一个睡袋。雪都下到了睡袋的边上。这里海拔有5000多米，王俊杰经常感觉头疼难耐。天气严寒，连腿都动不了。他个子有一米八，光着脚，睡在气垫上。那个气垫很软，特别容易晃荡，很不舒服，加上严重的高原反应，几乎难以成眠。

一到冬天，后勤保障便容易出问题。这里没有柏油路，冬天一下雪，路上结冰，汽车便都停驶了。

有一次，有一个新疆的汉族小伙子，冬天一个人在这里值班。有两三个月时间天天只有土豆可吃。到了春节前后，他连土豆也吃光了。他不得不挨饿受冻，都快要饿死了。

好在山下有游牧的藏族，他们是迁徙放牧。小伙子便跟一位每天赶羊上山的藏族小女孩搭话。可是女孩不会普通话，小伙子只好用身体语言比画，问她能否卖给自己一只羊，不然他就快饿死了。

第二天，那个藏族女孩带了一只羊送上来。

靠着这只羊，这个小伙子度过了一些日子，一直等候后勤的救援。因此，这个女孩对他有救命之恩。

这里是一片无人区，那时，小伙子每天能见到的活物只有这个藏族女孩。日久生情，慢慢地，他对这个藏族女孩产生了一种眷恋之情。

后来，小伙子回家去休整。

那年夏天，王俊杰和他一起去物玛安装仪器，并且去了物玛乡政府所在地，小伙子问："原先在那里游牧的那一户藏族人家去哪里了？"

乡长回答："他们总是走来走去的，哪找得到啊。"

小伙子名叫马志扬。小马专门在新疆买了一些要送给那个女孩的项链之类的礼物。他便托乡长如有机会见到，请他帮忙转交给那个姑娘。乡长回答："没有问题。"

在从乡里出来往阿里走的路上，在不远的山头上，他们看见有一大片羊。小伙子猜测那位藏族姑娘会不会就在那上面。然而看着近，山头实际上与他们相距甚远。因为着急赶路，他们便没有去山上寻找。听着《在那遥远的地方》，望着仿佛近在眼前的小羊，小马触景生情，不由得掉下了眼泪。

以后，小马便再也没有见到过那位藏族姑娘。

小马辞职回家，当上了一名出租车司机。有一次，他开着越野车，带了一群人上西藏来旅游，也到王俊杰正在负责建设的羊八井天文观测站去看了看。那一年，小马四十出头。

第二年，便传来了噩耗。小马因患肝癌，不治身亡。

小马原先是王俊杰他们选址期间聘用的人员，曾在工厂工作，后来失业了。因为他身体比较适合，人也很聪明，又会使用电脑设备，因此大家都很喜欢他。他的不幸去世和那段没有结果的恋情，都让王俊杰不胜唏嘘。

王俊杰还记得小马和他在海拔 4500 米的卡拉苏山头上进行台址监测，一起住在帐篷里几个月。帐篷是蒙古包式的，顶部可以支起。那天，风力达到了每秒 32 米，超过了风速 12 级的每秒 20 多米，达到了十三四级的大风。狂风从塔吉克斯坦刮过来，将蒙古包顶部掀了起来。结果，就像拔火罐一样，"哗"的一下，就把火炉里木炭的火给拔起来，差点引发一场火灾。狂风又把帐篷吹得鼓鼓胀胀的。

大伙儿赶紧把火灭了，再将上面的帐篷顶死死拽住，王俊杰和小马使劲去拽帐篷，几乎是费尽了九牛二虎之力，每个人都累个半死。最后，不得不把帐篷顶紧紧地绑在床头，人再坐到床上使劲地往下压，这样才好不容易把帐篷顶给拽下来。如果帐篷顶被风刮跑，帐篷就会被刮散，人就会被暴风刮到悬崖底下。

这次狂风他们可谓是有惊无险。

过了些天，上级领导来看望他们。每个人都在弄煤面，手都黑乎乎的，只有手指尖是白色的。领导笑着说："俊杰，您原来那么白，现在只有手指肚是白的了！"

王俊杰他们之所以长时间冒着生命危险在青藏高原及周边区域科考，寻找世界级优秀的天文台址，是因为那些人类越难生活的地方，反而越适合天文观测。不同电磁波段的天文望远镜要求的周围环境各不相同，但天文观测台址一般都需要远离城市，因为城市里有光污染，对光学天文观测会产生很大影响。城市里手机、电台、电视台、军用电波等无线电干扰也比较严重，对射电天文观测也有严重影响。因此，城市里的望远镜以科普为主。而在那些偏远的高原地区，大气透明度和宁静度高，晴天数多，几乎没有无线电干扰，适合建设专业天文台。

架设在世界屋脊的亚毫米波望远镜

在 2008 年的一次中德双边天文会议上，中德双方达成共识：双方合作，将架设在瑞士阿尔卑斯山上海拔 3200 米 Gornergrat 的 KOSMA 亚毫米波望远镜移址建设在海拔 4300 米的西藏羊八井，并进行技术升级改造，同时，望远镜更名为 CCOSMA。2008 年，国家天文台决定由王俊杰担任首席科学家，负责在海拔 4300 米的羊八井建立天文台，并负责 CCOSMA 的技术升级改造和移址建设工作。2009 年年初，王俊杰代表国家天文台牵头的中方科研机构赴德国科隆大学，与德方正式签订了双边协议。

亚毫米波望远镜架设地需要大气水汽少，否则来自天体的亚毫米波辐射会被大气水汽吸收。因此，这种望远镜需要架设在高海拔大气干燥水汽稀少的地方，这样天体传送来的微弱的信号才不会被完全吸收。而只有运用超导方式降温到 4K，才能采集到那些微弱的信号。

尽管羊八井并不是西藏最好的台址，很多更高海拔更干燥更偏远的地方可能才是最好的地点，但是因为天文观测需要用电、用网、用路，需要有很好的后勤保障，因此，天文台的选址需要综合考虑，要兼顾观测的条件和人员的保障，考虑干燥度、气象参数，羊八井海拔虽然只有 4300 米，但亚毫米波观测环境比较好，同时它距离拉萨 90

公里，只有一个半小时的车程。并且临近青藏公路和青藏铁路，因此，综合考虑，这个台址是比较合适的。

此类望远镜，因为对环境要求高，必须在非常干燥的高海拔地区才能发挥作用，加上安装难度大，全世界只有美国夏威夷和智利北部建有这一类的大型望远镜。

在羊八井，在王俊杰的带领下，项目组的科研人员和研究生不顾高原反应，同德方技术专家一道，克服了种种困难，一起搭脚手架，二三百斤的箱子大家都是自己抬上去安装。因为这些精密的仪器特别昂贵，他们怕工人不小心弄坏了，都不放心让工人去抬，都要亲自爬脚手架，自己动手安装。

有一次，王俊杰连着三四天吃不下饭，见到饭菜就想吐，但是仍旧强忍着坚持工作。同事们实在看不下去了，便强迫他去拉萨就医。结果一检查，发现是急性胃肠炎。医护马上给他打吊针。但是，因为他手有些肿胀，护士一直找不到血管。护士瞄了大半天，一针扎下去就鼓起一个大包，只好拔出来再重新扎。之前他在阿里得过一次重感冒，护士也是扎了好几次，最后是换了护士长来，才勉强扎了进去。

后来又有一段时间，他天天感觉犯晕，晕得恶心，喘不过气。开始时，他以为又是高原反应，于是便天天吃红景天，结果发现没有效果。

回北京一检查，医生告知他是得了高原性高血压，低压都已升到了100多。王俊杰推测，自己是因为在羊八井工作的时候过于劳累，又天天睡不好觉，日子久了就得了高血压。

从此以后，他便逼着自己每天吃降压药。他也曾吃过一些中药，但是不管用。在高海拔的羊八井，不按时吃药，他随时都有可能晕倒，那时再要去抢救可就难了！

在高原上因为经常吃煮得不熟的食物，王俊杰和同伴们普遍肠胃不好。在高原上厕所也一直是个难题。条件所限，他们不得不在冰天雪地的野外，苦苦寻觅可以方便的角落。

在工作最艰苦的那段时间，王俊杰发现，自己的腰带原本是系到第二个眼，可是到后来，最后一个眼都有些勒不紧裤腰了。

其实，高反缺氧还不是最难受的。在王俊杰看来，最难受的是醉氧。每次从高原上回到北京，他总会有十几天每天都感觉晕晕乎乎的，犯困，头疼，睡不好觉。然而，由于工作需要，他又不得不经常从高原上上上下下。

2011 年，羊八井天文台及亚毫米波望远镜初步建成。随后两年，经过系统性调试与升级改造，这台亚毫米波高精密望远镜在世界屋脊上正式开始运行，被运用于亚毫米波巡天观测，以进一步探测高频分子谱线以及深埋于星际气体及尘埃中的年轻天体，探索恒星的形成过程。

在西藏开展科考工作，王俊杰多次死里逃生，可谓九死一生。有一回，他幸运地望见了珠峰。那一天，天气出奇地好，甚至一眼可以望到珠峰之巅。

就在他陶醉于美景之际，突然，他发现，珠峰顶部旁边的一朵云形成了佛首的形状。他不禁在心里暗暗感叹：自己一次次险中逃生，冥冥之中是否得到了上天的垂怜？！

在一次遭遇惊险之后，他曾含着热泪给母亲写信：

"亲爱的妈妈，请你放心。如果你的儿子遭遇不幸，请你不要伤心哭泣。当你看到夜空有闪光划过，那就是你的儿子在天上采摘星星。"

璀璨星空，浩瀚宇宙，正是他一生孜孜以求的诗和远方。

在《高原星情》一诗中，王俊杰不无豪迈地写道：

> 啊，世界屋脊，地球第三极，
> 我终于来了！
> ……
> 为了祖国天文科学的发展，
> 需要给你镶嵌一只观星慧眼，
> 我和我的同伴们，
> 头顶烈日，渡江涉水。
> 披星戴月，踏雪翻山。

一路科考，一路冰川。

一路伤病，一路艰难。

无数次与死神擦肩而过，

始终无怨无悔，心甘情愿。

……

对于父母和家人，王俊杰觉得自己有着太多的亏欠。如今，父亲已经 91 岁，母亲也 88 岁了。好在他们身边还有姐姐帮忙照料。

在他援藏挂职期间，父亲患了肾癌，做手术取掉了一只肾。因为怕王俊杰担心，做完了手术，父亲才把这个消息告诉他。

从援藏博士到援藏干部

2006 年，国际天文学联合会在捷克首都布拉格召开第 26 届大会。王俊杰作为中国代表团成员之一出席。

在这次大会上，王俊杰参与了对冥王星身份的投票。国际天文学联合会对太阳系大行星进行了重新定义，并在此次大会上通过投票表决了新的行星定义，从而不再将传统九大行星之一的冥王星视为行星，而将其列入矮行星，从而确认太阳系只有 8 颗行星。

王俊杰还作为 2012 年第 28 届国际天文大会北京申办团的成员，参加了答辩会。

国际天文学联合会大会每三年在不同的国家举行一次，堪称天文学界的奥运会。每次大会都需要进行申办答辩和几年的组织协调工作。2012 年的国际大会共有 4 个国家的城市参与申办。最终，北京胜出。

在此后的 6 年里，王俊杰参与了艰巨的筹备工作。

2012 年 8 月，在北京国际会议中心顺利召开了第 28 届国际天文学大会。时任国家副主席习近平出席了会议开幕式。

在这次大会上，王俊杰向全世界展示了西藏羊八井天文台的建设成果。这是西藏第一座专业天文台，里面架设起了北半球海拔最高的亚毫米波天文望远镜，为中国乃至世界天文研究提供了一个新的高海拔观测地点及设备。

从2004年到2016年，为了搞科研王俊杰几乎每年都要往西藏跑。他每年有一半的时间在外面，在西藏要跑上两三个月。有时一次跑十天半个月才回来。1998年，王俊杰晋升副研究员；2005年晋升研究员，同时兼任中国科学院大学研究生院教授。作为博士研究生导师，他先后指导了多名博士研究生。在科研工作中，王俊杰表现相当优异。

从2016年年底到2023年年初，王俊杰正式到西藏挂职，从援藏博士一直到援藏干部。2016年12月，他作为中组部、团中央第17批博士服务团副团长，挂职西藏自治区科学技术厅党组成员、副厅长，随后又转为第18批博士服务团成员和中组部、人社部第9批援藏干部，挂职同一岗位。

在此之前，他经常出国，因为科研项目的需要，他多次赴德国、意大利、美国参加国际会议，进行学术交流。然而，自从到西藏挂职之后，由于西藏的特殊政策，王俊杰没再出国进行过学术交流活动。因为还有一些科研任务和带博士研究生的工作，许多国际上最新天文学研究动态和成果，他只能通过报道和文献来获得。

因为工作繁忙，而且经常在西藏驻留，王俊杰无暇顾及家人。他有自己的理想，有自己对事业高度的追求，与家人聚少离多，事业家庭难以两全。好在家里老父老母虽已至耄耋之年，但有一个姐姐在照顾。每次从野外考察回来，王俊杰衣服鞋子里全都是沙子，在外面遭遇种种苦难困厄，他都不敢跟家里人说。

自从挂职以后，因为身处高原，医生不让他过多锻炼，以免引起心脏肥大，成为不可逆病症，对身体损害极大。这让在北京经常打球的王俊杰很不适应，他开始渐渐长胖。他自嘲道：这应该算工伤吧。

党员干部不能去娱乐场所，喜欢K歌的他就自己对着手机唱。

在疫情之前的2019年12月4日，王俊杰下乡调研。这一天回来的路上他突然发起了高烧，还剧烈咳嗽。司机送去医院，一拍片子发现是肺炎，他便被扣在了那里。

在高原上从感冒到患上肺炎情况就非常危险，领导看望时都不敢跟王俊杰提及这一点。司机回家帮他拿来了洗漱用品。

他住了一周的医院，打点滴。咳嗽一直到春节才稍好。2020年1月，武汉疫情暴发。王俊杰坐着火车去江苏出差时还咳嗽，甚至被别人怀疑是得了新冠肺炎。

在西藏工作时，王俊杰一直住在自治区科技厅大院宿舍，旁边不远就是他的办公室。他每天基本上吃食堂，除了周六日，很少自己做饭。下班后，除了加班就是读书或阅读科研资料，偶尔看看电视或电影，或在手机上K歌自娱自乐，调整心情。

他也曾多次担任电视台的嘉宾，参与科技节目，介绍日食、月食、流星雨等天文现象。去西藏后，经常在西藏卫视当嘉宾。2020年6月，作为嘉宾，为中央电视台在玛旁雍错圣湖旁直播，解说日全食。

从2004年至今，他在西藏奔波了许多地方，74个县他去了66个。领导和朋友给予了他大力的支持，因此他发自内心地希望自己能够把事情做好做成，把西藏包括科研科普工作在内的各项工作都做到最好，希望启动的项目都能真正落地，事情都能真正干成，为西藏作出自己的贡献。

"缺氧不缺精神、艰苦不怕吃苦、海拔高境界更高"，这是习近平总书记对广大援藏干部奉献牺牲的充分肯定和高度赞扬，也是王俊杰的座右铭。进藏挂职以来，他先后分管西藏自治区自然科学博物馆、知识产权局、科创中心、能源研究示范中心、生产力促进中心、科技信息研究所以及天地生高原科学与文化特色国际小镇办公室等工作。他以"功成不必在我"的精神境界和"功成必定有我"的使命担当，充分发挥专业特长与桥梁纽带作用，在推动重大科技创新平台建设、科学研究和自治区"双创"工作等方面取得了显著成效。

2011年，羊八井天文台正式落成，时任科技部副部长曹健林揭的牌。在离开拉萨时，由于飞机晚点在机场等了两个多小时，就在这段时间，曹部长和自治区领导、国家天文台领导交流时提出，建议在西藏建立一座天文馆，由科技部资助建造一台米级望远镜，放置在天文馆上面。

他的建议当即获得采纳。这一年成立了专家组，王俊杰作为专家组成员协助推进这项工作，这也是王俊杰多年的愿望。但是，当地的立项工作却一直不成功。

2016年王俊杰去拉萨挂职以后，负责继续大力地推进建设西藏天文馆和米级望远镜的立项。这也是他此次作为中科院国家天文台派遣援藏干部所承担的一项主要任务。

经过11年的努力，西藏天文馆终于成功立项。2022年6月12日，西藏天文馆正式奠基建设。

西藏天文馆建成之后，除能进行宇宙天体观测研究并为我国航天活动提供空间预警外，还能发挥巨大的科普作用。王俊杰在接受《环球时报》记者专访时表示，这座天文馆有助于为当地青少年科普天文知识，"自治区党委和政府一直强调，一定要尽快把天文馆建成，让西藏的孩子们看看，天上没有神仙，都是星星"。

之前，一架世界最大口径的折射式光学天文望远镜也已于2020年通过科技部"大科学装置前沿研究（高海拔地区科研及科普双重功能一米级光学天文望远镜建设项目）"专项望远镜立项。2021年开始研制。

目前，世界上最大口径折射式光学望远镜是1897年在美国芝加哥叶凯士天文台建造的1.02米口径。此次在西藏将要建造的是口径1.06米的折射式光学望远镜。它将是西藏天文馆的镇馆之宝。这架望远镜可以进行变星监测、双星较差测光、超新星监测，监测的范围包括太阳系内的天体、银河系内的恒星，甚至银河系外围临近的一些星系也能观测到。这架望远镜还将用于空间目标观测，为我国航天发射活动以及航天器的在轨运行提供空间预警服务。因此，建造这架望远镜堪称是一项国家任务。当时，央视和全国各大媒体都发布了消息。

现在，西藏天文馆已经建起，开始正式布展。米级望远镜亦在抓紧研制之中，可能还需一两年时间才能建成。

援藏期间，王俊杰有力地推动了西藏科技创新园区项目在自治区发改委的评审和立项工作，使得拟投资8亿元、用地面积130亩、以"双创"工作为主的自治区科技创新园区的一期工程顺利开工建设；他推动成立了国家知识产权局拉萨专利代办处，填补了全国最后一个省区没有专利代办处的空白；作为项目负责人，王俊杰组织申请了自治区科技计划重点研发项目——西藏自治区首个太空搭载科研项目"西藏高原物种及材料的太空搭载实验研究"，利用返回式卫星或飞船将西藏的包括青稞、牧草等系列物种送上太空进行科学实验，以此研究青稞增产和牦牛增肥的可能渠道，并为西藏高原藏医药及其他植物物种的研究打开一个新渠道。

此外，王俊杰还致力于推动大科学工程在西藏地区的发展。他协调推进了国家"十三五"重大科学工程项目国家授时中心长波授时拉萨站的选址、地勘和建设；主动搭桥促成西藏科技厅和上海天文台的合作，将用于火星和月球探测的40米口径射电望远镜引入西藏；等等。

仰望浩瀚星河，脚踏广袤大地。王俊杰清楚地知道，援藏不是一时之事，只有广泛传播科学知识，在西藏孩子心中种下探求天文科学的种子，才能全面提升西藏各族干部群众的科学素养，于是，他这个曾经的"追星人"又变成了他人追星路上的引路人。

王俊杰在援藏期间一直分管负责西藏自然科学博物馆，除了常规科普工作外，还牵线引进了许多国家级科普展览、组织了多场科普活动，如：庆祝建党一百周年"我和我的祖国——中国科学家精神主题展"、与北京空间信息技术研究院联系引进"少年强国　太空筑梦——航天精神中华行航天展"、与中国科学院联系引进"中国'十三五'创新工程成果展"等。创立了科博馆科普大讲堂，并邀请科学家来藏进行科普讲座。王俊杰也在西藏进行过多场天文科普讲座，并多次组织开展"科技下乡""科普进乡村""科普进学校"等活动，深入到偏远山区及边境地区进行科普活动，为科普助力打赢脱贫攻坚战作出了一定贡献。

为贯彻中央第七次西藏工作座谈会精神以及习近平总书记来西藏考察时的指示精神，推动西藏经济和科技高质量发展，王俊杰策划并负责推进在山南市桑耶镇建设拟引资百亿的"天地生高原科学与文化特色国际小镇"（世界屋脊未来城）项目，大力发展具有高原特色的科学和技术基础研究和应用研究，努力推动西藏自治区成为全国乃至全球独一无二的高原科学研究发展中心。并以此为基础，将科学研究成果转化应用到产业领域，建设高科技产业化基地。同时，大力开展科学文化普及和教育，打造科普文化旅游及研学基地，为西藏自治区的长远发展提供强大科技支撑和人才支撑。并希望以此为基础，推进西藏科学院的建立。目前该项目尚未落地，还在持续推进中，但已被纳入《中共西藏自治区委员会关于贯彻落实中央第七次西藏工作座谈会精神进一步推进西藏长治久安和高质量发展的实施意见之"十四五"文化科技融合基地》督办项目。

博士服务团援藏时间只有一年。王俊杰工作的单位是事业单位，不以职务晋升为主，而以职称晋升为主，作为已有二级研究员资格的王俊杰去援藏绝不是为了晋升职务，而是为了实实在在地为西藏做些实事、推动工作。一年的博士服务团时间不够，他便又从第17批博士服务团主动申请延期到了第18批博士服务团。两年援藏时间，顺延半年之后，他正好接上了参加第9批援藏干部。就这样，他又继续留在了西藏。

2022年8月，第9批援藏干部的援藏时间到期。之前西藏科技厅希望他能继续留下来推动正在进行的多项工作，王俊杰自己也愿意接着干。因为在这里工作久了，他已培养起了很深的感情。而且，王俊杰的工作尚无人能够接替，许多项目的协调别人还都接不了。除了已经由他负责推动立项并在建的西藏天文馆、折射式天文望远镜和西藏科技创新园区等项目外，天地生高原科学与文化国际特色小镇等众多正在推动的工作都还没有立项落地，他不可能干到半截便撒手不管。如果可能，他愿意继续留下来为西藏工作。他说，自己宁愿牺牲在这里，也要把这些事情都干成。

遗憾的是，当自治区科技厅发出申请函给组织部门，希望王俊杰从第9批转为第10批援藏干部继续挂职后，自治区组织部按照有关文件的年龄规定，不同意他再继续挂职。

自治区科技厅党组给中国科学院发函，希望王俊杰以科技副职方式继续留在西藏工作。派出单位国家天文台和中国科学院都大力支持，并向中组部提交了正式申请，因为西藏需要人才，需要项目落地，确实是西藏的工作需要。但是，非常遗憾的是，中组部以科技副职挂职不能超过 3 年，王俊杰之前的援藏也被计算为挂职，已超 3 年，最终未能获批。

2022 年 8 月，由于西藏突发疫情无法出入西藏，虽然王俊杰第 9 批援藏任务于 8 月份已完成，但仍滞留在了拉萨，党组织关系仍然在科技厅。作为滞留延期在科技厅的一名共产党员领导干部，他被自治区党委组织部和科技厅党组委派到高风险的当巴社区负责抗疫工作。他不仅亲临第一线挨家挨户进行核酸检测，还带领科技厅下沉人员负责 67 个小区、单位和出租公寓 8000 多人"双清零"及核酸阳性人员隔离阻断工作，圆满完成了任务，受到自治区、厅党组和社区的一致表扬。其实，早在 2020 年新冠疫情突发期间，王俊杰就积极为西藏筹措口罩和消毒液等抗疫物资，联系企业赠送了多批消毒液，并联系了几十万只口罩，受到自治区政府的通报表扬。

由于中组部委派援藏工作结束，现在，他只能以专家身份出差的方式去西藏继续协助完成他所推进的工作。好在，国家天文台和中国科学院党委都表示，只要西藏需要，就大力支持王俊杰的工作。王俊杰坚定地说："只要西藏需要，我都会鼎力相助。"

多年来，王俊杰的事迹陆续被报道出来，《中国科学报》《北京青年报》和《西藏商报》等都曾做了报道。2014 年，由中宣部委托湖南卫视拍摄的电视系列片《绝对忠诚》首批报道 10 位"人民科学家"的节目，收录了王俊杰的事迹。同年，他还被推荐为"北京榜样"候选人。2020 年 9 月，在挂职援藏期间，由于工作出色，他荣立了自治区组织部颁发的三等功，并获得三等功证书及奖章。

除了做科研写论文、做科学普及工作之外，王俊杰还经常写一些诗歌，曾经在《雪域萱歌》上发表过几首诗，并朗读过自己的诗作。有很多朋友读了他的诗都很受感动。科学家许木启研究员还写了一首 200 多行的长诗《你是青藏高原一只雄鹰》献给王俊杰，对他几十年坚守高原科研科普与为民造福的工作表示由衷的敬佩。

其实，王俊杰的文艺情结一直都相当深厚。

他近期正在创作科幻电影。由他自己原创，并和他人共同完成电影剧本编写的这部科幻作品是关于西藏题材的。筹拍过程经历了五六年，非常曲折。前年由北京市委宣传部电影局向国家电影局提交了立项申请资料。花了一年半的时间最终通过并于 2023 年 7 月正式立项，这个项目已向社会进行公示。这部暂名《喜马拉雅之心》的电影（曾用名《喜马拉雅之魂》），现在正在筹拍中。

早在读高中时，王俊杰就有科幻情结并开始尝试写作微型科幻小说。他曾写过在太阳系内，当太阳寿命结束变为红巨星向外膨胀时，它会把地球吞进去，人类就会面临死亡，这时，人类告别地球要去其他星球生存的场景。这个故事的框架与刘慈欣的《流浪地球》的视点有点相似，都是太阳进入死亡阶段后发生的事，但创作时间则远远早于《流浪地球》，聚焦内容亦完全不同。

在王俊杰看来，《流浪地球》有一些玄幻，背离了科学的真实。譬如，用火箭发射推着地球走，因为太空是真空，从科学上来说这是不可能实现的。当然，王俊杰认可《流浪地球》为科幻片树起了一个标杆，同时激发了国内观众对国产科幻片的热情，从这一点来说这部影片是很有价值和意义的。

坐在国家天文台一层的咖啡茶座里和王俊杰聊天，我能够深切地感受到他胸中那团熊熊燃烧的火焰。对于西藏，对于天文事业，对于自己的梦想，他永远都葆有不灭的热情与激情。或许，生活对他未必公正，但是他从未抱怨过生活。他一直坚定地做着自己的科研和科普工作，坚守着那个从幼时起便在心中埋下的理想，从事"世界上最伟大的研究"，探究宇宙的奥秘。那，是他永远的最爱。

一生如此，何憾之有！

第五章

弘扬优秀文化，照亮现实未来

文运与国运相牵，文脉与国脉相连。文化建设是中国式现代化建设的重要内容，是统筹推进"五位一体"总体布局的重要组成。文化为经济社会发展提供强大的智力支持与精神支撑。

西藏是一片文化的沃土，西藏的发展进步离不开优秀文化的支撑，对西藏文化、历史、哲学、宗教等的研究十分重要。文化援藏是援藏工作的重要方面，对于铸牢中华民族共同体意识，对于建设团结富裕文明和谐美丽的社会主义现代化新西藏具有不可替代的重要意义。首批赴藏大学生、老一代的藏学研究专家何宗英，便是文化润藏、文化兴藏的学者代表。

钟情学习语言

何宗英，1940年3月19日出生于北平（今北京）。1959年，何宗英即将高中毕业。班主任程老师告诉同学们："今年中央民族学院少数民族语言系开设了藏语班，西藏特别缺人，你们可以报考。"

何宗英从小就喜欢学习语言，而且对西藏那片陌生而又神秘的地方充满了好奇与向往，于是，他便报考了北京外国语学院（现北京外国语大学）和中央民族学院（现中央民族大学）。最终，他被中央民族学院藏语系录取。

在何宗英看来，能上中央民院学藏语系也很好，因为藏语也是一门语言。在 5 年的学习过程中，他坚持上课学、下课也学。上课时，藏语老师用藏语给大家讲述西藏历史。通过辅导员的帮助，同学们了解了西藏的情况，直到 1959 年之后，才开始了民主改革的进程。何宗英认识到，学好藏语，可以更好地搞好民族团结，也可以更好地参与民族地区的工作。

1962 年，在中印边境发生了对印自卫反击战。这一年，按照学校的安排，何宗英和一批同学到西藏去实地实习。这次实习对他触动很大。

实习之前，学校老师要求同学们注意收集当地的故事，回来后给老师讲述这些故事。何宗英一方面去参与自卫反击战，下到基层，动员民工支前。西藏群众积极支援对印自卫反击战。他们为打了胜仗的解放军召开欢迎会，一个个都喜形于色，非常热情而且勇敢，对解放军充满了崇敬之情。那时，何宗英和同学们都是"三同"——与老百姓同吃、同住、同劳动，学习像藏族同胞那样背水，和他们聊天，向藏族群众学习语言、收集故事，彼此关系十分融洽。当地 30 来岁的妇女都会讲会唱，给他们讲述了很多有趣的故事。

她们讲道，1300 多年前，唐朝时，吐蕃松赞干布派大臣印了大量古藏文的文书，从敦煌出土的许多文书便起源于松赞干布时期。其中最早的文字记载，既有关于文成公主的，也有涉及玩乐活动的，也有讲松赞干布打仗的经过和驻地。她们还讲述了文成公主的故事：文成公主于公元 641 年从长安出发，前往逻些，行程 3000 公里。松赞干布派人到北海（今青海湖）去迎接。文成公主于公元 680 年去世，为西藏经济文化的繁荣发展作出了杰出贡献。从此，唐、蕃互派官员，关系密切。吐蕃派贵族子弟到唐朝学习汉文，请唐朝有经验的人帮助润色，然后上呈给皇上。文成公主为西藏带去了纺织技术，蔬菜、粮食的种子包括油菜籽等，还带去了笔墨纸砚。这些，都是 1962 年的时候西藏群众给何宗英讲述的。

她们提到，在八大藏戏中，有一出就是《文成公主》，还有关于她的话剧、歌剧。本来，从长安到吐蕃，骑马只需要走几个月，而文成公主却足足走了两年才到达逻些。她随身携带了一尊释迦牟尼佛 12

岁等身像，用马车拉去逻些。当马车行进至小昭寺位置时，车轮陷在沙子里再也拉不动了，于是众人认为，佛祖就想留在这里。人们就用布将车和佛像围起来，就地盖起了一座寺庙，这便是小昭寺。而尼泊尔公主带来的佛祖 8 岁等身像，则被放置在大昭寺里。当文成公主于公元 680 年去世后，吐蕃当地流传一个谣言，说是唐朝要夺回那尊释迦牟尼佛像。于是，吐蕃人便把佛像搬到了大昭寺里，在佛像前砌起了一道土坯墙，保护这尊佛像，再在土墙上画上观音像。后来，当金城公主嫁到吐蕃后，四处寻找她姑姑带来的这尊释迦牟尼佛 12 岁等身像。人们告诉她，佛像藏在了大昭寺。于是，人们便推倒了那座墙，找到了佛像，并把它搬出来安置在大昭寺供奉，而把尼泊尔公主带来的佛像移到了小昭寺。在西藏有一个说法叫"先有大昭寺，后有拉萨城"。在大昭寺前，至今还存活着文成公主亲手栽种的唐柳。

群众还给何宗英讲解了"金瓶掣签"的故事，告诉他，在布达拉宫挂有乾隆皇帝的画像，供奉有康熙皇帝的万岁牌，人们一直以为清朝时活佛转世的金瓶掣签是在大昭寺释迦牟尼佛 12 岁等身像前举行的，其实不然。据记载，1841 年 5 月，经清道光皇帝批准，在驻藏大臣的监督下，十世达赖喇嘛的转世灵童在布达拉宫的乾隆皇帝画像前进行金瓶掣签，认定十一世达赖喇嘛。由此可见，达赖、班禅活佛转世，须经清朝中央批准。

群众也跟他们讲到了当时正在轰轰烈烈地开展的西藏民主改革。这场翻天覆地的变革，推翻了西藏黑暗、残酷、落后的封建农奴制，让老百姓翻身做了自己的主人。

实习回来后，何宗英他们便把藏族群众讲给他们的故事，原原本本地用藏语讲述给老师们听。有一些他们记错了的单词，老师当即帮助他们纠正。这样的讲述教学，在何宗英看来，对提高他们的藏语水平帮助很大。

边工作边学藏语

1964年，经过5年的学习，何宗英就要毕业了。他由于特别刻苦，因此学业优秀。中央民族学院的洛桑老师希望他能够留在学校，便征求他个人的意见。

但是何宗英却回答："前一年，我们到西藏去实习，才知道我们的藏语并没有学好，既张不开嘴，也听不懂，文字也不行。我既然学了藏语，就想真正学好，因此，我还是到西藏去吧！"

就这样，毕业后，何宗英等19位同学一道进了西藏。

别的同学有的留在了拉萨，有的分到了那曲。那时西藏很多地方都不通邮，因此同学之间从此便几乎失去了联系。

其他同学马上都给分配好了工作，但是，何宗英却因为档案袋里装有"思想反动"和被开除共青团团籍的结论，所以不久便被下放到了七一农场，进行劳动锻炼半年。

在七一农场，何宗英和另外一家报社的一名藏族同志分到了一个组。一共有40多个人一起在种菜。当时的女组长仓决很重视知识分子，对他们也很照顾，从来不安排何宗英干重活。

从七一农场回来后，何宗英又被安排去参加"三教"工作团二分团。三教工作团是由各单位派来的人组建起来的。何宗英先后到了达孜、堆龙德庆和曲水县去做基层工作，搞"三大教育"，也就是爱国主义、社会主义、集体主义教育。

"文化大革命"开始后，1966年，三教工作团解散了。工作团中有单位的人都回到各自的单位，而何宗英因为一直都没有给他分配单位，于是他便被留在了曲水县聂丹区。

这时，西藏正筹备着要建立人民公社。何宗英就进村入户，到各家各户去动员群众入社。

按照政策，要先鼓励贫困农牧民入社。何宗英来到了一户贫苦农民家，对家里的主人、一个中年妇女说："你家成分好，你们先入社吧！"

但是，那位妇女却不愿入社。她找了一个借口说："我家成分好，可是我亲戚家成分不好，还是先不入吧！"

还有一个社的副书记对何宗英说："还是原先的那个互助组好。互助组的土地还是农民自己的，只是大家互相帮助一下。而入了人民公社，土地、收成就都变成公家的了，有一点余粮也都是生产队里的，自己想买个火柴的钱都没有。"

在基层，群众特别照顾何宗英，根本不把他当外人。老百姓总是把家里最好的住房让给何宗英住，而自己夏天时就住在户外，有时赶上下雨便会被雨淋。何宗英和老百姓实现了"四同"：同吃、同住、同劳动、同商量。

那时，作为一名干部，何宗英每个月有一斤半的酥油定量。他总是把自己的酥油交给同住的那一户户主。户主每回烧酥油茶，总是先尽着何宗英喝，甚至让家里的小孩都靠边站，对何宗英特别照顾，而在劳动时又不让何宗英干重活。

在聂当区，区委书记也很放手，让何宗英一个人负责一个乡，对他没有一丝一毫的不放心。区委书记这样对他说："出问题，回来咱们再商量。"

藏族老百姓都非常朴实。他们很喜欢何宗英这位会说藏语的汉族干部，因此在帮助何宗英提高藏语水平方面一点儿都不保留。何宗英又特别地谦虚，因此他到处都能找到自己的藏语老师，随时随地都主动地向他们请教。他对西藏、对藏族充满了真诚的热爱。

喜结良缘

由于坚持不懈地用功学习，在两年的基层工作过程中，何宗英和藏族群众朝夕相处，帮助他很好地掌握了藏语。

在开展工作时，干部发动群众搜查反动印刷品。当时邻村的工作组的同志发现了一本藏文小书。但是他们都不认识藏文，不知道这是不是一本反动书籍。这时有人提到，好像邻村有一个从北京来的同志，他可能懂。于是他们便派了一位名叫巴桑的藏族女同志，让她拿着这本书找到了邻村何宗英处。

巴桑，1942年出生，个子长得比较高。她讲藏语，也懂一点藏文，但是不会写。

何宗英仔细地看过了巴桑姑娘送来的这本藏文的长条书，然后告诉她，这是念经用的一本小册子，没有宣扬"西藏独立"，它是古代的一本经书，很少有涉及政治的内容，肯定不是什么反动宣传品。

就这样，巴桑和何宗英相识了。两个人逐渐有了一些来往。那时，因为通邮不便，何宗英连家书都没法寄。而北京的那些同学，有的分到拉萨的机关，有的分到那曲，彼此之间又都不知道地址，联系也特别少。

巴桑是一位好姑娘。在同她交流过程中，何宗英了解到，她是中专毕业，原来在西藏公学（1964年改名西藏民族学院，后又改称西藏民族大学）念的书。经过一来二去的沟通，两个人渐渐地彼此都有了好感。巴桑平时会烧酥油茶，会做糌粑。当时要喝到酥油茶是很困难的，巴桑每次来看望何宗英，都从家里带来酥油茶，还有吃的东西，像炒青稞、炒豌豆。

巴桑对何宗英很好奇，因为汉族懂藏文的人很少，特别是懂那些较深的藏文包括古藏文。两个人住在两个乡里，隔着一条拉萨河。有时候她去看望，何宗英也会询问她都看过什么书。她看到何宗英衣服有点破旧，感觉人很质朴。

后来，何宗英调到了堆龙德庆，有时巴桑会托人带一个条子给何宗英。

有一次，她在字条里这样问道："你好吗？你在干什么？"她写的是藏文。

这时，何宗英便开始有了感觉。

有时，何宗英坐着牛皮船渡过拉萨河到南岸去开会，两个人也能够见面。但是他没有专门去看望过巴桑。

一来二去，这两位一直用藏语沟通的有情人渐渐地走到了一起。

当时，何宗英留在了曲水县，巴桑却被分到当雄县。因为何宗英经常给领导讲话时担任翻译，认识了一些领导，这时他便找到了拉萨市有关领导，请求把他的女朋友调到曲水县到聂丹区当一名普通干部。

领导同意了。

1967年，巴桑和何宗英结为了夫妻。

巴桑为人真的很好。她对何宗英特别好。为了让何宗英吃得好一点，巴桑就学着做何宗英喜欢吃的饭菜，学着蒸馒头，甚至开始学炒菜、做面条。慢慢地，这些她都做得很好了。她甚至开始学起了普通话。

第二年，他们的大儿子出生，正赶上"破四旧、立四新"，于是何宗英便给孩子取名叫"何立新"。接着，二儿子何立军、三儿子何格桑，也都陆续出生了。巴桑一个人含辛茹苦地带着三个孩子，非常劳累，但也很快乐。一家人其乐融融。

有了一名藏族妻子，何宗英每当遇到自己听不懂的藏语词汇，就回家问妻子。他还曾带着妻子回过北京的家，家里的后娘李秉芬对他们都很好。何宗英的亲生母亲也姓李。

调入拉萨

1972年，曲水县建起了第一所小学。何宗英被调到学校去担任教师。学校里学生的年龄从六七岁到十几岁的都有，大多是农牧民家的孩子，不会讲普通话。何宗英只能用藏语给他们上语文、算术和地理课。刚开始的时候，也没有统一正规的教材。为了给孩子们讲课，何宗英就自己编印教材，或者到处去找寻老教材，千方百计地只为教好这些学生。

曲水县召开县、区、乡三级干部会。县委书记王超是汉族，他用普通话讲，何宗英站在边上翻译成藏语。拉萨市委书记来视察堆龙德庆的时候，他也讲不了藏语，也是安排何宗英来翻译。平常在露天给群众放电影，老百姓看不懂汉文字幕，听不懂对话，何宗英便站在银幕边上，帮着一句一句地翻译成藏语。

那时，没有多少汉族人愿意学习藏语。何宗英没有徒弟可以教授传承。

因为藏语、藏文学得好，何宗英这个汉族人名声在外。1974年，拉萨市有线广播站书记张志峰主动找到曲水县，找到了何宗英，问他是否愿意到拉萨广播站工作。

"到拉萨？能去那里，当然愿意呀！"何宗英痛快地回答。

张志峰说："那就一言为定！你先来广播站试用一个月。一个月期满，如果你能够胜任，我们就正式办理调动手续。"

试用期里，何宗英的任务，就是把播出的广播稿从汉文翻译成藏文，把藏文翻译成汉文。因为他的藏文水平很高，所以只试用了一周，领导便对他非常满意。张志峰说："不用再试了！我们正式给你办调动手续。"

就这样，何宗英进了拉萨市有线广播站。

除了做翻译外，有时何宗英还下去采访，或者下乡去，参与拉有线广播站的电线，竖电线杆，还到农牧民家里去帮助安装广播喇叭。在广播站缺人手时，何宗英还一度兼任过藏语播音员。

西藏自治区文化厅文艺处处长是位女同志。有一回，她拿着藏文版《萨迦格言》来找何宗英，请他帮助翻译成汉文。其实，之前已经有过《萨迦格言》别的译本，但是文艺处处长还要何宗英来翻译。

何宗英拿到《萨迦格言》后，发现有许多内容自己都看不懂。文艺处处长便给他介绍了一位60多岁的藏族老先生。那位老师藏文化学识渊博，见多识广。何宗英便谦虚地向他请教。老师很和蔼，也很乐意教他。许多何宗英原本理解不了的内容，经过老先生一指点，他便茅塞顿开。

何宗英跟着他一直学到了1975年。后来这位老师于1985年去世。在老师的指点下，何宗英翻译出了几十首《萨迦格言》。文艺处处长拿去请人用蜡纸刻字油印了出来。这本书后来没有正式出版。

何宗英翻译的第二本书是《阿古顿巴》，自己刻板油印，也是将藏文翻译成汉文。由此，他便开始了藏文翻译的生涯。在此后几十年里，他陆续翻译了大量的藏文著作。

考上西藏社科院

1980年年初，和拉萨有线广播站门对门的一处藏式院落里，正在筹建西藏社会科学院。广播站的门朝南，社科院的门朝北。看到社科院正在招考工作人员，何宗英便想去试一试。这些年来，他对于西藏文化、西藏历史已有了一些研究，并且兴趣浓厚。

于是，他便向广播站领导请示。领导以为他肯定考不上，便顺口答应说："你想试试，就去试试吧！"

招录考试进行了一整天，既考汉文（现在称为国家通用语言文字）、政治，也考藏文，一共四门课。结果，何宗英考了317分。

考完以后，何宗英心里忐忑，不知自己考得如何。正好有一位同事，她的丈夫是负责社科院招考的。他问那位同事能否帮他打听一下考试成绩。那位女同事说："你直接去问我爱人吧！"何宗英就找到了那位男士。他对着何宗英竖起了大拇指，回答说："没问题！你是所有参加考试者当中的第一名。"

当西藏社科院正式录用何宗英的公函来了以后，拉萨有线广播站和拉萨市才发现，原来何宗英真是个人才。这时，他们又不舍得放人，因此不同意放行。

这，让何宗英感到特别苦闷。

就在这时，他正巧遇到了西藏群艺馆馆长饶仁厚。饶馆长问他："你为什么愁眉苦脸啊？有什么事需要我帮你吗？明天我正好要去见自治区党委书记阴法唐同志。"

闻听此言，何宗英便如实地倾吐了自己的苦恼。然后他专门写了一封信，请饶馆长帮忙转交给阴书记。信中写道："现在，国家都在落实知识分子政策，我考上了西藏社科院，可是拉萨市不放人，希望阴书记能够过问一下此事。"

何宗英不知道后来阴书记是如何处理这封信的。不过，几天以后，他却突然接到了拉萨市委宣传部的电话，对方让他马上到宣传部去一趟。

拉萨市委宣传部？自己没有跟他们打过交道啊？何宗英感到莫名其妙。但是，他还是如约来到宣传部，到了那里就问："什么事情啊？"

宣传部的人回答："你可以办理调动手续了。"

于是，何宗英从拉萨市顺利地调到了自治区社会科学院。

过了许多年，何宗英终于有一次机会到北京见到了老书记阴法唐，便向他当面表达衷心的感谢。

调到社科院后，何宗英感觉自己如鱼得水。他先是在资料所工作，同时担任《西藏研究》杂志的藏汉文的编辑及译校。

一生的良师益友

1983 年，西藏著名的历史学家、藏文学者恰白·次旦平措调到了西藏社科院，担任副院长，兼任《西藏研究》藏文编辑部主任。从此，虚心好学的何宗英有了就近向恰白请教学习的机会。

恰白是一位学识深厚的藏学专家。有了他的引领，何宗英感觉自己的藏文和藏学水平都有了显著的提高。每次恰白老师的讲解，他都虚心地随手记录下来。有一次，他在翻译一本藏文谚语集，遇到一个句子，自己怎么也理解不了，便去请教。那个句子是：用茅草给柱子打补丁。恰白告诉他，这句话的意思是，让穷人去帮助富人，在经济方面这是不可能的事。经他这么一解释，何宗英顿时豁然开朗。恰白给他讲解了很多的藏学知识，并讲述历史。恰白先生在社科院，和一般的工作人员没有两样。

开始时，何宗英担心自己贸然去请教恰白老先生怕他会不高兴，便拿了一本书去敲门。

恰白打开门问："你有什么事？"

何宗英回答："我有一些藏学方面不懂的知识，想要请教您。"

"来来来！"恰白热情地招呼他进屋坐下。然后，认真细致地回答何宗英的每一个问题。每次都是问一答十，旁征博引，解释得清楚透彻。这让何宗英特别地佩服。第一次的登门求教给何宗英留下了美好的印象。

临告别时，恰白对他说："有问题你就来，随时都可以来。"

在和恰白长年累月的接触、请教过程中，何宗英切身感受到，恰白的确是藏学研究的专家学者。有时恰白也跟他讲述自己和亲戚亲属家的历史，这让何宗英对恰白的理解又增进了一步。后来，恰白搬到了团结新村，在那里盖起了一座藏式平房。他还专门让家人通知何宗英自己搬家的消息。

从此，何宗英便经常去恰白的家里请教。

每次走在通往恰白家的小路上，他都感觉这是一条通往藏学宝库的路。而每当推开恰白家的门时，他都会感到一种莫名的亲切。多年的追随，让他和恰白建立起了如师生亦如父子一般的关系。

后来，恰白调离了西藏社科院，先后担任了西藏自治区文联副主席、西藏自治区人大常委会副主任。1998 年 7 月经党中央批准退休。

每次，恰白要填个表、写份工作汇报或申请之类的，他都会马上给何宗英打电话，让他去他家帮他填写，对何宗英充满了信任。

有一次，西藏自治区党委书记要去看望恰白。恰白给社科院书记打电话，让他安排何宗英来做现场翻译。有一些普通话恰白能听懂，但是他不会说。书记告诉恰白："自治区党委书记来看望您，他会带着翻译来的。"恰白却坚持说："我怕翻译不行，有一些涉及学术的内容怕他听不懂。你还是让何宗英来吧！"就这样，这次书记和恰白的见面会还是请何宗英担任在场翻译。

2013 年 8 月，恰白突然去世，享年 92 岁。在他去世之前一个月，7 月份的时候，何宗英还见到了他。每次和先生告别时，何宗英都会用前额碰一下老师的手。这是藏族对先生表达的最尊重的礼节。

何宗英听到恰白去世的消息，悲从中来，感觉藏学研究遭遇了重大的损失，自己也失去了一位终身的良师。

2011 年，吴雨初重返西藏，开始筹建牦牛博物馆。当时他就想去向恰白这位大学者请教。可是要见这位大学者并非易事，当时老先生已经 90 高龄，一般不再会客，另外语言沟通也有障碍。于是，吴雨初便找到了恰白的得意门生何宗英。何宗英的藏语和藏文都非常好，好到可以教藏族学生。恰白先生有什么事情与外界联系，也是先跟何宗英沟通的。

吴雨初知道恰白有一部重要的著作《西藏通史·松石宝串》。这部著作藏文版上中下三卷150万字。于是，吴雨初便花了三个月时间，做了大量的笔记，然后再联系何宗英，请他帮忙牵线去拜会恰白先生。

2012年9月6日，何宗英陪着吴雨初来到恰白家。何宗英向恰白大致介绍了吴雨初。吴雨初也说明了来意，说自己拜读了恰白的巨著《西藏通史·松石宝串》，著作的第2页就说到了牦牛，吐蕃最早的部落就叫作六牦牛部。

恰白先生回答："是啊！牦牛在我们藏族的历史上作出过很多贡献，对我们藏族有很多的恩惠。藏族是一个懂得感恩的民族，我们应当感恩牦牛。所以，你做一座牦牛博物馆，这是很好的事。"

吴雨初便趁机请求恰白担任牦牛博物馆的顾问。恰白笑着说："我当顾问挂个名也是可以的。"

第二年，牦牛博物馆筹备工作取得了很大的进展。吴雨初又想去拜见恰白，还是通过何宗英联系。这一年6月26日，在何宗英的陪伴下，吴雨初和助手龙冬再次来到恰白家，向恰白介绍了牦牛博物馆的筹备情况，还带来了西藏牦牛博物馆的聘书。

恰白接过用牦牛皮制作的仿照经书样式的聘书，说："很好啊！"

吴雨初又邀请恰白，明年5月18日牦牛博物馆开馆的时候，请他一定要到场出席。

恰白笑了笑。

令人始料不及的是，一个多月后，吴雨初突然接到何宗英的电话，告知恰白老先生去世了。他和何宗英带着哈达和礼金，立刻赶到了恰白家吊唁。

到出殡那一天，何宗英和吴雨初凌晨4点就赶到了恰白家。按照藏族习俗，跟着恰白先生的遗体绕行八廓街一圈，最后，在大昭寺门口永远地送别了这位大学者。

不分你和我

2000 年 10 月，何宗英正式从社科院退休。

退休以后，他比在任时更加繁忙。西藏自治区许多有关宣传思想文化和广播影视方面的文件、作品等，都要找他帮助策划或审阅，包括审查、审阅和西藏人文、历史、文化相关的剧本、著作及文章。每一天他都非常忙碌。

在半个多世纪的西藏生活过程中，何宗英对藏学研究多方面多领域地进行了开掘，在西藏历史、文化、经济、政治、社会、宗教、法律等各方面都有丰厚的著述、论文及研究。譬如，他曾与人合撰《辉煌的 20 世纪新中国大纪录·西藏卷（1949—1999）》《西藏地方史通述》《西藏自治区人权事业的新发展》《西藏的主权归属与人权状况》，合译了《西藏通史·松石宝串》《西藏文史资料选辑》《西藏地震史料汇编》《第十三世达赖喇嘛年谱》，发表了论文《关于白居寺创建者及始建年代问题》《藏汉民族关系史事简述》，翻译了《萨迦格言释文》《中国歌谣集成·西藏卷》《中国各民族宗教与神话大辞典》《〈格萨尔〉门岭之战片段》《甘丹寺及其创建者宗喀巴》《哲蚌寺及其创建者甲央却吉》《色拉寺及其创建者释迦益西》《论工布地区第穆摩崖文字》等。他还担任了 10 集大型文献纪录片《新西藏》的藏语翻译和民俗顾问。

2019 年 11 月，何宗英被中国地方志指导小组办公室授予"社会力量参与地方志工作先进个人"称号。

令人倍加感慨的是，半个多世纪前，何宗英大学毕业，从北京独自来到西藏，定居扎根；而今天，他的孙女卓玛·松尔嘉措，却从拉萨出发，前往北京西藏中学求学。西藏和北京，汉族和藏族，在何宗英这个家族谱系中，已然融为了一体，不分天涯与海角，不分你和我。

2024 年 9 月 14 日，何宗英因病逝世，享年 84 岁。他的离去，被认为是藏学界也是我国边疆研究事业的巨大损失。

第六章

理清历史，文润西藏

文化是民族精神的血脉，做好西藏文化的学术性整理、研究、出版和传播，让优秀文化在经济社会发展中真正发挥作用，是文化援藏的题中应有之义。

新一代的藏学研究者、出版界援藏代表洪涛，是统战工作的"老兵"。他一直在从事涉藏涉民族和宗教工作，在传播西藏文化方面不遗余力。

敢于冲锋在前

见到洪涛的时候，我感觉特别亲切。这位长得浓眉大眼、双目炯炯有神、个子不高、身材匀称，一点也看不出人到中年通常会有的发福长胖的趋势，一眼就能看出来他是和我一样在福建长大的，而且年纪也差不多，长相上似乎都有点相近。或许是福建安溪茶乡日月的熏陶，在他身上仿佛有了一种青茶一样的清香与淳朴，让人倍感亲切，感觉就像自家的一位兄长一样。他对于过往的一切，了然于心，而且游刃有余，对于自己的工作和事业也耳熟能详，运筹帷幄。这是一个让人感觉浑身充满了自信的人。

涉足西藏

1991 年，22 岁的洪涛从南京大学毕业，被分配到了中央统战部宗教工作处。

在统战部，洪涛参与负责民族宗教和西藏方面的事务，主要从事宗教方面的工作，同时也兼做西藏方面的工作。2000 年以后，则专门从事西藏方面的工作，曾在部里的几个处工作过。

1995 年 11 月，洪涛第一次进藏，参加班禅转世金瓶掣签和班禅大师坐床仪式。当时进行了全球直播。在仪式举行地支起了一口大锅，现场进行录制，同时将信号上星，然后对全球转播班禅转世仪式过程。

十世班禅于 1989 年不幸病故。在此后 5 年多的时间里，中央政府一直在寻访班禅的转世灵童。到 1995 年 4 月，选定了三名候选灵童，万事俱备，只待掣签。当时，境外的十四世达赖声称，他已指定了一名境内的转世灵童，但是他的这种图谋和行径完全违背了宗教仪轨和历史定制。按照历史定制和藏传佛教宗教仪轨，达赖和班禅转世应由中央政府代表主持，在大昭寺释迦牟尼佛像前举行金瓶掣签，掣签结果由中央政府正式认定任命，方可生效。

11 月 28 日，在中央政治局常委罗干、西藏自治区主席江村罗布、国家宗教局局长叶小文等人的主持和见证下，在释迦牟尼 12 岁等身像前——也就是当年文成公主带到拉萨的那尊铜像之前，举行金瓶掣签。上午举行了掣签仪式，下午中央政府便批准了掣签结果。

12 月 9 日，十一世班禅在日喀则扎什伦布寺正式坐床。中央政治局委员李铁映向班禅颁发了金册、金印，并扶其坐床。

这时的拉萨，条件还相当差，城市内道路泥泞破烂，八廓街也脏乱差。第一次到西藏的洪涛，产生了强烈的高原反应。在日喀则，他们住的饭店里没有暖气。洪涛和一名记者住在四层一个有三面窗户的房间里，严寒难耐，夜里盖上两三床被子还感觉特别寒冷。饭店也没有电梯，要爬四层楼，洪涛每次都爬得气喘吁吁的。

这一年，他们乘坐专机到达贡嘎机场。从机场到拉萨市里有 60 多公里的路，洪涛远远地看见布达拉宫，感觉与想象中的西藏不同，虽然高原民族特色浓郁，但当时的西藏还相当落后。第一次西藏之行给洪涛留下的印象就是比较落后，比较脏乱差。

2000 年，洪涛担任统战部西藏处副处长。他先后参加过中央第四次、第五次西藏工作座谈会，也曾出差去过西藏。

2001 年，洪涛陪同中央领导同志赴阿里调研视察。从阿里到新疆叶城走了一个星期。那里的道路破烂不堪，有时两三个小时才能行驶二三十公里。从狮泉河到叶城，一路上都没有加油站。他们只能跟三十里营房的部队加油站借一些油，借多少油就打一张借条，下一次来时再还给人家。

另有一次是去吉隆县。在回来的路上，从 204 国道转上 318 国道要转一个很大的弯，有一两公里长。洪涛他们后面跟着的一辆车因为超速翻车了。有一位刚刚提拔的副局级领导，还差几天就该转业回去的援藏干部就这样牺牲了。援藏植物学家钟杨也是死于一场车祸，他是在从内蒙古鄂尔多斯往回赶的路上。因此，在高原上，车祸是经常会遭遇的一大风险，让人不敢不心怀忌惮。

与"藏独"作舆论斗争

2005 年 5 月至 2008 年 8 月，洪涛作为中央统战部七局（西藏局）干部，被派往驻英大使馆政治处，先后担任二秘、一秘，从事涉藏外宣工作。

在这里，他广泛联系藏胞，联系藏族爱国人士，也联系和协调国内的藏学家出访。达赖窜访英国时，洪涛参与了我外交部同英方进行的严正交涉任务。

在驻英期间，洪涛广泛地调研了欧洲的自治制度，调研了包括英国苏格兰、西班牙加泰罗尼亚的自治情况。他撰写了两篇文章，将苏格兰自治与我国的民族区域自治制度进行对比分析研究，从语言、文化、立法、教育、卫生、中央转移支付等各个方面进行比较，最后发现，我国的制度各方面都比对方要强、要优越。这份调研报告在外交部获得了调研奖。

在中国西藏文化保护与发展协会工作期间，洪涛策划了《吉祥宝藏》等多种西藏历史、文化和艺术方面的经典图书，有效地向世界宣传了西藏文化。

经过我外交、涉外部门多年的宣传、宣讲和交流，到 2008 年，英国外务大臣米利班德在答复记者询问时明确回复：我们认为西藏不是一个独立的国家，承认西藏是中国的一部分。

2008 年 9 月，洪涛告别驻英使馆的工作，回到统战部七局担任处长，直至 2013 年 7 月。

三年援藏路

洪涛的妻子任以珊在中国法学会工作。2000 年他们的女儿洪琬出生。洪涛的父母在医院做检验工作，身体都不错。因为家庭环境比较好，孩子也比较大了，因此，洪涛认为自己没有什么压力。于是在 2013 年时，当单位鼓励大家报名援藏时，他便毫不犹豫地报名，并获批成为第七批援藏干部。

这一年 7 月，他告别了妻儿和年老的父母，告别了亲朋好友和安逸的一切，来到了遥远的西藏，出任西藏自治区党委统战部副部长。

从贡嘎机场大厅出来，西藏的同志便献上了洁白的哈达。洪涛很激动。他知道这哈达代表着 300 多万西藏人民的祝福与期许，也提示着他们要清白做人、干净做事，来到西藏就要多做事，做实事，做好事，把事情做好。

此时的西藏，相较于 20 年前他初到时的情景，条件已经大为改观。房间里有电暖气、大氧气瓶。购物可以在网上进行，一周到 10 天就能收到订购的物品。道路四通八达，便捷通畅，路况很好。有一次，通知次日要开会，洪涛他们连夜从吉隆口岸赶到日喀则，七八百公里路开车一晚上就赶到了。

按照西藏自治区党委关于领导干部"结对认亲帮扶"的号召，来到西藏刚两个月，洪涛就和统战部一起来援藏的刘远芬、施广强两位同志一同到桑日县绒乡扎巴村，看望慰问他们的结对困难家庭和驻村工作队、村干部、困难户以及在乡村坚持教育47年的民办老教师，扎扎实实地上好"进藏第一课"。

结对农户之一是姑桑白玛家。这一家四口全是女性，没有男劳动力。最小的家庭成员小外孙女只有4个月大。一家人住在有30多年历史的石头垒成的老房子里。在这个简陋甚至有些杂乱的家庭中，洪涛他们发现，在最干净的一面墙上，端端正正地摆放着领袖像的画框。姑桑白玛提前煮好了藏鸡蛋，双手捧给三位北京来的客人亲戚。洪涛他们把捐赠的钱和物资送给了姑桑白玛，然后每人轻轻地拿了一枚鸡蛋，放在贴身的口袋里，就当作一顿特殊的午餐。这样几个鸡蛋对于这户特困家庭而言，可能是家里能够拿得出招待客人最好的食物。端端正正地摆放着的领袖像，代表着藏族群众对于党的信任和崇敬之情。

接着，洪涛一行来到扎巴村学前两年双语幼儿园参观。在门口等候他们的是一位矮小瘦弱的老人。洪涛他们原以为这是幼儿园的看门人，等到村主任一介绍才恍然大悟，原来这就是幼儿园的负责人次旦多吉老人。

在和老人聊天时，洪涛得知，次旦多吉已经67岁了。从20岁起，他便承担起小学的教学和后勤服务，从当年的每月工资1元钱到现在每月拿1100元，至今他都没有正式的教师身份，但依然执着地坚持着。幼儿园有14个少不更事的小孩。老人一个人教他们。住着简陋的宿舍，穿着补了再补的破球鞋，可是黑板上写的藏文板书却工工整整的，能够看出这位老人对于自己这份事业的热爱、执着和操劳。在这位67岁老人47年坚守的身上，洪涛再一次活生生地体会了"老西藏精神"。

在这里，他们还遇到了自治区党委统战部派驻联系点的负责人尼玛扎西。这位1979年出生的藏族汉子，办事稳妥干练，和群众打成

118

一片。他在驻村不到 3 个月时间里就把所负责的 4 个村的情况全部掌握清楚，对 140 多户重点负责的沙坝村村民走村入户，一一进行了解。3 个月里，他仅回过山南的家 4 天。这位驻村同事也让洪涛他们备受感动。

在走访过程中，洪涛他们也了解了最基础的社情民意和老百姓的困难。通过多方筹措，区党委、政府决定，在这年底次年初，对姑桑白玛等 10 户无房户及房屋老旧农户在驻村干部协调下帮助其建造新房舍。为扎巴村基本农田设施建设等方面投入的几十万元也将陆续到位。扎巴村的未来将会发展得更好。

在洪涛看来，教育为本，持之以恒地实行全民免费义务教育，必将给西藏带来根本性的变化。他和同事们一起做的一个研究项目《基层统战的好案例——现代佛学院经验》获得了统战部实践奖二等奖，奖金相当可观。他们把十几万二十万的奖金都捐给了对口帮扶村，用以奖励考上大学的孩子，鼓励他们放假回家做义工，在村里打杂做事。

2014 年 5 月，洪涛一行还来到了世界上海拔最高的县级行政区双湖县，前往海拔 5200 米的措扎日追走访慰问。措扎日追距离双湖县城 170 公里。在这里，为了十几名尼姑的生计和学修，两名驻寺干部在这里工作了 4 年多。其中有近 3 年的时间因为住房不够，他们又不愿给尼姑们造成不便，两名干部就住在帐篷里，冬天户外常常达到零下 20℃以下，5 月的时候还会大雪纷飞。干部西热的家就在 47 公里外的镇上，但他也很少回家，5 年时间里和妻儿团聚的时间不超过 3 个月，和住在拉萨兄弟家的老父亲只见过 4 次。这个 35 岁的汉子，因为长期吃不到蔬菜，营养不良，患上了严重的皮肤过敏。但当洪涛他们询问他有什么困难时，他却不假思索地回答："我个人没有任何困难，请组织放心！只是寺管会缺少交通工具，带尼姑们看病、探亲什么的不方便。"

这些西藏基层干部的干劲和精神让洪涛备受感动。

再次进藏，洪涛发现西藏的经济社会发展获得了长足的进步。西藏已今非昔比，援藏工作也早已没有当年那么艰辛。而比起那些长年在藏工作的同志和那些在西藏更为艰苦地区工作的同志，洪涛认为他们容易多了。因此，在这里的每一天，他都牢记习近平总书记的鼓励，在藏工作"缺氧不缺精神、艰苦不怕吃苦、海拔高境界更高"，总是尽心尽力地做好自己的每一项工作。

想起那些长期建藏的各族党员干部，他们献了青春献终身，献了终身献子孙，与这些干部的付出奉献相比，洪涛感觉，自己只有更加谦虚，更加努力工作，才对得起"援藏干部"这个光荣的称号。

3年的时间，倏忽而过，又来到这一年的7月。2016年7月，他们就该离别西藏，同他们热爱的这片土地挥手告别。3年援藏路，转眼一瞬间。但是，在这片土地上培育起来的浓得化不开的西藏情，却怎么也割不断、放不下。

一生援藏情

2016年10月，洪涛回到北京，出任中国藏学出版社总编辑，次年担任出版社社长。

中国藏学出版社是全国唯一的公益性涉藏专业出版社。在工作中，洪涛严格落实中央的民族政策和西藏工作政策，坚定维护祖国统一、民族团结，以铸牢中华民族共同体意识为工作主线，通过出版相应的专业图书，引导各族群众牢固树立正确的国家观、民族观、历史观、文化观、宗教观。在他看来，藏族人民有爱国、维护统一的悠久的优良传统，比如藏族官兵参加了鸦片战争，西藏地方政府军民英勇抗击英帝国主义两次入侵西藏，汉藏各民族通过茶马古道，从南亚到云南、四川运送抗日物资，格达活佛为西藏和平解放献出宝贵生命，十世班禅大师、喜饶嘉措大师爱国爱教光辉事迹，阿沛·阿旺晋美在西藏历史上作出的杰出贡献，都是值得大书特书的。在他的领导下，中国藏学出版社近几年陆续出版了8卷13册的学术巨著《西藏通史》，通俗易懂的《流淌的吉曲河——学历史讲拉萨》，大力宣传西藏自古以来就是中国不可分割的一部分。

他也注重在出版中继承和发扬老西藏精神，重视学校思想政治教育。中国藏学出版社出版了谭冠三将军给长子谭戎生的家书《将门家风》、原十八军进藏老兵魏克的日记体著作《百岁回望》、西藏自治区党委原第一书记阴法唐的回忆录《从泰山到珠峰》。这些都是对广大青少年进行思想政治教育、红色家风教育，发扬光大老西藏精神的最好教材。

在出版中，出版社还积极培育和践行社会主义核心价值观，增进各族人民对伟大祖国、中华民族、中华文化、中国共产党、中国特色社会主义的认同，将社会主义核心价值观与藏传佛教教义阐释有机结合，发挥藏文出版专业优势，为推进藏传佛教中国化作出努力。

三年援藏路，一生雪域情。洪涛决心在自己的工作和生活中，始终发扬老西藏"功成不必在我、功成必定有我"精神，自觉将维护国家统一、加强民族团结作为衡量涉藏出版服务"两个大局"的唯一标准，在迎接西藏和平解放70周年、中国共产党成立100周年等之际，组织几个重点出版方面的项目向大庆献礼。

在出版工作中，洪涛逐渐明确了中国藏学出版社"有所为有所不为"，确定了出版的几条产品线。

中国藏学出版社注重整理出版藏文典籍、汉藏互译经典，传承弘扬藏族传统文化。用了22年时间整理出版《中华大藏经·藏文对勘本》。推出《中华大典·藏文卷》，主要收录1951年前我国藏族学者撰写的藏文文献，到2021年已出版12种文集201卷。全书共近百种文集千余卷，计划于2028年完成。2021年8月19日，出席西藏和平解放70周年庆祝活动的中央代表团向西藏赠送的礼品中就有《中华大典·藏文卷》。这是中央对藏学出版社保护传承藏族传统文化的充分肯定。

注重铸牢中华民族共同体意识产品线。藏学出版社还深入挖掘整理宣传西藏自古以来各民族交往交流交融的历史史实，深刻认识中华民族是一个命运共同体，组织创作出版了"中华民族共同体意识丛书"，包括《多元一体国家中的西藏》、关于西藏芒康的《中华民族共同体意识的实证》、《包容与凝聚：中华民族共同体意识在云南迪庆的实证研究》、《藏村日常：民族共同体社会的传播学研究》等。推出

《历史铸就统一体——考古与文物所见西藏和中原关系资料研究》9册。专门策划,在《中国藏学》2021年第1期上推出了《铸牢中华民族共同体意识专刊》。《西藏通史》2016年出版,荣获第四届中国出版政府奖图书奖和第四届中国藏学研究珠峰奖特别奖。注重讲好"五史"的出版物,包括西藏地方与祖国关系史著作。为纪念西藏和平解放70多年,推出了"西藏翻身农奴口述史丛书"10册、《〈十七条协议〉与有关西藏历史问题研究》、《西藏历史55讲》等通俗易懂、图文并茂的图书。

中国藏学出版社还有一条赓续红色传统的红色产品线,主题是继承弘扬红色文化。

在这其中,洪涛自己参与策划编辑红色主题的图文书,如徐乐天著《拉萨影痕》。徐乐天是中央派遣的首批进藏医生,1951年至1953年曾在拉萨行医。《拉萨影痕》记述了他当年从北京前往拉萨艰难曲折的过程,以及他在拉萨行医两年间所经历的一切和所见所闻。洪涛说:"老先生参与筹建了西藏历史上第一座现代化医院,从他的援藏经历中,我深深感受到了什么是老西藏精神。"

洪涛参与策划编辑出版了《珍宝——历世达赖班禅进献中央礼品》《宝藏——西藏文物精粹》《慧眼照雪域——父子摄影家眼中的西藏》《喜马拉雅——山水人文的影响探寻》等大型画册。

中国藏学出版社重视出版通俗藏学著作,宣传西藏。譬如推出了马丽华《灵魂如风》《藏地游历》等,都产生了很好的社会反响。

藏学出版社还重视融合出版。制作了《中华大藏经·藏文版》电子版。开发了《东嘎藏学大辞典》,由一位年轻人负责制作成APP,堪称藏学大百科全书,可以在线使用,目前已有大约20万的用户。《大藏经》的出版不是为了宣传宗教,而是为了保存和传承文化。

藏学出版社还和中央电视台合作,拍摄了6集《援藏故事》,从西藏当地百姓视角,反映援藏带给西藏的深厚福祉。2022年9月至10月,在党的二十大召开前夕,这部纪录片在央视一套和四套播出,有力地宣传了援藏精神。

在编辑出版工作中,洪涛始终紧紧盯住维护祖国统一、加强民族团结这一重要着力点着眼点，严把导向关、学术关、质量关。由他终审的每一本书，他都要通读全稿，严格把关。因为有比较强的英文功底，洪涛还担任《中国藏学》英文版杂志的主编，负责终审。

藏学出版社每年出书80—100种，虽然体量不大，但却有其不可替代的优势。他们专注于自己的产品线，只出版和藏学定位相关的图书。

在出版之余，洪涛一直注重发挥自己在西藏工作和宗教研究上的优长。2023年，他在《人民日报》发表重要文章《党的治藏方略在西藏的实践是中国式现代化的试验田》。在这篇文章中，他提出了40多年来在西藏先行先试后逐步推广到全国的政策措施。

第一项是免除农业税。从1980年开始，在西藏范围内免征农牧业税。到2006年，全国正式废除农业税，从而使这项延续了2000多年的税赋宣告终结。

第二项是免费义务教育。从1985年起，西藏自治区对义务教育阶段农牧民子女实行包吃包住包穿"三包"政策，不断提高补助标准。2012年起，西藏全区实现了从幼儿园、小学、初中到高中、职业教育15年免费教育，建立健全了从学前教育到高等教育的学生资助政策体系。

第三项是对口支援政策。1994年中央第三次西藏工作座谈会确定"全国支援西藏"的战略方针和"分片负责、对口支援、定期轮换"的援藏模式。这种对口支援政策在2008年汶川大地震、2010年玉树地震的灾后重建工作以及对口支援新疆工作、"三区三州"脱贫攻坚等工作中，都得到了推广应用。

第四项是教育、医疗组团式援藏。2015年，中央第六次西藏工作座谈会出台了组团式教育、医疗援藏政策，着眼解决从"输血"到"造血"的难题，为西藏当地培养了一批带不走的教师、医疗队伍，补齐了西藏的教育、医疗短板。这些成功的经验已被推广到了新疆、青海等省区。

第五项是生态保护第一。坚持保护青藏高原的生态文明建设，实现"双碳"目标，把青藏高原打造成全国乃至国际的生态文明高地。

第六项是铸牢中华民族共同体意识，促进各民族交往交流交融。

第七项是推进藏传佛教中国化，引导宗教与社会主义社会相适应。

这些归纳总结党领导人民治藏、稳藏、兴藏的成功经验和新时代党的治藏方略，具有很强的学术性、理论性和实践指导意义。

洪涛还撰写了涉藏高端智库《藏事探索》对策建议多篇，发表了《推进文化自信自强，锻造藏学出版精品》等多篇文章。

2024 年 6 月 6 日，中国藏学出版社和西藏自治区文联共同承办"情系高原感知西藏——韩书力、马丽华及中国藏学出版社联合赠书"公益活动。洪涛和韩书力、马丽华等一道，代表出版社向西藏多所学校、文化单位捐赠美术、文学作品集，以及中国藏学出版社系列图书共计 2.5 万余册，价值近 200 万元。

一次相遇，终生惦记。西藏，已然成了洪涛人生字典中最闪亮的字眼，也是他终身不渝的第二故乡。

第七章

俯首勤耕耘，甘愿化牦牛

增强文化自信、增进文化认同、推动文化融合，建设中华民族共同精神家园，是文化援藏、文化建藏的基本主题。

文化界援藏的杰出代表"亚格博"吴雨初，1976年志愿赴西藏工作时22岁，历时16年。在回北京工作20年后，在57岁之际，他毅然决然地辞去北京出版集团董事长，没有职务，再次志愿援藏。白手起家，矢志不渝，历尽艰辛，建立起世界上独一无二的牦牛博物馆，成为文化援藏、精神援藏的一个楷模。

到麦地卡去

吴雨初是一位"老西藏"，1954年出生于江西都昌县。他1976年从江西师范大学中文系毕业时，国务院分配给了江西省18个去西藏工作的名额。

那个年代，祖国内地人对于西藏的了解，一是藏族女高音歌唱家才旦卓玛动听的歌声，包括《东方升起吉祥的太阳》《唱支山歌给党听》《翻身农奴把歌唱》和《北京的金山上》。另外一个是一部叫《农奴》的电影。这是由八一电影制片厂拍摄的旨在揭露旧西藏惨无人道的农奴制的影片。

作为一名大学生，吴雨初积极响应国家的号召，立志要到农村去、到边疆去、到祖国最需要的地方去。因此，当学校在应届毕业生中征召志愿去西藏工作的学生时，吴雨初便偷偷地报了名，连自己的父母都不敢告诉。

他和其他援藏大学生一道从南昌出发，先乘火车到了杭州、上海，在上海再转车到了甘肃柳园。那时的大学生意气风发，一边背诵着贺敬之创作的抒情诗《西去列车的窗口》，一边激情昂扬地踏上了赴藏之路。先乘车到了青海的格尔木，再从格尔木坐一星期的汽车，奔赴拉萨。

一路上，吴雨初第一次见到雪山，还遇到了下雪，从未走出江西的吴雨初和同行的同乡都开心极了。汽车一直开着，不敢停下，因为一旦熄了火很可能就打不着火了。大伙儿睡觉时盖的被子都是黑乎乎的，每个人都不脱鞋就睡，心里都对未来充满了憧憬。

经过长途跋涉，吴雨初和一班江西老乡同学一起，终于来到了西藏。

没想到，就此他便和西藏结下了终生的情缘，累计已在西藏工作了 20 年。

1976 年是我们国家发生重要转折的一年。这一年，毛泽东主席逝世，"四人帮"被粉碎，国家开展拨乱反正。

吴雨初他们到了拉萨，正赶上"四人帮"被粉碎。10 月，西藏举行万人大会，人们用汉藏两种语言高呼"打倒'四人帮'"。

一周后，开会宣布每名毕业生的去向。吴雨初被分配到了西藏北部的那曲地区。

他乘着大巴来到了那曲。那时的那曲特别荒凉，镇子很小，居民只有二三千人。当时有一段顺口溜，生动地描绘了那曲落后的情景：

"一条街道两座楼，一个警察看两头，一家饭馆尽卖粥。"

那曲名称来自于那曲河，旧译"黑河"，为了避免和黑龙江的黑河市重名，便改作了那曲。这里海拔 4500 米，看不见一棵树。吴雨初到那曲后，出现了明显的高原反应，夜里经常失眠。

那曲依靠自己发电。城里有电灯但是电灯都没有开关。一天只供应两小时的电，来电了灯就亮，停电了便都是黑漆漆一片。

一位领导对分来的大学生吴雨初他们说："你们这么年轻，不要看你们的辛苦，要看你们的前途！"意思是这些有文化的年轻人个个都前程远大。

吴雨初被分到了那曲下属的嘉黎县委办公室工作。

嘉黎县位于那曲东南部，距离那曲 260 公里。从林芝可以过去，从那曲也能过去。如果放在东部的林芝市嘉黎县就是条件最苦的县，但在那曲则是最好的。

当时一起被分到嘉黎县的大学生还有两个湖北的和一个山东的。吴雨初每月工资二三十元。县里有几百人。每天他在县委食堂吃一顿饭。后来给了他一间住房，隔壁就是机要室。

嘉黎县派了工作组下乡去宣讲，吴雨初也参加了这项工作。

在一次揭批会上，一位藏族妇女突然哭了起来，说："你们真没有良心。"

对于群众的不分青红皂白，吴雨初想方设法给她解释。当他了解到那个藏族妇女没有丈夫却有一个私生子后，吴雨初就这样跟她解释说："你是一个好人，但你的孩子他爸不太好，你养着孩子，他却不知道跑到哪里去了，你说是不是？"

这么一解释，那个妇女似乎明白了一些。

有一天，西藏自治区革命委员会副主任热地到嘉黎县视察。那时县里连一个招待所都没有，因为分配给吴雨初这名"宝贝大学生"住的宿舍比较新，而且比较干净，县委领导就安排热地住在吴雨初的宿舍，而让吴雨初搬到同事的宿舍去合住。

热地走进吴雨初的宿舍，看到房间干净整洁，心情很好，顺口问道："这是谁的房子？"

县委领导回答："这是一个新分来的大学生的宿舍。"

热地说："新来的大学生？那应当到基层去锻炼啊！"

第二天，嘉黎县委就开会，决定把吴雨初从县委办公室调到麦地卡乡去工作。

吴雨初血气方刚，抱定服从组织分配的信念，毫不犹豫地答应去麦地卡乡。

但是，他不知道麦地卡在什么地方。麦地卡位于那曲和嘉黎之间，要拐上一条岔道，走几十公里才能到达。

县里让一辆送货的卡车捎上吴雨初和他的行李，行驶了100多公里给送到了麦地坚桥。吴雨初住在道班工人的房子里，让人捎信给林堤乡派马来接。

乡里按照县里的通知，派了一匹马来接吴雨初。

吴雨初问那位送来马匹的牧民："我不知道麦地卡在哪里呀，怎么去呀？"

牧民回答："哦，马知道路。"

就这样，吴雨初一个人骑着马，带着家乡木匠做的一只小木箱和从江西带来的八斤重的铺盖卷，就往麦地卡方向走去。独自前往一个新环境，他感觉挺新鲜的。

老话说，老马识途。吴雨初信马由缰地往前走。在路上遇到了暴风雪，马儿走得特别艰难，走了大半天，一直走到天黑，都还没望见目的地。

吴雨初心里焦急。他拍马骑到了一个高冈上，从高处向下俯瞰远方，好容易看见了一点点微弱的灯光，于是赶紧打马前去，终于赶到了麦地卡。这一天，他差一点就被冻死了。

麦地卡是一个很偏远的地方。前任文书小杨一见到来接替自己的小吴，高兴坏了。他马上就要调到嘉黎县去。他把怎么取水、怎么取火、怎么生活，都一一地交代给吴雨初。取水需要用十字镐刨开冰面，再把冰挑回去融化成水。乡书记和乡长也很关心这位新来的大学生，经常询问他生活习不习惯、有什么困难没有。

麦地卡乡上有四排房子，其中有粮站、供销社，有宰牛卖肉的，也有卖青稞做糌粑的，但是没有银行。工作人员的工资都是乡财政专员每个月骑着马到县里去统一领取回来再发给大家。

作为文书，吴雨初的主要工作是协调撰写乡里的情况，包括生产情况、牛羊马的数量变化，同时也要汇报个人的学习情况和积极参加斗争情况。

因为在麦地卡，钱基本花不出去。吴雨初每次委托财政专员把有关的生产情况交到县里去的同时，也委托他拿着自己一半的工资，顺路去县新华书店帮助买一些书。

吴雨初经常跟着书记和公社主任下乡去。这时他学中文的优势也发挥了一点作用。那些藏族牧民有的孩子外出当兵，家属要给他们写信。他们都是先写好了信，然后拿上旧的信封来找吴雨初照着抄写。吴雨初认真地帮他们写好信封。他有时也拿公社办公用的一些信封送给老百姓用。牧民们都说："吴大学服务真好！"

牧民们知道小吴是一个江南来的小伙子，到西藏来很不容易，因此每次来求他写信封时，都会给他带来一些牛肉、酥油等，有时也住在吴雨初的宿舍里。吴雨初每次到乡下也都会住到牧民家里。这样一来二去他就结交了很多藏族的牧民朋友。

财政专员帮吴雨初买书，但他不懂得挑选，因此买回了很多关于化肥、农药的书。可是这些都不是吴雨初需要的。后来他便专门写了信给书店的店员，让他们帮自己多挑一些文学书和对自己有用的书。

乡村的文化生活非常贫乏。那时一个乡只配有一台收音机，这是中央送给西藏地方的一件礼物。但是收音机基本收不到信号，收到的声音也非常嘈杂。为了收到信号，吴雨初不得不爬上铁皮烟囱，在烟囱上拴上铁丝作为天线，再接到收音机上。天天这样折腾。他有时拿着收音机跑到山顶上去，或者把铁丝插到水里去，各种尝试，看看哪一样能够接收到一丁点儿的声音。可是绝大多数时候，结果都令人失望。十一届三中全会召开后，党中央强调不再以阶级斗争为纲，中国发生了巨大的变革。这个消息吴雨初最初就是通过收音机隐隐约约收听到的。

邮车一个月才有一班。正是通过这趟邮车，吴雨初开始尝试着给外面的报纸投稿。

1976年，他在《西藏日报》发表了一首诗。当时，《毛泽东选集》第五卷送到了嘉黎县，嘉黎县组织了二三百人夹道欢迎。吴雨初有感而发写了一首诗，竟然被报纸发表了。

这，一下子在嘉黎县引起了轰动。

1977年冬天，刚刚毕业一年的吴雨初，要从那曲地区回嘉黎县。

那时还没有县际班车，他搭乘了一辆装运抗灾饲料的卡车。

从那曲到嘉黎只有一条简易公路，路上要经过一座叫阿伊山的雪山。那一年雪下得特别大，嘉黎县遭遇了雪灾，这辆卡车就是要运输饲料去嘉黎的。结果到了阿伊山，那里的积雪最深处都到了 4 米厚，车根本无法通行。地区便派了一辆铲雪车来支援，结果也被困在了那里。

被困在阿伊山的一共有 20 多辆车、50 多个人。他们不得不挤进了路边一间养护公路道班工人住的小小的土坯房，渴了就通过化雪水煮来喝。

可是，他们带的干粮很快就全吃完了。一群人挤在一起，又冷又饿，一直坚持了 5 天 4 夜。

那时的联系只有依靠老式的军用电台。好不容易通过手摇发报联系到了县里。

县里得知情况后，紧急敲响了挂在县食堂外一个用汽车钢圈轮毂做的钟，召集起县里全部的二三百名干部职工，动员各家各户连夜烙饼子，集中后立即送往阿伊山。

先是用县领导乘坐的吉普车送。但是到了桑巴区，在雪地里汽车开不动。于是马上让桑巴区改用马驮。然而，没走多远，积雪实在太深，都没到了马肚子，连马也走不动了。无奈，只好让林堤乡派出一群牦牛。依靠领头牦牛粗壮的身体在前面雪地里蹚开了一条路，后面的牦牛就驮着几麻袋的饼子跟着往前赶路。

断粮 5 天了，吴雨初和大家都快感到绝望了，这时，他们依稀望见了远处天边的雪线上出现了一片黑点。

有人激动地大声喊道："是牦牛！牦牛队给我们送粮食来了！"

每个人都簇拥上去，县里的救兵来了，他们知道自己获救了！

当大伙儿捧着饼子埋头啃的时候，看到还在雪地里呼哧呼哧直喘热气的牦牛，一个个都感动得哭了。大家都说："是牦牛救了我们的命啊！"

也正是因为这次难忘的经历，后来吴雨初萌发了创办一座牦牛博物馆的想法，并最终把这个愿望变成了现实。

吴雨初的日常工作之一是统计牲畜数量等生产工作简报，头脑里装的净是牛羊马、头只匹。平时吃的蔬菜是脱水蔬菜、鸡蛋粉和一些罐头。用鸡蛋粉炒鸡蛋，没有蛋黄炒不成。还有一些菜油。他自己则从江西老家带了一些辣椒粉去聊解嘴馋。

按照当时的政策，工作18个月可以休息4个月。于是，1978年他曾经回过一趟江西都昌老家。

父母见到他就问他工作的地点和生活的情形。吴雨初告诉他们，自己工作的地方海拔4500米。父母说："那不都到天上去了吗？"

那个年代，在基层大学生本来就很少。老百姓认为大学生就像珍稀的大熊猫一样，非常了不起，他们什么都会。乡里的干部群众都亲切地称吴雨初"吴大学"。

有一天，乡里的一位干部云登来找吴雨初，对他说："吴大学，你帮我理个发呗！"

吴雨初回答："啊？可是我不会理发呀！"

云登笑笑，说："吴大学，你真谦虚，哪有大学生还不会理发的？来吧来吧！"说着他就把一把理发剪子硬塞到了吴雨初的手上。

吴雨初哭笑不得，只好拿起那把剪子，小心翼翼地给他剪头发。

这是他第一次为别人剪头发，他根本没学过怎么给人理发。结果他把云登的头发剪得乱七八糟的，就像老鼠啃过的一样，但是云登还连声称赞说："不错不错，大学生真是什么都会呀！"

吴雨初一脸蒙，不知说什么才好。

在麦地卡，吴雨初担任了两年的文书。那里的干部和牧民都非常看重他。即便在他调离麦地卡多年之后，乡亲们还和他保持着联系。

80年代，吴雨初在那曲地区文教局工作。那时，网络没有，电话也还没有。有一天下午，麦地卡的几位牧民赶着一大群牦牛，来到那曲镇买东西。他们打听到吴雨初的住处，就找到了他家借宿。

见到乡亲们，吴雨初也很开心，就让大家都挤住在了他家，给他们准备了白酒、馒头和饼子，还有油辣椒面等。乡亲们在吴雨初家里烧奶茶、打酥油茶、煮肉。酒足饭饱之后，就在吴雨初宿舍的地板上打地铺睡觉，他们的牦牛就放养在文教局的院子里。

第二天一早，乡亲们休息好了，就赶着牦牛回去了。结果文教局的院子里到处都是牦牛拉的粪便。文教局的同事一起床，看到满院子的牛粪，都指着吴雨初骂道："你这个老牧民！"

吴雨初哭笑不得，只好自己动手去收拾那些牛粪。

那时出行非常不方便，要从麦地卡一直走到马路边的麦地坚桥头，再从这里搭车去嘉黎县。有时几天都见不到一辆车从这个路上经过。有一次，吴雨初在桥头维修道路的道班宿舍住了好几天，都没有搭上车。道班的工人旺钦啦帮着他去拦那些车，但是路过的司机都飞快地把车开走了，没有人停下来。

晚上，吴雨初和旺钦啦一起烤火吃晚饭。因为一直搭不上车，他心里很着急。旺钦啦笑着对他开玩笑说："吴大学，你以后要是当了官，就会有车来接你的。"

从那一刻起，吴雨初还真就想当个一官半职。如果有个官职，或许出门真的就方便多了。只要当到副县级就行，因为副县级就会有车来接送了。

到了1984年，他果然就当上了那曲地区文化局副局长，一个副县级的干部。

在县委工作的日子

因为接连发表诗歌和文章，吴雨初渐渐地有了名气。在基层工作了两年后，他就被调回嘉黎县里。

县委书记名叫次仁加保。他经常带吴雨初这个大学生下乡。两个人骑着马，有时遇到了冰雹或者大雨，他们就躲到马肚子底下，天黑了，他们就借宿在同一个牧民帐篷里，有时会一直聊天到深夜。到了村里他们就会买一只羊杀了，那时一只羊才9元钱。加保书记总是把最好的肉让给吴雨初吃。他们一起在马背上度过了一段难忘的岁月。若干年后，这位书记因为患肝癌去世，那时吴雨初已经当上了那曲地区文化局局长，他便竭尽全力去照顾好加保的家人。

到牧民村里开会，加保书记每次都让吴雨初做记录。但是吴雨初凭仗自己的记忆力好，认为自己全都能记下来，不愿意做记录。

有一次，听完牧民的汇报后，加保书记看到吴雨初没有动笔，就问他："你为什么不记录？"

吴雨初回答："刚才他们汇报错了。村干部说他们村的牛羊马的总和，但是头只匹加起来的总数却是错的。"

书记吃了一惊。他把自己记录的认真地计算了一下，果然发现村干部计算的总和是错的，于是他说："你的记忆力真好，那以后你就不用记录了！"

从那以后，每次开会吴雨初都没有做记录，但是他给加保书记起草的材料，书记都很满意。

为了改善县城干部职工的生活，夏季时，县里就会安排牧民赶一群牦牛到县城附近，每天为县里的干部供应鲜牛奶。干部们到县食堂每个人可以买一公斤的鲜奶。藏族的同事买了鲜奶以后都拿回家把它制作成了酸奶。和吴雨初一个办公室的欧珠大姐送了一碗自家做的酸奶给吴雨初品尝。

吴雨初尝过以后感觉味道特别好，就请教欧珠大姐怎么来制作酸奶。

欧珠大姐回答："你要先把鲜牛奶煮开，然后把它放凉到40℃左右，这时加进去适量的老酸奶，然后用毛毯把它包裹起来，再过上一天一夜24小时就可以了。"

于是吴雨初便如法炮制。按照欧珠大姐教的方法，第二天就做成功了。然后一次比一次做得更好，味道越来越好。他把自己做好的酸奶送给欧珠大姐品尝。大姐尝过后连连夸赞："真好吃！真好吃！"

从那以后她逢人便说："小吴做的酸奶比我们藏族人做的还好呢！"于是，许多藏族、汉族干部都来请教吴雨初怎么制作好吃的酸奶，吴雨初一下就变成了一名酸奶师傅。

那个年代交通非常不便，县里对外的联系方式主要依靠邮政。邮车从那曲地区开到县里，每一次都会围上来很多人，大家都要来看看有没有自己的信件。如果遇上大雪封山，县里对外联系的方式就只能依靠电报，就是用一种老式的军用发报机嘀嘀嘀地发密码，来和外界取得联系。

有一次，吴雨初收到了一份电报。这是《西藏文学》编辑部通知他到拉萨去参加自治区文学创作会议，会期10天。

第二天，吴雨初赶紧拿着电报去跟县委请假，县委领导同意了。

这时，正好遇上大雪封山，没有汽车。吴雨初便骑着马从县里先到麦地卡乡，走了5天，再从乡里换了马，又走了4天，这才到了那曲。然后在那曲，站在青藏公路边上等候搭路的便车。好容易搭上了便车，又开了一天才来到了拉萨。这一路行走就耗去了他10天。

等他好不容易找到开会的招待所，对方问他："你是来干什么的？"

吴雨初回答："我是来开会的。"

对方又问："开什么会？"

回答："自治区文学创作会议啊。"

对方说："那个会已经散了。"

"啊？"吴雨初十分意外。

后来，《西藏文学》编辑部接待了吴雨初，安排他在拉萨住了十几天。那时吴雨初开始文学创作，已经发表了一些作品，也受到了拉萨和《西藏文学》杂志各方面的关注。

老百姓对吴雨初这名大学生特别器重，他们总是拿最好的食物来招待他。有一次，吴雨初所在的工作组到一个牧区，晚上寄宿在一位牧民家里。这位藏族牧民非常热情好客，尤其关爱这位年轻的汉族干部，他专门给吴雨初煮米饭。但是家里因为没有高压锅，米饭煮不熟，他在茶壶上再压上一块石头，反复地炖煮，但还是煮不熟。想给客人准备下饭的菜，可是家里实在没有蔬菜，他居然炒了一盘好不容易采集回来的新鲜的虫草给吴雨初吃。那时候虫草还不是非常昂贵，一斤虫草只卖9元钱。要是现在的话，这一盘虫草的价格估计得上万元呢。

在县里工作，外出时需要骑马，那时候还没有汽车，县里就给很多干部都配备了马。吴雨初也想拥有一匹自己的马。县委领导同意了，让他自己去物色一匹马，由县里出钱购买。

西藏本地的马非常有劲、有耐力，但个头都比较小，而吴雨初喜欢高头大马。好不容易在一个牧民家物色到了一匹个头比较大的马。那匹马的主人乌坚啦也是吴雨初的熟人。吴雨初就去请县领导跟乌坚啦谈一谈，问他肯不肯把马卖给县里。

但是，乌坚啦一听说这个马将交给吴雨初去骑就坚决不同意。他说："吴大学这个小伙子是很好，我们关系也不错，但是我不能把马卖给他，因为他不懂马，也不会照顾马，要是我把我的马卖给他，我担心以后会伤了我们之间的感情，所以还是不卖给他更好。"

吴雨初跟着县委书记骑着马到县里去开会，路上骑了好几天。他们一路上总会停下来，烧茶，喝茶，就着风干的生肉喝点白酒。这天傍晚，他们打算在一个村里投宿。当他们翻过一座山就看到了那个村子，估计再走一个小时就该到了。这时，书记突然下马卸鞍。

吴雨初很不理解，问书记："我们不是很快就到了，我们到村里去休息不更好吗？"

书记非常生气地骂他："你怎么这么啰唆？"

吴雨初还想争辩，结果书记发怒了："你这个大学生懂什么？这里有草。"

原来他是心疼这两匹马，草场的草长得特别肥壮，他想让马儿在天黑之前多吃上几口草。看来在内地生活的吴雨初，确实还是不了解藏族同胞对于马匹特殊的感情。

在雪地里行走很容易患上雪盲症，尤其是当太阳出来以后，洁白的雪会映得人眼睛都睁不开。那时候还很少有人戴墨镜，因此藏族同胞发明了特殊的保护眼睛的方法，就是用藏牦牛的绒毛做眼罩来保护眼睛。

有一次大雪过后，吴雨初他们骑马去一个牧村。太阳高照，眼睛都被射得睁不开。带路的牧民就从牦牛的腹部扯下一把绒毛罩在眼睛上，还给吴雨初罩上了一片。这样就可以很好地保护自己的眼睛。没有雪地生活经验的人，没有用牦牛绒毛眼罩的人，很多都患上了雪盲症，眼睛红肿流泪，疼得厉害，通常都要过一周左右才能痊愈。这个牦牛绒眼罩让吴雨初印象深刻，后来他在创办牦牛博物馆时，还专门去征集了牦牛绒眼罩作为展品。

还有一次下乡，吴雨初走了很多路，把脚上穿的皮靴都走坏了，感觉鞋底都快掉了。那天晚上，他投宿在一位牧民家。主人是一个哑巴，但是为人非常善良，也很聪明。当吴雨初睡下后，他就悄悄地把吴雨初坏掉的皮靴拿去修理。可是他没有工具也没有材料，他只好用一颗一寸多长的钉子还有铁丝，帮吴雨初把皮靴修好了。

第二天，吴雨初穿着牧民给他修好的鞋上路，感觉非常好走，他内心里特别感激。但是对方是个聋哑人，既不会说话也听不到声音，于是吴雨初就用藏族传统的礼节，跟他贴了贴面，来表达自己的感谢。

在基层工作，吴雨初本来是有条件学习藏语的。但是有一个熟悉藏族地区情况的人却告诉吴雨初："如果你不会藏语的话，每次下乡组织上就会给你指派一名藏语翻译，你下乡就有个伴。要是你学会了藏语，就不会给你另外派一名翻译，你就只能自己一个人下乡了。再说，你要是学会了藏语，就再也不能调回内地了。另外，你要是把学习藏语的时间用在学习英语上，以后你要再想考硕士、考博士也都能用得上。"

吴雨初听从了这位朋友的话，真的就失去了原先学习藏语的积极性。到后来，他在筹建牦牛博物馆的时候，特别渴望自己能够学会藏语，那时他就感到了后悔，悔不该当初听从了这位朋友的建议。

在西藏生活久了，吴雨初学会了很多的生活技巧。有一年冬天，他从那曲到拉萨去出差，有几位朋友单位上给他们分了一只羊，他们为了把这只羊解开来，找来了斧子、砍刀和锯子。吴雨初见到了，笑着说："用不上这么多工具，杀羊焉用牛刀，我只需要一把小刀就行了。"于是，他用一把小刀帮大家把这只羊很快就拆解开了。那几个朋友都围着吴雨初说："啊，你还真成了一个老牧民了！"

还有一回，吴雨初到拉萨去西藏自治区交通干部学校找他江西的一位同学吴平，还穿着一身牧民穿的老羊皮袄，一个人走路。吴平和学校校长的儿子在一起，看见一个老牧民向这个院子走来，一下子都没认出他来，还以为是一个来偷自行车的，做好了抓小偷的准备。

吴雨初一走进院子就高声叫喊吴平的名字。吴平和那个校长的儿子从暗处走出来，这才发现，原来走来的就是自己的同学吴雨初。

藏北的生活非常艰难，平常很难吃上新鲜的蔬菜或者新鲜的鸡蛋。当时给每一个干部每个月发两瓶水果罐头、一瓶多种维生素丸。吴雨初还吃过一种脱水蔬菜，就是把蔬菜里的水分都风干，然后压缩起来，吃的时候先用清水把脱水蔬菜泡开来，能看到蔬菜的形状，但是煮着吃却吃不出蔬菜的味道。他在藏北还吃过一种脱水鸡蛋粉，可以用它来炒菜，做成炒鸡蛋却没有鸡蛋的味道。

嘉黎县办公条件很简陋，只有20多排平房，总共也就几十个人。那时县里发电用的都是柴油机，每天能够发两个小时的电。发电房修在了山坡上。发电工每天都要背着柴油很吃力地爬上山。

当初为什么把发电房修在山坡上呢？当地的同事告诉吴雨初：因为县领导认为电就跟水一样，它从上往下流会顺畅一些，因此要把发电房修在县里的高处、建在山坡上。这样就只好辛苦发电工每天都爬小山坡了。

当然，没过多久县里修起了水电站，就再也不用柴油发电了。

血浓于水同胞情

因为吴雨初会写诗，他被安排在县文教局文化科工作，他创作歌词，也写舞蹈文学脚本。运用音乐和舞蹈的形式来表现海外藏胞渴望回西藏这样的主题，排练了《家乡啊，家乡》等作品。这个作品后来获得了1980年全国舞蹈比赛三等奖。

不久后，他又被调到了那曲地区文化局工作。搬家的时候，嘉黎县给他派来了一辆货车。

吴雨初装上了自己全部的衣服、被子和书籍之外，车上还有很多的空地，于是他就装了满满的干牛粪。

到了那曲，文化局的同事帮他卸车。大家看到车上装满了牛粪，都很吃惊地问："难道嘉黎县的牛粪比那曲的牛粪更香吗？"

帮助搬行李的同事发现车上还带了一只酥油茶桶。因为汉族干部很少自备茶桶，而吴雨初已经习惯也喜欢喝酥油茶，因此他专门带了一只茶桶。同事们都很意外，惊奇地问："这搬家的到底是一位藏族还是汉族啊？"

那时那曲的蔬菜很贵，在西宁鸡蛋一毛钱一个，而到了那曲则要卖到一元钱一个。那曲交通相对方便一些，有时吴雨初也会托跑青藏公路的司机帮自己从格尔木捎一些蔬菜来。

1984年，吴雨初当上了那曲文化局副局长，成了一名副县级干部。他和藏北的一群文学爱好者携手，一起切磋文学创作，看《十月》《西藏文学》，大伙儿一起写诗，一同进步，使得藏北那曲变成了西藏的一片文学沃土。

吴雨初的宿舍隔壁住着一位牧区来的女孩。这个女孩平常很喜欢音乐。那时，吴雨初自己买了一台卡式录音机，每天都放一些好听的歌曲。因为县里盖的平房并不隔音，每当吴雨初放录音机的时候，隔壁都能听见。

如果听到有好听的歌，那位姑娘就会敲敲墙壁，大声喊道："你放大一点声音吧！"

于是，吴雨初就把声音调大一点，让隔壁的女孩一起听音乐。

有一天夜里，吴雨初听到隔壁房间传来了悠扬的笛声。那笛声里还包含着淡淡的忧伤，仿佛是在诉说思乡之情。

第二天见面时，吴雨初问那位姑娘："你昨晚吹奏的是什么乐器？真好听！"

姑娘就把那支乐器拿出来给吴雨初看。原来这是一支鹰笛，是用鹰的翅骨制作成的。

她很慷慨地说："送给你吧！"

吴雨初不好意思地说："这怎么合适呢？"

姑娘回答："没有什么不合适，我再做一支就是了。"

不久后，这位姑娘就调回自己的老家聂荣县了，据说是因为不适应那曲的城市生活。

当时，嘉黎县委副书记多杰也被调任文教局副局长，多杰感慨地说："让我这个管牦牛的来管文化教育，真是开玩笑！"

多杰和吴雨初也是住隔壁，因为原先就是嘉黎县的同事，现在仍然做同事，所以彼此关系特别亲近。那时多杰的女儿很小，她也用牧区的话来形容吴雨初"晚上不睡像马一样，早上不起像牦牛一样"。那时吴雨初的工作状态的确是竭尽心力。

在那曲文化局局长的任上，吴雨初做了很多实事。他对次仁拉达的培养就是其中之一。

当时嘉黎县大学生老李也调到那曲地区中学去当教师。有一次吴雨初到老李的宿舍去看望他，就认识了和他同宿舍的藏族次仁拉达。次仁拉达长着一头漂亮的卷发，两只眼睛放着光。他当时是中学的发电工。

吴雨初说："拉达，你是带给我们光明的人。"

拉达回答："我也能给人带来黑暗。"一边说着，一边用什么方式可能是一种遥控，就让整个中学都停了电，然后再做了一个秘密的动作，就又让电恢复了。

拉达几年之前还是一个在牧区放牛放羊的孩子，如今他已成为中学的一名熟练的电工。他既聪明又有些调皮，吴雨初一下子就喜欢上了他，当时心里就想着有机会把他调到身边，好好地培养他。

后来，通过更多的接触，吴雨初对拉达有了更多的了解。原来，他是一个非婚生的孩子。母亲去世后他就成了孤儿。生父为了把他当作一个可以帮自己放牧的劳动力而把他认领了。于是从四五岁开始，次仁拉达就在严寒的奇林湖畔的草原上放牧。但是在他自己父亲的家庭里，他甚至食不果腹衣不蔽体。年迈的奶奶给了他无限的慈爱。他常常都是赤着脚或者裹着一块羊皮在冰雪上跑。后来他所在的申扎县建起了第一所初级小学。拉达不顾父亲的反对，坚决要去上学。他父亲威胁说，如果你不去放牧就不给你饭吃。拉达回答："即使乞讨，我也要上学！"后来他事实上就是以半乞讨的方式完成了初小的课程。在学校里他的天资得到了充分的发展，并且以优异的成绩进入了当时申扎县唯一的完全小学，从牧区走进了县城。就这样他依靠着半乞讨的方式，以周末为县人武部放牧军马、利用课余时间将牛粪卖给县机关来换得一些生活费用来维持学业。接着他又以最优秀的成绩考入了当时藏北地区唯一的初级中学那曲中学。于是，拉达从西部牧区来到了藏北重镇那曲，初中毕业后留在学校当了一名电工。

就这样，他们俩走得越来越近。吴雨初担任那曲地区文化广播电视局局长后，就把拉达调到了文化局所属的群众艺术馆。接着，又把拉达送到自治区话剧团去学习灯光。当他第一次带着拉达从那曲乘汽车一路南行去拉萨，到了海拔较低的羊八井，拉达第一次看见长着绿叶的树，感到非常激动和惊讶。他问吴雨初那些是什么，吴雨初回答这是树啊！原来之前他从未见过树，见过的只有草原上的帐篷杆和电线杆，其他就没有比人更高的东西。到了拉萨，拉达学会了光电知识，也学习藏语文。

从那以后，次仁拉达和吴雨初几乎天天生活在一起，成了无话不谈的好朋友。每次下乡，吴雨初都带着拉达，拉达也是工作组成员，同时兼任翻译。有时他们在那曲县的罗马乡、双湖的查桑乡一待就是几个月。经过几年的自学，拉达成长为一名非常优秀的藏汉语言的口译和笔译翻译。吴雨初也从他那里学会了很多藏语。

1980年2月8日，吴雨初和拉达一起去奇林湖地区下乡。那天他穿着次仁拉达的皮藏袍，和他一起骑马，要走几十公里的路。

吴雨初牵着马，先走了几公里路热身，然后再骑上马，但还是很快便感受到了奇林湖刮来的刺骨的寒风，他感觉全身都被穿透了，几乎就快要冻死了。他用力抽打着自己的马，赶在拉达之前往前赶路。到处是风雪弥漫，好不容易看见了一座摇摇晃晃的帐篷，吴雨初催马奔向那个帐篷，就像一个在海里快要溺水的人发现了一座孤岛一样。到了帐篷门口，他那双已经冻僵麻木的腿完全没办法跳下来，他几乎是从马背上直接摔到帐篷里面去的。

这可把帐篷里正围着火炉烤火的主人吓坏了。帐篷里有一位藏族老阿妈，她的怀里抱着一个婴儿，还有一对年轻的夫妇。虽然语言不通，但是他们很快便明白了这是一个被风雪冻僵的汉人，于是赶紧手忙脚乱地将吴雨初扶坐在靠垫上，帮他脱下了马靴。那位年轻的男子从怀里抽出一大把羊毛，靠近火炉烘暖，再把吴雨初的双脚捂住，就这样帮他暖和,但是吴雨初的脚还是冰冷坚硬。

这时,让吴雨初震惊的一幕发生了。老阿妈突然把怀抱里的婴儿递给了儿媳妇,然后凑上前来,双手抱住吴雨初冰冷的双脚把它们放进了自己的怀里,用自己的体温去给吴雨初暖脚。

慢慢地,吴雨初的双脚才暖和过来。这时,拉达也从后面追了上来,他找到帐篷里,发现吴雨初正在火炉边烤火。他赶紧用藏语向这家人解释说:"这个被冻伤的人是从江南来到我们藏北工作的汉族。因为他是第一次来到西部,不知道天气如此严寒,所以才冻成这样。谢谢你们给了我们这位陌生的汉人以温暖。"

这次的经历让吴雨初记住了一辈子。许多年以后,他回忆起来仍旧能够感受到老阿妈那个温暖的怀抱,想到她的无私与圣洁,就像慈祥的母亲一样。他对拉达说:"我从没有在哪本书里读到过如此真实的崇高。藏族百姓真是太好了!"

有一段时间,次仁拉达跟着吴雨初下乡去搞工作组。白天他们骑马到各村去工作,晚上住在生产队队部。因为驻乡的那个地方海拔超过 5000 米,严重缺氧。到了夜里,吴雨初怎么也睡不着,患上了严重的失眠症,接连五六天都没能睡着,而次仁拉达却睡得很好。当他知道吴老师一直失眠后,不知如何是好,就跑到寺庙佛像前,去为吴雨初念经,祈求佛祖保佑他能够安然入睡。

随着西藏经济社会的发展,文化局把拉达送到西藏大学去进修藏语文。

在这个过程里,拉达结识了一名四川藏族聚居区来拉萨朝佛的女子,并且组成了家庭。他的学养也有了很大的提高。

1987 年 10 月,党的十三大召开。吴雨初任县工作组组长,由纪委书记李光中带队,组织脱贫致富工作组到下面去,一年有三个月时间在地方上。他因为深入基层,掌握了很多真实的情况;撰写了一篇浅析人均收入的文章,发表在《西藏青年报》上。

1988 年 5 月,西藏自治区党委宣传部注意到了吴雨初这位年轻人,就把他调到了自治区担任宣传处副处长。后来又改任文艺处处长，一直到 1992 年。

当吴雨初离开那曲时，拉达问："吴老师，你走了，谁来教我？"吴雨初回答："我从来没有教过你，都是你自己努力的结果，实际上你给我的帮助可能更大。"

随后，拉达又到申扎县人民政府担任办公室副主任，之后参与创办有关的矿业公司，家庭生活有了很大的改善，一家人在拉萨安居乐业。此时，吴雨初已调回了北京工作。拉达到北京来的时候总要去北京市委看望他。

后来拉达因为患病，40 多岁便去世了。

他生前最大的牵挂也最疼爱的是正在上大学的女儿。吴雨初答应他，如果他有个万一，自己一定会把他的女儿当作自己的孩子一样关照。

次仁拉达去世后，吴雨初含泪为之送行，并且专程赶往拉萨去照料他的女儿桑旦拉卓，从此结下了深厚的父女之爱，吴雨初也成为拉卓的第二父亲。

加央西热生死情

80 年代初，在那曲，一个冬夜，一个穿着藏服的年轻人敲开了吴雨初那间平房宿舍的门。

这是一位热爱文学的藏族青年，因为那时吴雨初已经发表了不少作品，有相当的名气，加央西热便慕名而来。他从自己的藏袍里掏了好一阵子，才掏出了一张薄薄的信笺，腼腆而忐忑地说："吴老师，我写了一首诗，你帮我看看。"

吴雨初打开一看，标题是"开往北京的列车"，再读下来感觉就是几句顺口溜而已。但是吴雨初还是把它留下来，并且对它做了认真的修改，推荐给了一家刊物发表。

这是加央的作品第一次变成铅字。

随着交往的增多，吴雨初了解到，加央 14 岁才上学，之前他是藏北班戈草原的一个牧民。上学后只念了 7 年书，便留在了自己就读的那曲地区中学当教师。

加央给吴雨初讲自己在藏北草原的生活。吴雨初告诉他："这才是你真正应该写的诗歌的题材，而不是那根本就还没有影的开往北京的列车。"

那时正是文学热的年代，加央也从此痴迷上了文学创作。吴雨初为了培养他，把他从中学调到了自己所管辖的文化局，让他加入了一群文人的圈子，感受真正的文学氛围。

从那以后，加央开始写他的童年，写他的草原生活或在西藏的一些体会，包括童年、盐湖、草原、冈仁波齐等。这些诗作有许多都在《西藏文学》等刊物发表。加央成了当地小有名气的一名诗人。

加央结婚的时候，吴雨初主持了他的婚礼，并且为他后来出生的女儿起了一个昵称"妮妮"。他和加央的感情越来越深。

作为一名民族干部，加央得到了特别的培养，先后担任了文化科科长、文化局局长。吴雨初还安排他到江西的大学去进修，让他对祖国其他地区的生活有了更多的了解。后来，加央因为不习惯行政工作，申请调到了西藏自治区文联和作协，当上了一名专业作家。

2000 年，有一段时间吴雨初没有得到加央的消息。他反复打听才知道加央生病了，正在成都到处求医。于是他想方设法联系上了加央，让他把诊疗结果发给自己。吴雨初认为加央那种不正规的寻医问诊会耽误病情，就安排他到北京去治疗。经过地坛医院医生的诊治，加央的病情有了很大改善。那时他开始着手创作有关自己青年时代的经历——驼队生活。这本名为《西藏最后的驮队》完稿以后，吴雨初是第一个读者，并且安排自己领导的北京出版集团下属的十月文艺出版社出版。这本书出版后，得到了文学界、藏学界和社会大众的普遍关注，后来荣获第三届鲁迅文学奖。这是对加央西热最大的告慰，因为这是他的一部生命之作。

在吴雨初安排下，加央又在北京接受了一次成功的手术。吴雨初又鼓励他，以自己从牧民到诗人的生活经历写一部人生纪实。

当时加央已经写了一部分。但是，他的病情已经到了非常严重的地步，甚至有时都昏迷了。

吴雨初并不是一个信教者，但那一天在拉萨他专程去了大昭寺，专门去拜释迦牟尼佛，他希望真的能有神灵保佑他的好友。

2004 年 10 月 25 日，在和加央分手时紧紧地拥抱，他禁不住放声痛哭。

没过多久，加央就走了。这个和他相伴相随 20 多年的好友就那么走了，留给了吴雨初无尽的想念。

藏北历险

在藏北工作，其实是有很多危险的。

在交通恶劣的藏北地区，翻车也不是少见的事情。那一年，那曲文化局要拍摄第一部电影《万里藏北》。此时正值藏历新年，藏族司机都要过节休息，于是，吴雨初只好自己开车，带着摄制组到长江源头的格拉丹东去拍摄那里壮美的景色。

在长江源头，摄制组看到了一顶牦牛毛帐篷。

吴雨初跟那家主人说："我们想拍摄牧民过藏历新年。"

帐篷主人回答："我们不过年。"

吴雨初很惊讶："为什么不过年？"

主人回答："因为冬天遭了雪灾，因此就不过年了。"

好不容易跑到长江源头却拍不到藏族过新年的场景，实在是太可惜了！同行的安东县委的同志就去跟藏族牧民做工作，说："这个摄制组是从北京来的，大家好不容易来到这里，就是想拍咱们过年的情景。"

牧民们明白了，爽快地答应："那就过年吧！"

于是，他们便按照牧区的传统，很隆重地过了一个藏历新年。吴雨初他们拍到了想要的场面和镜头。

拍完长江源头后在返回的路上，当汽车行驶到海拔 5000 多米的唐古拉山口时，因为路面上结冰打滑，一不留心，方向盘突然失灵，吴雨初大喊一声"不好!"汽车便侧翻了下去,在路面下翻了个360°。车窗玻璃全都碎掉了。

每个人仍旧坐在车里面,一个个天旋地转,呆若木鸡。

过了一会儿,有人开口说道:"我没事。"

其他几个人也都摸摸自己的手和腿,说:"我没有事。"只有当时坐在副驾驶座上的马丽华受了点伤。她的额头被碎玻璃划破了一个小口子。

大家帮马丽华简单地处理了一下伤口,发现彼此基本都安然无恙。于是,吴雨初重新发动汽车,开着这辆没有了挡风玻璃的车,在风雪中行驶了90多公里,终于安全地到达安多县。

每年那曲都要举行赛马会。每当这时就会有很多朋友从拉萨过来。这些人都聚到了吴雨初家里,住在他家吃饭喝酒,大家一起探讨文学艺术。那个年代,正是文学大热的时候,而藏北的民族风情更是给他们的创作增加了很多的滋养。这群朋友中后来有许多都成了作家。马丽华就是其中之一。

吴雨初带着工作组在双湖开展调研工作。有一天发生了地震。在这样一个原先的无人区发生地震,没有什么可大惊小怪的,对藏族百姓的生活也基本没有影响。

地震的第二天,地委书记洛桑丹增来看望吴雨初这个工作组。书记一见面就说:"你们知道地震了吧?"

吴雨初问:"您怎么知道的?"

洛桑书记笑了笑,说:"藏历的历书上都写着,这一带昨天会有地震。"

吴雨初感到很惊讶:这藏历的历书是去年就印出来的,它怎么能预测到今年的地震呢?而且上面写的时间和方位都这么准确,真是令人叹为神奇。

在双湖,吴雨初发现在绒玛乡有一道山沟,名字叫加林山沟,那里保存有远古时代留存下来的岩画。岩画上画有牦牛,还有人等各种各样的图案。当地百姓关于这些岩画都有很多的传说。吴雨初说:"我要用相机把这些岩画拍下来。"次仁拉达告诉他,这里的老百姓都说相机拍不下来，以前有人拍过了，胶卷不曝光。吴雨初不相信，他还是坚持去拍了很多的照片。三个月后他托人把这些胶卷带到拉萨去冲洗。结果照片冲洗出来都很清晰。他又专门写了文章，配上这些照片在报纸上发布了一条新闻。于是，他成了第一个报道加林山岩画的人。

后来，考古专家等陆续来这里考证。发现加林岩画都敲凿在整块石头上，一共有百余幅。石头约有数十公斤之重，散乱在荒野之中。加林岩画的题材大多为牦牛、马、犬、羚羊、鸟和人等。有的是在石头上敲凿出单面图像，有的则在一块石头上敲出一组或几组图像。有的岩画中还敲凿有藏文，直译为"胜上事业""带角羊""干活"等。加林岩画一般是用尖硬石头敲凿而成，凿痕很浅。加林1号岩画，共有6个以上单个图像，从右向左，位于画面右下方的是两个站立的人，每人手牵一根绳子，两根绳子的一头系在一头牦牛的鼻子上，牦牛的左侧似为一人骑于马上，人、马均后仰，呈轰赶牦牛状，人和马的后面是两条犬，呈狂吠姿势。加林2号岩画，有5个以上的单个图像，最上面是3个站立的人，两腿叉开，两臂张开，右面一人头戴三尖状装饰物，下方是一风化严重的盘羊图像，最下方是一动物。加林3号岩画，是3头牦牛，1头在上，呈攀登状，两头在下，两尾相对，其中右侧一头向上跳跃。加林4号岩画，有数个动物图像和两行藏文，最上是3头牦牛，均朝右侧行走，下面为1只飞翔鸟，鸟下有1头牦牛1只羚羊等，最下面的两个动物可能是犬，均呈爬行状。经考证，加林岩画的年代大约距今三四千年，为新石器时代作品。

在那曲当文化局局长时，吴雨初还非常重视民间文化的保护，特别是对格萨尔王史诗的抢救。那曲地区，说唱格萨尔王史诗比较盛行。当时那曲有著名的说唱者阿达·玉梅。玉梅虽然没有上过学，是个文盲，但有一次据说是在外放牧时感染了风寒，大病了一场。病愈之后，他便突然就会说唱格萨尔史诗了。吴雨初把玉梅请到那曲地区，让他专门对着录音机讲述格萨尔王。后来，自治区也把他请到拉萨去，让他成了一名专职的格萨尔说唱艺术家。

以前，在西藏文化界流行的一种说法是藏北没文化，吴雨初当上那曲文化局局长后，对此很不服气。他说："难道藏北的寺庙少就没文化了吗？我们藏北还有格萨尔说唱、游牧生产方式和生活方式、民间的歌舞，加上当代繁荣的文艺创作，这些不都是文化吗？"在任上他把藏北的文化工作抓得有声有色。后来，自治区文化工作现场会都安排在那曲举行。看到那曲生机勃勃的文化生态，再也没有人敢说藏北没文化了。

有一年春天，一个姓吴的人用炸药去炸鱼，不小心把自己炸死了。那时的那曲镇还很小，人们以讹传讹，说是小吴被炸死了。传的人多了，就都传成了吴雨初被炸死了。

吴雨初在当地有很多朋友，大家听到这个消息都十分悲痛，有的还在琢磨着是扎个花圈还是献上哈达来表达自己的悲伤。

嘉黎县的多杰书记听说了，赶紧派他的小女儿到那曲来查看究竟是不是真的。结果看到吴雨初还好好的，她就回去告诉了阿爸。

得知老朋友安然无恙，多杰全家人都来慰问。多杰对吴雨初说："你可把我们都吓坏了！不过，按照我们藏族的说法，这种误传倒是好事，以后你就会逢凶化吉，一定会有后福。"

吴雨初和当地艺人关系非常密切，他也结交了很多藏族朋友。

云登是旧时代的一个流浪热巴艺人。热巴是藏族的一种包括说、唱、舞蹈、杂技的综合艺术形式。云登从云南一路卖艺，辗转来到了西藏，后来就在藏北定居下来。

吴雨初打听到了这位老艺人，就安排他到那曲地区群众艺术馆专门从事民间艺术工作。云登很开心。

有一次，吴雨初请云登表演。云登就穿上了热巴艺人的服装，弹起自制的牛角琴。虽然他的嗓音有点沙哑，但却有特别的韵味。当他跳起传统热巴舞时，仿佛又回到了他曾经浪迹天涯四处流浪的青春岁月。

云登和吴雨初住在同一排房子里。吴雨初的家从来不锁门，谁想进来都可以。

有一回，云登感冒了，就自己到吴雨初家里找药吃。吴雨初没有在家，他就从一只感冒药瓶里拿了几片药，吃完药后昏昏沉沉地躺在家里就睡着了。家人们怎么叫都叫不醒。于是就赶紧去找吴雨初，问他："这是怎么回事？我们家云登吃了你家里的感冒药，怎么就昏睡不醒了呢？"

吴雨初被问得莫名其妙，一时也没反应过来，就问他："云登是从哪里拿的药？"

家人回答："是从一只写着感冒药的瓶子里拿的。"

吴雨初一拍手，大声说："嗨！那个药瓶里装的不是感冒药，是我的安眠药，晚上睡不着我自己吃的药。"停顿了一下，又接着说，"难怪他会昏睡不醒呢！——没事的，明早他就会醒了。"

在藏北，有的牧民喜欢吃有点儿发馊发臭的牦牛肉。吴雨初带着工作组在那曲县罗马乡那里开展工作。有一天深夜，支部书记顿珠找到了工作组，见面就说："今天我在村长家吃肉包子，那个肉有点臭，吃完了肚子有点不舒服。给我一些白酒喝吧！"

次仁拉达就给他倒了酒。顿珠便一个人就着大蒜喝了半斤酒，然后走了。

第二天一早，顿珠匆匆地跑过来敲门，哭丧着脸向吴雨初报告："村长家昨天晚上死了三个人，都是吃臭肉包子害的！"说完，他自己也瘫倒了，回想起来后怕不已。昨天晚上他要不是到工作组来喝酒消毒的话，估计也很危险。

这件事给工作组敲响了警钟。于是，吴雨初当即决定，要利用这件事的惨痛教训，在牧民群众中开展一次科学教育和卫生教育，告诉大家千万不能吃不卫生的食物、腐败变质的食物，这样会导致食物中毒，非常危险，村长家的事故就是前车之鉴。

从此以后，牧民吃变坏牛肉的习惯基本上消失了。

1987年，藏北发生了很大的雪灾，唐古拉山一带灾情最严重。牧民们看到厚厚的积雪和大批死去的牛羊，都非常悲痛。这时，解放军派来直升机，空投了大量的粮食、饲料和衣物。牧民看到那些直升机不断地向下投送物资，全都跪下来，不停地磕头，一面高声喊道："毛主席万岁！共产党万岁！"

在这场雪灾中，吴雨初听到了、见到了许多感人的故事。他就和女作家马丽华等人一起下乡去深入调查。基层干部为了救老百姓，有的都被冰雪冻坏了。牧民对共产党和政府感激涕零，干群关系空前融洽。吴雨初他们大为感动，几个人一道合作，创作了一部长篇报告文学，专门派人送到了拉萨。

不久后，这部作品便刊发在《西藏日报》上，整整占了三个版。吴雨初他们将全部稿费都捐给了灾区。

自治区党委决定，根据这篇报告文学，组织相关人员组成抗灾英模报告团，到西藏各地去巡回宣讲，从而使抗灾的事迹传遍了全西藏。

在西藏生活，吴雨初学会了很多藏族的生活习俗和饮食习惯。有一回他要招待客人，实在不知道该给客人准备点什么吃的，突然想起在加央老家阿妈拉曾经教给他做的牛肉粥，于是他便如法炮制，把牦牛肉干、人参果、奶渣干、干蘑菇、萝卜干等各种干品放在一个大锅里一起炖，再加上糌粑，在牛粪炉子上从上午一直熬到下午。结果粥太香了，客人们喝着粥都不肯放下碗，都赞叹道："这才是真正的牧民粥啊！"

当地的藏汉干部关系非常融洽，逢年过节经常一起聚会。有一年，几个藏汉朋友一起在那曲过除夕。虽然那时候物资还很匮乏，但是年总是要隆重地过。年夜饭的菜就每个人一起来凑。为了让大家能够记住这次聚会，吴雨初把这次年夜饭的菜变成了一个像模像样的宴会，包括藏北高原牦牛肚、安多多玛羊腿肉、雅鲁藏布江河谷土豆、江西豆豉炒香姜泡辣椒、山西醋蒸武昌鱼干、四川腊肉炖拉萨萝卜，喝的还是四川江津白酒。

吴雨初住的小屋里，有一半的空间是用来堆干牛粪的。牦牛粪是藏北牧区老百姓重要的生活资料，平常做饭、取暖都是烧牛粪。正是牛粪陪着大家度过了漫漫的长夜和寒冬，牛粪火温暖着老百姓的生活。藏北草原没有污染，牛粪带着一股自然的牧草的清香味。但是祖国内地来的干部不知道牛粪的重要性，有些朋友到了吴雨初的小屋都要问他："你家怎么放这么多牛屎啊？"吴雨初就会很生气地纠正道："这是牛粪，不是牛屎！"

80年代初，吴雨初带着那曲歌舞团的孩子们到内地演出。到了北京，这些衣着鲜艳的藏族孩子看到首都的一切都感到非常新鲜。他们坐上地铁，在 2 号线里转了一圈又一圈，还不肯出来。在坐公共汽车时，北京人纷纷给这些孩子让座，孩子们非常感动。那些天，孩子们每天唱的歌都是《我爱北京天安门》。他们也来到了天安门，看到了雄伟壮丽的城楼。歌舞团最小的孩子不小心走失了，他又不太会说普通话，只会说"老师……丢了……马连道"。然而，首都的警察就根据这么几个词，把他送回了吴雨初他们住的宾馆。

在文化局，吴雨初注意组织收集整理藏北的民歌。其中有一首歌词是这样的：

"我不是不会跑马，我跑起马来，大地都会为之震荡；我不是不会唱歌，我唱起歌来，鲜花都会为之盛开；我不是不懂爱情，我要是爱起人来，整个部落都会为之疯狂。"

一唱起这首歌，每个年轻人都会激动万分。

在搜集民歌过程中，他们遇到了一个长着络腮胡子、膀大腰圆、看着像个土匪一样的汉子土墩。其实他是一个上海人，只是在藏北生活了几十年，会说一口流利的藏语，而且是牧区的土语，以至于没人能看出来他是个汉族人。土墩有一个特长就是收集整理藏族民歌。其实，里面有许多歌曲是他自己创作的。大家都在困惑这些是不是能叫民歌，土墩回答："我明天让乡下的牧民唱一唱，不就是民歌了吗？"

自 1976 年至 1988 年，吴雨初在藏北生活了 12 年，留下了他最美好的青春岁月。1988 年他被调到拉萨工作。此后，他也经常回藏北看看，一直到 1992 年调回北京。

不解西藏情

1992 年回到北京后，吴雨初相继在北京市委宣传部、市委和北京出版集团任职。他的职务也从正处级逐渐提升到了正局级。工作上他如鱼得水得心应手，方方面面似乎都令人满意。但是，他的心里却始终放不下西藏。每当有西藏的朋友来北京都会找到他，把他家当作寄宿的旅馆。西藏的朋友也不断地带来许多关于藏地的消息。

2003 年,"非典"肆虐时,吴雨初和一帮朋友在海淀翠湖上庄租了农民简易的房屋,在那里生活。上庄边上有一座翠湖水库。在这里可以看得见山望得见水,呼吸到更新鲜的空气,尽管每天上下班往返有 70 多公里。和吴雨初做邻居的有 3 位博物馆的馆长:首都博物馆原馆长赵其昌、香港文化馆原馆长严瑞原、首都博物馆馆长韩永。在和这 3 位博物馆馆长的交往中,吴雨初了解了许多博物馆的知识,接触了现代博物馆的理念。在工作过程中,他也参观过国内外众多的博物馆,但是他从未想过自己会和博物馆有什么联系。

他也常常回忆起西藏的生活,他觉得自己不应该是高原的过客,总觉得自己的后半生会与西藏联系在一起的。

2010 年冬天的一个夜晚,吴雨初早早地上床,但却一直辗转反侧,难以入眠。他脑子里想起了很多在西藏的岁月,堆积了许多博物馆学家们教给他的理念,也夹杂着西藏高原的那些令人难忘的牦牛、藏族朋友。蒙蒙眬眬间,他仿佛做了一个梦,似梦似醒,看见在自己的笔记本电脑的蓝色屏幕上,跃动着两个词"牦牛"和"博物馆",这两个词就像动画一般,一个从左边一个从右边,慢慢地向中间靠拢,最后奇异地拼接在了一起,组合成了"牦牛博物馆"。

那一刻,吴雨初突然从梦中惊醒,激动难抑,从床上一跃而起。他感觉自己仿佛获得了上天的一个神示,得到了老天爷赐予的一件特别的宝物,一个不能泄露的天机。他怀揣着这样一个秘密,兴奋至极,再也睡不着了。

那段时间,他正在北京市委党校参加正局级干部进修班,而"牦牛博物馆"这个概念一旦进入他的脑海便像在他的脑子里扎下根一样,拔都拔不出来。许许多多与牦牛相关的往事浮上了心头。在自己刚刚大学毕业,1977 年的那个冬天,他在从那曲回嘉黎县路上,被困在雪地里的 5 天 4 夜的经历,再次呈现脑海。那一次要不是牦牛蹚开厚厚的雪海,送来饼子粮食,他们有可能就饿死了。是牦牛救了自己的命。

他又想起了 1985 年 1 月那个冬天的早晨。他带着队伍到长江源头格拉丹东,他使用从电影胶卷上剪下的一段胶片,拍摄下的一幅牦牛干尸的照片。那原本是一头役用牦牛，许多年前它仍驮着一个藏族的家。那副头骨是一头苍老的牦牛，它用尽了自己最后的气力，最终倒在了驮运路上，但是它的头颅和两个竖起的弯角仍旧朝着前进的方向。牦牛骨架的背景是那座高大雄伟的雀莫山，白云蓝天，一片圣洁，一片荒芜。吴雨初把这张照片冲洗出来，一直挂在自己北京的办公室里，每天抬头都能望见。每次看到这张照片，他心里都会受到一种莫名的震撼。

吴雨初整夜地在互联网上搜索和牦牛相关的资料。当他看到十世班禅大师生前曾经说过"没有牦牛，就没有藏族"这句话，一下子击中了他。他认为这就是牦牛博物馆的主题，也是建立牦牛博物馆的重大意义所在。是的，"凡是有藏族的地方就有牦牛"，正如藏文教科书上的谚语所言。牦牛与藏族的关系，远远不是一种家畜、一种驮畜与人们生活的关系，而是一个家庭成员与家庭的关系，一种文化与一个民族的关系，建立这样一座博物馆，意义十分重大。

那一个月时间，他寝食难安。他自己学着做PPT，形成了一个关于牦牛博物馆的最早创意。这个创意包括创建牦牛博物馆的政策依据、藏族历史上关于牦牛的记载传说、牦牛的数量品种与分布、牦牛与藏族、牦牛与文化、为什么要建一座牦牛博物馆、牦牛博物馆的宗旨性质与设想。他当时最核心的想法就是，通过牦牛这个载体来呈现西藏的历史和文化，形成一个与藏传佛教所不同的新的西藏文化的符号。

一个月之后，他感觉自己的设想比较成熟了，就向韩永馆长披露自己这个牦牛博物馆的创意。

韩馆长极其惊讶，他觉得自己简直无法想象，吴雨初这样一个与博物馆完全无关的人怎么突然会萌发出建设一座博物馆的创意。他说："这真是一个天才的想法，牦牛与藏族的关系是人类文明进程宏伟篇章中的一个独特故事。这个牦牛博物馆将是一个人类学意义上的博物馆。这件事太值得去做了！"

许多朋友都来参与意见，帮助吴雨初完善他的设想。大家都认为，这是非常完美的创意，将会建起一座非常特别的博物馆。

吴雨初广泛地听取了许多藏族领导和朋友的意见。大家一致认为，牦牛博物馆这个创意非常好，对于保护、传承藏族文化有着重要意义。中国作协副主席丹增听完他的汇报，甚至激动得摘下了帽子，摸着自己光滑的脑袋说："哎呀！我就是喝牦牛奶、吃牦牛肉、钻牦牛毛帐篷、骑牦牛长大的，我怎么就没想到要建一个牦牛博物馆呢？"

阴法唐老将军等也充分肯定了吴雨初的设想。他们回忆说：当年在进军西藏的过程中，藏族群众就是赶着数万头牦牛来支援部队进藏。中国工农红军在到达藏族聚居区最为艰难的时候，藏族人民也向红军赠送了数百头牦牛。因此，牦牛对于中国革命而言、对于西藏和平解放而言都是立下了赫赫战功的。

还有一个邻居给支了一个更实在的招。他知道吴雨初虽然很有想法，但要做成这件事还是需要寻求政府的支持。他建议吴雨初向北京市委汇报，争取把这个牦牛博物馆的项目纳入到北京市援藏项目当中去。

设想已经瓜熟蒂落，水到渠成，现在就差最后的下定决心了。吴雨初没有再犹豫，他果断地向北京市委提出辞职。他的想法是：2011年他已经57岁，用3年的时间，把博物馆建起来，到2014年自己退休之年完成这桩夙愿。

他的心里当然也不无担心。毕竟岁月不饶人，离开西藏已经20年，他也不再是当年那个青春年少、风华正茂的青年。他的身体还能不能适应高原的环境，他心里并不清楚。而要建一座博物馆，巨额资金从哪里来？藏品到哪里去找？请哪些人来一起干？自己还会遭遇到什么？他心里一无所知。但是他知道，只要自己下定决心，愿景总会变成现实，梦想总归会成真。

当他提出辞职，朋友们都不理解。北京市委领导对此也十分慎重。领导对吴雨初说："如果你觉得目前这个工作岗位不适合你，可以换一个更满意的岗位，组织上可以考虑。"

但是吴雨初没有犹豫，他把自己早已准备好的牦牛博物馆创意的PPT拿给领导看，向领导做了汇报。

领导看完这个PPT也激动地站了起来，说："好啦好啦，我明白你这件事太有意义了。它比当局长当部长都有意义。我理解你，支持你！"

吴雨初又向北京市委主要领导做了汇报。主要领导很认真地听取了吴雨初的说明。他完全赞同，并且高度评价说："北京的援藏工作应当有永久性矗立在高原古城拉萨的标志性项目。"领导接着问他，"你需要什么支持？"

吴雨初回答："我自己两袖清风，一辈子靠自己是做不成博物馆的。希望将此列入北京市援藏项目。"

领导继续问："你个人是否需要挂一个职务？"

吴雨初回答："不需要。只要组织支持，我自己去干就行了。"

领导当即作出批示：雨初同志的设想有创意，丰富了支持拉萨工作的内涵，请研究给予支持的措施。

北京市政府通过研究决定，在由北京援藏拉萨指挥部新建的拉萨市群众文化体育中心这项工程里，增加牦牛博物馆这个项目。

走出市政府大院的时候，吴雨初感觉天阔云开，一切都非常顺利。房子有了，不需要自己去筹措资金跑规划了。

在他离开北京前，一批朋友也听取了吴雨初关于牦牛博物馆的介绍。单霁翔当时是国家文物局局长，主管全国博物馆工作。他非常赞赏，说："这已经是一个很成熟的展陈大纲了。这个博物馆的建成将是国内填补空白、世界独一无二的专题博物馆。我会在一个月内追随雨初同志到西藏，给他以支持。"一个月后，他果真出现在拉萨，到了吴雨初的临时办公处。

2011年6月7日，在办完所有的辞职手续后，吴雨初踏上了重返西藏的旅程，回到了阔别20年的拉萨。

空手起步举步维艰

在刚开始筹备博物馆时，吴雨初没有一个助手。他只好通过朋友来找志愿者帮忙。但是这些志愿者也都没有待上几天，就相继离开了。

吴雨初在拉萨河畔的仙足岛租了一处房子作为自己最早的旅店。每天他都去拜访和接待各方面的朋友，向他们宣讲自己的创意，寻求支持与帮助。

由于曾经在西藏工作了很多年，因此他有许多朋友和熟人，如今他们都是自治区和拉萨市或者各个部门的领导，许多朋友对他都非常热情，对于他的设想也非常赞同，但是具体怎么落实，却没有眉目。

也有很多人对他的设想不以为然。有的人坦率地对他说："吴雨初你想做牦牛博物馆，有北京市委领导的批示，当然没有一个人会说一个'不'字。但其实没有人相信牦牛能做成一个博物馆，也没有人相信你能把这个博物馆建成。"还有的朋友对他说："我们连人的博物馆都做不过来，还去做什么牦牛博物馆？"

除了没有人，也没有一分钱，没有一辆车，没有一件藏品，没有一寸土地。吴雨初到拉萨以后，曾向拉萨市委、市政府和北京援藏指挥部做了汇报，也成立了牦牛博物馆领导小组，但是事实上，这个领导小组基本上是一个虚设，实际的工作没有任何进展。

两个多月之后，大家客套和热情也都过去了。吴雨初再给朋友们打电话、发短信，这些领导就都不回了。因为很多人压根就不相信，他能够平地建起一座牦牛博物馆。那一阵子，吴雨初心情十分郁闷，他两手空空什么都没有，只有一份牦牛博物馆的创意PPT。看不到希望，看不到前途，每天晚上他都在拉萨河畔焦虑地踱来踱去，一筹莫展。

2011年9月7日，正好是他重返西藏3个月。

这天早晨起来，他就开始给一些领导打电话，但是没有一个人接他的电话。发出的短信也没有人回复。他的心情郁闷至极。这天上午，也不知是鬼使神差还是怎么啦，他竟然从仙足岛走到了太阳岛的一家超市购物。因为很烦躁，他根本没有注意到超市门上的玻璃，结果一头便撞碎了一扇巨大的玻璃门，碎玻璃划破了他的鼻尖。他自己还没感觉到疼，也没反应过来究竟出了什么事，鼻子里喷出来的血在商场流淌了一地。

当吴雨初反应过来后，他赶紧和自己的朋友联系。志愿者胡滨在第一时间赶到了现场。因为吴雨初在西藏没有车，胡滨帮吴雨初把他的私车从北京开到拉萨了。他开着车，火急火燎地把吴雨初送往西藏军区总医院，鼻子上流出的血又把越野车的后座都染红了。

医生赶紧给他拍照，然后告诉他："你还算幸运，如果伤口再往上一厘米，可能就牺牲了！"接着，就开始给他做伤口缝合手术。吴雨初脑子还很清醒。他不知道鼻子最终会缝成什么样，留下伤疤倒不要紧，但可千万不能让伤口感染，如果伤口一感染，他就得离开西藏回北京去治疗了。

情急之下，他拿起手机给西藏军区原司令员姜洪泉将军打电话，告诉将军自己受伤了，现在住在西藏军区总医院。姜洪泉得知消息，立即给西藏军区总医院领导打电话，请他给予特别的重视。

医院领导当即来到病房看望，并且询问伤情。吴雨初提出一个要求，希望医院尽力防止伤口感染。

北京援藏指挥部总指挥也到医院来看望吴雨初，诚恳地劝他回北京去治疗。但是吴雨初却坚持留下来。因为他知道，一旦自己回了北京，那么，他的关于牦牛博物馆的设想就真的会彻底地变成一个传说。

第二天，援藏总指挥陪着当时的西藏自治区党委常委、拉萨市委书记来看望吴雨初。

第三天，市委书记很看好牦牛博物馆，当他得知牦牛博物馆的工作没有任何进展时，非常生气，他说这是"严重失职"，并且询问吴雨初下一步应当怎样推进。

吴雨初忍着疼痛，向书记汇报了自己早已拟好的一个"三方合一"的牦牛博物馆筹备办公室的方案，也就是由拉萨市政府、北京援藏指挥部和吴雨初三方联合办公。

书记当即拍板，就按吴雨初同志的意见办。

吴雨初伤口都还没有完全愈合，鼻子上还贴着白胶布，就和胡滨一道，到街上找人做了一块"北京援藏指挥部牦牛博物馆项目建设筹备组"的铜牌。铜牌上的汉字是红色的，在吴雨初看来，这是他用自己的鲜血染红的。

在拉萨市政府的帮助下，陆续借调了一些工作人员。北京出版集团也派出了十月文艺出版社副总编辑龙冬来当吴雨初的助手，参与博物馆的筹备。

北京市委派来拉萨的考察团，了解到吴雨初的困难，回去后向市委汇报。市委决定，给吴雨初加挂一个"北京援藏指挥部副总指挥"的头衔，让他能够有一个开展工作的明确身份。

在征求了一些藏族朋友的意见之后，牦牛博物馆的藏文名称也确定了下来。而博物馆logo，吴雨初的设想是在牦牛的藏文字母上做一个牦牛角的变形。他请一位美术学院的研究生按照他的设想设计了一个图案。后来他们因为拍摄到了古代岩画里的牦牛的图案，就用这个岩画的牦牛图案来做博物馆的logo。

众人拾柴火焰高

在研究牦牛文化史时，吴雨初注意到了藏族的创世传说《斯巴宰牛歌》。歌中唱道：

> 斯巴宰牛儿时，
> 砍下牛头放高处，
> 所以山峰高高耸；
> 剥下牛皮铺平处，
> 所以大地平坦坦；
> 割下牛尾扔山阴，
> 所以山阴林葱葱。

这是大约成形于1000多年前的一首民歌。

朋友们还帮吴雨初找到了元朝国师八思巴写的一首《牦牛赞》。

这天黄昏，吴雨初正一个人在拉萨河畔散步，忽然接到了女儿桑旦拉卓的电话，让他赶紧回家去。

回到家，他就看见桑旦拉卓和一个小伙子抬着一只巨大的编织袋进屋。那个小伙子名叫石桑，他的家乡在藏北申扎县，石桑是桑旦拉卓表叔日诺的儿子。

编织袋打开，里面装了一顶牦牛毛编织的帐篷。

原来，日诺一家通过桑旦拉卓得知，有一个汉族人正在筹建一座牦牛博物馆，于是他们便全家动员，捻线、编织、缝制，整整忙碌了好几个月，终于制成了这顶帐篷。然后石桑又坐了三天的车，专门送到了拉萨。

牦牛毛帐篷冬暖夏凉，是千百年来牧民们的住家。吴雨初问石桑："你这个帐篷要多少钱？"

石桑回答："我阿爸说了，你是一个汉族人，从北京到西藏来为我们建牦牛博物馆，我们就是牧养牦牛的人，怎么会要钱呢？"

这顶用牦牛毛织了几个月的帐篷，市场价无论如何都在万元以上，但是日诺这个家境并不宽裕的普通牧民却甘愿无偿相赠。这，让吴雨初十分感动。这是他还没有开馆的牦牛博物馆收到的第一件捐赠藏品。

与此同时，吴雨初对牦牛的主要产区进行了长距离的田野调查。他们去了很多藏族聚居区，凡是有牦牛的地方，他们都力争去。他们开着唯一的一部借来的丰田越野车，开始了追寻牦牛的万里旅程。他同时大量阅读关于牦牛的著述，了解全国研究牦牛的专家，跟他们建立了联系。

他们调查的第一站便是西藏的主要牧区也是牦牛的主产区藏北草原。他们首先来到了比如县夏曲卡牧民才崩家。

才崩特别能干，把家庭打理得井井有条。他不懂什么叫博物馆，吴雨初就告诉他牦牛博物馆就是"亚颇章"也就是"牦牛宫殿"。

这么一说才崩立刻明白了，他知道吴雨初他们在干一件大事。于是他主动地当起了义务宣传员，也主动把自己家里包括从其他牧民家里收集的和牦牛相关的各种生产工具包括驮鞍、打酥油的木桶装满了他的皮卡车，然后从比如县一直运到了拉萨。每一件生产工具使用的年代都写得非常清楚，譬如其中的一具驮鞍，是从爷爷手上继承下来的，已经有 70 多年历史，这个驮鞍曾经安在牦牛背上去了多少次西部驮盐，一共走了几万公里，等等。

吴雨初心想：这些藏品估值多少啊？他想问问才崩。

才崩一笑置之，不肯要一分钱。他说："你一个汉族人从北京来到西藏，为我们建牦牛宫殿，我们是牧牛人，怎么会要钱呢？"

吴雨初过意不去，说："那我就给你一点汽油钱吧，你把这些物品拉到拉萨也要用不少汽油。"

才崩还是憨厚地笑笑，说："不要，不要。"

为了筹建牦牛博物馆，吴雨初开始尝试着在新浪上开设个人微博。微博认证就是：牦牛博物馆创意人亚格博。

开始的时候关注的人不多，只有几百到几千人。

有一次，牦牛博物馆在北京召开专家论证会，北京电视台在北京新闻节目中用了较大的篇幅对专家论证会作了报道。第二天，亚格博微博的粉丝就涨到了 10 万人。再后来，他的微博关注人数达到了 80 万人。

有了这样庞大的一个关注群体，吴雨初就能够做到耳听八方眼观六路，广泛搜集全国各地与牦牛相关的信息。通过这个渠道，他还真的征集到了一些很有价值的藏品。

吴雨初一行来到了青海。在这里他没有熟悉的朋友，只有在微博上互相加了粉丝的一个微博名叫"羊毛剪刀咔嚓响"的博主。吴雨初在微博上请这位博主帮忙在囊谦县安排一下住宿，并且留下了联系电话。

当天吴雨初打电话才知道，这个博主原来是一位女士，非常不巧，此刻她正在西宁，但她答应让吴雨初到了以后到县政府找一位名字叫扎西的青年。

吴雨初来到了囊谦县，找到了扎西。扎西已经帮助他们安排好了食宿。

吴雨初好奇地问："这个'羊毛剪刀咔嚓响'是谁呀？"

扎西很惊讶地回答："难道你们不认识吗？我还以为你们是好朋友呢！"

后来扎西告诉吴雨初那个网友其实是他们县的副县长。一路上，扎西按照女县长的指示，陪同吴雨初他们参观了囊谦县的寺庙，考察了牧场和所有与牦牛相关的事物。

来到玉树后，吴雨初和玉树博物馆馆长尼玛江村接触，得知玉树博物馆也正在征集藏品。吴雨初便毫不犹豫地向尼玛馆长提出，希望他们在征集藏品时遇到和牦牛相关的藏品能够征集一式两份，一份赠送给牦牛博物馆。尼玛馆长爽快地答应了。

吴雨初到甘孜去做牦牛调查，也受到了很多陌生朋友的热情接待。这些朋友像火炬接力一样地帮助安排下一站的接待者，使得吴雨初一行的调研十分顺利。

紧接着，吴雨初他们进入了甘肃省，也是一位在微博上互相加了粉丝的朋友接待了他们。他是万玛县长。

中午，一行人到"太阳部落"餐馆吃饭。吸引吴雨初的不是这里的餐食，而是放置在餐馆里的两具巨大的牦牛头。在吃饭过程里，他根本没有心思吃。他几次离开餐桌，走到那两具牦牛头前仔细地打量。他初步判断，这两具牦牛头肯定已经有相当的年头了，但他说不出具体的年代。他不好意思张口问这两具牦牛头的价格，心里担心餐厅主人不会出售。同时他也不知道价格究竟会开多少，会不会开出一个天价来，那以后可就没有回旋的余地了。但是，这两具牦牛头一直都在他的惦记之中。

他们走进藏北，来到了西藏第一大湖色林错边的申扎县，住宿在向博物馆捐赠第一件藏品的日诺家里。日诺用接待最尊贵的客人的礼仪来款待他们，还送给吴雨初一具牦牛头。这头牦牛活了27岁，是日诺见过的最长寿的牦牛。

吴雨初回想起北京市领导曾经专门向他提起，在没有墨镜的年代，牧民是用牦牛毛绒做成眼罩来防止雪盲的，就问日诺："你见过这种东西吗？"日诺回答："小时候见过。"于是他就现场为大家用牦牛毛绒制作了一个。日诺把它戴在眼睛上，大家都哈哈大笑起来。牦牛绒毛眼罩确实很有意思，黑黑的，很像墨镜，但是又不透光。

吴雨初跟日诺提起自己1981年2月第一次来申扎差一点被冻死，

是一位老阿妈救了他，她用自己的怀抱温暖了吴雨初这个陌生人冻僵的双脚，30 年过去了，不知道这位老阿妈是否还健在，如果健在的话，他想要去看望她，向她表示谢意。

日诺详细地询问了这位老阿妈的特征，然后说："她已经去世了。我们这里的每个人，在你遇到困难时都会这么做的。"

深夜的微风轻轻地吹着，吴雨初想念着那位老阿妈。他心里想，是啊，这么多年来，在西藏工作的哪一位汉族人没有获得过藏族朋友的恩惠和帮助？

他们接着来到了阿里，到达了人迹罕至的日土县郭务乡，在一座海拔 5000 多米的山壁上，找到了一面山体的巨型岩画。据考证，这幅岩画有 3000 多年的历史。后来吴雨初让人把这幅岩画复制下来，放在牦牛博物馆展厅展出。每位见到这幅岩画的人，都无不惊叹。

然后，他们就住在多玛乡。乡长说："能不能拍到金丝野牦牛只能靠你们的运气。我到这个乡当了 6 年乡长，一共只见过两次金丝野牦牛，一次只见到一头。"

第二天，一行人在向导的带领下，行驶了 3 个小时，到达了野牦牛山。这时向导也在自言自语："应该就在这里。今天它们到哪儿去了？"然后，大家继续前行。

再行驶了大概 300 米后车停了下来。向导做了一个神秘的手势说："它们就在那里。"

天啊！全都是金丝野牦牛！

那些牦牛全身都是金色的毛绒。吴雨初细数了一下，一共有 21 头。幸运地拍到了金丝牦牛，大家便就地打开酒和干粮开始庆祝。

除了征集藏品外，还要寻求筹措资金。工程建设款项是从北京市援藏专项资金中安排。而博物馆筹备办的费用、征集藏品的费用，则需要靠自己想办法解决。北京市的一些区、县、部门的领导从支援西藏工作的角度，给了筹备办一些资金支持。北京现代汽车公司捐赠了两辆汽车解决了筹备办的交通问题。吴雨初聘请了专门的咨询公司，帮助他们布展做展陈服务。然后组织了专家论证会，对博物馆展陈大纲进行论证。

博物馆的设想、展陈大纲都有了，但是藏品却不足。为了收集展品，吴雨初在拉萨的每一天，都会戴着藏式礼帽，穿着藏装，背着一个双肩包，穿行在八廓古城，去那些古董商店里寻找藏品。在跟这些藏族的古董商打交道时，他总是自称藏语名字"亚格博"，也就是"老牦牛"的意思。开始时，还有人以为他是康巴人，那时由于个别康巴人有过偷窃行为，因此古董商们见到吴雨初就把他拒之门外。后来，八廓街的许多商家慢慢地都知道了这个亚格博，知道亚格博不买铜佛，不买唐卡，不买蜜蜡，也不买珊瑚，专门要买那些旧玩意儿。就这样，吴雨初还真捡了不少便宜货。但是，有些商人传言，亚格博是代表国家在筹建牦牛博物馆，他们认为国家又不缺钱，于是那些旧玩意儿的价格也都随之涨起来了。

在这个过程里，吴雨初认识了象雄古玩店老板则介，后来跟他成了朋友。则介帮他做义务宣传，告诉大家亚格博真的是为国家办博物馆，但他没有多少钱。那些东西卖给亚格博，将来放在牦牛博物馆里收藏，就永远也丢不了，随时都可以去看。

有一次，则介拿出一件物品给吴雨初看。这是一枚牦牛皮质的天珠。这是吴雨初闻所未闻的，肯定是稀罕之物。

则介告诉吴雨初，前两年，青海省藏文化博物馆筹建时，他捐出了其中的一枚，而另外一枚，他说："现在，亚格博，你在办牦牛博物馆，算是我们有缘分，我把这一枚捐赠给你吧！"

吴雨初高兴地说："你放心吧！我们一定会珍藏好，让更多的人都看到它。"

琅赛古玩城的商人旦增为人开朗。有一次，桑旦拉卓和次旦卓嘎到他店里，看上了两件老物品，旦增开价6000元。

两个女孩就和旦增讨价还价："这么贵啊！我们没有那么多钱啊！"

旦增回答："你们不要就算了，这两件东西我是打算捐给牦牛博物馆的。"

桑旦她俩一听就乐了，说："我们就是牦牛博物馆的呀！"

旦增吃惊地说："你们真是牦牛博物馆的，那你们认识亚格博吗？"

"当然认识！我这就给亚格博打电话。"桑旦毫不犹豫地回答。

旦增一看，连忙说："好了好了！你们不要买了，等几天我给你们送到博物馆去。"

为了征集藏品，很多人都向牦牛博物馆伸出了援手。

有一天，吴雨初在网上看到一幅抽象的画。画面的左半部是一个牦牛头的一半，右半部是藏人脸，题目叫《藏人》。他一下子就被这幅画吸引住了，因为这正是牦牛博物馆主题的写照，也正是说藏人的一半是牦牛、没有牦牛就没有藏族的意思。于是他就在网上留言：这是谁画的啊？

没过一刻钟，一位老朋友画家就在网上告诉吴雨初，这幅画的作者叫昂桑，在西藏歌舞团工作。于是吴雨初通过画家朋友蒋勇打听到了昂桑的电话号码。当天下午，蒋勇就把昂桑带到了吴雨初家。

吴雨初向昂桑介绍了牦牛博物馆的创意，指出昂桑这幅画和牦牛博物馆的主题实在是太贴近了

昂桑非常干脆地说："既然老师这么喜欢这幅画，我就送给你了。"

这幅画后来就变成了牦牛博物馆的主题画。

吴雨初问昂桑："你住在哪里啊？"

昂桑回答："就住在你家前面那一排房子，和你家的直线距离不到 30 米。"这真是：远在天边，近在咫尺。

吴雨初还在网上发现了另外一位藏族画家亚次旦的牦牛画作品。亚次旦的寓意就是长寿牦牛。

吴雨初设法查到了亚次旦的电话，打电话问他住在哪里。

亚次旦回答住在仙足岛生态小区。

吴雨初说："我也住在仙足岛生态小区啊！"又问他，"你住在哪一区？"

亚次旦说："我住在二区。"

吴雨初接话："哈哈，我也住二区呀！"

原来他们两个家中间就隔了一排房子。亚次旦因为专门画牦牛所以得名"亚次旦"。他的牦牛画画在一种比较厚的藏纸上，用特殊的颜料画，很有特色。后来，他也给牦牛博物馆捐赠了一幅牦牛画。

嘉措是吴雨初多年的好友，当年在藏北时就曾共事过。他也很热

心地为牦牛博物馆做宣传，后来也成了博物馆的捐赠人。

有一天，他在纷乱的家里找到了一个皮包，看起来像是清代蒙古军队留在藏北草原的。他对吴雨初说："这个包就捐给你吧！"

后来吴雨初把这个包做了复制，效果很好。又有一次，嘉措找到了一件铜铸牦牛，这是美术家罗伦张的作品，罗伦张的作品已经很少见了。嘉措对朋友们说："这些东西放在我自己家没什么用，也许忘了，也许丢了，永远不会有什么作用。可放到亚格博那里去，那就有大用处了。"

嘉措还帮助吴雨初联系了贡嘎县吉那乡春季开耕节的拍摄。

听说吴雨初他们要来拍摄，各家各户农民都非常兴奋，将自己家的耕牛都做了精心的打扮，所有的仪式全都按照传统来进行。那天拍摄的牦牛耕地的照片非常漂亮。当时西藏新闻里报道说，拉萨已经告别"二牛抬杠"，农村全面实现机械化。以后全西藏都要如此，估计就很难再见到"二牛抬杠"的情景了。吴雨初心里想，这个牦牛博物馆建得真是及时，要不再过若干年这些传统的耕作方式、那些老物件估计都找不到了。就连现在的牧民也都住进了新居，很少有人再做牦牛毛帐篷。将这些传统的生活和文化方式保存下来、传承下去是多么重要啊。

除了捐物品外，还有很多人自觉地捐钱，资助博物馆。西藏军区原司令员姜洪泉的女儿姜华看到吴雨初筹办牦牛博物馆如此艰难，就对他说："大哥，你太不容易了！你给我个卡号，我捐两万元，你帮我买一件藏品给博物馆吧！"她的部下方杨也捐了1万元。吴雨初后来用这些钱征集到了两件藏品。中粮集团的一位老总也给吴雨初捐了两万元，吴雨初用这笔钱也征集到了一件美术作品。

美梦成真

2013年5月18日是世界博物馆日，吴雨初要举办一次捐赠仪式。他很担心天气。果然，那天早晨下了一场大雨。但是到了上午10

164

点，雨后初晴，阳光灿烂。

吴雨初还担心工地的临时电源。果然，早晨突然就断电了。但是到了9点半，就又恢复了供电。所有原先的担忧虽然都出现了，但又都解决了。

吴雨初原先想不到有多少人会来到他们这个偏僻的工地参加这场活动。没想到，通过口口相传，竟然来了几百号人。很多人都穿着民族的盛装。

这次捐赠会一共有50多个人捐赠了200多件物品。这其中就包括当年在甘南玛曲县吴雨初看到的那两具野牦牛头。

为了表示对牦牛博物馆的支持，玛曲县委、县政府领导和捐赠人组成了一个代表团，专门带着这两具野牦牛头赶到拉萨，一路上还历经了周折。到了机场，机场的检查人员问：你们这带的是不是文物啊？要开证明才能上飞机的。于是县委就去找文物部门，文物部门的同志问：你这牦牛头多少年了？回答：也就二三百年吧。于是文物部门就给开具了证明。然后，他们拉着这两具牦牛头再次来到机场。机场检查人员说：你这东西不能托运，一个牦牛头就买一张飞机票吧！于是，县里就又专门为这两具牦牛头买了两张机票，这才使得这两件珍贵的文物得以运抵拉萨。

这两具野牦牛头是才干从黄河的古河床里挖出来的。捐完之后，他找到吴雨初，不无忧虑地说："我这两件文物是看在亚格博的面子上捐出来的。亚格博当馆长我是放心的，但是，如果你不当馆长了，别的什么人要是把它们转卖了，那我可不干。"

吴雨初回答："不会的。"

才干还是放心不下，他说："能不能签一份协议？"

吴雨初回答："不是协议，是我们要给你签一个正式的承诺书。"

拿到了这份盖着牦牛博物馆红色印章的承诺书，才干这才踏实了。

这两具牦牛头的年代究竟是多少年？吴雨初一直也很好奇。后来，北京大学常务副校长吴志攀来访，吴雨初便委托他请北京大学的实验室用碳–14对牦牛头进行年代测定。结果是大于4.5万年。这，大概是牦牛博物馆收藏的最为古老的两件藏品。

吴雨初通过微博相互加关注而结识的台湾收藏家陈百忠是研究藏传佛教的专家。当得知吴雨初他们要在"5·18"举行捐赠仪式时，他通过网络向吴雨初表示，愿意向牦牛博物馆捐赠一件15世纪的牦牛皮法鼓。但是，入藏手续十分烦琐。吴雨初直接找到了自治区主管领导，通过特事特办，终于顺利地拿到了进藏的函件。陈百忠在高兴之余，当即表示，自己再加捐一件大威德金刚的唐卡。

有一天，吴雨初的办公室来了一位老人，老人说想来认识一下亚格博。此前就有人告诉吴雨初说，有一位老人向很多朋友打听亚格博的情况，还请人带他专门到牦牛博物馆的工地现场去。

这位老人名字叫次仁扎西，是尼泊尔籍的藏族商人，原籍是聂拉木的。他听别人说有一个汉族人从北京到西藏来要建一座牦牛博物馆，感到很好奇，因此专门找上门来拜访。次仁扎西在拉萨还有一家叫"嗒刺"的地毯店。之前吴雨初听人说过次仁扎西，知道他是一位尼泊尔的亿万富商。

后来，吴雨初和龙冬专门去他的店里拜访。次仁扎西拿出几样东西，都是和牦牛相关的，包括骑座上的装饰，在牦牛皮上用金粉勾画精美的图案。这个物件可能是100多年前的。另外一件是牦牛皮制的箭囊。吴雨初看过以后就询问道："你这些物件什么价？"次仁扎西笑了笑。

几天后，索南航旦来电话说：次仁扎西要请亚格博到他家里去吃饭。于是吴雨初就和龙冬一起前往。路上他心里想：老人请我们吃饭，没准会捐一两件东西吧。

在吃饭的时候，次仁扎西说："亚格博办牦牛博物馆，真是太好了！我过去不太相信一个汉族人，放着北京的官不当，偏要跑到西藏来建牦牛博物馆，就像是一个传说故事。亲眼见到亚格博，我这才相信。"

老人回忆起小时候和牦牛相依为命的故事，说自己每回做梦都会梦见它们，想到它们就会不由自主地流泪。

吃完饭，摆上茶水，次仁扎西从内屋笑眯眯地走出来，手里拿着一卷哈达。打开哈达，里面包着的是两个骨片。他说："这是我送给亚格博个人的小礼物。"

文物专家索南航旦一看，连声说："这可是好东西啊，至少有1000年甚至1500年。这是苯教用来占卜的骨片。"

可是吴雨初醉翁之意不在酒，他想要的是跟牦牛有关的藏品，心里在想着：不知道那些藏品他会给我开什么样的天价。

过了一会儿，次仁扎西一件一件地把牦牛藏品往外拿，一共拿出了8件。

索南航旦看过后，认为这些都是牦牛博物馆可以收藏和展览的老物件。吴雨初忐忑不安地问道："这些都要多少钱呢？"

次仁扎西没有直接答话，而是让家人找来一只大编织袋，把这些东西全都装好了。然后笑着对吴雨初说："这些全捐给你。"

吴雨初目瞪口呆，难以置信。

第二天，次仁扎西的儿子旺青来到了吴雨初家。他打开电脑，对吴雨初说："我爸让我过来给你们看看，这里还有70多件与牦牛相关的藏品。"

这些都是牦牛的毛、皮、骨、角制品，有的是军事用途，有的是宗教用途和文化用途，几乎每一件都可以放到博物馆展陈。

吴雨初心里想：昨天他已经给我捐了8件藏品，这70多件，不知道他要我多少钱呢？

旺青合上笔记本电脑，说："我阿爸说了，这些全捐给你。"

天哪，吴雨初连做梦也想不到，因为这么多的藏品，如果放到八廊街去出售，价格起码是几百万元，没想到，次仁扎西竟然是如此慷慨的一个捐赠者！

次仁扎西在老家时原来是一个放牛娃，但是他有经商天赋，因此这个从西藏高原漂泊到了尼泊尔的年轻人很快便成了亿万富翁。他要捐的那70多件藏品分别从加德满都、纽约和香港分批次运到拉萨。吴雨初专门为次仁扎西举办了专场的捐赠仪式，向他敬献了哈达，颁发了荣誉馆员证书。

在接受记者采访时，次仁扎西非常实在地说："这些老物件放在尼泊尔的话，那里气候潮湿，而拉萨的气候比较干燥，所以还是放在牦牛博物馆更好一些。"

次仁扎西的捐赠品中有一个牦牛毛制品，刚开始被认为是一个坐垫。后来经过专家考证，这实际上是吐蕃时代作战用的盾牌，距今已有 1000 多年历史。

牦牛博物馆要建馆的消息传播得很广，有一个朋友打听到有一位四川商人，买到了一件跟牦牛有关的东西。这个东西本来是在我国出土的，后来被偷运到了国外，流落到了一个英国人手上。这位四川商人花巨资买了下来，要把这个捐给牦牛博物馆。但是进关入藏的手续非常烦琐，先是把这个物件送到了香港，另外再派一个人到香港去取，再送到了拉萨。

吴雨初请布达拉宫管理处副处长、一位文物专家帮助鉴定，发现这是一件汉代文物。后来被确定为国家一级文物，也就是国宝。

还有一个人捐了一件东西，不知道是什么年代的。后来被专家鉴定出来是牦牛奶头干了以后形成的，也是非常稀罕的物件。

在征集过程中，博物馆收到了一面铜镜，从收藏家手里买到的时候，花了很大的价钱。买的时候，不知道这个文物是哪个年代的，便非常谨慎地邀请专家开了鉴定会。专家们都感觉不错。再仔细打量，发现这面铜镜上面居然有牦牛的图案，大家都非常地惊讶，感叹说："老吴，你真是什么宝贝都能找到啊，这可是汉代的铜镜呢！"

后来有一天，四川大学教授李永宪来这里要教学生们怎样辨别文物，于是拿着放大镜来看，又拍了照片。然后他把这枚铜镜照片发到自己的微信群里，结果被西藏自治区博物馆的一位同志看到了。这位同志惊讶地说："同样的铜镜，我们博物馆也有一面啊！"但是区博物馆那面品相没有牦牛博物馆的这一面好。那面铜镜在区博物馆已经放了几十年，但是从来就没有人发现铜镜上还有牦牛的图案。

有一次北京来了一个参观团，请吴雨初介绍牦牛博物馆的建设情况。吴雨初就给他们做了"走进牦牛博物馆"这样一个讲座。参观团里有一位是一家大基金会的经理，讲座结束后，他和吴雨初互加了微信。晚上，经理回到家就转给吴雨初 5 万元，说是要帮吴雨初一点忙，让他随便买点什么。吴雨初太感动了。

这时，吴雨初得到了一个消息，有一个网上正在拍卖一枚金属印章，那个印章上刻有文字"牦牛部落长官之印"，他很想把这枚印章拍下来。在拉萨市场上，印章一般都是几百上千元一枚，当然也有上万元的，因此，吴雨初的心理价位是5万元。

这枚印章后来被抬价到了19万元，吴雨初虽然手上有上百万元的资金，但是他最终还是没有下定决心买下来。后来，这枚印章便不知去向了，为此吴雨初一直耿耿于怀。为了实现那位基金经理的愿望，吴雨初找文物专家帮助鉴定到拉萨市场上买了价值5万元的东西，同时录了像，手写了收据，发给了那位经理。

为了避免展陈时出现常识性的错误，牦牛博物馆专门召开了两次专家鉴定会，对征集到的文物进行了严格认真规范的鉴定。龙冬则协助吴雨初对每一件展品都制作了很好的说明。

牦牛博物馆机构和编制问题一直悬而未决。

龙冬和吴雨初一起找到了自治区主席，当面汇报了牦牛博物馆机构编制问题。因为自治区主席最早支持牦牛博物馆项目，故而对这件事很了解，他当即打电话给相关部门，要求尽快解决。

不久之后，自治区编办就下达文件，明确批复牦牛博物馆为副县级事业单位，编制40人，由财政全额拨款。这样，吴雨初从一个原先的正厅级干部，就任了一个副处级的岗位，出任牦牛博物馆馆长。

吴雨初亲自参与领导博物馆的馆舍建设，同时安排博物馆的工作人员到北京去参加相关专业的系统的培训。

他还通过藏族朋友邀请牧民到施工现场来搭建牦牛毛帐篷，垒牛粪墙，做场景复原。

经过反反复复的周旋，终于把牧民请到了博物馆，在这个现代化的大型建筑里，搭起了藏族的传统帐篷，在帐篷里砌起传统的灶火，垒起同他们家门口一样的牛粪墙。帐篷建成以后，显得特别好看。

2013年，吴雨初被邀请加入西藏文联担任委员。他和龙冬萌生搞一次牦牛文学征文活动的念头。这项活动与西藏作家协会合办，邀请了一批了解西藏和牦牛的作家来创作。《十月》杂志专门制作了一期专刊。杂志也专门介绍了牦牛博物馆，介绍了吴雨初的故事。吴雨初也写下了一篇小说。《十月》发表了很多与牦牛相关的小说、诗歌、散文等，产生了广泛的影响。后来他们还联系了中央电视台，编导摄制了一部名为《牦牛》的纪录片，在央视纪录片频道播出。

到了施工、装修、展陈、布展阶段，吴雨初每天都戴着安全帽，在工地现场奔波。他还是放不下心。没有搬运工他们就自己搬运，需要洗的牦牛毛绒制品就拿到小河里去清洗。

那些承包商都有自己的利益考量，设计公司虽然做出了一个很好的装修展陈方案，但同吴雨初在质量和速度方面的期待有冲突。有时，吴雨初一厢情愿地提出了一些要求，对方总是回答："好好好，您放心。"可是吴雨初说了几十次还是没有解决，他发了火，甚至动了拳脚。于是施工工地上一下子就传开了："吴老六十岁了，还跟人打架呢！"

后来，吴雨初委托龙冬作为布展的总协调，说：布展的事我就不管了。

但是，他实际上没法做到不管，他还经常出现在他们的讨论组里。后来，龙冬一见到他就嚷嚷："你怎么又来了？你一来我们就紧张，你能不能不来呀？"

随着"5·18"开馆日期的临近，各个方面都在加班加点地干活。博物馆工地现场，夜里都是灯火通明。

5月16日，韩永馆长到了拉萨，立即接过了现场的各种活。

那段时间，吴雨初每天都要接听二三百个电话，后来连嗓子都沙哑了。

5月17日，各方嘉宾和客人都陆续到来。一整天吴雨初都往返奔波在从拉萨市区到贡嘎机场的路上。通过北京传媒朋友的帮助，成都、拉萨、林芝等地的机场都免费播放牦牛博物馆的广告。

5月18日开馆，吴雨初作为首任馆长要作开馆致辞。他反复斟酌了这篇稿子，最后的定稿是这样的：

大约300万年前，原始牦牛的最早祖先出现在我们这个星球上。

大约 3 万年前，我们人类开始驯养野生动物，创造畜牧文化。

大约 3000 年前，青藏高原的人们将野牦牛驯养成了家牦牛。藏族驯养了牦牛，牦牛养育了藏族。这是人类文明进程宏伟篇章中的一个传奇故事。

3000 多年来，牦牛与高原人相伴相随，创造了包括物质生活和精神生活的丰富多彩的牦牛文化。正如十世班禅大师所说，没有牦牛就没有藏族。

3 年前，为落实中央第五次西藏工作座谈会精神，作为中华民族特色文化——藏文化保护地的标志性工程、北京市重点援藏项目之一——西藏牦牛博物馆开始筹建。

3 年来，我们得到各级领导、各方朋友，特别是基层群众的支持，我们像牦牛一样地工作。

今天，在第 38 个国际博物馆日，我们将走进至今还没有完全竣工的博物馆，看到一个粗略的牦牛文化巡礼，展示了高原劳动人民的智慧和创造。

我们希望，通过这座博物馆，牦牛历史得以记忆，牦牛文化得以保存，牦牛精神得以传承。我们所说的牦牛精神就是：憨厚、忠诚、悲悯、坚忍、勇悍、尽命。

当他一遍遍地将藏文稿念熟练，东方已经露出曙光。新的一天开始了。

2014 年 5 月 18 日，牦牛博物馆正式开馆，距离他 2011 年 6 月 7 日从北京再次返回西藏还不到 3 年的时间。当年他在北京上庄村做的那个美梦，如今终于就要变成现实了，吴雨初感到自己是多么幸运的一个人，他真诚地感谢那么多关心、支持、帮助自己的人。

开馆仪式原定 300 人的出席规模，而实际到场的人超过了 1000 人。

时任拉萨市委副书记、北京援藏指挥部总指挥马新明主持活动。

当吴雨初用藏语说出第一句，全场便响起雷鸣般的掌声。

故宫博物院院长单霁翔动情地说："3年多前我到牦牛博物馆的筹办处去看的时候，吴雨初先生在一间小房子里面，只有两位志愿者，我确实为他捏了一把汗。但今天，在我们拉萨市委市政府、北京市委市政府的重视和支持下，牦牛博物馆以这样快的速度建成开放了。我做了10年国家文物局的局长，推动了很多博物馆的建设和开放，但没有一个博物馆，它的建设过程如此感人。"

看到自己几年的辛勤付出，终于得偿所愿，梦想成真，吴雨初的脸上溢满了泪水与欢笑。

那时，因为后续工程尚未全部完工，牦牛博物馆只接受预约参观。但是，那曲地区的一个基层干部培训会议的出席人员坐着大巴来了，吴雨初只好下令，工地临时停工，接待这批昔日同事们的参观。

嘉黎县牧民和干部听说牦牛博物馆创始人曾在嘉黎县工作过，也开着大巴蜂拥而来。参观之后，他们把吴雨初视为嘉黎县的骄傲。

一批领导和朋友们纷纷前来参观，都对吴雨初卓越的工作给予了高度的赞赏与评价。

2014年11月11日，牦牛博物馆正式向全社会免费开放。

博物馆建成后，为了扩大影响，先后组织了4次内地巡展。包括到北京首都博物馆巡展3个月，接待了30万的参观者，到广州组织巡展，后来又去了南京和杭州的自然博物馆巡展。在杭州10天时间有10多万人参观，极大地扩大了牦牛博物馆的影响。因为吴雨初有常年在内地工作的经历，因此他有广泛的社会资源。在这些内地巡展过程中的运费、布展等费用都是由承办方承担。

吴雨初到了退休年龄之后，曾三次向拉萨市委提出辞去牦牛博物馆馆长之职，但是拉萨市一直没有批准。直至2021年，吴雨初再次向组织上提出辞去馆长一职。在辞职报告里，他恳切地写道：我在藏工作二十余载，已然尽忠，现在要尽孝，要回老家照顾我的九旬老母……

拉萨市这才接受了他的辞呈。

吴雨初先后两次在西藏工作和生活，时间长达20多年，他对这片土地建立起了深厚的感情，也结识了无数的朋友。他是一名作家，自从 1976 年在藏北工作时发表第一篇作品起，一直坚持创作。2005年加入了中国作家协会。

2015 年，他在北京十月文艺出版社出版了纪实文学作品集《藏北十二年》，用 100 个精短有趣的故事，记录了自己当年在那曲地区那段难忘的青春岁月。一个个鲜活的人物、一个个真实生动或令人悲伤惆怅的故事扑面而来，带着藏北草原混杂着青草和牦牛粪的气息。100 个故事每个故事同时都被译成了英文和藏文，吴雨初自称这也是自己的藏语文教材，其实它无疑也可以作为人们学习藏语和英语的一部三语教材。因为故事简短风趣，这样的读本相信还会更受欢迎。

2016 年，他再次由北京十月文艺出版社推出了自己的长篇纪实《最牦牛》，如实地讲述了自己创建牦牛博物馆艰难曲折的经过，为那些给博物馆建设作出捐赠贡献的人们留影立传。

2018 年，他的新作《形色藏人》先是在《十月》杂志上刊发，随后由北京十月文艺出版社和西藏人民出版社联合出版，生动讲述了几十位藏族同胞的故事。在每篇故事后面，都附有他的"女儿"桑旦拉卓简短的读后感。2019 年 4 月，《形色藏人》获得第 15 届十月文学奖非虚构作品奖。

2024 年，学苑出版社出版了吴雨初的新作《牦牛》。该书全面介绍了牦牛的历史以及牦牛和人的关系，弘扬了牦牛文化。

这一部部著作，正是吴雨初对西藏那片热土的纸上诉衷情。这些记录下了他和西藏不解之缘、鱼水深情和难忘岁月的作品，也是他用以感恩西藏和藏族亲人们的心迹表白。

第八章

歌舞颂团结，倾情促融合

艺术冶人。歌舞是最通用的一种共同语言，能够很好地促进人们之间的交往、交流和交融。歌舞带去美、理解、友谊和爱，传播幸福美好的声音，用情讲好民族团结大家庭的故事，颂扬的是人间大爱、手足情深、真情感恩，体现的是休戚与共、荣辱与共、生死与共、命运与共的中华民族共同体意识。

爱跳舞的"百灵鸟"、年届九十的歌舞专家李俊琛，是西藏当代歌舞艺术的一名先驱和探索者。她以自己的深情与专业素养，创作了一批脍炙人口的作品，在舞台上留下了令人难忘的影像。

13 岁如愿参军

1936 年出生的李俊琛是首批徒步进藏的女兵之一。她的一生堪称是一部传奇。20 世纪 50 年代初，她参与了一面进藏一面筑路的战斗，参与了在西藏推翻封建农奴制、实现人民民主社会制度的过程。她也亲历了对印自卫反击战。几十年戎马倥偬的生活，为她的歌舞创作奠定了扎实的生活基础。

1964 年，为了参加全军第三届文艺会演，李俊琛接受了西藏军区文化部部长朱流交给她的一项创作任务，为文艺会演编导一个节目。朱流还给李俊琛讲了一个藏族姑娘帮助解放军战士洗衣服的真实故事。这个故事给了李俊琛很大的启发。她很快便写出了舞蹈《洗衣歌》的提纲：是谁帮咱们翻了身？是谁帮咱们得解放？是谁帮咱们修公路、架桥梁、收青稞、盖新房？是亲人解放军，是救星共产党。——这些浅俗易懂、朗朗上口的话语，一下子便打动了作曲家罗念一。他非常兴奋，很快便以这些提纲为歌词，谱写出了后来广受群众喜爱的《洗衣歌》。果然不负众望，这个舞蹈在第三届全军文艺会演上深受好评，一举摘得了编导、作曲、舞台美术、演员表演四项大奖，并迅速地在全国流传开来。周恩来总理在接见《洗衣歌》作者时，高度赞扬李俊琛："艺术作品一定要来源于生活。你要是没有在西藏生活多年的经历，怎么能创作出《洗衣歌》呢？"

那么，就让我们来看看李俊琛的西藏军旅生涯吧。

15 岁开始随军进藏

李俊琛出生在北京郊区海淀上庄前章村。1949 年 2 月 3 日，13 岁的李俊琛拿着姐姐给的零花钱，头一次走进电影院看电影。那天正好是解放军举行进入北平城入城式的日子，当她看完电影出来，发现北京街头发生了翻天覆地的变化。

她挤在拥挤的人群里，跟着大人们一起欢呼，迎接英雄的解放军。当看到走在队伍里英姿飒爽的女兵时，李俊琛感到十分羡慕，当即萌生了当兵的念头。

这时，正好遇上西北野战军战斗剧社在北京招生，而且点名要招女兵。

经过努力，李俊琛如愿穿上了军装，加入了部队文工团。1951 年，她被调到了十八军，和 25 位战友一道，开始了进军西藏的漫漫长路。

进军西藏，当时走的是从四川成都出发经西康入藏，就是沿着后来的川藏线行进。自古以来，这条路主要都是靠人畜背驮，而且一年时间里能够徒步的只有四五个月，其余月份道路都被雨雪封山难以通行。

1951 年，中央人民政府和西藏地方政府关于和平解放西藏办法的协议签订后，解放军便开始了修筑天路的征程。当时李俊琛只有15岁，她和1100名女兵一道，踏上了进军西藏的艰辛旅程。虽然她身体单薄、年龄小，但是她一路上背负的东西并不比别人少。因为身负重荷加上强烈的高原反应，经常感觉双腿沉重，脸色苍白，嘴皮发紫。在翻过雪山后，许多女兵连吐出来的痰都是带血的。也有很多人就在这样的行军途中倒下了。

当她们刚到二郎山时，先遣部队已经打通了二郎山，修通了一条简易公路，能够勉强通行卡车。因为开始时修路只顾着延伸长度，没有顾及宽度，因此有些路段路面很窄，卡车经常有半个轮子要悬空。海拔3000多米的二郎山，山势险峻，道路弯道多，极易发生翻车事故。当时有一首风靡全国的歌唱二郎山的歌曲来描写二郎山的艰险，给大家都留下很深刻的印象。当跟随部队从雅安出发，一路沿着二郎山缓慢地爬行，越爬让人心里越提心吊胆。路上女兵们都停止了歌唱，战士们也都停止了说笑。

首长告诉李俊琛她们：过了二郎山才算进入了高原腹地。开始时李俊琛不理解这句话，以为二郎山就是世界上最高的山了，没想到越往上走越感受到天外有天山外有山。特别是在过泸定桥时，那座铁索桥人走上去摇摇晃晃，天旋地转，让人心惊肉跳，每个人都望而却步。李俊琛也十分害怕，站立不稳，总感觉自己就快掉下去了。后来，是战友木一把手伸给她，从前面拉着她，陈吉一则在后面搂着她，一个拉着李俊琛的右手，一个抓着她的左手，在两位战友的保护下，李俊琛闭着眼走过了泸定桥。这个画面让她数十年都难以忘怀。

在入藏的这群文艺兵当中，李俊琛因为个头最小，年龄也最小，排队总是排在第一个，因此战友们给她起了一个绰号"李头"。

虽然人小，但是李俊琛一点儿都没有例外搞特殊。平时和战友一起修路，同时也要背负几十公斤重的道具等，在修路之余就期待着上阵为战友们表演节目。一路上辛苦劳累倒也没什么，最要命的是饥饿难耐。由于大雪封山，粮食供给不上来，每个战士每天的定量只有二两多的代食粉，根本填不饱肚子，大家都想方设法去挖野菜、拔草根吃。

那时因为劳动量大，李俊琛的胃口也好，感觉吃什么都好吃，可是饭却总是吃不饱。这时她最大的愿望，就是能够吃上一顿饱饭。

有一天晚上，李俊琛在行军途中半夜被饿醒过来，之后就怎么也睡不着。她想到了白天看到炊事班里放的有馒头，便悄悄地起床。她看见炊事班的门掩着，没有上锁，于是就悄悄地溜进去，偷了一个馒头吃了，然后回屋就睡着了。

第二天，炊事班发现少了一个馒头，马上开始追查。

炊事班班长对着大家问："昨夜是谁偷吃了炊事班的馒头？"

李俊琛诚实地回答："是我！昨天夜里我饿得实在受不了，就偷吃了一个馒头。"

大概是看在她诚实认错这一点上，这件事后来就不了了之了。

1953年2月14日，大年初一。从四川运来了一车橘子。

当时李俊琛没有在场，她一回到营地，有个战友捧起一个橘子对她说：给你橘子。她不知道别人都没有主动拿橘子，就剥开吃了起来，感觉橘子干干冻冻还有点苦的味道。一边自言自语，这是什么味道呀？在旁边的队长就问她是什么味道。李俊琛很吃惊地望着她们问：难道你们都没吃吗？一个战友回答：我们都没有吃。李俊琛赶紧把这个橘子剥开来，一人一瓣分给大家一起吃。那时的战友就是这样，谁都不愿意第一个带头吃，都想把最好吃的东西留给战友，这份浓浓的战友情，伴随着那一年的春节，让李俊琛记了一辈子。

进藏路上吃不饱是个问题，住得也非常简陋。多数时候住的都是帐篷。帐篷单薄，抵挡不住强风暴雪的侵袭。严寒经常困扰着大家。在爬冷拉山时，李俊琛和战友们都累坏了。回到宿营地，大伙儿一头就栽进了帐篷里。由于她们搭建的帐篷不结实，就在她们刚躺下不久，刮起了一阵大风把帐篷都给卷起来了。女兵们死命地拽住固定帐篷的绳子，好不容易才把帐篷拉了回来。

还有一回，当大伙儿睡到半夜时，突然感觉身上像被压上了什么沉重的东西，喘不上气。一个战友还迷迷糊糊地以为自己正在做噩梦，等醒过来才发现，帐篷被大雪给压垮了。

漫长的冬夜住在帐篷里大风刮得寒冷刺骨，每个女兵都不得不把自己所有的衣服都搬出来压在身上。为了防止帐篷再被风刮跑，她们也想出了很好的办法，就是用取来的冰化成水浇在固定帐篷的铁砖上，让铁砖和大地冻结在一起，这样帐篷就不容易被刮跑了。然而等早晨醒来一看，一顶顶帐篷都被冻在了地上。

在随筑路部队行军过程中，文工团一面行军筑路一面创作演出，每到一处就收集部队中涌现出的好人好事，及时地编写歌词，然后李俊琛就和大家一起一面化装一面练唱。几乎每一个节目都是这样编创的。

在雀儿山，当地流传着这样一首民谣：雀儿山，五千米，山顶插在云上边，飞鸟也难上山顶。雀儿山终年积雪，当时有一位筑路的战士很不服气，用脚在地上跺着说，山再高也没有咱们的脚板高！这句提气的话有力地鼓舞了大家。

雀儿山是一个生命的禁区。李俊琛除了要背帐篷、被褥，还要背筑路工具和演出装备。每个人身上的负重都有 40 公斤，感觉像被压着一座山一样。尽管穿着棉袄棉裤，还是被冻得直哆嗦。战友们手握钢枪，如果手心上有汗，很容易就会被冻结在钢枪上，稍不留心刺啦一下就会被撕破。有人总结出了"四个度"：气温零下 40 度，开水 70 度，帐篷搭在 30 度斜坡上，战士们的筑路热情 100 度。最难的是，在冻土层挖冰，一次只能剥开一个点。后来大家想出了一个好办法，就是用火来烤冻土，只要化开了冻土就能剥开一大片，这样就大大地提高了工作效率。女兵们花了半天时间就爬上了海拔 5000 多米的雀儿山，去为筑路战友们歌唱。

下山时，李俊琛感觉嗓子像要冒火似的。这时有几个战士端来冰烧化，水烧到 70℃就沸腾了，看着冒着热气、沸腾的开水，李俊琛十分激动，她用舌头舔舔干裂的嘴唇，有个战士给她端来了一碗烧开的水，她接过来就喝了一大口。然后很奇怪地问：哎，你们怎么都不喝呀？难道你们都不渴吗？

旁边没有人回答。这时，李俊琛才注意到，锅里烧的水只有很少的一丁点。战士们费尽九牛二虎之力才把柴火和笨重的铁锅背到了 5000 多米的山顶，再用冰化成水，再把水烧热。在雀儿山上，这点儿水是多么来之不易呀，因此哪个战友都舍不得自己喝，都希望把这点开水留给别人。

李俊琛茅塞顿开。原来这就是战士们的觉悟、战友们的友情啊！

她发现了自己和战友们之间的差距。就这么一点点水，自己为啥要抢着喝？她在心里不断地检讨自己。于是，她把没有喝完的水又倒回锅里，要把水留给最需要的战友。实在渴得不行，她就从地上抓起一把干雪擦擦嘴。

在高山上，不仅水是极其珍贵的，粮食更是相当有限。每一顿饭都要省着吃。剩余的饭大家都倒到一个锅里去煮成糊糊，然后每个人都只准先盛一碗。等到吹响哨后才开始吃。有的人不怕烫，三两下便吃完了就能赶上再装一碗，而怕烫的人就吃不上第二碗了。

在进军途中，李俊琛还遭遇了一段美丽而懵懂的爱恋。

当卡车向西行进时，李俊琛和25位十八军战友坐在一个车棚内。可能因为她年龄小又爱玩，因此其他战友都喜欢跟她逗乐，玩小孩子喜欢玩的打手板指鼻子猜中指。李俊琛就像一个真正的孩子一样，不时发出快乐的笑声。不知何时有一双大手捂在了她的膝盖上。因为同车的人年龄都比她大一些，所以她并不觉得意外或者感到困惑，反而觉得这可能是年长战友对自己的关爱和呵护。一直到下车休息时，无意间她对其他战友说，某某真好，知道我是跳舞蹈的怕得关节炎，一直把双手捂在我的膝盖上保护我。

其他的女战友听了都偷偷地笑。她觉得好奇怪，这有什么好笑的？她真的感觉这不过是战友的一种关怀、温暖的关爱。很久以后，李斌班长告诉她：李头你可真傻，告诉我们某某怕你得关节炎，用手捂在你膝盖上。

1951年年底，李俊琛随同部队到达了甘孜。

有一天，这位某某约她聊天。李俊琛很开心，心里想，他一定是想帮助我提高思想觉悟，指出我的缺点。就和他一起爬上了晒着青稞的屋顶。

两个人坐在被太阳晒得很暖和的青稞秸秆上。他叫了一声李俊琛的名字。但是他说的什么话，究竟是什么意思，李俊琛感觉都很深奥难懂，也没有悟透他的情感。在整个谈话过程中，她只好不懂装懂地赔着微笑。后来她记住了他说的一句话："不知你有没有这种感觉，认识你之后我的干劲更足了。"

李俊琛马上回答："我应该向你学习，你的干劲足，我也应该足。"

两个人的谈话，也不知进行了多久。留在李俊琛心里的只有那一片灿烂的阳光。

不久后，女兵们下部队演出。有一天，杨新华对大家说："你们知道吗？某某说，他对牛弹琴了。"

大伙儿听了都哈哈大笑。李俊琛心里还在想，某某是搞创作的，没听说他还会弹琴，再说，牛又怎能听得懂琴声呢？

这，便是后来留在战友们记忆里的一段有趣的往事，关于李俊琛和某某谈过恋爱的传言。

这个故事后来便没有了下文。因为行军路上，演出、修路、创作非常繁忙，李俊琛也没有把这些记在心上。那时的她还非常懵懂，对男女情感更是一知半解，并不认为这就是自己的一段恋爱经历。

修通"天路"

在雀儿山上修路时，李俊琛她们一门心思想的就是这段路快点修完，自己就能早点下山去。而一旦从海拔5000多米的雀儿山上下来，到了下面海拔只有3000多米，各种高原反应便会自动消失。而且在低海拔地区还能挖到一些野菜来填饱肚子。因此大家最大的愿望就是赶紧修好这段路。雀儿山的路修了几个月，李俊琛这些文艺女兵就演着修路的故事，演了几个月的歌舞。每天表演结束，她就下到连队和战友们一起打炮眼炸山、推土、搬石头。

进入西藏，李俊琛她们一路上经历了冻土区、流沙区、泥石流区和原始森林区。每一段路都十分艰险难行。在她心里最可怕的是泥石流。山崩地裂一般的山体突然间滑倒下来，眨眼间，修好的路基就被淹没了。巨石滚到河里，还会让大河改道，形成堰塞湖。每当这时，战友们没有气馁，而是重振精神，重新来过，一遍又一遍地重修道路。

在她的记忆里，在西藏，泥石流的发生并不遵循季节和规律。晴空万里，太阳高照也会把山顶的积雪融化，而从山顶上冲流下来的融雪，有时就会挟带着泥沙石块从天而降。

1954年初夏的一天，天气晴朗。李俊琛她们约了中午的时候到小河里去洗衣服、晒太阳。大家晒着暖洋洋的太阳，感觉特别惬意。

突然有人大喊一声："你们听，有飞机来了！"

大家都凝神静气地听，确实听到了像飞机一样的轰鸣声。大家伸长脖子去寻找，天空里却怎么也找不到飞机的影子。但是，轰鸣声却越来越响，大家又静静地听着。

这时，突然有人喊道："不好！泥石流下来了！快跑！"

大伙儿都本能地往高处奔跑，只有陈德昌没来得及冲上山坡，被巨大的泥石流裹挟冲了下去。

也就是几分钟的时间，泥石流便过去了，大地重新恢复了平静。每个人都惊魂未定，站在那里呆若木鸡。她们看到刚才她们洗衣的那条小河，已经变成了一道深深的沟壑，被厚厚的碎石和淤泥填塞，看不到一点点清水。河流上刚刚架好的木桥也被吞没了。突然，有战友声嘶力竭地哭喊着"陈德昌、陈德昌"。就这样，这位年轻的战士牺牲了。

每个人都伤心欲绝。路毁了、桥断了，都可以重修，可是战友牺牲了，却再也无法重生。

穿上鞋，一路上布满了艰辛，一路上也看不到有生机的动物。除了偶尔能看见一两只野驴外，几乎看不见飞鸟，看不见走兽。每天陪伴战士们的只有瓦蓝瓦蓝的天空、寸草不生的土地。李俊琛的心里在想，这么长的路，这么难修，得到什么时候才是个头，什么时候才能通到心目中的天边、到达拉萨？

1954年年初，修路大军终于挺进到了西藏的波密。波密是一个非常美丽的地方，阳光充足，江水轰鸣，原始森林密布。因此在这里修路就需要砍伐原始森林。以前在遇到坚硬的雪山时，可以放炮用炸药炸开大山，有时一天就能炸开半座山。可是在原始森林里修路是绝对不允许用炸药的，只能一棵一棵地将那些参天大树锯倒，然后再用十字镐把树根从土里一点一点地刨出来。这个伐木的过程非常漫长而且艰苦。更要命的是原始森林里到处都是蚊虫横行，特别是那些吸血的蚂蟥和草虱子。战友们一边伐木一边要留意草丛里的那些蚂蟥，一不留意，那些蚂蟥和草虱子就会钻到战友的皮肤下吸血。而一旦被它钻进了皮肤，就几乎无法将它拽出来，只有开刀做手术取出。森林里的漆树也让很多战友浑身过敏，全身水肿，连走路和饮食都很困难。

夏天的波密，雪山顶上的融雪冰水挟带着泥石呼啸，阻塞河道，雅鲁藏布江洪水猛涨，将部队刚刚修好的公路淹没摧毁。沿江修建的挡土墙和桥梁也都被洪水冲毁。中央交通部派来了桥梁专家一起帮助大军攻克难关。经过几个月，许多路段被重新加固。

除了塌方泥石流这只拦路虎外，还有第二只拦路虎，那就是在帕隆附近的大岩壁。大岩壁长有 1200 多米，高达 200 多米。进藏公路需要从江面上 30 多米处的悬崖上通过。为了修出这条道路，战友们不得不从 200 多米高的山顶上用绳索悬挂着吊下来，在半空中打眼放炮和施工。而那些风化的岩石特别容易破碎崩裂，严重威胁着战友们的生命安全。尽管在山顶上设置了安全保障，但还是有许多战士壮烈牺牲了。

在进军途中对于女兵们来说还有特别的困难，那就是每月的那几天特殊时间。每当来例假时，她们只能用粗糙的土制的草纸。有时随身带的一点草纸用完了，她们便把棉被或者棉衣里的棉花撕碎了拿去垫。后来棉衣里的棉花都被扯掉了一多半，穿在身上单薄得很，冻得浑身哆嗦。

尤其难的是要蹚过冰河。每当此时，教导员都会好心地询问有没有需要背过河的。女兵们自然明白这话的好意，但是她们都不好意思让背着过去。因为她们用的都是草纸衬垫，一路上行军走的路长了，就会把两腿之间磨出一道道出血口，一路走下来，她们总是被磨得血肉淋漓疼痛不已。为了减轻疼痛，女人们就干脆将这僵硬的草纸扯掉，而要强的女兵们又不愿意让男兵背着过河，这样当她们过河时，那些血便顺腿流下，把小河染红。当她们穿越冰河的时候感觉那些水就像是千根万根的针扎在自己的双腿上，水底下是一种刺骨的寒冷，两条腿常常被冻得失去了知觉，而下半身则会感觉像刀剐似的疼。而在经期受冻的女兵，以后再来例假时就容易腹痛难忍，而且经血也会变成绿色泡沫。因为生活不规律，加上冰河水的伤害，几乎所有的女兵都闭经了。

一路行走，四个春秋倏忽就从指尖过去了，但是天边似乎还看不到影子。李俊琛在日记里写道，这条路好像没有尽头一样，在这条路上我们走啊走、修啊修，感觉自己已经快走到了天边，路还没修到尽头，世界上难道还有比这更长的路吗？

后面的路更难修，那是一些泥石流的路段。部队前一天修好的道路，第二天就有可能被泥石流摧毁。战友们不得不从很远的地方拉来石头打牢路基，再用木桩固定住流动的沙石。文工团经过这些路段时，也是冒险经过。在修路时，李俊琛只顾向上观察滚石，一不小心一脚踩在路面的乱石上，脚被崴伤，肿起了一个大包。那时没有医生治疗，她还得继续演出行军，于是就留下了脚伤的后遗症，每年都会复发。一旦脚伤复发，就会痛得无法行走。

也就是在这一年的秋天，部队得到了好消息，上级要求川藏公路年底前必须通车。那一刻，李俊琛感觉终于盼到头了，马上就能看到天路的尽头了。

筑路大军从波密向拉萨挺进，拉萨西面的部队也在向李俊琛所在的部队前进，两支部队在米拉山附近会合。李俊琛梦想着布达拉宫、八廓街、大昭寺和罗布林卡，想象着拉萨的美景，干劲更足了。

但是，从拉萨到林芝必须跨越米拉山这座海拔5000多米的高山。这是李俊琛她们的部队将要征服的最后一座大山。

战友们看到希望就在前方，打通米拉山的战役开始了。李俊琛和女兵们干劲更足，歌声更嘹亮，舞姿更优美，她们竭尽全力要为战友们鼓劲、加油。工地上爆破声，铁锤敲打声，铁石撞击声，电锯伐木声，还有岩石滚落山谷发出的巨响，大风吹过松林发出的涛声，合奏起了一场壮丽的交响。

路修通了。李俊琛她们坐着卡车随同部队来到了距拉萨最近的一个兵站住宿。到了兵站后也举行了一场场的演出。西线的部队是从拉萨出发，他们也是整整奋斗了4年才修通了和东线部队会合的道路。而且他们坚持按照党中央"自力更生，不吃地方"的指示，靠自己开荒生产，解决粮食和蔬菜等的供应。

有一回演出归来，李俊琛突然发现兵站的菜地里长着硕大的萝卜，最大的感觉得有几十斤重。在过去的4年里她都没吃到过新鲜的蔬菜，因此她特地跟炊事班请求挑了一个最小的萝卜，然后切成一块块，和全班的战友一起分享。吃了脆生美味的萝卜，李俊琛对战友说：拉萨的水土真肥啊，阳光也充足，所以萝卜长得这么好，真是一块宝地，将来我一定要在这里扎根。

终于就要进入拉萨城了，坐在卡车上，李俊琛脸上始终挂着笑容，现在大家再也不需要背着沉重的背包赶路行军。坐在车上，大家有说有笑。看见布达拉宫了，一个个都兴奋得坐不住。可是汽车开了一小时、两小时、三小时，布达拉宫还是远在天边，大伙站都站累了，就靠在车旁边休息，也不知道究竟什么时候才能到布达拉宫。

太阳下山了，她们才进入拉萨郊区，一条大河挡住了去路。当时的拉萨河上还没有修桥，汽车无法通行。女兵们下了车换乘牛皮筏子。李俊琛第一次见到这种用牛皮扎成的方形的像大箩筐一样的筏子，感觉非常新奇。船工却非常娴熟，将女兵们一一摆渡过了拉萨河。

过了河，李俊琛继续背着背包向拉萨市区挺进，一直走到半夜才找到了文工团的驻地夺生街。

第二天又是一个大晴天，李俊琛这时终于走到了布达拉宫前，她感觉简直像做梦一样。回想起4年来走过的路，经历的苦难，她喜极而泣。胜利了！终于胜利了！终于走到了想象中的天边。在过去的4年里，她没有喝过一顿烧开的水，没有吃过一次煮熟的米饭，也没有住过一回真正的房子，没有洗过一次热水澡。有的只是烧不开的水、夹生的饭和飘摇的被风雪刮跑的帐篷作为宿舍。这4年，她从15岁到了19岁，正是她的花样年华。也正是这4年，让她经历了一次人生的长征，使她收获了成长，也收获了成熟。

1954 年 12 月 25 日，青藏公路通车典礼举行，布达拉宫前挤满了藏族同胞。老百姓把糌粑揣在藏服里，准备献给他们敬爱的"金珠玛米"。

张国华将军分别为康藏公路和青藏公路剪彩。广场上到处都是掌声、欢呼声、鞭炮声，飘扬的彩花和旗帜，动听的歌曲，欢快的舞蹈和飞舞的哈达。人们流着激动的热泪，紧紧地拥抱在一起。文工团员们翩翩起舞，飘扬的彩带将一辆辆汽车装饰得五彩缤纷。

这是多么来之不易的幸福，多么来之不易的快乐呀！

在修筑康藏公路 2000 多公里的路途上，每一公里都有一名战士倒下，永远地埋在那里。说这是一道用血肉筑成的天路丝毫也不为过。在日记里李俊琛写道：我的青春是在险恶的自然环境中度过的，生活是难以想象的艰苦。尽管如此，当我回首往事的时候，我都会为这段留在路上的青春而自豪……这是一条有情有义的路，它让我懂得了战友情、同志爱；这是一条自学成才的路，它让我有幸在最好的熔炉里百炼成钢。

1956 年年底，总政治部调派西藏军区文工团到北京休整学习，李俊琛和她的女战友们坐着大卡车沿着她们亲手修好的川藏公路向四川方向挺进。一路上她们回忆起这条路当年修筑过程中的细节，她们在哪里演出，在哪里搭建帐篷，大伙儿一边回忆一边不断地唱歌，感觉格外地亲切和美好。不知不觉她们就来到了成都地界。李俊琛屈指一算，只用了 15 天就到成都了，简直难以置信，然而这却是真实的。这就是当年她们花了 4 年时间才修好的路，现在人们只需要 15 天就能走完。这条她们曾经走了整整 4 年的路，是李俊琛一生从事艺术创作取之不竭的源泉。

在解放军进入西藏之前，西藏的一些反动分子企图阻止解放军进藏，恶意地散布各种谣言，称解放军汉人都是长着绿眼睛、红眉毛的杀人魔头，抓住小孩就要吃小孩，这些汉人到西藏来是要来抢粮食、抢牲畜、抢女人的，还要烧寺庙、废除宗教。这些谣言让那些没有见过解放军的藏族群众半信半疑，惶惶不可终日。

这时文工团发挥了很好的作用。文工团员们穿上演出服装，唱歌跳舞，打着腰鼓走街串巷。那些没有见过解放军的藏族百姓躲起来半天也没见有人来抢人抢东西，外面还敲敲打打的很热闹；而且看到那些汉族的演员，一个个都是笑容满面、十分和善美丽的女兵，一点也不像是杀人魔王，于是，有一些小孩子就率先钻出屋子来。慢慢地，大人也都加入了观看的队伍。就这样，文工团发挥了很好的统战作用，深受藏族群众的欢迎，也帮助解放军在西藏迅速地站稳了脚跟。

藏族群众非常看重军民情谊。当时在藏族群众中流传着这样一段话：哈达不用太多，有一条洁白的就可以了；朋友不用太多，交一个解放军就行了。老百姓对于解放军的感情十分深厚，让李俊琛切身体会到了。

有一回，李俊琛所在的演出小分队赴定日地区演出。一场大雪过后，由于路面太滑，小分队乘坐的汽车不慎掉进了冰河里。20多名队员花了几个小时也没能把汽车推上岸来。眼看天就要黑了，如果汽车再推不上来，就会被冻结在冰河里，那就是天大的麻烦了。

就在这时，远处走来了几个藏族小伙子。他们来到河边看了看。他们虽然不会普通话，但是二话不说就跳进冰河里，帮助李俊琛他们推汽车。可是笨重的汽车深陷在冰河里，怎么也推不动。当时气温已经降至0℃以下。这时，有一个藏族小伙子突然脱下身上的长袍，拿起铁链，深吸一口气，便一头扎到冰河里去。也不知过了多久，大家都感到很害怕畏惧的时候，只见那个小伙子从冰河里冒出头来，满脸青紫。但是他只是稍微地透了口气，就又立刻扎下水去。在场的所有人都紧盯着河面。有的女兵因为担心害怕都哭出声来了。又过了不知多久，那个小伙子终于再次冒出头来。他已经把铁链牢牢地拴到了汽车的轮胎上。这时，几个男兵早已经站到水里，一起伸手用力地把他拉上了岸。李俊琛亲眼看见小伙子上岸时整个人的皮肤都是黑紫黑紫的。战友们连忙把皮大衣给他披上。

第二天，李俊琛跟从文工团小分队到村里去演出，藏族百姓穿上盛装来迎接大家。战友们又见到了那几位小伙子，对他们连声道谢，说不尽的感激。没想到小伙子们却回答说：给解放军帮忙是一件荣耀的事。

有一次，李俊琛和战友们按照领导的指示到群众中去体验生活，她住在一位藏族老阿妈家。老阿妈给她讲了这样一个故事：以前因为欠了奴隶主的债，不得不把女儿送到奴隶主家。几年后，在打水的水井边，女儿认出了前来背水的母亲，但是却不敢上前相认，因为一旦被发现，轻则会被奴隶主处以鞭刑，重则会被挖眼扒皮。女儿只能偷偷地望着母亲，等看到旁边的人都打完水走光了，才敢轻声地呼唤她：阿妈，阿妈，我是您的女儿啊！阿妈怕女儿受到刑罚，不敢回应，只能含着泪花悄悄地约定，下次再一起来背水。

　　体验生活几个月后回到了文工团。领导要求大家把体验生活的感受用文艺节目的形式汇报。李俊琛便决定把自己在藏族家里体验的经历编成一部舞剧，她把这些故事像串珠子一样串起来。她想用生动的形式表现农奴们的经历、她们受到的苦难。当时才 23 岁的李俊琛，因为连日废寝忘食地琢磨，甚至患上了神经衰弱，白头发也开始长出来了。最终，她和战友高菌素两人决定以藏族阿妈和她女儿的故事为原型创作一部两幕舞剧。第一幕展现母女分离的痛苦生活，第二幕描述解放军解救女儿、一家团圆的场景，取名叫《格桑旺姆》。

　　没想到，李俊琛的这第一部舞剧一经演出，便大获成功。

　　她们的第一次演出是在一座寺庙排练的。寺庙里没有灯光，也没有音乐、服装。许多藏族老百姓都趴在窗户边偷看，虽然听不懂她们的语言，但是很多人都一边看一边哭，因为他们看懂了这部戏，因为这出戏演的就是他们真实的生活。李俊琛想要表达的效果都达到了，她感到很欣慰。这部舞剧后来成了文工团的保留节目。这部表现农奴悲惨生活的舞剧，不仅为李俊琛带来了"五好战士""先进工作者"的荣誉，还让后来到西藏军区担任文化部部长的朱流记住了这位年轻的创作者。

一生儿女情长

　　1957 年，正当风华正茂的年龄，21 岁的李俊琛和文工团的一位舞蹈演员走进了婚姻的殿堂。

1958 年 8 月，李俊琛回到丈夫的老家河南开封，生下了儿子李嘉。28 天之后，才刚坐完月子，她便忍痛抛下儿子，匆匆赶回拉萨，继续参加文工团的演出任务。这时孩子还在哺乳期。由于工作繁忙，家里的老人带孩子也有很多困难，李俊琛又没法把孩子带在身边，便把儿子李嘉寄养到了西藏军区设在成都的保育院。

那几年，李俊琛都没有时间去看望孩子，孩子就生活在保育院。保育院的阿姨告诉孩子们，他们的爸爸妈妈都在西藏工作。一直到了1961 年，李俊琛有一次被选派到北京参观学习，中间有两天假期，她就想利用这点时间赶到位于四川大邑的西藏军区保育院去看望自己的儿子。

她兴冲冲地从北京乘飞机赶到成都，马不停蹄地搭上了赶往军区保育院的班车，见儿子的心情万分殷切，一路上就盼着班车开快一点。没想到路上却出了一些意外，当这辆班车途经部队医院时，有一位女士招手要搭车，司机好心地搭上了她。等到班车好不容易开到了军区保育院门口，保育院领导却挡在了车前，坚决不让司机开门，车上的人一个都不准下来。原来，刚才搭车的那位女士是一位正在住院的传染病人。部队医院正在到处寻找她，据推测她有可能到保育院去看孩子，就赶紧给保育院这边打了电话。

"不行不行，快放我出去！放我出去！我是专门从拉萨赶过来的，已经三年没见到我儿子了！"李俊琛一听说不许下车，急得冲到了车门前大喊大叫。

司机不敢开车。李俊琛再也控制不住自己，"哇"的一声哭了起来。

车上的人听了李俊琛的哭诉，都纷纷替她求情，也向车下保育院的领导求情：人家大老远专门赶来看儿子，三年都没见着了，还是让人家下去吧，你们也都是为人父母的，体谅体谅这位女同志的难处吧！

保育院领导非常慎重。最终答应，对车上的每个人进行喷洒酒精消毒，然后再放行，同意让李俊琛排在第一个。

保育员已经提前把她的儿子李嘉领了出来。一下车，李俊琛立刻冲到了儿子跟前一把抱起他，一边流着泪，一边不停地亲他的小脸。没想到这个才刚三岁的孩子，因为几年都没见过自己的母亲，竟被吓得哇哇大哭，使劲地挣扎。李俊琛无奈只好把他放下来。他一下就跑回保育员的怀里，非常生气地回头看了李俊琛一眼，然后就把头扭过去了。

那一刻，李俊琛感到无比心痛。本来她已经特意买了糖想来哄孩子，可是自己的儿子根本不认她。她拿出糖果招呼孩子，让他叫"妈妈"，可是他还是叫李俊琛"老师"，接过糖果说"谢谢老师"。

李俊琛心里百感交集，不知如何是好。李嘉平生第一次吃到这么好吃的糖，认为这一定是高级的糖。这在这个三岁孩子的心里就种下了一颗种子，他长大后要当一名卖高级糖的售货员。这成了他最早的人生理想。

两天的假期倏忽而过，儿子还是和她非常生分，还是不肯认她，依旧叫她"老师"。

万般无奈，李俊琛只能心酸地告别了孩子，一步一回头地去赶班车，赶回了拉萨。

回到拉萨，李俊琛陷入了沉思。她想，孩子之所以跟她不亲，是因为他三年都没跟自己的父母生活在一起；如果想要和孩子亲近，拉近感情，就一定要陪伴他成长。于是，她下了决心，跟上级领导请示，希望把孩子调到自己身边。

李嘉终于来到了拉萨，母子俩团聚了。李俊琛倾尽全部的母爱来关爱自己的孩子，希望能让孩子慢慢地接纳自己。

经过一年的努力，孩子终于慢慢地认可了母亲，终于开口叫她"妈妈"了。然而，好不容易建立起了母子情谊，李嘉却出了点变故，这孩子因为不适应高原气候生病了。

怎么办呢？再把孩子送回保育院，显然很不可行，会让孩子和亲人的感情又一次淡漠下去，而且对孩子可能是二次伤害。左思右想，李俊琛想到了自己的姐姐，她自己就是姐姐带大的。姐姐是一个乐观豁达仁爱的人。在和姐姐一家人商量后，李俊琛决定把李嘉送到北京姐姐李俊珍家里。

后来，姐姐帮她带大了儿子和女儿。这个像母亲一样的女人一生都在用自己的爱，关爱自己的妹妹和妹妹的子女，是妹妹一生中最难忘怀的情深义重的亲人。

和儿子这一别又是10年。因此，李俊琛对自己的孩子一直充满了愧疚，在儿子最需要母爱的时候，自己没能陪伴在他身边。但是，李嘉这个孩子从小就很懂事、很听话，他从来也不敢跟自己的母亲撒娇。等到母亲回到北京，他已经14岁了。缺乏母爱的童年，让李嘉也过早地成熟了。他和母亲的感情一直都是客客气气的。本来，李俊琛发现自己的儿子从小有很强的绘画天赋，但是因为自己没能陪伴教育孩子，再加上"文革"的影响，李嘉的绘画天赋没有得到充分的发展。

后来，为了生活，李嘉开始帮助国有单位承担一些绘制大字报和广告设计之类的工作。这些实践锻炼为他后来从事美术设计和艺术创作奠定了基础。之后他通过自学和自己努力，不断地在美术方面取得长足的进步，并且在全国美术设计大赛中多次获得大奖。如今，他是我国一位有名的美术设计大家。这，大概是最让他的母亲李俊琛欣慰的事吧。

1966年，李俊琛的女儿李梅出生。因为女儿从小便长得乖巧漂亮，李俊琛对她特别宠爱。只要一有时间，李俊琛就会给女儿讲故事，陪她一起做游戏，一起打闹。李梅小时候爱说爱笑，就像小喜鹊一样。

没想到，从小深受母亲偏爱的女儿，长大后性格却变得越来越偏执和独断专行，不听话，学习成绩不断下降。李俊琛千方百计想帮助女儿走上健康正常的成长之路。但是因为没有考上理想的大学，李梅不得不选择了一所外国语学校。毕业时她又自作主张，放弃了到一个外贸部门工作的好机会，执意要去一家饭店打工。她还和饭店的一个小伙子谈起了恋爱，后来发现自己上当了。这个长得很帅的小伙子却很花心，同时和几个女孩子谈恋爱。因为这次感情的挫折，李梅患上了抑郁症。

为了帮助女儿走出困境，李俊琛渐渐地退出了舞台表演和编导，决定花时间帮助女儿"疗伤",还陪着女儿到各地去求医。在 10 年里,经过母亲的悉心照料,李梅的病情似乎好转了一些,也变得更知性了,而且不久之后还找到了一个憨厚老实的对象,与之结为夫妻。

没想到不久之后,李俊琛正在外地出差,女儿旧病复发,突然跳楼自杀。

这,让李俊琛伤心欲绝,非常地愧疚。那一段时间,她感觉整个世界都是灰暗的。她没日没夜地流泪,心中有无限的苦与痛,却无人可诉说。

跋涉于边防哨卡

西南军区文工团经常要下基层,特别是要下到边防哨所去慰问演出。西藏与印度、尼泊尔等国家接壤,有很长的边境线。在这些边境线上都设有多个边防哨卡。1960 年,西藏军区文工团 20 人组成的小分队,前往中印、中尼边境哨卡,为常年驻守在那里的第一线的战士们慰问演出。

这些边防哨卡大都位于喜马拉雅山脉,山高路险,一路上气候恶劣。每一次慰问都是一次艰难的跋涉。刚开始,映入眼帘的第一目标是风雪肆虐、狂风怒吼,整个世界都是白色的冰雪世界,而且异常地寒冷,仿佛连山上的石头都被冻成了一团。那个年代边防哨所都没有通汽车,甚至没有道路可以到达,文工团员们只能骑马前往。他们的大本营设在定日。因为每个哨卡之间没有专门的公路,只能是演完一场先返回定日,然后再从定日出发到下一个哨卡。要完成各个哨卡的慰问演出,就得花上几个月时间。

边防哨卡都在海拔 5000 米左右的雪山上,道路崎岖难行,狂风暴雪,经常下冰雹,道路又容易被堵塞。太阳出来很容易把人的皮肤晒伤、晒脱一层皮。每次行程都是危险重重。更危险的是半山腰的羊肠小道,这种小路往下看便是万丈深渊。因此,当文工团员们拉着马儿走上这条小路时,每个人都提心吊胆,神情凝重,就连那些高原马也都紧张得瑟瑟发抖。李俊琛心里也很发慌。她不停地提醒自己一定要全神贯注集中精力，小心翼翼地迈好每一步。每个人都万分小心地背着演出的各种道具，屏住呼吸，战战兢兢地向前迈步。

团员王瑞黑，因为皮肤长得黑，大家都昵称他"二黑"。他身上背着扬琴，马背上还驮着行李。他把这把宝贝扬琴看成自己的身家性命一样，到了山路拐弯处便紧紧拉住马的缰绳，非常吃力地一点一点地向前挪步。二黑不断地用亲切关爱的口气吆喝，不停地给这匹马壮胆，但是那匹马却死活也不肯再向前走，反而不断地想要向后退。二黑着急了，大声地用四川话说道：老伙计，这里太危险了，千万退不得了！然后他使劲地向前拽马。可是人越用劲拽，马就越使劲地向后退。人的力气哪比得过马的力气，只见马蹄突然踏空，马猛地向后一仰。二黑见势不妙，急忙松开手。说时迟那时快，这匹马驮的行李瞬间便坠下了悬崖。真是太悬了！只要差那么一秒钟，就会把二黑也拽下悬崖，想一想都让人后怕！亏得二黑及时松手，要不他就会与马同归于尽。有几分钟时间，二黑脑子一片空白，双腿发抖，脸灰如死色。

大伙儿全都吓坏了。等回过神来都来安慰他：你可真聪明，幸亏你及时松开手，只要人在、扬琴在，咱们照样能完成任务。

这场变故，让大家更加如惊弓之鸟，变得格外小心。大家哆哆嗦嗦的，像受了惊吓的小羊羔一样，小心翼翼地挪过了这一块危险的地段，到了一个相对安全的地带，大家停下来休息。队长鼓舞大家：这次军区党委派我们来为边防哨卡演出，是党对我们的信任，也是对我们的考验。我相信咱们一定不会辜负党组织的重托，再困难我们也要完成任务。大家有决心吗？

大家都齐声回答：有！

然后队长又安排人慢慢地爬到悬崖下去寻找马背上的行李。男同志们纷纷自告奋勇地报名：我去！我去！

然后，几位男同志用绳子互相拴住对方的腰，一点一点地往下蹭、往下爬，好不容易才把行李扛回来了。

走过了羊肠小道，便是雪山大地。湛蓝的天空辽阔无垠，宛如无边无际的海洋。脚下的雪景，洁白如玉，又让人心情倍加放松。有人甚至扯着嗓子唱起了京戏。大伙正准备给他鼓掌叫好呢，没想到歌声却突然停止了。大家回头去看，发现唱歌的张继普正挣扎着从雪窝里往外爬。他的马也跌落在雪窝里。原来是马踩到了一个雪坑，马失前蹄把张继普从马上给摔了下来。亏得他及时来了一个前空翻才没摔坏。看到张继普一脸狼狈的样子，大伙儿都哈哈大笑。

阳光让美丽的雪山熠熠闪光，大伙儿的心情都松弛开来。每个人都毫无倦意。天黑之后，李俊琛和战友们驻扎在村子里。大伙儿忙着做饭，李俊琛负责烧火，这时她突然觉得自己的眼睛有些酸疼，她以为可能是烧的柴太湿让烟熏的。她睁不开眼，晚饭勉强吃了几口就躺下睡觉，想着睡一觉眼睛可能就好了。没想到，怎么也睡不着，眼睛还越来越疼，就像辣椒粉眯了眼，眼泪不停地流。

第二天起床，她才知道原来有好几个战友都跟她一样突然眼疼。了解情况的人告诉他们这是雪盲症，也就是因为雪山上那些闪亮的强光烧伤了他们的双眼。患了雪盲症，眼睛看不清，他们只能借助马，依靠老马识途前行。可是闭上眼也不行，哪怕闭一会儿，马上就有可能出情况。有好几次李俊琛都差一点被颠下马来，因此她还不得不逼着自己睁开又红又肿的眼睛，紧紧地拽着缰绳，指挥着马匹前行。那时，他们多么想让马停下来闭上眼睛休息一下，可是前方的战士们还在等待着他们的演出，因此他们只能用坚强的意志逼迫自己强忍住泪水，让眼睛微微地睁开一条缝。患了雪盲症以后骑马实在是太遭罪了。这个变故给了李俊琛一个一辈子的教训，就是雪山再美也不能贪图眼福，一定要注意对眼睛的防护。

雪盲症花了一星期时间才渐渐好转。在这期间，文工团员们的演出却一场都没落下。他们除了演出，还要帮助边防哨卡的战士们洗衣服、补衣服、缝被子。这些年轻的战士克服了种种困难，坚决地完成好给他们的任务，完完全全就是一支特别能吃苦、特别能战斗、特别能忍耐、特别能团结、特别能奉献的队伍。

看到边防哨卡官兵们生活条件极其艰苦，常年都吃煮不熟的饭，而且没有厕所，没有电，没有交通工具，连吃的粮食都是要靠人力翻过雪山去背驮。演员们为了不给哨卡增加负担，都是自己背着粮食，自己做饭，没有菜他们就用盐水泡饭吃。即便饭也吃不饱，觉也睡不好，但是他们依旧热情饱满，用心用情地为边防战士们唱歌跳舞、慰问演出。因为皮肤被晒伤脱皮，每个人脸上都起了一层层的皮，就像翻毛皮鞋或者石榴皮，皱皱巴巴的，但是边防战士们却丝毫不觉得他们丑，他们看见这些战友就像见到了亲人一样，因为他们长年累月生活在高海拔地区，往往几个月都见不到生人，有人来看望他们，他们就会感到特别亲切，更别说是专程来为他们慰问演出的。因此见到这么多人，哨卡的每个人心里都乐开了花。

有一次，小分队的主力演员黄崇德发了高烧，但是队里没有药，更没有医生。黄崇德口腔里长了大片的水疱，连饭都难以下咽，只能用小勺往嘴里灌点开水。黄崇德是台柱子，她一生病，演出就会少好几个节目。顽强的黄崇德一声不吭不停地用热水去烫洗嘴边的水疱。她的坚强让每个人都很感动，也极大地鼓舞了大家。

一路奔走，异常艰苦。这一天，队长说：我们休息一天，改善一下伙食。于是派人到藏族同胞家里去买来了4只鸡。藏族同胞的鸡平时都住在树上，这些鸡都长了很多个年头了，鸡爪指甲很长。把鸡杀了，放在锅里整整炖了一夜，鸡肉还炖不烂。大家围成一圈，迫不及待地开始扯鸡腿，鸡肉却怎么也扯不断。于是有人就找来菜刀砍，砍成一块一块，大家便使劲地嚼着啃着，虽然没有煮烂，但是鸡肉香美的味道却让大家永远也忘不了。

有一次，到了一个哨卡演出，哨卡里没有电，演出只能在白天进行。战士们都早早地坐在山坡上等着节目开演。

演出队队长告诉班长演出可以开始了，班长却说再等一等。说完他就爬到山头上去。演出队员们都不知道为什么，就冲着班长喊：为什么还要等呢？一会儿天就黑了！

班长高声回答：天黑了也得等！看不见我们能听见也高兴呢。

原来班长是在等当地的群众，因为当地的藏族同胞有一个孩子外出放羊还没回来，因此还要等他。班长站在山头上不断地向远处张望等那个孩子。村里的藏族百姓和战士们就像一家人一样。看文工团的演出对于这里的居民而言，都是一件很大的喜事和盛事。当地有许多藏族群众可能一辈子都没有看过一次文艺节目，更没有见过这么大的场面，因此对于班长和边防战士来说，让村里的老百姓也能观看演出这是一件大事。他们心里时时都想着群众，军民就是一家人。

好不容易等到放羊的孩子回来了，天已经黑下来了。李俊琛和战友们就在黑暗的星空下给当地居民进行演出。虽然看不清台上的表演，但是群众依旧热烈地鼓掌、开怀地大笑。

慰问攀登珠峰的勇士

1960 年 5 月，西藏军区文工团小分队在完成了为边防哨卡巡回演出的任务后，回到拉萨。紧接着，李俊琛他们就又接到了去珠峰为我国攀登珠峰的登山健儿们演出的命令。其实，不久前李俊琛刚来这里演出过，因此再次来到这里，她有一种故地重游的激动。这次再来条件比上一次优越多了，演员们和登山健儿们吃一样的伙食、住一样的帐篷。那时国家为了保障登山队，他们吃的饭都是经特殊处理过的，大米要用热水一泡就能熟，住的帐篷也都是不透风的。能和运动健儿们享受一样的待遇，李俊琛他们感到十分满足，因为这是他们当高原兵以来最优厚的一种待遇，能够痛快地吃饱饭，因此也激发了他们创作的热情和激情。大家不断地创作新的节目来活跃登山队员们的文化生活。排练之余，他们也帮着队员们做饭做菜烧开水，彼此相处得亲如一家。

因为小分队的队员人数有限，每个人都要充当多面手，要能唱会跳，还要会说快板、演小品。

那时没有电视，更没有网络，演出队的到来，深受登山队的欢迎，大家的表演也有力地鼓舞了登山队员们。

演出队决定临时突击排练一个新节目，名叫《歌颂八大员》。也就是要让每个演员扮演一个行业的代表，包括炊事员、卫生员、保育员、饲养员、运动员、警卫员、服务员、气象员。这个节目有说有唱，有个性表演，形式活泼。李俊琛从未接受过专业的声乐训练，但是这时因为演员人数不够，她也不得不上台担任一段领唱。等到她领唱时，她说的第一句台词应该是喊"立正"，大家便随着她的口令收拢并立正，接着她再喊"稍息"，大家再把一只脚伸出来，就像在接受训练一样。但是真正上台演出时，因为太过紧张，她把立正喊成了"立稍"，把稍息喊成了"稍立"，其他演员听得一头雾水，不知如何是好，全都乱了阵脚。这时李俊琛心里更加发慌，后面的台词全都记不起来。只见她双眼发紫嘴巴张开不知所云，这时经验丰富的队友灵机一动，就帮她重复了这段话，让李俊琛的领唱变成了合唱，及时地补了台。直到节目结束，李俊琛还是感到双腿哆嗦，也不知道自己都唱了什么，感到无比羞愧。从此以后，她就患上了唱歌恐惧症，再也不敢登台唱歌了。以前她以为唱歌比跳舞轻松，现在她才认识到，其实唱歌也很不容易。

5月25日，珠峰顶通过无线电传来喜讯，有三名队员登上了世界最高峰。随行记者很快便写出了《登上地球之巅》的长篇通讯，报道了征服珠峰的感人事迹。这是中国人第一次从珠峰北坡登顶。

登山英雄凯旋，李俊琛他们精心地准备列队欢迎的仪式。他们吹气球，扎彩旗，做花束。当英雄们走到面前时，李俊琛惊呆了。她看到英雄们的脸都像被火烤焦了一样，嘴都起着水疱，从这一张一张脸上不难想象他们曾经经历了怎样的艰辛。看到这一幕，每一个演员都感动得热泪盈眶，大家不约而同地大声呼喊："向登山英雄学习！向登山英雄致敬！"这些喊声响彻了整个山峰。

登山英雄们给李俊琛上了一堂生动感人的教育课，她觉得自己也要像登山英雄一样坚忍、勇敢、无私，只有这样才能在事业上所向披靡、成就一生。

1962年，我国刚刚经历了旱灾、洪涝灾害的侵袭。经历了三年困难时期，国家经济衰退，人民生活艰难。

这时，印度军队趁机在边境发起进攻，多次挑起边境冲突。中国政府本着和平解决的意愿，多次提出通过谈判来解决边界问题的建议，都遭到了印度政府的断然拒绝。

10月20日，印度军队向我国发动大规模进攻，杀害我国边民，打死打伤我边防战士，公然向我国发起侵略战争。我国军民被迫进行自卫反击。

没想到，自卫反击战刚拉开序幕，前方的捷报便接连传来。我国军队所取得的胜利震惊了世界。西藏军区文工团奉命奔赴前线慰问在前方作战的官兵。当时前往前线没有公路，只有一条骆驼驮队走的原始道路。

李俊琛意识到参加慰问前线部队是一项艰巨的政治任务。当大家真正进入高原深处，只见雪不停地下，风不停地刮，李俊琛感觉整个人都快被冻住了，鞋子里也结满了冰，鼻孔、眉毛、眼睛都挂了霜。

到了前线，每个人心里都明白，舞台就是他们的阵地、战场。尽管舞台被积雪覆盖，没有取暖和更衣的后台，但是他们依旧在雪地里穿着纱衣迎着风雪起舞。舞蹈演员还好一点，因为身体不断地舞动，倒不容易被冻僵，而独唱演员就没有那么幸运，因为他们站在原地不动地唱歌，一阵风雪袭来便会被呛得不住地咳嗽流鼻涕。文工团有一位女演员甚至被冻得都哭出声来。小品演员脸上的肌肉被冻僵了，说话都不停地颤抖，但是大家还是坚持演出。拉琴的乐队演奏员手指冻得硬邦邦，连琴弦都按不住。前线官兵冒着风雪看演出，被冻得受不了，也一直不停地跺着脚。连长感动得不知如何是好，他命令战士把全连唯一的办公桌——一张破旧的木桌搬来劈碎烧火，给演出的战士们取暖。

硝烟散尽，雪域高原恢复了往日的宁静。

在慰问部队回来的路上，李俊琛他们坐在车上感觉双脚还像插在冰里一样冻得发抖，突然听见一阵敲锣打鼓似的声音。车开到跟前才发现，原来有好几位藏族老阿妈头上戴着厚厚的头巾，身上穿着厚厚的藏袍，身后的一个雪窝里垒起的石块上支着一口小锅，下面烧的牛粪，锅里煮着热气腾腾的酥油茶。老阿妈搅动着长勺，舀起一碗碗茶，笑着说：金珠玛米，下来喝口热茶，暖和暖和吧！

李俊琛瞬间便被感动了。她想到这些老阿妈不知要走多远的路才能背来这些东西，而且她们还要专门在路上等候解放军，生怕解放军的汽车错过了。这是多么深厚的一份军民情谊呀！

197

创编的尼泊尔舞蹈引起轰动

1961年夏，中国和尼泊尔王国正式划定国界线。为了配合勘察工作的顺利进行，西藏自治区和西藏军区领导特派军区文工团和自治区歌舞团到边防点去为两国人民进行慰问演出。

当时平叛还没有完全结束，在边疆地区还有一些流窜的叛匪。为了确保安全，文工团李俊琛这个小分队6名女演员，带了以自卫为主的小武器，有一把左轮手枪和六发子弹。这六发子弹是给她们自己准备的，万一遇上敌人，她们也绝不能当俘虏。当时没有一个人怕死，每个人都觉得能够被领导委派去执行这项任务非常光荣，也十分自豪。

李俊琛的小分队前往聂拉木。这一次他们的大卡车又一次陷进了冰冷的河水。大家跳到河水里推拉车轱辘，花了几个小时也推不上来。按说他们可以鸣枪求救，但是这里距离边界特别近，如果鸣枪就会有被视为向邻国挑衅的嫌疑。可是天马上就要黑下来了，他们也不能困在这里。在这里如果再遇到叛匪就更难办了。百般无奈之下，他们几个人经过商量，决定步行到边境线。而要到边境线首先就要穿越眼前的这道冰河。水流很急，冰冷刺骨。男同志要搬设备过河，女同志只能靠自己手拉着手往对面走。李俊琛和黄玉茹一边一个架着歌唱演员过河，棉裤挽到了膝盖以上，每个人都走得十分艰难。走到河中间有人突然大叫："啊，我走不动了！"说着就倒下去了。李俊琛和黄玉茹用尽全力撑着她才能勉强前行，每个人都自身难保，又经这一拉扯，结果三个人都失去重心，倒在了河里，身上的棉衣棉裤全都浸湿了。好不容易拉着战友一起过了河，每个人都顾不上晾干衣服，继续摸黑向前赶路。一路上大家相互照顾，亲如姐妹。没想到，才走出没多远，前面又是一条大河拦住了去路。这一回队伍里的男同志说什么都不肯让女同志再自己去蹚水过河，他们决定一个个把女同志背过去。第一个人背着女队员走到河中央，这才发现河水很浅，才刚没到小腿上，只不过因为天黑了，大家看不清，误以为这是一条很深的河。

李俊琛是个老兵，很能适应高原的环境，但是其他队员就没那么轻松了。自治区歌舞团的演员欧阳丽丽没走过这么艰苦的路，走着走着就呕吐不止。再加上正来了例假，冰河一浸泡，便感觉腹痛难忍，脸上渗出了一颗颗豆大的汗珠。但是这个女孩非常顽强决绝，她还一路上鼓励大家咬紧牙关坚持就是胜利，其实她自己的大腿早已经被粗糙的草纸磨得血肉模糊。

大家走了几个小时，实在走不动了，连李俊琛也感觉自己的双腿就像灌了铅一样。这时大家发现路边有一座矮墙可以挡风，领队说："咱们在这里休息一下吧。"他的话音未落，大家就东倒西歪躺在地上睡着了。

也不知过了多久，突然有人喊天亮了。李俊琛和大伙儿睁开眼一看，才发现昨天夜里他们睡的是一个牛圈，战友们就躺在牛粪上，然而因为实在是太困太累了，每个人都觉得这一觉睡得特别香甜。

接着往前赶路。又走了一个多小时，突然听见前方有人喊话。大伙儿一听，都兴奋地回答："我们在这儿呢！"又喊又跳。原来这是打前站的战友来接他们了。本来他们应该前一天到达，因为路上汽车出了故障，耽误了时间，打前站的同志非常担忧，可是又没有通信工具进行联络，前方战友着急得一夜都没睡着。等到大家会面，每个人都喜极而泣。

边境线一带居住着珞巴族。珞巴族老百姓都来看望他们，他们一生里都还没见过这么多的人，纷纷好奇地问他们："你们都来了，那中央还有人吗？"

其实这个文工队加上来勘界的工作人员、翻译员和边防战士等，总共也就一二百人，但是珞巴族老百姓信息闭塞，并不了解外面的世界。李俊琛听了他们的问话，苦涩地笑了。

在边境线上，文工队的演出引起了极大的轰动，边境居民和尼泊尔的老百姓都十分兴奋。每天晚上在联欢会上，边民和尼方人员也即兴在舞台上跳起舞来，双方一起跳舞，李俊琛跟着学会了尼泊尔的舞蹈。

后来回到拉萨后，她和罗良兴精心编排，根据尼泊尔舞蹈的律动规律，创作了许多舞蹈动作，编排了一个崭新的佳作——《尼泊尔北方民间舞》。这个舞蹈特色鲜明，舞姿独特，深受广大官兵的好评。

1963年，西藏军区歌舞团在北京天桥剧场演出《尼泊尔北方民间舞》，因为带有一股清新的异国风情，特殊的服饰和舞姿引起了观众阵阵的掌声。连续几次返场演出。当他们演出结束时掌声不断。报幕员刚要报出下一个节目，就被掌声轰下了台。如此反复几次。当李俊琛他们跳到第三遍的时候，音乐刚一响起，观众的掌声就跟着节拍一起响起。

谁也料不到，连演了三遍，观众还不答应。罗良兴动作快，已经跑到后台换藏族舞蹈服装。李俊琛他们还没来得及换服装的人，就又被观众的掌声喊回到舞台上去演第四遍。这时舞台上少了一个罗良兴，队形就不对称了，看起来很扎眼。连演出的演员们自己都乐了，观众也跟着大笑。舞蹈跳到一半的时候，换回了一身藏服的罗良兴又加入了尼泊尔舞蹈的行列。整个演出现场群情激昂，十分热烈。

中国舞蹈家协会的领导在随后召开的座谈会上说：《尼泊尔北方民间舞》效果非凡，创造了北京舞台的一个新的历史纪录。后来，这个舞蹈被许多歌舞团学去，作为他们的压轴节目。也因为这个舞蹈的影响，西藏军区歌舞团后来还受到了尼泊尔国王的邀请，1965年出访尼泊尔。

李俊琛他们在尼泊尔演出时，台下的尼泊尔观众大声呼喊："京尼拍义拍义！"意思是："北京、尼泊尔是兄弟！"

《洗衣歌》红遍大江南北

西藏和平解放后，百业待兴，各方面的基础都比较薄弱。李俊琛所在的文工团也没有条件组织进修学习交流，因此西藏军区文工团的整体水平在全国是比较落后的。

1963年，总政治部安排西藏军区歌舞团进行整训，她们来到了江城武汉，为次年即将举行的第三届全军文艺会演做准备。

第一次全军文艺会演是在1954年。当时西藏的文工团正在修筑天路，没有时间参加。1959年第二届全军会演，西藏正忙于平叛，也错过了这次的参演机会。因此第三次的全军文艺会演将是西藏军区文工团第一次组团参加。军区宣传部新上任的朱流部长亲自来到武汉，负责正在这里整训的军区文工团，坐镇指挥文工团的会演工作。

李俊琛以前没有接触过朱部长，只听说他很有文采有才气，是一位有文化的部长，其他并不了解。

当时军区文工团的编导力量非常薄弱，朱流便到处选拔人才，让大家群策群力，共同编创节目。李俊琛以前练过舞蹈，在团里编排过舞剧。由她和罗良兴编导的《尼泊尔北方民间舞》曾在北京天桥剧场创下连续返场4次的纪录。朱流听说李俊琛以前是一名舞蹈演员也搞过一些创作，甚至也编排过舞剧，于是就把她吸收进了文工团的创作组。

李俊琛感觉自己是稀里糊涂地被部长赶鸭子上架了，并且是以编导的身份入选创作组。但是她自己还是感到不自信，缺乏底气，因为这次要面对的是全军的大舞台，这在她来说还是第一次。

朱流召集了创作组开会，让大家畅所欲言对参演节目提意见和建议。其他的不少战友早都有了很好的创作思路，探讨了创作的想法和计划。只有李俊琛心里还没有一点儿眉目，一整天时间她都是用耳朵聆听别人畅所欲言，而自己还不知应该创作什么。

朱流仿佛看出了她的心思似的，主动走到她身边，对她说："我在拉萨军区的时候有一年过春节，藏族妇女到营房来慰问，提出来要帮助士兵们洗衣服。战士们一听说，都赶紧把衣服藏起来。藏族妇女发现了，就去翻找。战士们抱着衣服就跑，姑娘们就在后面追，就像一家人。那个场面很热闹，那种真情很感人。"停顿了一下，他又接着说，"我看你就搞个洗衣服的舞蹈吧！"

看到部长如此信任自己，李俊琛欣然接受了这项任务。

但是接下任务后，她心里并没有底。虽然关于军民情谊的舞蹈她以前也曾经创作过，但那些舞蹈多数都是藏族群众跳舞、战士拍手，总感觉军民的关系好像隔了一层，不那么亲切。

这天，在自己的宿舍里，李俊琛辗转反侧。这个洗衣服的舞蹈怎么去编呢？在营房里洗衣服，你追我赶来回跑，这能变成舞蹈吗？这么跳出来能好看吗？

她的脑海里不断打出一个个的问号。睡不着觉，过去十几年的生活经历一幕一幕就像放电影似的重新浮现在她的眼前。她想起了解放军帮助藏族同胞修公路架桥梁分田地盖房子收青稞的场景，想起了解放军用铁锤砸断农奴的脚镣手铐解放藏族同胞的情景。

她也想到了有一次自己下基层去演出，在青藏线的五道梁兵站遇到的一位炊事班长。五道梁兵站位于海拔 5000 多米的雪山上，这里是一个生命的禁区，但是建在雪山顶上的这座兵站，却为过往的官兵们遮风挡雨，就仿佛冬天里的一把火、夏日里的一把遮阳伞。

此刻，那个炊事班长的形象再次浮现在了李俊琛的眼前。这个班长脸庞线条棱角分明，透着一股如同岩石般的坚毅，皮肤黝黑，为人沉稳。就在这座雪域高原上，他迎来了一批批的新兵，送走了一批批的老兵。班长的工作十分平凡，主要就是烧火做饭。但是当时兵站没有水，所有的饮用水都需要他走上千米的路到雪山上去背冰回来化成水。班长的服役期早已经满了，但是他还希望继续留下来为兵站多干点事，于是就一直没有下山。有一天，炊事班长接到家人的来信，他的妻子得了重病让他立即回家。可是这时的兵站正遇上接待高峰，作为炊事班长每天每夜都累得连轴转。班长心想，如果自己在这个节骨眼上突然离开，一定会影响接待任务。他想起了部队首长常说的那句话，家里的事再大也是小事，部队的事再小也是大事，于是他就把自己爱人病重的事藏在心底，还像往常一样勤劳地工作。没想到过了几天，他又收到了一封加急电报，说他的爱人已经去世了。站长得知消息后命令他立即回家处理后事。没想到炊事班长却作出了一个令人感到震惊的决定，他把身上攒下的所有钱都寄回家，他说自己回去也救不活爱人，他宁愿留下来和大家一起战斗。

李俊琛在演出时，偶然得知了这些感人的事迹后，专门到兵站去探望了这位炊事班长。她看到这个班长憨厚老实、工作勤奋，非常符合那个年代的战士的精神风貌。于是在编排这部歌舞剧的时候，她就想把这位班长的形象搬到舞台上去。

在西藏生活也让她目睹了西藏翻天覆地的变化。以前西藏是农奴社会，百姓生活暗无天日，解放军和共产党进藏以后才使百万农奴翻身做了主人。她亲身感受到藏族群众对共产党的衷心拥戴和感激之情，也感受到了他们对解放军战士由衷的热爱。有一次从前线回来，李俊琛他们乘坐的军车不慎陷入了冰河里。几个藏族的小伙子看见了，二话不说，把身上的衣服一脱就往冰河里跳，帮助他们给车轮挂上了铁链，再帮着把军车拉上了岸。从河里上来后，那几个小伙子浑身都冻紫了，但是他们看到军车上岸了，甩干水，穿上衣服就走了。虽然彼此语言不通，但是小伙子们的真诚帮助还是让李俊琛他们十分感激。还有一次也是从前线回来，遇上一场暴风雪，把道路堵死了。李俊琛他们从车上下来后，突然听见一阵响声，原来有几位藏族老阿妈从很远的地方背着水背着锅背着柴早就在马路边等着，她们架起锅，烧着火煮清茶请解放军们喝。这是一种什么样的感情啊！在李俊琛看来，这就是亲人一样的感情，不是亲人胜似亲人。藏族群众对于解放军、对于共产党的感情就是亲如一家人啊。

这些藏族群众和炊事班长的人物形象，始终萦绕盘桓在李俊琛的心头。

每一天，李俊琛都在琢磨着台词和舞蹈的编排。她知道自己创作的舞蹈不是文工团的重点节目，但是她依然感受到巨大的压力。怎么样把这个舞蹈编排好，她一点儿也没有把握。开始时她每天都寝食难安，内心非常焦躁。后来她便不断地安慰自己：李俊琛你不是专业编导，你这个节目也不是团里的重点节目，谁也不会把希望寄托在你身上，编不好、编不出来都在情理之中。

正是抱着这样的心态，她终于放下了包袱，没有了思想压力。

过去经历的一幕幕往事，一直在她的心头回荡，一种强烈的情感始终在包裹着她冲击着她，她很快便写出了《洗衣歌》的歌词："是谁帮咱们翻了身？是谁帮咱们得解放？是谁帮咱们修公路？是谁帮咱们架桥梁？是谁帮咱们收青稞？是谁帮咱们盖新房？是亲人解放军，是救星共产党。"这就是她为歌剧所写歌词的大纲。

她找到了作曲家罗念一，对他说："我想搞一个民族风格特别浓郁的舞蹈，你有时间帮我作曲吗？"

因为二人此前曾合作过一部舞剧，有一定的感情基础。而且罗念一也是歌舞团里的权威作曲家，重点舞蹈都要由他谱曲，当他听说李俊琛要搞一个民族舞蹈，一下子便来了浓厚的兴趣。尽管当时他承担的任务特别繁重，但他还是回答说："好，我抽空一定把曲子写出来。"

李俊琛写好了舞蹈的提纲，把它交给了罗念一。罗念一接过来一读，十分激动，连声说："好好好！我马上就写。歌词你不用写了，你写的这提纲就是最好的歌词。"

李俊琛说："还不行呢！"

罗念一看了一眼不自信的李俊琛，说："我看可以。"

就这样，没过一天，罗念一就给歌词谱了曲。

在编创剧情、确定人物时，李俊琛考虑到，因为藏族姑娘是在营房帮战士洗衣服，如果设置一群战士和一群姑娘，人物形象就不突出，因此她只采用了一个炊事班长来代表解放军，也因为班长是一个人，可以有单独行动的机会。由此她开始设计剧情：班长在河边偷偷地帮辛苦操练的战友们洗衣服，正好碰上了一群藏族姑娘。而如果直接设计藏族姑娘们和班长争抢衣服就容易显得俗套，于是她又设计了一个特殊的情节：安排一个小卓嘎假装自己脚崴了，要去找妈妈，从而把班长引开，然后其余的 6 个姑娘留下来帮洗衣服。当时部队规定去参加演出的只能有 8 个女兵，除去李俊琛一个编导外，另外只能上7 个女演员，可是 7 个人无法形成对称的队形，于是她便设计了一个小卓嘎引开班长留下其他 6 个人帮班长洗衣服的戏份。

当时因为排练场地和演员人数受限，为了保证重点剧目的排演，其他的节目都只能见缝插针来彩排。李俊琛也担心自己的作品假使不成功，就会耽误其他重点节目的排练，因此她很快就把这个节目编排出来。这次初稿她抓住了藏族同胞洗衣服用脚踩这个特点，并使这一动作成为舞蹈的一个主要动作。

没想到，文工团的同事看完这个节目后都非常肯定，认为这个舞蹈第一个特点是踩衣服和别的民族不一样，第二个是表现军民关系的手法也不一样。

受到肯定后，这个节目经过修改加工，加上李俊琛反复地推敲，使舞蹈的动作队形更具美感。又加上了唱、喊、跳的表现手法，丰富了舞台的表演。

在后期排练过程中，战友也为李俊琛提供了许多有益的建议和帮助。当时有人提出这是一个有歌有舞的节目，一出场姑娘们连歌带舞都是自己唱很有特点，如果让班长也能自己唱，那风格就统一了。李俊琛觉得这个建议很有道理，就向文工团领导提出，能否请人帮忙把班长那段剧情丰富一下，并且提出希望风趣幽默的董荣参加。于是，董荣就热情地为炊事班长写了歌词，并且调整了班长出场时的队形和动作。

张俊飞团长也亲临现场指挥排练舞蹈。在看过大家的表演后，张俊飞说："你们把结尾那段再跳一下。"于是大家按他的要求把结尾重跳了一遍，跳完后张俊飞说："回来，回来，小卓嘎，你把她们脱下的靴子背起来，然后再追大家下场。"这个改动确实为这个舞蹈的结尾落幕再次掀起了一个高潮，为《洗衣歌》添上了一笔重彩，画上了一个圆满的句号。

战友李继斌向李俊琛建议说，姑娘们感谢解放军时，她们毕恭毕敬地给班长行了藏族的礼节，那么班长也应该向她们回敬一个军礼。这个建议也被李俊琛当即采纳。

正是因为李俊琛博采众长，善于听从别人的建议，因此使得《洗衣歌》排练不到两小时，就把第一稿排出来了。班长余德华是一个四川人，说一口浓厚的四川话。她对李俊琛说："你晓得你搞个创作，为啥子容易成功吗？你还不晓得，我为你总结，你的群众关系好，你创作出来的节目，大家都来帮你，你就容易成功。"

的确如此，战友们的帮助使得李俊琛的这个节目大获成功。

这个节目第一次演出是在武汉高级步校礼堂彩排，李俊琛站在幕后，准备帮演员们提水桶换鞋子。报幕员朱碧松匆匆跑来问她："快说快说！《洗衣歌》的编导都是谁？"

李俊琛毫无思想准备，脱口而出："我，董荣，还有张团长！"

朱碧松说："就报你和董荣吧！"于是她便跑到前台报幕说："下一个节目，舞蹈《洗衣歌》，编导：李俊琛，董荣。"

演出大获成功，全团的同志也是第一次看到这个节目。话剧团的演员一边看一边激动得落泪，第二天就在黑板上写了满满一整版黑板报表扬。但是也有很多意见认为董荣怎么就成了一个编导。

关于编导署名的问题，队长专门组织了舞蹈队的有关人员开会。经过大家实事求是的讨论研究，最后大家一致同意，《洗衣歌》不再出现董荣的名字。于是在此后的全军会演和全国演出时，编导署名就只有李俊琛一个人。

朱流部长是军区文工团演出的总负责人，非常关心每一部作品。当他得知李俊琛编导的舞蹈《洗衣歌》已初见成效，非常高兴。

为了让节目歌词更具文采，朱流亲自填写了一首歌词。但是这份歌词比较文雅，与舞蹈的粗犷直白简单明了的通俗风格并不相符。而且这个舞蹈的初次排练已经得到了全团大多数同志的高度赞扬，音乐的旋律和节奏与舞蹈动作也很合拍。而朱部长写的歌词就显得比较柔美舒缓："拉萨河水情意长，姑娘河畔洗衣忙。垂柳随风轻摇摆，我们爱惜绿军装。"如果要照这个歌词来排，舞蹈就得重新结构，重新改变舞蹈的风格，这一来时间不允许，二来舞蹈演员也无法在短时间内进入最佳状态。

这可如何是好？李俊琛把朱部长写的歌词拿给班长余德华看，余德华看过后说"拐了拐了"，就是四川话"坏了坏了"的意思。本来这个舞蹈已经有了比较好的基础，要是重新来编搞砸了可咋办？

是啊，这可怎么是好？作为军人，服从命令是天职。再说，这个舞蹈本来就是在朱部长出点子、提建议和指导下创作的，部长现在亲自为这个舞蹈写的歌词怎么能不用呢？李俊琛感到万分苦恼，思前想后，最终她决定豁出去，还是照原来编排的歌舞进行排练。

这时距离第三届全军会演的日子已经很近了。《洗衣歌》一直在进行刻苦的排练，李俊琛心里感到很不安。她不敢直接去找部长说明为什么不用他写的歌词，而是采取了一种消极应付若无其事的态度。其实她的内心还是非常忐忑的，她就像做错了事的孩子一样，平常都

206

不敢正眼看部长，偶尔在公共场合遇到部长也都悄悄地从他的视野里溜走，或者贴着墙躲开。奇怪的是，部长也一直没有再问起歌词的事。这，让李俊琛一面窃喜，一面又忧心忡忡。

没想到朱部长对李俊琛和赵邦宁编排的节目都很关心。在《洗衣歌》登场之前，李俊琛和赵邦宁向部长提出更换乐队指挥的请求，现任的乐队指挥节奏不稳定，影响节目的质量，要求换乐感好、节奏稳的人来指挥。可是原来的乐队指挥是专职指挥，已经排练了几个月，会演之前临时撤换指挥，谁也不敢冒这个风险。但是朱部长在听了她们两个人的建议后，沉思了一会儿，点头回答："我尊重你们的意见。"

就这样，朱部长顶住了来自乐队的压力，当机立断更换了指挥。

果然不负众望，在很短的时间内，新任指挥就把乐队所有人员的热情都调动了起来，使得《洗衣歌》在全军会演时大放异彩，一举囊括了编导奖、作曲奖、舞台美术奖、演员表演奖四项大奖。

当时舞蹈节目获奖的不多，《洗衣歌》就是其中之一。很快，人们便都知晓了李俊琛这个名字。李俊琛怎么也没有想到自己这只丑小鸭也能变成天鹅。

《洗衣歌》大获成功后，来自地方和军队的许多人纷纷排队来学跳。李俊琛教了好几天。同事们也帮她抄曲谱送给来学习的人。后来，因为要学习的人实在太多，李俊琛就借了一台油印机来油印曲谱。不久以后，《洗衣歌》便在全国流行开来。从专业到业余，从中央到地方，从工厂到农村，甚至到外国，都有人开始学跳。《洗衣歌》成了那个年代最美的舞蹈之一。

全军会演结束后，周恩来总理亲自参加了颁奖仪式。晚会上，周总理来到获奖人员中间，向每位获奖者表示热烈的祝贺。

前来会演的同志听说周总理来了，纷纷簇拥到他身边。总理亲切地和大家一一交谈。当走到李俊琛身边时，他亲切地问她："你是哪个代表队的？"李俊琛回答："我是西藏军区代表队的。"周总理"哦"了一声，接着问："《洗衣歌》是你们创作的吗？"李俊琛回答："是。"总理高兴地说："艺术来源于生活，这是真理。你们要是没有在西藏的生活，怎么能创作出《洗衣歌》呢？"

这些对话让李俊琛记了一辈子。她和总理的合影照片也始终被她摆放在家里最醒目的位置。她一直牢记着总理的教诲"艺术来源于生活"。作为一名文艺战士，自己就是要在舞台上为人民服务，从生活中去发现创作的资源和源泉。

在"文革"期间，《洗衣歌》也曾被打入冷宫。1969年总政歌舞团办了一台接待外宾的文艺晚会，请周总理审查演出名单。周总理问当时的总政文艺处处长："《洗衣歌》为什么不演了？《洗衣歌》有问题吗？《洗衣歌》是歌颂民族团结的，是歌颂军民团结的，可以演嘛！"

就这样，《洗衣歌》成为第一个被解封的歌舞剧，也使得它后来成为流行时间最长、流行地域最广、普及率最高的舞蹈之一。

1970年周恩来在接见西藏高级干部听取汇报西藏情况时，对西藏的这些领导说："你们西藏不是有《洗衣歌》吗？你们要像《洗衣歌》那样搞好军民团结，搞好汉藏团结。"

1971年朝鲜人民领袖金日成应邀访华，周总理专门为他安排了一场文艺演出。演出现场周总理突然想起便询问文化部领导：这次演出怎么没有《洗衣歌》呢？领导回答：《洗衣歌》的作曲罗念一出身不好，所以没安排。周总理说：《洗衣歌》与罗念一的出身有什么关系呀？

60年过去了，至今《洗衣歌》仍是脍炙人口的一部歌舞。经过了无数人的重新排练和演出，成了中国歌舞史上的一部经典性作品。

当《洗衣歌》在60年代的文坛上大放异彩时，各兄弟文艺团体都来学习这个舞蹈。新闻电影制片厂为其拍摄了纪录片。八一电影制片厂还要把它专门拍成彩色片。当时的彩色片相当稀罕，因为彩色胶片十分珍贵。

朱流认为《洗衣歌》的歌词还是太粗糙了，从文学的角度看太过直白，于是决定再次为《洗衣歌》重新作词。

李俊琛想：这次拍纪录片，再改动歌词，对舞蹈应该不会有多大的影响。于是他们拿着新的歌词和战友们走进了八一电影制片厂的录音棚，让大家一遍遍地翻唱。那时的录音设备比较简陋。不知为何大伙儿唱了很多遍导演都没有通过，唱得大家疲惫不堪，每个人都在焦急地探问：怎么还不行啊？

就在这时，电影导演从录音棚里出来了。李俊琛以为这下可算是完成任务了，笑着迎上前去问："导演，行了吗？"

没想到导演反问她："你们原来是这样唱的吗？"

李俊琛回答："我们改了歌词，新的歌词比原来的好多了。"

导演略假思索："那你们把原来的歌词唱一遍我听听。"

这时，演员们虽然已经疲惫不堪，但还是愉快地接受了导演的要求。他们按照原先李俊琛创作的歌词，重新演唱了一遍。

这一次，导演终于发话："收工！"

当电影拍成后在全国放映，李俊琛吃惊地发现：原来大家费尽九牛二虎之力录制的新歌词和编舞都没被采用，用的还是依照她原来写的提纲创作的歌词。这让她心里惴惴不安，她觉得自己对不住朱部长。

在支部会上，有人便点名批评她："李俊琛，你也太骄傲了！朱部长为你写了两次歌词你都不用。"

李俊琛哑巴吃黄连，虽然倍感委屈，但也不知该如何去解释，只能默默地流泪。

她自己没有主动找朱部长解释。但是，朱部长却仿佛什么也没有发生，对李俊琛一如既往地又热情又关心。

对于朱部长，李俊琛一直心怀感恩。她觉得朱部长是一位有教养、有涵养的好领导，许多方面都值得自己学习。在 1964 年第 10 期的《舞蹈》刊物上，李俊琛公开发表了朱流创作的《洗衣歌》的新歌词。她至今也不知道朱部长是否看到了她发表的那一段歌词。

许多年之后，朱流调到沈阳军区去任职，离休后回到北京安家。李俊琛才有机会在北京和他相聚。

当再次见到朱流时，他已经躺在了病床上。两人回忆起了许多伤心的往事，但是谁也没有提到朱流曾经两次为《洗衣歌》写的歌词，更没有提到他写的歌词为什么始终都没有派上用场，仿佛朱流对此一直都不了解实情。也正因为他不知情，才让李俊琛对他倍加敬重，亦倍感歉疚。

"现在，朱部长虽然与世长辞，可每当《洗衣歌》的音乐响起时，朱部长的音容笑貌就会出现在我的脑海里，挥之不去。"李俊琛这样说。

是啊，如果没有朱流，没有他亲自点题并提出思路，就不会有《洗衣歌》。而且，如果没有他去军区文化部担任部长，也不会有《洗衣歌》。虽然《洗衣歌》的作者署名上没有朱流的名字，但他无疑是这部作品成功的催生婆和保姆。

1972年3月，李俊琛复员转业回到北京，被分配去了北京邮政局，到工人队伍里去搞文艺创作7年。

在这期间，她编导了多个与西藏及边疆题材相关的舞蹈及歌舞，包括1973年编导的舞蹈《我送喜讯到边疆》，在全军第四届文艺会演时，协助工程兵文工团编排了《雪山上的好门巴》并且获奖，1974年编导了小舞剧《鸡毛信》。

1978年，李俊琛被调入中国歌剧舞剧院，担任舞剧编导，直至1992年12月离休。1984年在新疆阿勒泰歌舞团，她创作完成了三幕舞剧《桦林曲》。1985年到陕北榆林民族民间歌舞团教学，创作完成舞蹈《青纱帐》。次年她被文化部评为先进个人。1990年编导小舞剧《渔夫和金鱼的故事》，1994年编导舞蹈《梁祝情》。2005年编导舞蹈《京城雪莲》。这是她的封笔之作。这一年她73岁。

在离开西藏多年以后，李俊琛曾多次重返西藏，去看望老战友，去故地重游，去观赏雪域新貌。那片她抛洒了青春热血的土地，时时都令她魂牵梦萦。

第九章

妙笔写丹青，匠心绘苍茫

西藏是每个人心目中的"天涯地角"、诗和远方，是艺术家们进行艺术创造的丰饶富矿和一方热土。

青藏高原天高云淡，大地辽阔，雪山耸峙，是一片充满了神秘气息、令人产生无限遐想的地方。每一个踏上这片土地的人，都会感受到她异样的魅力与美丽。而对于美术家而言，则更是具有强大的磁性和吸引力。许多画家来到这里便流连忘返，甚至以身相许，常年留守在这片雪域高原。美术家韩书力正是这样的一位。

因为热爱，所以执着，所以留下，韩书力在西藏发现了无穷无尽的创作源泉，发现了西藏历史人文无限的魅力，因此他一跨入西藏，便爱上了这片土地。半个多世纪以来，他一直在用自己的笔描绘西藏，记录西藏人民的生活，传承西藏的文化，并且选择把自己的根留在西藏，深深扎根西藏，让艺术之树为人民群众开枝散叶，枝繁叶茂。用师友的话说，他是把自己的一生嫁给了西藏。

抓住了赴藏作画的机遇

韩书力，1948年出生于北京二环路附近的一个普通农家。他从小酷爱画画。

1965年，韩书力考入中央美术学院附中。1969年，他毕业后选择去北大荒当一名知青。1971年被选拔抽调到沈阳军区参加"纪念毛主席《在延安文艺座谈会上的讲话》发表 30 周年全军美展"作品创作学习班。韩书力配合尚沪生完成了油画《学习日》。

第二年秋天，他从北大荒回北京，去给刚刚复刊的《连环画报》送画稿，顺便回了一趟中央美院附中，不期竟然遇到了在兵团时的战友孔繁瑞。在交谈中，他告诉韩书力西藏革命展览馆的人来中央美院，想请专家赴西藏协助完成西藏自治区成立 10 周年建设成就展，可是中央美院一直没有确定下人选，也没有找到合适的人。这时，他又没头没脑地问了韩书力一句："你想不想去？不过时间至少要半年。"

韩书力想都没想，毫不犹豫地回答："西藏，那个又美又神秘的地方，我当然想去！"

孔繁瑞说："你要是真想去，就按这个地址去碰碰运气吧！"

韩书力听过藏族歌唱家才旦卓玛悠扬美妙的歌声，对西藏那片热土一直充满了神往。因此他二话没说，揣着填写好姓名的纸条，骑着车风风火火、信心满满地直奔民族文化宫后院的办公区。

可真站到了二楼美术组的门口时，他又有一些胆怯了，心里想：毕竟人家想请的是中央美院的专家老师，而我自己算哪棵葱呢？

一番踌躇之后，最终他还是硬着头皮敲开了门，又有点羞涩地自我介绍："我来报名去西藏参加美术创作。"

接待韩书力的正是美术组组长杨以中。杨以中，又名木易，长沙人，当时担任着民族文化宫展览美术部主任，擅长展览设计。他客客气气地询问了韩书力的学习和工作经历。韩书力都如实地一一做了回答。

说来也巧，正在他们交谈时，有工作人员将一大摞报刊放到了杨以中的办公桌上。而摆在最上面的杂志是一本印着油画《学习日》的 1973 年第 7 期的《解放军文艺》。

一看到封面上那幅熟悉的画，韩书力眼前一亮，顿时信心倍增。心里说：谢天谢地！这真是太巧了！

杨以中先生直奔主题，问韩书力："你都画过什么画？总得让我们看看，画不好带，照片也行啊！"

韩书力便指着桌上这本"及时雨"杂志封面说："这张油画就是

尚沪生老师带着我画的。"

"啊？"杨以中大吃一惊。他翻开杂志，仔细地查看目录，并和韩书力自己填写的纸条上的名字认真地做了核对，然后郑重其事地说："好吧，还有一位中央工艺美院的同志尚未落实，等我们集中研究后，再正式确定人数和出发时间，你很有希望，回去等通知吧！"

半个月后，韩书力便接到了通知。他和画家龚铁随同杨以中赴北京首都国际机场，搭乘伊尔-18客机飞往成都。三个人在成都等了半个多月，终于买到了去拉萨的机票。就这样，10月底，他们飞抵雪花飘舞的拉萨贡嘎机场。韩书力做梦也想不到，就这样开启了在西藏生活与创作的人生画卷，他的一生自此与西藏联结在了一起。

回想起当年与西藏结缘的经过，韩书力觉得，一切似乎都是某种巧合，但似乎又是冥冥之中注定的。如果没有尚沪生老师指导他，没有尚老师带着自己一起创作油画，没有自己挂名沾光的那幅油画碰巧被送到杨以中先生的办公室，也许就不会有后来的一切。因此，他倍加感念尚老师。她正是引领自己走进西藏的"贵人"。

"老三篇"和小铝勺

一下飞机，韩书力就感觉西藏这个地方真好，真壮阔。一切都跟他预想的一样，西藏是个天高地阔、蓝天白云的所在。他觉得自己一下子便喜欢上了她，颇有一种一见钟情的感觉。

他和龚铁在拉萨逗留了一周。之后，为了获得创作的素材和创作的灵感，西藏革命展览馆安排韩书力一行赴拉萨、日喀则和山南3个地区17个县的乡村去体验生活。由藏族著名作家益希丹增作为领队兼翻译。一行三人坐着"二战"的战利品——一辆英式越野车，心里美滋滋的，穿行在喜马拉雅北麓山区和雅鲁藏布江流域河谷的城镇与农牧区。一路上，到处寻幽访胜，访贫问苦。见到的都是高山大川、苍天厚土，带给韩书力强烈的视觉冲击，让他感受到了一种无与伦比的美，令他备受震撼，也心生感动。在他看来，西藏处处都有美景，处处都有魅力，都可以入画。

他们第一站来到日喀则。这是韩书力开始西藏创作以来到达的第一个地方。日喀则是西藏第二大城市。其实日喀则的市区并不大，当时的常住人口只有3万人。市区里只有横竖十字交叉的两条马路、一个人民市场、一家国营贸易公司，还有一所日喀则小学。

韩书力一到日喀则小学，就打开速写画夹，迫不及待地画了起来。

第一张人物肖像画《小学生巴桑》。这个脸上带着微笑、头上戴了一顶绿军帽、脖子上系着红领巾的小学生，脸庞棱角分明，双眼炯炯有神，澄澈透明，让韩书力心有触动，他用铅笔速写，很快便画了下来。从此，他的画夹就再也合不上了。速写本也是日记本，很快就被画满写满了。这个画夹为他在雪域高原采风整整服务了半个世纪。那些年，他奔走在西藏的乡村，画下了自己也数不清的速写写生稿。

在跋山涉水的过程中，韩书力也发现了一个与媒体宣传大异其趣的新西藏，发现了一个让美术家们能够尽情诗意描绘的形象和色彩的天国。益希丹增带着他们先后探访了17个县数十个公社的农户、寺院、毡房。那是真正的深入生活，任务完成得十分圆满。韩书力画下了大量的速写。几乎每一天，他总是处于艺海遨游的亢奋状态，不知今夕何年，感觉完全进入了一种忘我的神游的创作姿态。如果没有受到吃饭难题困扰的话，每个人都感觉就像过神仙日子一般快活和自得，每个人都像是桃花源中人。

但是，吃饭却始终困扰着每一个人。

在西藏多数的县城，当时条件都还是比较落后的。经常一座县城也就有两三排铁皮房。公安局就是铁皮房中两间干打垒的房子。而文化局就是一间干打垒的房子。到了一个县，只能住在县城招待所，吃饭住宿都要靠招待所。如果离开了招待所，即便拿着钱也没地方可以花。那时候生活条件就是如此这般。

当时即便是在西藏最大的城市、首府拉萨市，在人民路（今宇拓路）上只有一家人民餐厅，每天上午10点开门，只卖两种餐食，一种是炸蚕豆，一种是煮挂面。而且因为僧多粥少，人们往往排上一两个小时却依旧买不到一样东西。韩书力深切地体会到了手里攥着钱却没处可花的苦涩。而拉萨市唯一一家贸易公司，店里的百货商品其中百分之八九十都需要凭票证购买。这就让韩书力他们只能望洋兴叹。

首府拉萨的状况尚且如此，到了县乡招待所的情况就更不难想象了。住在招待所里，每日三餐的主副食基本上都是雷打不动、多少年不变的"老三篇"和又黄又黏的"出土馒头"。"出土馒头"是用西藏本地小麦和青稞"混搭"磨的面、碱没放匀又经反复蒸热的馒头。"老三篇"就是四川豆瓣炒冻土豆，还有冻莲花白（圆白菜）、冻萝卜。即便是这样的"老三篇"，还必须按时按点去吃饭，过时不候。因此，敲锤声就是开饭的号令，韩书力这几个画家都必须立刻放下画笔，快速地跑回招待所。一个人去打饭的窗口排队，一个人到财会室去买餐券并且租搪瓷碗。大伙儿只有合作才能买到那一份"老三篇"。偶尔去晚了，就或者没有菜了或者没有主食了。筷子是没有的，只能用手。可是馒头可以用手拿，而炒冻菜又热又辣，下手去拿根本不是个办法。实在无奈，大伙儿只好用两支速写用的铅笔做筷子，把有限的几口菜扒拉到嘴里就算完事。

开始两三天，用铅笔代筷倒也还可以凑合，但是铅笔由于一直用来画画、写字，很快就越写越短，到最后也没办法当筷子来用了。

没有办法就得自己想办法。韩书力他们就去捡柳树枝，把它削成筷子。然而，这些看着笔直的自制筷子，一遇到热乎乎的稀饭，就被烫成了合不拢的"罗圈腿"，变成弯弯曲曲的了。

勺子！对，要是有一把小铝勺那该多好！大家都想方设法地去寻找。

到西藏以后，韩书力学会了一些简单的藏语，包括"土机器"（谢谢），而他用得最多的就是"冲康"（商店）和"土码"（勺子）。当时他们每到一个县城，大家的首要任务就是打听"冲康"在哪，进了"冲康"的门，就问售货员："有土码卖吗？"

可是，令他们失望的是，走遍了17个县城，一直问到了日喀则市里的贸易公司，他们都被告知没有勺子卖。没有勺子，那就只能还用自制的已被烫成罗圈腿的柳树枝当筷子凑合着吃饭。

后来，每当有内地朋友来西藏，提前问韩书力要带点什么时，他都会回答"带两把勺子"。

正是由于当年这个比金子还难买到的勺子，给韩书力留下了很深刻的印象，因此几十年来他已养成了一个习惯，每次在藏域城乡碰到勺子，不管有用没用，他都要莫名其妙地买来把玩。有时还会多买几把赠送给各地的朋友，和朋友们分享。长年累月他便收藏了大量的西藏小勺。这些勺子的价格也变得越来越贵。在七八十年代，一只镶嵌绿松石或珊瑚的藏银勺价值不过三四十元，而如今，一把勺子动辄数百上千元。

尽管条件艰苦，但是韩书力和他的同伴们仍然争着下乡，走进村寨，深入农牧区，与藏族群众同吃同住同劳动。韩书力回忆，当年下乡他们都是到农牧民家去吃"派饭"。吃饭时除了糌粑和酥油茶，热情善良的藏族同胞还会给他们加个菜，把家中仅有的几枚鸡蛋拿出来招待他们。

"当我们吃鸡蛋时，这些老百姓的孩子总是用一种渴望的、怯生生的目光看着我们。时间长了，我才知道鸡蛋对于他们来说是一种非常奢侈的食品。藏族村民自己是舍不得吃鸡蛋的，他们的孩子都吃不到。鸡蛋都要攒到10个再拿到供销社去换针、线和其他日用品。"

这个时期，韩书力的绘画，明显地带有那个时代特殊的印记，包括所画的人物肖像上都会写上"翻身农奴""贫苦喇嘛""模范保管员"等字样。

1974年是韩书力进藏的第二年，他在绘画的技法上有了一些进步，特别是对画面上线与面的处理比较得当，像他画的翻身农奴《次仁班玖》对线面的处理就比较得当，把这位63岁老农苦大仇深的岁月痕迹勾勒了出来。次仁班玖原本是藏南的农奴，为了躲避差役逃到了穷结县（今琼结县）。没过多久就赶上了1960年的民主改革，他便住在穷结，娶妻生子，先后一共生了6个儿女。为了养活6个儿女，也是为了温饱，终年劳碌，竭尽全力，在他的脸上写满了岁月的沧桑。

生活实在艰苦，经常吃不饱饭，有时连续一个月都吃不上一顿肉。1975年冬天，韩书力和西藏展览馆一行到了穷结搞展览，吃住在县招待所。两个星期过去了，任务还没有完成，可是大家一次肉都没吃过，于是便琢磨着要打一次牙祭。

穷结县贸易公司一开门，大伙儿便满怀期待地拥进去。可是贸易公司里除了白布、高筒雨靴、平底铝锅、塑料夜壶等需要凭票供应的生活用品外，没有饼干，也没有糖果等"进口食品"，什么可以解馋的食物都买不上。于是大伙儿便想着到处去寻找人吃的肉。

这时他们看到了窗外飞来飞去的鸽子，于是也顾不了许多了，想方设法要抓几只鸽子来炖着吃。

可是，如何才能抓到鸽子呢？他们想到了用安眠药把鸽子蒙睡过去再趁机将其捉住。于是大伙儿便找了一个海拔高睡不着的理由，找到穷结县医院的古桑曲珍大夫，请她给开一些安眠药。

骗来了安眠药，他们便把药捣碎了，拌着米饭来哄鸽子飞下来吃。可是，让他们始料不及的是，鸽子吃完米饭竟然都飞回窝去睡觉了。炖鸽子吃的愿望变成了黄粱一梦。

多年以后，韩书力回想起当年这些因为嘴馋腹空而闹出的笑话，感觉它们并非恶作剧而是"饿作剧"，都是饥饿惹的祸。事过多年，他依然感念古桑曲珍大夫。这是一位医术高明、心地善良的大夫，满脸都是和善的笑容。韩书力专门为她画了一幅速写。50年后，这张速写印到了写生画册的封面。

1977年冬天，韩书力和杨立泉、中央美院附中的老同学艾轩、战旗文工团的画家贺德华结伴搭车到尼木县去写生，也是住在县招待所，吃的也是招待所的"老三篇"土豆、萝卜、莲花白，肚子里一滴油水都没有。他们就又想方设法到处去找能够吃的肉。他们到充作粮库的古寺庙里去抓鸽子，到尼木河里用网去打无鳞鱼，到牧民家的帐篷里去蹭一碗酥油茶喝，挖空心思给自己的肚子增添一点油水。为了去蹭酥油茶，他们被逼着学会了一些用于问候打招呼的藏语。几十年过去了，每次同艾轩见面，他俩仍要用当年所学的那几句藏语互致问候。这一年，他们共同画下了《央珠》《尼木姑娘》等速写。

那些年，韩书力的脑子里没有一丝一毫成名成家的名利想法，更无自成面貌的负担。他只凭着自己一门心思一股激情，去找寻那些让自己怦然心动的藏族同胞的形象，并竭尽全力地把它表现出来。因此他的绘画始终处于一种心无旁骛、忘乎所以的投入状态。他感觉自己真正达到了一种自如自足、心满意足的状态。

当时物资匮乏。1973年，韩书力在江孜卡垫厂画《江孜织毯》，在这幅画的空白处他写上了一个"盐"字。这是当时下乡小分队分配给他的工作，就是让他别忘了向县委食堂要点儿土盐。那时连盐都无处去买。

1974年，在画《基干民兵土登益西》时，韩书力全神贯注地画，只听炭笔在速写纸上发出沙沙的声响。那种感觉就像雕塑家用雕塑刀在泥胎上大刀阔斧地劈削、删繁就简一样，充满了"舍我其谁"的快感与成就感。土登益西当时是进城来购物的一名郊县的农民，韩书力他们在街上发现了这位形象分明的农民，就连哄带骗地将他带回西藏展览馆，请他来当模特。报酬是给他提供一份从食堂打回来的午饭。而韩书力则和同事杨立泉分吃了一份午饭。因为在当时，即便有钱也买不到不需要粮票就能买来入口的食物，所以这顿午饭对于一个郊县的农民而言，无疑充满了诱惑。

1974年，韩书力还画下了《生产队长贡嘎》，这是在堆龙的马区画的。贡嘎队长一脸的忠厚平和，是一位经历过动荡岁月的生产能手。1973年画了《玖米半丹》，1974年画了《消防员普鲁仁增》，1976年画了《边巴》，1977年画了《农民洛桑》，1978年画了《次旺洛布》等。几年间他画了一大批速写作品，人物包括民兵、学生、士兵、医生、生产队长、木匠、铁匠等等。

1974年，为了纪念西藏自治区成立10周年，西藏革命展览馆还热诚邀请了中央美术学院雕塑系和鲁迅美术学院与西安美术学院的十几位教师来西藏，为该馆创作一组反映封建农奴制下的农奴生活与抗争主题的泥塑群雕。

这群40岁上下的青年教师，到了拉萨以后用心去采风，画了千百张的速写素描。然后，历经几百个日夜，倾注了极大的心力，终于完成了有100多个等身体量的群雕立塑《农奴愤》，每一个人物塑雕像都栩栩如生，活灵活现，成为中国当代美术史上的一组杰作。

1975年至1980年，韩书力是西藏展览馆业务组美工，因此和《农奴愤》的创作有着相对密切的关联，并且几次接待了有关人士的来访。

1976年春，新华社西藏分社组织十几位农奴到展览馆座谈参观《农奴愤》后的体会。业务组领导指派韩书力列席旁听接受教育。当时几乎所有的苦主都进行了声泪俱下的哭诉，尤其是几位老阿妈说到后面都泣不成声。韩书力感觉，《农奴愤》真实地记录和再现了封建农奴制度下的西藏社会面貌，是一组具有高度历史认知和艺术感染力的雕塑作品。他被座谈会上那些苦主观众痛哭流涕的观后感深深地打动，心里暗暗地下定决心，以后也要走现实主义这条创作路子。

1976年冬至1977年春，展览馆员工都去拉萨西郊菜地劳动。当时因为市场上没有蔬菜供应，各个单位都需要在郊外建立自己的生活基地。每个月每个人都要轮换着去自己的菜地里淘粪、翻地、拔草。韩书力因为有事被留在了馆里。那天下午，又刮起了沙尘暴。在办公室值班的小刘跑来喊韩书力，告诉他半小时后英国著名女作家韩素音要来参观，让他赶紧做准备。

韩素音一个人坐着小车来了。韩书力便陪着她参观，从头到尾看完泥塑《农奴愤》。韩素音认真地记着旧西藏三大领主和农奴堆穷朗生的人口比例、财富占有、生产力与生产关系等图表数值，参观群雕时观看得特别仔细。结束时，她握着韩书力的手说：这是很好的展览，很有艺术性，应该介绍出去，让更多的人知道西藏的过去是什么样的。

后来，韩书力还专门写信，将韩素音的评价告知了已经回到内地的那些雕塑家。

到了90年代末，拉萨市决定扩建布达拉宫广场。原来处于布达拉宫前东南角的西藏展览馆需要搬迁。包括泥塑《农奴愤》在内许多不能搬迁的东西就只好毁弃掉了。这是令韩书力万分痛心的。

让他同样感到痛心的是，当他被派到西藏展览馆的菜地劳作时，想不到那块菜地边上男女厕所的门帘挂的竟然是西藏著名画家诸有韬为纪念自治区成立庆典而创作的巨幅油画《百万农奴站起来》的两大块局部。见到这两幅破损的油画，韩书力深受触动，心想：自己再也不要画什么鬼油画了！

1980 年，韩书力考上了中央美院的研究生，便离开了西藏展览馆。后来，他又到西藏文联等单位任职。在西藏展览馆工作 7 年，在他看来最重要的事就是和《农奴愤》的群雕有过关联。遗憾的是，这组群雕几乎已经被毁坏殆尽。让他稍感慰藉的是：1975 年冬天，人民美术出版社和外文出版社曾经出版过中英文版的《农奴愤》画册，从而为中国当代美术史留下了一组珍贵的作品影像。

老师的棒喝

1978 年夏天，雅江河谷大旱，韩书力随中央美院壁画系李化吉教授到澎波农场去写生。

李化吉，1931 年出生，擅长油画，代表作有《闯王进京》《文成公主》《白蛇传》等。和李老师同行学习写生，韩书力感觉这是一次难得的"蹭学"的机会，可以好好学习李老师的观察方法、绘画技法等。

每次选好模特后，李化吉都先仔细地观察，然后再从 360 度全方位地进行审视比较，最后才开始动笔。韩书力则用炭笔和毛笔画，即使他想让自己慢也慢不下来，因为墨色一旦干了就接不上。因此，当李化吉才刚画好一张油画写生画，韩书力就已经画完三四张了。

回到下榻的招待所，韩书力把画摊在床上，谦虚地请李老师批评指教。

李化吉说："我不画中国画，谈不上指点。但我认为你不能老当别人的影子，以你现在的程度，到了找自己路子的时候了，要找到自己的风格、面貌。"

韩书力十分困惑地问："我刚 30 多岁，怎么会有自己的路子？怎样才能找到自己的面貌？"

李化吉回答："风格、面貌，哪个画家不想找？如果你主观上没有这个觉悟，那你即便到了 60 多岁也找不到。"

李老师的这番话，犹如当头棒喝，一下子点醒了韩书力。是该走自己的路子了，不能总活在别人的影子里，不能总是亦步亦趋、邯郸学步，应该去找寻属于自己的、适合自己的画法和技巧。李老师的指点对他犹如醍醐灌顶让他茅塞顿开。找自己的路子，成了他此次下乡写生最大的收获。他在随后画的《小潘多》《索朗曲珍》等速写中，都开始试图探索属于自己的特点和技巧。

为了塑造不同的藏族人的形象，韩书力越来越多地深入到西藏的乡村。

这年冬天，他和几位同伴背起简单的行囊，来到了哲蚌寺。哲蚌寺是藏传佛教六大禅寺之首，位于拉萨郊区，四面是荒无人烟的群山环绕，白色的寺庙建筑规模巨大，十分壮观，完全就像一座白色的山城。寺庙里只有几十名喇嘛。韩书力他们和喇嘛同吃同住同劳动。喇嘛们住在二楼，韩书力他们住在三楼。

白天还好，一到了晚上，整个寺庙周围便笼罩着一片恐怖的气氛。除了窗外溪水发出的哗哗声，风吹动屋檐下的铃铛发出的叮当声，屋内还经常会有老鼠光顾，发出吱吱声。时而还能望见秃鹫。这一切都让韩书力倍感恐惧。

但是在哲蚌寺，他也有自己的收获。这里有一位唯一的画僧多吉师父，他平时为寺庙里的彩画、壁画做一些修补工作，因此他和韩书力算是同行。1973年，韩书力第一次为多吉画速写。后来他和多吉便熟络起来。每回陪海内外画家去哲蚌寺参观写生，他都要去拜望多吉。多吉住的禅房虽然很小，但是非常整洁。每次见到韩书力他便主动端上一杯热乎乎的酥油茶。这种热情让韩书力倍觉温暖。

由于在哲蚌寺的写生经历和这段难忘的驻寺记忆，让他感受到深山古寺的荒凉、孤寂与神秘。后来，这种经历变成了他绘画的一笔财富。在创作《猎人占布》时，韩书力画的深山古寺就是以哲蚌寺作为写生素材和背景的。让他感到欣慰的是，他的老师看完这套作品后说："我嗅到了一点西藏的气息。"

对西藏的气息，包括对藏族风土风情的了解与认识，韩书力一直都在努力。对于西藏和藏族的理解，他也经历了一个从好奇、新鲜到逐步熟悉、理解的过程。他心里有一个愿望，就是要把自己在西藏所感受到的那些令自己感动的东西，借助笔端把它们都画在纸面上。

有一段时间，韩书力住在西藏革命展览馆的宿舍，每天上下班都会经过展厅，看到那些记录着西藏历史时代变迁的实物和历史照片，这些文物和展览时时启发他、触动他，让他产生了一种强烈的创作冲动，要画一幅反映西藏和平解放的作品。

在这种冲动的激励下，他画出了《毛主席派人来》。不久后又创作了表现农奴翻身解放的连环画《猎人占布》。他把绘画的专业技能与自己在高原上所体验到的火热生活、澎湃的激情相互碰撞融合，同时试图将汉文化与藏文化的各种元素进行结合，从中找寻自己的艺术表达语言。在他看来，西藏高原虽然曾被人认为是生命的禁区，但是对于他而言，这里是美术家的福地乐土。

良辰美景留不住

1980 年，韩书力考上了中央美院的研究生，师从著名画家贺友直学习。贺友直曾经画过很多著名的连环画如《山乡巨变》，是中国连环画艺术大师。在他的指导下，韩书力画艺又有了很大的长进。

在回北京读研究生时，韩书力把自己在西藏画的不少速写素描稿都随身带了回去。第二年秋天，学校给了 250 元经费，让学生自己去寻找并完成毕业创作的选题。

那时，韩书力对西藏特别熟悉，美丽淳朴的藏族姑娘也深深地打动他。他的计划是用 8 个月的时间到藏族聚居区去寻找合适的人物和故事。于是他便揣着这些钱，搭卡车走青藏公路又回到了西藏，将当时从西藏带回北京的那些画稿及个人物品全都留在宿舍内。没想到，等到 1982 年他返回学校时，他原先住的那间宿舍已经搬到了新建的留学生楼。就这样，他当时寄放在宿舍里的那些画稿都"物质不灭"地离他而去。

2010 年，有一位郜姓校友告诉韩书力当年捡到了他的一个没有画满的速写本，并回赠给他。这让韩书力感念不已。至于其他的画稿，他几乎不再抱任何的幻想了。

为了找寻研究生毕业创作的题材和内容，韩书力去了很多地方。

在这期间他遇到了许多困惑和问题。那时通信很不方便，他便随时给自己的导师去信请教。贺友直老师也总是谆谆教诲，先后给韩书力回了6封长信，悉心地予以指导。这些宝贵的信函后来被收藏进《贺友直全集》中。

韩书力希望能够在藏族聚居区找到像北京"骆驼祥子"这样具有标志性的人物和故事。他一直苦苦地寻找。直到一个冬夜，在甘南投宿，他偶然看到了一本青海藏族的刊物。这是一本文艺综合性刊物，里面刊登有一些民间故事。其中的一个故事让他眼前一亮，这是一个由张训、李黎收集的藏族民间故事。

这个故事名叫《邦锦梅朵》。

故事主人公纳姆和阿德洛丹、修莫、更贞姆、卓玛、谢玛拉青都是千户阿玛嫁巴家的奴隶。阿德洛丹等人在阿玛嫁巴的威逼下，冒着大风雪外出寻找野青稞、花蝴蝶等物，苦难的5个姐妹都命丧冰雪中。为了救出挣扎在千户铁蹄下的穷人，纳姆高举火炬，带着奴隶逃跑。千户和家丁紧紧追赶。在这千钧一发之际，纳姆用自己的生命换取佛法，美丽的邦锦梅朵铺成花路，引领乡亲们走上了自由之路，而千户和恶家丁们都受到惩罚，坠入了深渊。

故事的开篇便富于诗意：茫茫的草原开遍了鲜花，人们最喜爱的是"邦锦梅朵"（草地上的小花），它是光明、幸福的象征，传说是一位好心的姑娘变化而成……

这个优美而感伤的故事一下子便打动了韩书力，让他有了创作的灵感。于是，他开始用铅笔在一个16开的速写本上勾画。从1981年9月一直画到了次年。甚至到了拉萨，在布达拉宫游览观摩时，他背着的布挎包里，还装着这个硬壳的速写本。

1982年夏回到北京以后，他继续对这些画稿做进一步的修改润色。然后他把画稿呈送给自己敬重的吴作人、叶浅予、何溶等先生求指教。吴老师、叶老师等都在本子上作了批注和点评，提出了修改意见。

老师们对小韩的这套连环画作给予了很好的评价。

很快，这套彩色连环画得以出版，并且在瑞士第一届国际连环画展览上获得金奖。随后又在第六届全国美展上获得金奖，并获得中国美术馆全套收藏。

《邦锦梅朵》是韩书力学艺与从艺几十年来的一个重要转折点。在此之前，他主要用写实的观念和手法去描绘眼中的画面，而自从《邦锦梅朵》之后，他则慢慢地悟出了不仅表现主题需要概括与提纯，即使是画面的结构布局，也要有象征性与形式感，物像造型更需要圆雕般剪纸般删繁就简的明确与单纯。这也就是后来他自己所总结出的"善取不如善舍"的意蕴。

由于一直联系不到《邦锦梅朵》原作故事的收集整理者张训和李黎，因此每当这本小小的连环画再版时，韩书力和出版社都要在书后郑重说明：请原作者联系出版社，已为原作者预留了稿酬。

韩书力毕业后，中央美院希望他留校工作。

于是，1982 年 8 月起，韩书力留在学校教了两个学期的课。当时的美院院长特别开明，允许韩书力同时在西藏美协任职。1981 年，西藏美术家协会成立，安多强巴担任主席，韩书力成为他的助手。学校特许他一半的时间在美院任教，一半的时间可以到西藏去画画。

这时，西藏自治区文联领导安排由韩书力牵头，着手筹备西藏当代美术展，作为向自治区成立 20 周年的一份献礼。

美术展要在 1985 年举行，时间相当紧迫，必须全力以赴。韩书力权衡再三。最终，西藏那片神秘的国土天高地阔蓝天白云的诱惑，战胜了首都安逸的生活，他决定放弃中央美院的工作，全身心地投入西藏的怀抱。

当他向系主任提出辞职请求时，系主任杨先让教授说："没有人会像你这样，削尖脑袋想要离开美院啊！"——大家都是削尖脑袋想钻到美院来工作而不得。

韩书力只是笑笑，什么也没说。在他心里，早已有了自己的愿景。他要去西藏耕耘。他的艺术的世界、艺术的空间都在西藏。

吴作人先生的扶携与恩泽

吴作人曾任中央美院院长，也是韩书力十分崇敬的一位前辈艺术大师。20 世纪 40 年代初吴作人曾经数次到过青海、甘肃、四川，深入藏族聚居区生活、旅行和写生，创作出了一大批属于他个人的非常有特色的、震撼人心的艺术形象，包括牦牛、骆驼、雄鹰等。遗憾的是，他一生都没能踏上真正的西藏版图。但是，他对西藏的深情和对青藏高原的那种描绘却深刻地影响了韩书力。虽然他在求学期间没能亲耳聆听吴作人的教诲，而只能通过印刷品的画册和展览会上展示的吴先生的作品来学习体悟其创作的意境，领略其作品的风采与精神。

1975 年夏天，在拉萨的韩书力斗胆即兴给吴作人写信，表达对前辈的崇敬之心，并向他请教画技和画理。

很快地，他便收到了由李化吉老师转寄来的吴作人亲笔签名的几本中国画画册和他当年在康青藏族聚居区画的人物肖像的速写石印件。这，让韩书力激动万分。

1977 年夏天，韩书力出差到了北京。他又冒昧登门去拜访吴作人。

那是一个凉爽而清静的夜晚，韩书力带去了自己刚刚完成的一套反映藏族生活题材的连环画。吴作人把它放在自己画室的台灯下，一张一张仔仔细细地审视画稿，还不时地抽出一些画幅进行点评。他鼓励韩书力说："我很喜欢这套连环画。这套连环画里有较强的生活气息和地域特点。我要推荐给外文出版社的编辑们看看。"

吴先生的点评和鼓励，给了韩书力极大的鞭策。

1979 年，北京人民大会堂西藏厅委托韩书力创作一幅厅堂山水画《喜马拉雅晨曦》。

韩书力竭尽全力，用心创作，如期完成。

西藏自治区领导审查时，要求保留藏文题款，挖掉汉文题款，然后到北京邀请名人重题后再交给大会堂。

这一次，通过何溶先生，韩书力获得了吴作人同意题字的答复，并且嘱咐他尽快将画送到他家。

那天，吴作人有事外出，他的夫人萧淑芳在家等候。她仔细地问韩书力：题字是要左行还是右行？因为上面已有藏文题款，怕藏汉文相左。

一周后，韩书力在招待所接到了吴作人的亲笔信，让他去取画。

他兴冲冲地赶到了吴家。当他见到已经题好"喜马拉雅晨曦"6个苍劲有力的吴篆的画幅挂在客厅西墙，那一刻，感动和惭愧之情油然而生。

吴作人还有点抱歉："画上小款'书力画　作人书'似乎有点不妥，因为藏文是别人题的字，准确的应该写作'作人题篆'才是。但是图章已经盖好，不便再更改了，你回西藏向有关人士说明致意吧！"

这虽然只是一件小事，但却给了韩书力深刻的教诲。

后来有两次重要的活动，韩书力又去打扰吴作人。

1985年，西藏自治区成立20周年，在中国美术馆举办西藏民间雕刻艺术展，还有1988年在中国美术馆举办的西藏、青海当代美术作品联展，这两项展事，吴作人和十世班禅大师都拨冗出席开幕式并共同剪彩。美术界有人戏言："当代中国佛艺两界两位大师都关照，西藏美术一定前途无量。"

韩书力记得：1988年8月上旬，他和青海美协主席左良登门请求吴作人指导支持两省区的联展。吴作人心平气和地回答："现在的画展太多，来请的也太多了。看了张三的不看李四的就会造成不平衡，故而近来我一概回绝。不过，青藏高原的画家们来北京办展，又是个多民族的大型画展，不容易！到时我一定去。"

8月25日，联展开幕式结束后，韩书力陪吴作人、萧淑芳到美术馆一楼休息厅休息，许多老友和同学都前来问候。这时，有一个60岁上下的吴先生的女弟子走进来，还没坐下，就冲着吴先生大声地喊起来："你不要命了！伤还没好，怎么又出来了？"

旁边的工作人员悄悄地告诉韩书力：前一段时间吴先生洗澡时不慎摔伤了腿，本来医嘱是绝对不可出门的。

吴作人只是微微一笑，说："这个展览是青藏高原的联展，有十几个民族画家的作品，意义不一般呢！再说，我早答应过人家要来的呀！"

那位女弟子又责备吴作人："你也不看看自己的情况？"

吴作人喝了一口茶，仍旧心平气和，像是自言自语道："做人做事要忠厚老实啊！"

这就是吴先生的风范。这一幕让韩书力铭记终生。

1992年春，韩书力准备赴巴黎举办第三次个展，到北京领签证和机票时，很想趁机去看望正在调养中的吴作人。

萧淑芳接了电话，热情邀请他去。

进门后，萧淑芳告诉韩书力："吴先生听说你要来看他，中午只躺了一个小时，就起床了。"

韩书力跟随萧淑芳轻轻地走入卧室，只见吴作人端坐在沙发椅上。

这时的吴先生视力已经很弱，他通过尚存的一线目光扫视韩书力呈上的西藏艺术雕刻卷画集。他一边听着韩书力的介绍，一边欣慰地点着已不太灵便的头。

临别时，吴作人让萧淑芳拿出一本自己刚出版的《吴作人传》。韩书力请他签名。吴作人拿起笔，颤颤巍巍地签上"作人"两个大字，这两个字他竟然写了有两分钟之久。

拿到签名墨迹未干的厚厚的《吴作人传》，韩书力不禁鼻子一酸。

吴作人却依旧不乏幽默，慢慢地说："这本书想看的人可以传着看，不过所有权属于你。"

1996年，阿旺扎巴、韩书力、于小冬合作完成了《金瓶掣签》的大型历史油画的素描和效果图，想送到北京请吴作人指点。

那天，吴作人正在外面晒着太阳休息，他的视力只剩下了一丝。韩书力在吴先生面前徐徐地展开画稿，然后大声地向他描述画面的布局、人物、色彩的处理等，吴作人一边听着一边双手合十，缓缓地说："很好。很有意义。"

这是一位美术界泰斗级人物对几位后生学子的肯定与赞赏。韩书力心里有无限的感慨。他讲完后，轻轻地握住了吴先生的双手。

1997年3月，《金瓶掣签》获得审查通过，后来又获得了西藏自治区政府奖。韩书力希望能够带着这幅画到北京去向吴先生汇报。

然而，到了 4 月 10 日，韩书力却从电视新闻中得知敬爱的吴作人先生已经仙逝的噩耗。他欲哭无泪。大半生都有着深厚的西藏情结的吴先生，就这样告别了他所热爱的绘画事业和遍及祖国各地的桃李。

历经坎坷

1984 年秋，有一次韩书力带队从拉萨西行去阿里探访古格王朝遗址的艺术。

"阿里是哪里？阿里是西藏的西藏。"这句话非常形象。当时西藏美协大多数人都没有去过阿里。那时去阿里，必须带上回程的汽油，因为在那里基本上没有加油站，很难买到汽油。韩书力一行一路上遇山绕山，遇水蹚水。能否顺利到达，大家心里都没有底，只能碰运气。

当他们的汽车行驶至阿里地区的马泉河也就是雅鲁藏布江上游一个叫帕羊的地方时，突然在河道中央熄火，而且越陷越深。因为所处的地方属于无人区，可谓是叫天天不应叫地地不灵。他们乘坐的解放牌卡车深陷泥沼里，依靠车上一行人，根本没办法把车从泥沼里推出来或拉上来。

几个人在一起商量对策，最后决定还是派人返回仲巴县城去求援。于是，安排藏族画家巴马扎西和司机这两个熟悉地形和路线的人，徒步几十公里返回仲巴求助。而韩书力等人则留在马泉河边，守着被困的车辆。

这片无人区环境非常恶劣，谁也没有想到他们这一等竟然整整等了 7 天！韩书力他们克服了无人区的寒冷、缺氧等艰苦条件。饿了就从河里捕捉裸鲤，就着河水煮来吃。正是依靠河里数量众多极易捕捉的鱼，他们才得以度过这艰难的 7 日。

而巴马扎西和司机两个人徒步行走，更不知要经历多少艰辛。

7 天之后，终于等来了救兵。这是一群藏族小伙子，他们是在仲巴县承担建筑项目的建筑工人，一共有 20 来个人，带着钢缆绳和木棍等各种工具。来了之后，这群小伙子就给卡车系上钢缆绳，大家你推我拉，喊着口号，步调一致，齐心协力，终于将卡车拉上岸来。

看到汽车终于被拉出来了，韩书力感到非常庆幸，也无比感激。大伙儿拿出自己行囊里仅剩的半盒烟，有的找到了几块水果糖，来感谢那些专程来帮忙的藏族小伙。韩书力则取出他们队里的照相机，给这群藏族小伙子拍了一张彩色合影。

那个年代拍彩色照片非常稀罕，尤其是在藏族聚居区，因此那群小伙子都很高兴。拍完照后，他们擦擦手就回县城去了，不肯要一分钱的报酬。

这让韩书力大为感动。他向小伙子们要了他们的地址，说等照片冲洗好以后就给他们寄去。

那时在西藏要冲洗照片也是非常困难的。这些彩色胶卷韩书力随后寄到了北京的图片社去冲洗，洗好后又让人寄回到拉萨西藏文联。

那群藏族小伙子所在的建筑队后来搬到了日喀则。韩书力又专门让文联的同事开着车，把照片送到了日喀则，亲手交到了这群藏族小伙子的手里。虽然为了送照片历经周折辗转多地，但是他丝毫也不觉得厌烦，因为他认为那些藏族小伙子简直是救星，在他们陷于危难之时从天而降。对此他永怀感恩之心，感恩藏族同胞善良无私的品质。

不舍西藏

1986 年以后，韩书力开始在海外屡次举办个人的和多人联合画展。包括先后在巴黎、东京、多伦多、柏林、悉尼、开罗、新加坡和中国台北、中国澳门等 20 多个国家和地区举办个展或联展。

他送到欧洲展览的作品都是布面重彩画。这些作品从内容到表现技巧，大多取材于西藏传统题材，采用繁密整练的勾染，富丽辉灿的色调，移花接木的构成，富有装饰性和神秘感的东方韵致。这些鲜明的特色使得海外美术界对韩书力的画作格外青睐。巴黎蔷薇十字文化沙龙接二连三地邀请他去举办个人展览。韩书力也在巴黎有了许多次与海外同行交流学习的机遇。

后来，他又多次去巴黎。有些中国人也来买他的画，邀请他讲述自己在西藏的生活和创作。那些人对韩书力充满了好奇，一个劲地问他一个汉族人在西藏怎么生活怎么画画，而且怎么能画得如此有特色。朋友们都真诚地挽留他。

许多朋友都劝韩书力："你的画卖得很不错了，要不就不要回国了吧！"这让韩书力还真的有一些犹豫，他甚至也考虑过想要留在那里。

但是，骗得了别人却骗不了自己。他经常一个人在巴黎的街头散步，每次从凯旋门、香榭丽舍大街穿越的时候，韩书力都感觉自己的心里空空的，好像被人从地里连根拔起的庄稼一样，整个人都缺乏激情和创作的驱动力。优美的香榭丽舍大街、壮观的凯旋门、繁华的街道景象，他觉得这一切都和自己无关。这一切都只是一道道世界的景观，而这个世界并不属于自己。

他一遍又一遍地问自己：我待在这儿干什么？能干什么？

在他的内心深处，只有西藏那个像西非一样的蛮荒之地，原生态、辽远、荒寒，但是动植物却高度和谐的神奇的地方，那个苦寒之地，那里有无数素朴的本色的人，每个人都个性鲜明，真实地生活着，那里，才是自己的安身之所，才能让自己的心安定下来，让他能够全身心地投入艺术创作，能够让生命的张力得到最大的激发。他一下子感觉顿悟了。

他顿悟了：如果自己留在巴黎，是人家想要我画什么我就画什么；而如果在西藏，则是我想画什么就画什么，那种创作是一种自由自在的、由内生发出来的，而不是外在强加于己的，就像中央美院老院长靳尚谊先生所言，自由是最重要的，要有最自由的思想、最严格的训练才能画出好作品。他觉得，再也不能委屈自己了。跑遍17个县也买不到一把勺子的物质匮乏是一种委屈，但这种委屈是自己能够接受的，他最不能接受的是在精神状态上受委屈。

向藏族朋友学习

在西藏生活多年，韩书力称自己一直都是一个藏文盲。几十年来他要翻阅藏文书籍资料等，都离不开藏族同胞，因此，他把藏族朋友称作自己的老师。这其中既有原先的旧贵族，也有自己的同事。平时他都主动向他们学习，下乡的时候就向农牧民和工人师傅学习。

初到西藏时，因为年轻，他有一种骄傲感，认为自己是作为专家借调过去的，因此脑子里有一种莫名其妙的优越感。在和藏族同胞一点点地深入接触以后，他发现很多事情、很多藏族同胞的言行举止对他都有深刻的教育。

雪康·土登尼玛曾经是西藏的贵族，后来当过西藏自治区政协和政府的副主席。1974 年春节，他邀请韩书力等在西藏的汉族人到他家去过年。韩书力冒冒失失地问了他一个问题："您不是有和毛主席的合影吗？要是摆在家里的屋子里，红卫兵就不敢抄您的家了吧！"雪康回答："这可能是整个国家的劫难，是个坎，我们就要看看能否迈过去。如果迈过去了也是人生一段很重要的经历。"

雪康先生的这番话令韩书力倍感震撼，印象特别深刻。

1980 年他回到中央美院读研究生，当时雪康已经担任西藏自治区政协副主席，他有一次到北京开会，韩书力得知后就想邀请他到自己家里去一起包饺子吃。本来，作为省部级领导，雪康完全可以让西藏驻京办事处派车送他过去，可是他却老老实实地和韩书力一起挤上了5 路公共汽车。前 11 个站一直都没有座位，他就一直站着，到了第 12 站才找到了一个空位坐下来。那一天虽然挤公交车很辛苦，但老友相聚，把酒言欢，倒也尽兴。韩书力从雪康身上看到了人生的一种境界：失意时不委顿，不怨天尤人；得意时不跋扈，始终保持本色与平和。

在西藏生活，也有许多经历韩书力念念不忘，比如他们到乡村去画画，藏族同胞总是把太阳晒暖和的石头让给他们坐，把家里相对舒服温暖的位置让给他们住。

有一个冬天，韩书力坐在结了冰的河上画速写，正一笔一画地勾勒着，完全沉浸在画里。这时，突然有一块小石片飞过来，打在了韩书力的腰以下。

他抬头一看，原来是一个藏族妇女抛的石片。那个妇女不会说普通话，对着他指指点点。

韩书力低头一看，这才发现自己脚下的冰已经融化，棉裤都湿了一大片。如果再不撤离，就该陷进河里去了。他理解了那位妇女的好意，对着她连声道谢。

韩书力自觉地向藏族画家和其他民族画家学习，从他们身上学到了很多。藏族画家也从韩书力身上领会到学院派那种严格的训练，严谨的形体和色调。他们有着丰富的创作经验，但是对于新生活、新题材却缺乏经验。而韩书力拥有的似乎恰好是可以互补的另一半，因此，在面对自己的藏族画家同事时，他总是掏心掏肺地与他们交流、交融、切磋，从而实现取长补短。

他从藏族画家身上学到了很多，包括西藏美协第一任主席安多强巴。

安多强巴出生于青海藏族聚居区。少年时出家到塔尔寺读经，学习绘画，有很高的悟性，因此他对宗教绘画的描摹很快就能达到以假乱真的程度。15 岁时就基本掌握了传统藏画的规范与方法。20 世纪30 年代，他在一间僧舍里有幸看到了九世班禅大师的一张照片，觉得非常神秘奇特，就借回禅房顶礼描摹，最终领悟出人物形象立体逼真是比例结构正确与黑白关系对比所致。他暗暗下功夫刻苦自学素描基础，因此成了当时青藏两地画僧中少见的能画写实人物肖像的高手。1945 年后，安多强巴学习佛教哲学并坚持绘画，后来便成为一名职业画家。50 年代他被送到了中央美术学院去进修深造。

半年后他便满载回到拉萨，担任罗布林卡新落成的达赖新宫主殿两幅巨幅壁画的绘制工作。第一幅是佛教故事画，第二幅则是表现达赖坐床大典。这两幅新壁画一完成，便获得了西藏僧俗各界的普遍喝彩，从而奠定了安多强巴在当代西藏画坛的重要地位。

1981 年西藏美协成立后，安多强巴出任主席。韩书力从中央美院回到西藏担任他的助手，这样就有了经常向安多强巴请教的机会。

有一次，安多强巴在看过韩书力的第一本画集后，评价说："我能看出你在用力向藏画靠，向藏画要东西。我当年是拼命向写实靠，向国画、向油画学东西。也许我们最终的目标是同一个。"两位绘者可谓心有灵犀，彼此携手同行。

1988 年，安多强巴卸任后，韩书力接任西藏美协主席。在韩书力、西藏美协等社会各界的大力支持下，1999 年 5 月 9 日，西藏安多强巴美术学校终于成立了。学校位于布达拉宫脚下，校舍整齐。这时的安多强巴已经 85 岁高龄。

舍即是得

20 世纪 90 年代初期，有两三年的时间，韩书力停下了笔，不再绘画，而是漫无目的地在西藏的圣山神湖之间踽踽独行，仿佛在进行一场自在散淡的心灵放逐。在这场行走游历过程中，他慢慢地悟出了一个道理，那就是：善取不如善舍。

从那以后，他在绘画中大行减法，一再地舍、舍、舍。在这些舍去的空间里渐渐地浮现出绘者自身的意识与面貌。这段时间，韩书力创作了如《祝愿吉祥》《香格里拉》《空蒙》《佛界》《手足》等，这些作品固然都脱胎于西藏艺术，能够让人感受到它们与西藏文化的关联，但却又是前人和其他人笔下所没有的具有创新意义的绘画。有专家评论：从韩书力的这些绘画中，能够让人从心灵的层面去接近他，进而感受和认同他的终极关怀、他的创作指向，他的绘画中体现出古老的部族文明、宗教文明与现代文明所撞击出的火花，牢固的佛教意念与绚丽多姿的现实生活相克相随的人文景观。

在注重绘制布面重彩画的同时，韩书力也一直在探索水墨画的传统意蕴。在七八十年代，他每次出差返回西藏，都是手提着鸡蛋青菜之类西藏所短缺的食物。而 90 年代以后，他每次返藏，大多随身提上若干瓶上好的墨汁，因为这些墨汁邮局不给寄而拉萨本地又缺货或不进货，他只好自己手提肩背。但是，在"9·11"事件之后，民航对于液体上飞机有严格的限制，他每次携带墨汁登机，还要费尽口舌反复解释，航空公司才勉强允许他携带登机。

他把宣纸水墨画当作自己修身养性的方式，作为每次完成一幅细密画后的休息和放松。在1998年之前，他的水墨作品有受吴作人绘画巨大影响的痕迹，他觉得还没有走出自己的路子创造出自己的风格。后来，他开始逐渐地实验探索画黑纸墨画。这种貌似突兀的绘画风格，并非无心插柳，显然他是融汇了西藏密教黑地唐卡、壁画乃至藏族老乡家的灶房图案画等绘画的精华。这些民间民族画作给予了他宝贵的启发，使他慢慢地摸索实践出了黑地水墨画。这种韩式"黑画"，是将中原文人绘画中的笔墨情趣和作品中洋溢的边塞情怀加以融合，从而令人感到眼前一亮，同时也让韩书力本人尝到了自立门户的愉悦与自信。

当韩书力画出了这些水墨创新、黑白颠倒的画作，特别是代表作《悍马图》之后，他总是第一时间拿给自己左邻右舍文联的同事去评论。著名作家马丽华就是他的邻居之一。当她看到韩书力的这些令人眼前一亮的画作时，大为赞叹。大家都非常振奋，议论纷纷，认为这是一批开派的画作。这些开派的画作要起个名字，那么就叫"韩式黑画"吧！

后来大家想到黑画容易引起歧义，而且这个创意名称也流传不开，于是仍统称为国画彩墨。之后便称为"韩式墨画"。马丽华通过余友心老师的指点和对韩书力的访谈，对墨画的来源作了解释：一是三希堂拓片字帖，二是西藏壁画，汉藏合璧，提纯升华。

1992年，韩书力创作的布面重彩《佛印》获得了首届加拿大国际绘画大奖——金枫叶奖。2013年，他创作的水墨作品《高瞻图》获得2013年法国卢浮宫国际美术展银质奖。

与古人在织锦上齐舞

1999 年，韩书力利用在拉萨、日喀则旧货摊上寻到的丝绸布头贴绘而成的一批小品画，在海外展示时，也颇令人注目。他因此而被戏称为"奢侈的画家"。

这些织锦碎片大多是元、明、清三代中央政府给西藏地方官员的俸享。随着岁月的流逝，这些丝绸织锦绣片大多已破碎不完整。80 年代以来，这些织锦碎片开始大量现身西藏各地的古玩市场。韩书力敏感地意识到，这些看似破旧的东西，其实存在着艺术再创造的潜在的巨大价值。于是从那时起，他便开始留意购买收集织锦碎片。这些国钦温润古雅的色泽和图像深深地打动了他，使他产生了"千金买锦洒墨痕"的创作冲动，从而创作出了一批异质同构的小品。特别是当他的两件作品《鸡头凤尾》《破壁》完成以后，获得了同行师友的一致赞扬，从此他便一发而不可收。常常是手里正绘着一幅，而脑子里又在构思着下一幅。在很长一段时间里，他都体会到了一种有水快流的愉悦和成就感。

但是，国钦和其他材质的创作一样，自身具有很明确的标志性与局限性。换言之，这种金枝玉叶般的材质与李后主的词、宋徽宗的画是天然的配套，但是构思如果扩展延伸到市民百姓的日常生活或者传道解惑层面，这便需要拐很大的弯子，而且往往还不得要领。因此，有一段时间，韩书力的状态基本上是双眼望着金銮殿，手里做着裁缝活。

他注重从传统文化神话故事掌故和日常生活里去取材。譬如他的《填海》便取材自精卫填海的神话。这块被火烧破了两个洞的清代绣品，丝色有 20 余种，而且集锁绣、平绣、纳绣、挽线等绣技于一体，极为考究，自身便呈现出东方特有的温润高贵的材料美与熠熠生辉的光泽美，令人不忍再动剪。因此，韩书力所能做的似乎就是为这幅绣添上一只美丽的小鸟，再在两个破洞处勾勒几道水纹而已。这样，一幅《填海》图便巧夺天工地完成了。

有一块清代的织锦是 2001 年韩书力陪同中央美院附中原校长丁井文逛八廓街时偶然买到的。十几年来，他一直把它作为自己书房沙发的靠背垫用。但是这块旧时官员家的织物色泽明丽古雅，洋溢着皇家气象。韩书力想到自己面壁 10 年，黄卷青灯，背靠着这块旧织锦一直在孜孜耕耘，由此想到了"破壁"这样一个构思。至于如何"破"，他的想法只是抠出一条龙，平行摆在五龙壁左端，呈腾空欲飞状。这幅画便水到渠成了。

《别时容易见时难》，这幅国钦画主题引自李后主的词"独立莫凭栏，无限江山，别时容易见时难"。韩书力特别喜欢李煜的词作，感觉他的词是用生命和家国作为代价、以自己的旷世诗才锤炼出来的，堪称前无古人，后无来者，能够令人很好地体悟到审美意境的纯粹与高度。他在构思这幅画时，偶然间翻出了 1996 年在拉萨买到的一块加厚织锦捻金龙袍的残片。这件织品应该是在雪域庙堂被香火熏染了几百年，颜色璀璨高古。因此韩书力感到束手束脚。他反复斟酌，最后认定，自己所能做的似乎只是下狠心从这块文物上剪下易主的江山和不祥的祥云，再进行结构拼贴而已。

《樱桃落尽春归去》则是用一块宋元年代的缂丝残片制作的。虽然买这块残片时只花了很便宜的价钱，但是由于年代久远，为了保留原织物的全貌，力求整体上的统一，因此他想尽量不破坏这块织片，于是小心翼翼地剪去了四个圆边角，再添画上两朵落樱。那一刻，他感觉自己是在与 800 年前的古代艺术家进行一种心灵的交流与绘画的合作。

而画《一路连科》时，他的灵感来自于旧年画的一个标题，这是中国人喜欢的一种彩头。2012 年 2 月中旬韩书力在广州白云机场因为航班延误而在机场枯坐了 6 个小时。在那期间他突然想到了这幅画的构思：把一只被剪下来的莲蓬斜贴于画面之上，再顺序点几只小蝌蚪沿着莲茎嬉戏追逐。这幅画颇有一番童趣。

《岁岁平安》画的是一只破碎的瓷瓶，《衣冠禽兽》则是穿戴漂亮的家禽家畜。这两幅画的构思都来源于韩书力在西藏的现实生活。在藏族农家，酿制青稞酒的大陶瓮和赤陶烧的酥油茶壶上，陶工往往都要在罐耳提梁两端嵌上几片青花粉彩碎瓷，以求某种异质同构的丰富感。因此，韩书力的《岁岁平安》看似一只破碎了的陶瓷的拼贴画，却是在西藏随处可见的真实的陶器的投影。而在藏族农家和牧民收割的时候，都要给牦牛或自家的牲畜梳理打扮，装饰得漂漂亮亮的，犹如过节一般隆重喜庆，每个季节都要举行一种仪式，因此，在藏族聚居区禽兽穿戴整齐也是一个常见的现象。

《巢》这幅画更是巧夺天工。这是一块破破烂烂的织锦，是卖旧古玩的摊贩当作萝卜缨子一样甩给他的，因为它实在是太破碎了，没有价值。但是韩书力却并不放弃。那段时间，因为疫情，他待在西藏回不了北京。于是他就住在画室里。每天就是浇花、吃饭，然后再琢磨。这块织锦已经被剪出了一些破洞，他经过再三斟酌，决定把它绘制成一个雀巢，后来改名为《巢》，在一个个方格状的背景上，他在一些破洞里添上了一只鸟雀，便使得整幅画跳出百衲衣的本义又能兼具当代审美而浑然一体。

韩书力还根据平常和朋友茶余饭后天南海北的一些闲聊，突然触动了自己创作的某根神经，于是画出了一批轻松恬淡愉快题材的作品，包括像带有亦庄亦谐色彩的《空手道》《状元》《榜眼》《探花》《投桃》等。但是，他在创作每一幅国钦作品时，都坚持三个原则：唯美、唯我、唯心，因此使得他的国钦贴绘作品独具一格。

在创作这些作品时，他也时时想到"同是天涯沦落人"，这些织锦碎片绣片，也曾是几百年前流落飘零到了西藏，而且躲过了漫长岁月的火烧水毁，最终能够在雪域高原与自己遇见，他自己亦是独在异乡为异客同是天涯沦落人，瞬间便同这些织锦产生了强烈的情感上的共鸣。于是他便常常被触发创作的冲动和激情。他在绘制这些织锦贴画时，同时也感受到了中原文化对西藏地区强大的影响力。西藏自古以来就是中国的一部分，藏族是中华民族的重要成员。历朝历代中央政府都对这一片高天厚土实施有效的主权管辖，这些织锦绣片就是历史鲜活的证据。

除了运用那些古旧的丝绸织锦来作画外，韩书力还探索藏族传统雕刻玛尼石，用触景生情的刹那间的灵感，在玛尼石石刻拓片上作画。

当年，他在和朋友艰苦合作完成了那幅大画《金瓶掣签》之后，他就用这种又拓又画、半实半虚的形式手法来作画，创造出了一种新的画作。这种画作有揶揄有调侃有讽刺，其实也是他为了放松身心，同时表达自己的某种有限的担当。

2010年，韩书力操起旧业，拓了画，画了拓。虽然有一些画废掉了，但也还留下了几十幅画作。这些画作都别具情趣，又可被看作一种讽刺幽默画。在画这些画的时候，他脑洞大开，思绪一直在飞翔，以至于能画出一种出人意料的效果。

情系西藏

韩书力退休时已经七十一二岁，但是他退休不离藏，离岗不离画，始终坚持深入生活，深入到广阔的藏族聚居区。西藏73个县，他几乎全部走遍了，访问了几百个乡镇、几千个村庄。他遇到的人物和绘制的作品更是无法计数。

这其中，他一直坚持的就是对人物的速写和画像。虽已不再有年轻时代"无心画像"那样纯粹安静的心态，但是，他写生素描的这种习惯却一直延续下来，时不时地他还会打开速写画夹重温旧梦。他发现，快递硬卡纸信封的背面颜色浅黄，质地略显粗糙，特别适合作为素描速写纸。因此，每次收到快递，他都要小心翼翼地裁开信封，把它们一个个整整齐齐地收集在一起。在这些卡纸上绘画，可算是真正的"资源回收再利用"，做到了"物尽其用"。

《江白2000》表现的是从芒康到拉萨打工的一位青年牧民。他因为牵挂妻儿，没过多久就从拉萨返回老家了。十几年后，他的两个儿子又从芒康到了那曲、拉萨打工，其中一个儿子还在拉萨北郊买了一套不大的住房，看起来是要决意进城工作和生活。从江白和他的儿子们身上，韩书力看到了一个时代的浪潮和高原农牧区两代人在价值观上的区别。

2010年江白来拉萨买草场用的电器，又找到了韩书力。韩书力又给他画了第二张速写。

2022年，江白来拉萨看病，顺便采购一些物品和看望自己的儿子，他也顺道来拜访了韩老师。韩书力又给他画了第三张速写。

20多年过去了，江白变苍老了，头发稀疏花白，眼神开始变得茫然，但是也多了一些包容和知足。在画家的笔下，这位牧民逐渐苍老。韩书力从自己画的人物身上也感觉到了自己还未曾准备好但也已进入了生理的老年之列。从江白的速写中，他看见了自己的苍老。事后他还填了一首词《卜算子·寒霜》以告慰自己："不是爱天竺，似被前缘误。花开花落自有时，总赖东君主。去也如何去，住也如何住。待到寒霜爬满头，莫问僧归处。"

2021年，因为疫情，他还在拉萨画了一些在内地就读的大学生如《尼玛小弟》《大二学生次仁巴登》《扎西巴旦》等。从这些年轻大学生时尚的穿着和张扬的个性风貌上，他看到了藏族年轻一代的精神风采。同时，他也画过几位基层干部，像《妇女主任春哲村》《村长罗琼》等。

在韩书力看来，这些速写其实是对岁月的"保真"记录，还具有社会学的意义，对时代变迁有一个直观的反映。以前他写生需要选景致找形象，总是用自己的一把潜在的无法明说的标尺挑肥拣瘦。后来，渐渐地，他不再特别在意自己所画的对象，开始逐渐地认同"一切都是最好的安排"。——这是为西藏美协开车的那位藏族司机的口头禅。经过长年累月的历练，他开始获得这样的体会与觉悟。现在，在这位画家的眼里，每个生活在西藏的人都有故事，都有个性，都有其无可替代的价值。

而且，何止是人，包括动物、植物和看不到的微生物，在他看来也都是最好的。青藏高原的生态系统十分脆弱。就以人们常挖的冬虫夏草为例，每一只虫草在被挖出后留下的那个不起眼的小坑，如果想恢复到挖出前的状态，起码需要几十年。在他看来，能够在如此艰难环境中生存繁衍，无论是动物还是植物，甚至是微生物，都堪称奇迹，因此，韩书力为自己能有机会在西藏生活和创作而倍感满足与丰饶。这里的一切，无论是静物还是活物、植物还是动物，似乎都能进入他的画面，都能凝聚于他的笔端。

在西藏生活和工作数十个春秋，韩书力和藏族人民结下了兄弟般的友谊，发现并扶持了大批藏族中青代画家，有力地推动了西藏美术事业的发展。

从 80 年代起，韩书力有 30 多年在西藏美术家协会和西藏文联担任领导。在任期间，他始终关注发现和培养创作人才，繁荣西藏当代文艺，归结为一点就是"出人才、出作品"。在他和同事们勠力同心的努力下，西藏画家群体成就了当代西藏的绘画样式，形成了"西藏画派"。而作为"西藏画派"的开创者及领军人物，韩书力发掘、扶植和培养了许多西藏新一代的绘画艺术人才，推出了一批以藏族为主体的西藏中青年画家。西藏美协还频频帮助他们在国内外举办个展、联展，使之与西藏绘画艺术一起逐渐为外界所接纳和熟知。韩书力称誉他们是西藏的"招牌画家"。

2004 年，中国美术馆隆重举办了西藏当代绘画邀请展《雪域彩练》。

2011 年，北京民族文化宫再次举办盛大的西藏当代绘画邀请展《大美西藏》，使西藏画家有机会向社会展示他们崭新的艺术风貌。他们为广大观众送去了惊喜，也收获了自信和激励。

在这些画展的背后，都有韩书力极力的推动与促成，也凝聚着他无尽的心血与汗水。

作为一名全国政协委员，韩书力一直致力于保护西藏文化。他有感于西藏和平解放 60 多年来，西藏当代美术有队伍、有成就、有较大的社会影响，但却一直没有对外展示的平台和研究机构，因此多次提交提案，呼吁成立西藏美术馆。

经过韩书力等人不懈的呼吁，西藏美术馆建设终于被写进了自治区"十三五"规划。

2023 年 11 月，西藏美术馆通过竣工验收。美术馆分为核心区域、艺术体验区、艺术家驻留创作基地和艺术集市 4 个功能区，总用地面积 4.7 万平方米，总建筑面积 32825 平方米。11 月 15 日上午，由西藏自治区文联主办，西藏美术馆、西藏自治区美术家协会承办的"高原·境界——西藏美术馆开馆展"开幕式在拉萨市举行。开馆展包括"西藏题材当代美术成果展""传承·创新精品唐卡展"等分展，展出了吴作人、李可染、安多强巴等著名艺术家的近300幅（座）作品。

对于保护和传承唐卡艺术，韩书力亦不遗余力。从2012年开始，在西藏自治区党委、政府的安排部署下，韩书力与自治区内外80多位藏汉艺术家开始创作百幅新唐卡，探索如何用唐卡这种古老的艺术形式表现新的主题。

2014年4月30日，首批以反映西藏和平解放60多年来历史巨变为主题的西藏百幅新唐卡作品，历时两年创作完成，并通过了专家组验收。第二批展示西藏自然人文风光以及高原动植物的新唐卡创作也已启动。2014年9月26日，首届中国唐卡艺术节开幕，担任艺委会主任的韩书力和专家们一起从全国各大藏族聚居区近千份作品中精选300幅进行展出。一时间，齐吾岗巴派、勉唐派、钦孜派、勉萨派、噶玛嘎赤派、康赤派、安多强巴写实派等各种风格流派的作品齐聚拉萨八廓街夏扎大院，精彩纷呈，令人叹为观止。

与此同时，中国唐卡艺术中心正式成立。韩书力感慨地说："唐卡艺术可以说占据西藏当代文化美术建设成果的半壁江山。成立中国唐卡艺术中心，既可维护唐卡画家、民间画家的基本权益和利益，也可成为一个向海内外介绍西藏文化建设、文化发展成果的平台。"

礼敬藏族文化

韩书力比较擅长向西藏文化学习，注重用心去发现那些独特的西藏文化，特别是跟绘画相关的各种艺术。岗巴的卡垫就是他特别关注的一种冷门的艺术样式。

岗巴县距离拉萨近600公里，处于一个完全隔绝的山谷角落。岗巴县是喜马拉雅山脉中段北坡的一个边境县，属于日喀则市管辖，在西藏可以算是一个最小最穷的县，人口只有7000多人，海拔4800米。

那里的农牧民家家户户都善于利用羊毛编织日常生活使用的卡垫。卡垫上的图案都独特而且富有创意。韩书力发现这些艺术气氛浓郁的村落，感到意外的惊喜，多次不畏路途遥远到每家每户去考察探访。

1984 年，韩书力和巴玛扎西、翟跃飞第一次闯入岗巴。后来又于1998 年、1999 年、2000 年、2001 年等因为创作需要多次赴岗巴考察采风，缘起都是两块卡垫。

1998 年深秋，韩书力一行路过岗巴县加油站，进屋交款时无意间发现会计室的木床上铺着两块他们从未见过的美轮美奂的长毛卡垫。韩书力问房屋的主人这个卡垫产自何方，对方告知是龙江龙中乡。

这一意外的发现令韩书力他们惊喜不已。这两块卡垫无疑堪称西藏编织作品中的上乘之作。为了探访岗巴的卡垫，他们一而再再而三地光顾这个边境的小县城。由于这里的海拔高，含氧量不及海平面的一半，因此条件非常艰苦，每一次下乡上山，韩书力他们最长也只能坚持两三周体能便消耗殆尽，就需要撤回到海拔 3600 米的拉萨去"充氧充电充热"，让身体恢复常态。同行的摄影家姜振庆、边巴、拉巴次仁也都是拼命三郎，大家每天早晨都是草草地吃几口东西就进入了工作状态。一直到天黑透了人疲惫不堪才回到驻地，连晚饭都懒得吃了。夜里只有靠安眠药或者白酒才能睡上几个小时。

藏族同胞家房子的大门大都很低矮，一是可以防风沙侵袭；二是家家都有一间人神共居的经堂，每天低头进出，也是表示对供奉在经堂里的佛祖的敬畏；三是可以拒鬼魅进屋。其实，最根本的原因还是在这样一个高海拔地区木材奇缺，能省则省。结果韩书力他们每个人的额头每天至少都要结结实实地撞到门框上好几次，撞得人眼冒金星，疼痛欲绝。

2001 年，韩书力在龙中乡乡长的帮助下遍访了北村，察看了每家每户妇女编织的不同图案的卡垫。每一块卡垫都有自己的特色，而且都是藏族妇女按照自己的想法、自己的心意编成的。她们似乎都特别擅长编织缜密绚烂而又富有变化的图案。

1989 年那一次，韩书力因为去边境的手续不全，来到昌龙乡时，被当地的干部拒绝拍照和速写，还险些被扭送至县武警中队。2001 年第四次来到昌龙,他们可谓不打不相识。2月和8月两次,他顺利地访问了昌龙乡的5个自然村。乃村村长多吉热心地引领韩书力一行到几家他认为编织技艺最好的人家去考察拍照。在这些卡垫上藏族同胞们那些奇思妙想的架构,让韩书力一行叹为观止。他认为,这些民间艺人的创造性工作非常值得自己学习借鉴。

每次外出考察调研,韩书力常常就借宿在藏族牧民家里。1999年冬,他来到了海拔近5000米的准无人区帕孜村,坐落于海拔8000米高的希夏邦马峰的北慢坡上,全村只有200来口人。韩书力一行在格桑家借宿了3日。

格桑夫妇一共有9个儿女,有的到寺庙当喇嘛,有的出嫁,有的另立门户,也有到几百公里外的县城读中学的,家里只有一个小娃普布。他们家只有十几平方米的空间。那么小的房间他们全家11口人如果要住下的话,就只有叠床架铺了。

韩书力一行趁着月光钻进了羽绒的睡袋。忙活了一整天,腰酸背痛,好不容易躺下来,却怎么也睡不着。这当然是因为高海拔严重缺氧高原反应所致。他们一直挨到后半夜才昏昏沉沉地睡去。

天刚麻麻亮,女主人就第一个起床烧牛粪煮茶。不一会儿,小小的房屋里便弥漫着浓烈的烟。烟把所有人都呛醒起床了。韩书力随着格桑去河边背水,气喘吁吁地灌满了红铜水缸。早饭是几百年不变的酥油茶和糌粑。

吃过早饭,韩书力他们背上画具、相机就往村里去,引得全村几十只狗狂吠和一大群男女老少好奇围观,一下子显得非常热闹。

不过,渐渐地,这些喧闹声就停息了下来。人们都各忙各的生计:捻毛绒,织氆氇,哺乳,挤奶,遛马,贴牛粪饼,修理鞍具。老人把小孙子揣进厚厚的皮袍,坐在墙角晒太阳。只有韩书力这一拨人在村里到处拍到处画,每个人后面都簇拥着一群蓬头垢面的小孩,也很影响工作,但又不便把他们赶走。稍微熟悉了一点,这些小孩便伸出小脏手向他们要糖。韩书力想买几斤糖分发一下,好让孩子们安静下来。可是村里根本就没有商店,牧民们生活必需的茶盐布匹糌粑都要到近百公里外的县城去买,或者是用自家产的肉和酥油去外边以物易物。钱在帕孜村似乎无法流通。姜振庆有次雇用背夫背着他们的工具上山去拍照，问那个背夫是要 20 元钱还是要一顶太阳帽，那个小伙子不假思索地选择了太阳帽。韩书力很后悔没能带上糖块到帕孜村。他提醒自己下一次去一定要带上大包大包的糖块。

这些半大的孩子精力充沛得很，既不去读书又不帮助做家务，个个都是父母眼中的心肝宝贝。这些散养的孩子，将来就是要从自己的父辈手中接过放牧的抛石器，去重复上一辈人所经历过的一切。

草原牧民的午饭通常在下午两三点。用三块石头支起一口锅，捡点柴火烧一壶茶，主食就是糌粑团，完全是一副风餐露宿的模样。

黄昏的时候，阳光还很强烈，韩书力他们开始了一天中最紧张、最激动人心的抢拍。此时，如血的残阳，即将在希夏邦马峰顶消逝。

直至夕阳消逝，每个人才怀着满足的心理，拖着疲惫的身体，回到格桑老汉家那间漆黑但已燃起了牛粪火的小屋。在这里，实在没有多余的水可以拿来洗脸。那点牛粪烧开水也只有六七十摄氏度，只能保证每个人用这点热水来冲咽糌粑团。

2000 年 1 月，在马来西亚吉隆坡，一位当地人士问韩书力："西藏人一年洗几回澡？"韩书力回答："如果西藏人在吉隆坡，会和您一样，每天洗三次澡；如果您在西藏牧区，也会像西藏人一样，一年都难得洗上一次澡。"

随便吃了一点晚饭，主人点上豆油灯，端出了一盆风干肉来款待客人。开车的司机西绕师傅从汽车里翻出了半瓶白酒。于是，主人和客人便天南海北地聊起天来，有问有答，都很兴奋，直到半夜才各自去睡。

韩书力至今记得当时格桑老汉提的几个问题。他问："你们总说地球是圆的，还能转动，果真那样，佩枯错的湖水不早就流光了吗？"佩枯错是附近的一座小湖泊。他又问："听去过内地的人回来说，那边的人们为了赚钱，现在是什么都敢干。可人到了有饭吃有衣穿有屋住的地步后，还要钱买什么呢？总不会买那个地球吧？"

这些问话可把韩书力给问住了。是啊，人有了钱，有吃有住有穿，还要钱干什么呢？知足常乐，常乐者知足，这，就是我们的藏族同胞。

"嫁"给西藏

数十年来，韩书力无数次搭车下乡。尤其是到了人迹罕至的牧区草场，常常都会遇到汽车被一大群的藏獒接力追咬。有好几次，汽车的后轮胎都被藏獒咬破了。有七八回，他们被困在车里，龟缩在车内一动也不敢动，一直要等到藏獒的主人跑来牵回各家的獒，这时他们才敢继续前行或者下车。

经常也有亲朋好友问韩书力：为什么还不离开西藏下山，落叶归根回到京城？

其实，韩书力也曾几次下过山，曾经在北京、欧洲、美洲和南亚都住过一段时间。但是，在这些地方，他才发现自己就像一棵被拔了根又换了土的草一样，没着没落；他才发现原来缺1/3氧气的高原对他反倒是最相宜的，那点氧气刚好够他有限的体力去做自己最想做的事，刚好够他的大脑记住别人对自己的友善与关爱，而装不进别人对自己的恶意与伤害；他才发现西藏原来离自己很近很近，几乎伸手就能摸到它的岗日纳空（藏语：雪山鼻子）。

每次当他驻足在富丽堂皇的布达拉宫殿堂或是牧民低矮潮湿的帐篷前，每次当他用手轻轻地摸索着一块块刻有祈愿或禳解咒文的玛尼石的时候，每次当他穿行于一层层同时反射日光与月光的冰塔林的时候，他常常会产生一种如梦如醒如幻的时空交错的感觉。他感觉这个瞬间似乎就是永恒，自己今生今世已与这片土地紧紧地联系在了一起。几十年来，他通过搭车、骑马、徒步，先后反复踏访过西藏76个县中的73个县几百个区乡几千个村镇，走过不计其数的万里之长旅，他一直都在用心地读西藏这本有时很厚有时又很薄、有时很清晰有时又很茫然的大书，却怎么也读不尽读不完读不透。

1992年春，韩书力去北京西郊拜望大病初愈的恩师吴作人，并向他简要汇报西藏美术创作队伍的情况。吴作人问他有无回中央美院的打算，韩书力摇了摇头。

吴作人欣慰地说："我看你就'嫁'给西藏吧！"

韩书力笑着回答："我早就嫁给西藏文化了！"

2024 年 6 月 6 日上午，由西藏自治区党委宣传部主办，自治区文联、中国藏学出版社承办的"情系高原　感知西藏——韩书力、马丽华暨中国藏学出版社联合赠书公益活动"在西藏美术馆学术报告厅举办。

韩书力在发言中，对青藏高原上的各族人民在生活、工作和创作上向他提供的帮助表示感谢。他经历过改革开放年代，见证了西藏地方和祖国的跨越式发展，在某种意义上是一个参与者、观察者，他用线条和色彩尽可能文化性地、审美性地将这些呈现出来。他说，作为当代中国西藏文艺界的一员，能够有这样的经历是幸福的。

是的，西藏是韩书力心中最沉重、最温暖、最美好的一个地方，是他此生永远割舍不掉、断离不了的所在。在西藏生活这么多年，他感受到的更多的是人与人之间、各个民族之间的相互理解、支撑与守望，是人间的温暖和理解、悲悯与同情，因此，他的心中总是涌动着一种特殊的情怀。这种爱家爱国的情怀使得他的笔下永远流淌着温煦的高原、和谐的生活、美好而知足的人物。他把自己的一生留在高原，高原也张开怀抱，紧紧地拥抱住这位西藏绘画之子。

"西藏是我的艺术生命之源，离开西藏，我自己会枯竭，我的艺术源泉也会枯竭。"韩书力知道，自己已经与雪域高原血肉相连无法分割。他也深刻地领会到了仓央嘉措的诗句"最好不相见，便可不相恋"那种牵肠挂肚的心境。

第十章

大医仁心，仁术济世

"以人民为中心"，是中国共产党全心全意为人民服务根本宗旨的精髓，是习近平新时代中国特色社会主义思想的核心要义和灵魂，也是党和国家一切工作的落脚点和着力点。医疗卫生健康，和教育、就业一样，事关千千万万人民群众的切身利益，是国计民生的重要组成。医卫援藏、健康援藏，是援藏工作的重要抓手。

医术最容易拉近人与人之间的关系和感情。医者仁心，医生一向被誉为是降临人间的白衣天使。援藏医生传递的是大爱、悲悯与大善，赢得的是藏族群众无尽的感激与拥戴。

文学艺术疗愈人的心灵，而医学则疗愈人的身体。它们都和人密不可分，如同空气、阳光一般不可或缺。医生通过解除人的疾病痛苦，帮助人更加健康，更好地劳动和生活，抚慰的是人心，拉近的是人与人之间的感情和关系。因此，自从西藏和平解放以来，医疗卫生援藏都被放在特殊重要的位置。在 1951 年中央政府首次派遣代表团进藏的十几名成员中，就有三名医护人员。医师徐乐天，正是跟随中央代表团入藏的医生。他也是新中国第一位援藏医师。

"奇遇"徐大夫

对于报告文学创作而言，采访到当事人、获取第一手的资料至为重要。然而，徐乐天教授已于 2020 年以 95 岁高龄逝世。先生西辞，无缘见面，于是我便特别希望采访到徐教授的亲属。然而，虽经千方百计联络亦无回音。

为了深入了解徐老的经历和故事，我特别希望能多掌握一些直接的资料。在采访中国藏学出版社社长洪涛时，我幸运地得知藏学出版社曾出版过徐乐天的一本著作《拉萨影痕》。

采访完毕，洪涛热情地带着我们到了位于一楼的出版社读者服务部。这个服务部"隐藏"在中国藏学研究中心一楼。"只有热爱藏学研究的读者才熟悉这个读者服务部。"洪涛告诉我。

遗憾的是，徐老的著作出版于 2019 年，因为时间已过去了 5 年，读者服务部的同志翻找了半天，也没有找到这本书。

于是，我便上网去搜索。结果，还真让我给碰到了。

网上显示，有一家书店有售，标价 14 元。

我果断下单，加上运费 10 元，支付了 24 元。我感觉自己捡了个"漏"，真够便宜的，心里想着这本书买得值。

没想到，两天后，我突然接到一条短信，告知，我在网上购买的《拉萨影痕》没调到书，让我取消订单！

没办法，我赶紧又在网上下了另一个标价 15 元的《拉萨影痕》的订单。

又过了两天，我接到一个陌生电话。一般情况下，这种陌生来电我都是拒接的，但那天我接了。是一个女子的声音，对方问我："你订购的《拉萨影痕》那本书有些污渍，算八成新，但不影响阅读。你还要吗？"

我赶紧回答："要！要！不影响阅读我就要！"

又过了两天，我便收到了这本薄薄的书。一打开书，我惊呆了：

在图书扉页的下方，用清晰的签字笔工工整整地写着：

"×××教授　请评阅并留念　徐乐天敬赠　2019-4-14"。（为避讳，此处略去受赠人姓名。——笔者注）

这是一本徐老的亲笔签名书啊！

5 年前，它就曾经过徐老亲手的抚摸，这些字上面仿佛还带着他的体温、他的思想。

打开正文，我便看到了一位方脸厚耳的慈祥长者，正面带微笑地指说着什么。恍惚之间，这位素未谋面的前辈，便从书页之间向我走来——

进藏路漫漫

徐乐天，1925 年 3 月出生于天津。1950 年 8 月，他从北京大学医学院毕业，被分配到北京人民医院当外科大夫。

1951 年 5 月 23 日，西藏和平解放。5 月底，中央要组织代表团前往拉萨，代表团中需要有一名大夫，还有司药和护士。司药和护士都好找，唯独大夫却不好找。卫生部找了好几位大夫，征求他们个人的意见，结果每个人都诉说了各自的困难，没有一位答应参团进藏。

这时，他们想到了人民医院的徐乐天，便专门把他找来征求意见。

"乐天同志，这次组织上安排你参加一项光荣的任务，就是跟随中央代表团到西藏去出差。你作为随团医生，一是为张经武将军和参加西藏和平谈判的代表们做好医疗保健，同时，到了西藏以后，你也要为当地的群众看病治病。"

"出差多长时间？"

"大概也就是 3 个月吧。"

"同行的，还有哪些医护人员？"

"还有一名护士和一名司药，你们三个人组成一个医疗小组。"

"什么时候出发？"

"马上。给你两天时间准备吧！"

"好，我去！"徐乐天一拍胸脯，毫不犹豫地答应了。

就这样，徐乐天回到家，简单地收拾了一下行李，回医院交接了一下工作，然后，就和护士冯冠森、司药魏晓峰 3 位男士组成了医疗小组，随同张经武将军赶赴西藏拉萨。

当时要去西藏，可是比登天还难。

从陆路到西藏共有 4 条道，哪条道都不好走。

第一条道是从四川成都到康定，再到拉萨，这条路很难走。老百姓有首民谣唱道："一二三雪封山，四五六淋破头。七八九正好走，十冬腊学狗爬。"这条道路之艰难由此可见一斑。

第二条道是从陕西西安出发，经青海，过唐古拉山、通天河，再到达拉萨。唐朝时嫁给吐蕃松赞干布的文成公主，走的就是这条道。当时她在途中停留了很长时间，走了一年多才到达拉萨。

第三条道是从新疆穿越达坂到阿里，再绕道亚东到拉萨。

第四条道是从云南到拉萨。

这些道路大都曲折难行，一路上都是崇山峻岭。

要从海上进藏，主要是乘船从印度登陆，再经锡金入西藏，由亚东到帕里，再到江孜，最后到达拉萨。

为了尽快抵达拉萨，中央代表团选择的是最后这条路——绕道海路，经印度，从我国的南部边陲进藏。

6月13日，徐乐天跟随张经武将军等14人的代表团，乘坐专车从北京南下，经过广州到了香港。其中，张经武将军一行5人在香港乘坐民用飞机，经缅甸仰光、新加坡、印度，从我国的南部进入西藏。

而徐乐天医疗组三人同中央统战部的刘雨屏、李天柱副官、秘书郝创兴、3名译电员，还有结伴同行的英文翻译，共计10余人，搭乘一艘4000吨的英国商船，带着70多件行李物品，从香港乘船，经过曼谷、新加坡、仰光，到了印度的加尔各答。驻印度使馆的申健参赞特地前来迎接，并且帮助办理进藏事宜。而后，赴藏一行从加尔各答乘坐飞机抵达西里古里，接着换乘汽车到达噶伦堡。

在这里，他们受到了住在噶伦堡的藏族同胞的热烈欢迎。藏族商务界同胞开了十几辆汽车前来迎接。

前往拉萨的道路，崇山峻岭，逶迤起伏，雪域高原，苍天长云，道路迢迢，交通不便，要从亚东到拉萨，还要翻山越岭。路上又基本没有可以行驶汽车的道路，多数地方只能骑马或者徒步。代表团一行在噶伦堡停留了几天后，便乘坐汽车到了当年的锡金首都甘托克。从这里开始，就只能骑着骡马翻越喜马拉雅山。

徐乐天看到，喜马拉雅山南坡，从低处到高处，依次是亚热带阔叶植物、温带和寒带的针叶植物、苔藓、雪线冰川等。有时是奇花异草，有时是奇峰怪石，有时又是穷山恶水、荒漠沙砾。在他们攀爬时，天空下起了雨。那雨，并非瓢泼大雨，而更像是绵绵细雨，如雾如云，落在身上，似乎一下子便化为乌有，但是，时间一长，衣裳便会被润湿。徐乐天一行都不再骑着骡马，而是下马牵行，一面纷纷披上了带帽的厚雨披。

雨中的西藏高原，像披上了一层朦朦胧胧的细纱、戴上了盖头的新娘，娇羞可爱，仪态万方，却又雄伟壮丽。真是祖国的大好河山啊！见到此情此景，徐乐天心里感慨万千。他随身带着一台先进的相机，一路行走，一路赏景，一路拍照，高原美景尽收眼底，逐一被他摄入镜头。一路跋涉虽然历尽艰难，但是同行的每个人内心却洋溢着充沛的爱国热忱。

从甘托克出发，一路向东，大约行走了24公里，好不容易才爬上了乃堆拉山口。这是祖国的一座南大门。大家在这里稍事休息，吃点干粮以补充能量。

"乃堆拉"藏语意为"风雪最大的地方"。这个边境口岸海拔4500米，是中国西藏重要的交流口岸，堪称世界上海拔最高的公路贸易通道。在古代，这里曾是丝绸之路南线、茶马古道的主要通道，也是中印陆路贸易的主要通道。站在山口，向南侧山下眺望，一片苍茫寥廓，分不清天与地，云海翻滚，也分不清云天和海洋。南部是印度高原。造物者的神奇造化令人惊叹。

经过乃堆拉山口后，徐乐天一行来到了海拔4300多米的帕里小镇。帕里号称世界第一高城。这也是从亚东到江孜至拉萨之间商旅行人的必经之地。

帕里镇名称的来源是当地有一座猪形山。在藏语里，"帕"就是"猪"的意思，"里"是山的意思。帕里位于亚东县中部。这是亚东县南北地形的分界带。历史上帕里便是西藏南部尤其繁荣的古城，有许多诗词文章和歌曲描写这座美丽的圣城。在这里，徐乐天遥望卓玛拉日峰，拍摄了雪山覆盖下的山峰的景象。卓玛拉日峰海拔7314米，被当地藏族群众称为圣母神山。这里的房屋大多都是藏族传统的石木结构，整齐划一。徐乐天一行就在这里歇脚，准备次日再继续向江孜进发。

江孜是一座历史文化名城。位于县城西郊的白居寺，始建于1418年，是藏传佛教三大教派聚于一寺的寺庙，"十万佛塔"更是藏传佛教中唯一的塔寺。江孜，藏语意为"胜利顶峰、法王府顶"。江孜是一座闻名中外的"英雄城"。1904年，英帝国主义者侵略西藏，江孜人民不畏强暴，奋起反抗，浴血卫国，谱写了一曲英勇悲壮的爱国主义篇章。在县城中心的宗山，徐乐天看到了当年西藏人民抗英时修建的炮台遗迹，他毫不犹豫地拿起相机，拍下了这份珍贵的历史记忆。是啊，西藏人民历来爱藏爱国，谁妄想把西藏从中国分裂出去，西藏民众首先就不答应！

从甘孜到拉萨的山路，大概是一路上最好走的路了。沙石铺就的道路比较平坦，徐乐天他们可以骑在马上前进，速度也快多了。

在途中，在行进的山谷中，大家还惊喜地望见了一群美丽的小精灵——难得一见的黑颈鹤。这群鹤正在浅浅的河面上追逐嬉戏觅食，不时地发出"咳嘎""咳嘎"的叫声，为宁静的山谷平添了些许生气。

路上，一行人住宿的大都是途中的驿馆。这些房子大多由砖石砌成，木头和瓦片的斜坡屋顶，承担着类似于驿站、宾馆的功能，几乎可谓是当时西藏最好的住房了。

1951年9月8日，徐乐天一行终于到达拉萨。这一路行走，跨越了几千公里，堪称是万里迢迢，历尽艰辛。

在拉萨，和先前到达的中央代表团的张经武将军会合，大家再次相见，异常兴奋。徐乐天也激动地到处走、到处看，特意拍下了布达拉宫的雄姿。天空晴朗，天边飘着几朵白云，一切都显得安宁祥和。但是，拉萨的条件还比较简陋，交通道路比较狭窄，没有一条柏油路，出行基本上靠步行或骑马。

徐乐天一行医务组三人是新中国第一批进入拉萨的医务人员。虽然此前1950年10月昌都战役之后，人民解放军在昌都为老百姓看病送药、扫地挑水，做了许多惠民生、得民心的好事，因此解放军也被藏族群众亲切地称为"金珠玛米"也就是菩萨兵，但是，当时解放军只在昌都为中心的地区活动，并未进入拉萨为中心的地区。

在《十七条协议》签订后，西藏和平解放，解放军部队从昌都出发，逐渐向拉萨等地移防。国庆节这一天，举行了解放军入城仪式。由解放军进藏部队先遣支队司令员兼政治委员王其梅率部，正式进驻拉萨。张经武将军等一行前往迎接。在布达拉宫广场举行了盛大的仪式。广场上到处是飘扬的五星红旗，还竖起了马克思、恩格斯、列宁、斯大林、毛泽东的巨幅画像。

10月26日，张国华军长、谭冠三政委率领十八军大队人马进驻拉萨。

张国华将军发表了讲话。部队官兵席地而坐，熙熙攘攘。整个布达拉宫广场，人潮涌动，旌旗飞扬。在战士们的前方是迫击炮、机关枪和各式先进武器。大家斗志昂扬，精神饱满。随后，解放军又分赴西藏各处进驻，正式承担起捍卫国家领土主权、保卫祖国和人民安宁的责任。

随着十八军的进驻，十八军医疗队也正式进入拉萨。但是，他们的进驻都是在1951年10月以后的事，在进藏时间上晚于徐乐天等三人组成的中央代表团医疗小组。

走进藏族民众

徐乐天身材比较高大，显得比较瘦削、精干的样子，平时戴着一顶蓝帽子，穿着一套藏蓝色中山装。脸上戴着一副浅色眼镜，一副儒雅书生的样子。因为他是中央代表团内的一名官员医生，平时可以穿便服，不用穿解放军的军装，因此可以在拉萨的大街小巷上随意行走，也可以到藏族民众家里登门入户，广泛接触当地百姓。也正因此，他能够见到更多的人，了解到更多的社会民情。而通过为当地民众治病，他也熟悉了当时西藏各个阶层的大小人物、各色人等，包括西藏地方政府、僧俗官员、贵族、喇嘛活佛。其中包括了十四世达赖的母亲、叔叔、姐姐、哥哥和弟弟。住在色拉寺的甘丹赤巴、五世帝珠活佛，贵族中的擦绒、邦达、桑都、宇妥、索康、车仁、拉鲁等。下层的民众，他接触了许多的平民、商人、普通士兵，甚至是大街上流浪乞讨的乞丐。

通过跟各色人等打交道，他了解并切身体会到了西藏这样一个真实的封建农奴制社会，感受到社会不同阶层之间的阶层阶级差别、等级界限分明。然而，医学没有贵贱、等级高低之分。医者仁心，泽被天下。无论是乞丐还是贵族，在徐乐天眼里都是他的病人，都一视同仁，他都用心为他们诊治，帮助他们康复。通过几年的行医，他亲身感受到了整个社会的实际情况和百姓的生存状况，远远超出了医务工作者的职责范畴。而这些了解，也让他对西藏的社会现实有了更深刻的把握，增强了他做好本职工作的责任感。

刚到达拉萨时，徐乐天一行住在拉萨市中心八廓街对面的一处三层楼的藏式建筑。门口拴着他们平时出门要骑的马匹。一开门便能看见对面八廓街上大大小小的商铺和买卖的各种商品货物。有青稞、糌粑、铁制小农具，还有用麻袋装着的干燥的牛粪球，一些平常食用的蔬菜，主要是大白萝卜和圆白菜。

此时的西藏还处在封建农奴制的统治之下，实行的是政教合一的社会制度。藏族民众信奉藏传佛教。哲蚌寺、甘丹寺、色拉寺三大寺直接参与西藏地方政府的政治事务和各项活动，对西藏政治走向往往起着举足轻重的作用。中央代表团认真贯彻《十七条协议》，并且参照自清朝起就有的历史惯例，给西藏三大寺庙的僧人发放布施。10月18日和19日，张经武将军和十八军先遣支队的解放军一道，在色拉寺和哲蚌寺，向僧众分别发放了4700余份和5900余份布施。

在布达拉宫广场上，徐乐天看到许多靠乞讨为生的乞丐。这是一群贫穷老弱、无家可归或者带有残疾的群体。他们就在广场上用一些破布、破油纸和小木棍、小树枝等搭起极其简陋的遮风挡雨的小帐篷式的屋子。这一群人便聚居于此。这里医疗条件极差，气味难闻，因此病患也多。当时，中央政府代表团也向这些贫苦的藏族群众做了布施。布施时大致统计了一下，住在这些破旧帐篷里的乞丐大概有

700人。

驻地的三层楼，住的是中央人民政府的代表张经武。一层不住人，徐乐天他们住在第二层。在二层的一间屋内，徐乐天摆放上桌子、凳子、一个药车、血压表之类的用品。这就算是用来给病人诊治的检查室了。

开始时，病人来看病，要经过大门口，需要先和一位藏族的四品官员交谈获得同意后才能进入门诊的屋子。

最初那个阶段，因为彼此还不了解，特别是当地的藏族民众还不了解中央政府派来的医疗小组，所以前来看病的病人并不多。

这时拉萨医院也还没有成立。因为病人不多，徐乐天此时的主要任务是应邀去家访看病，送医上门。通常都是贵族派家人牵着马来请医生，然后徐乐天便带上助手和藏语翻译，一同应邀前往。

贵族车仁家的房子是两层的藏式建筑，相当气派。女主人车仁佩珍患了荨麻疹，身上起了水肿性风疹块，瘙痒难忍。车仁便请徐乐天上门去帮她诊治。车仁家族接受过英式教育，会说英语，熟悉西方文化，因此在就医上并不保守，对西医比较熟悉，也能接受。

徐乐天登门去看过两次。开了一些对症的药，提示患者平时应注意远离花粉植物和动物等可能的过敏原。经过诊治，女主人的病渐渐好转了。

有一次，徐乐天正在诊所内忙碌，突然，贵族宇妥派了家人找到他。那个人一个劲地边说边用手势比画。

在一旁的藏语翻译告诉徐乐天："徐医生，这是宇妥的家人，他们家主人请您快去看病！"

"别急！让他慢慢讲。是什么人？得了什么病？"

翻译跟宇妥家人交流了几句，告诉徐大夫："是宇妥家的女奴生产。说是婴儿生下来了，脐带也都剪好了，但是胎盘却迟迟没下来。现在，那个产妇非常害怕，因此请徐大夫快去帮忙看看。"

"哦！是这样的……"徐乐天略假思索，便赶紧叫上医院妇科的女医生，一起骑着马，迅速赶到了宇妥家。

女奴住在一个侧面的小屋里。徐乐天看到，这个小屋又昏暗又潮湿，产妇蜷缩成一团，卧在羊毛垫上，不断地呻吟着，被汗水浸透的脸上充满了恐惧。

徐乐天通过翻译安慰女奴："不用怕！这是一个小问题。我们马上让这位女医生来帮你。你只管放松，正常呼吸就可以了。"

看到从天而降的汉族大夫，听到徐大夫的安慰，女奴好像看到了救星似的，脸上仿佛也放松了一些。

随后，徐乐天和其他人都退出了屋子。女医生立即戴好手套，做了消毒，然后让翻译转告女奴医生下一步要做什么，让她不要害怕。

女医生用盐水冲洗了产妇的外阴后，轻轻地将手伸进阴道，顺势探查。结果发现，原来那个胎盘只是卡在了子宫口上，因为产后子宫和宫颈口收缩，胎盘便没法下来，其实并没有什么特别的危险。医生动手轻轻地推拉那只胎盘。没过一会儿，胎盘便自然地落下。

女医生将胎盘举起，拿到产妇眼前，对她说："你看！胎盘取出来了。你没事了！"

一直惶恐的产妇这才大大地舒了一口气，脸上浮现出笑容。贵族主人和产妇的家人都非常开心，一个劲地向女医生和徐乐天他们道谢，一再挽留他们留下来吃晚饭。

医者的悲悯

天花是由天花病毒引起的一种急性传染病，未接种过疫苗的人群皆为易感人群，人是天花病毒唯一的宿主，天花病毒中的大天花病毒致死率可达30%。在历史上，天花流行曾造成大量人口死亡。在20世纪，天花造成了3亿至5亿人死亡。1952年春天，拉萨市流行天花。这种在祖国内地已经绝迹了几十年的病毒在雪域高原肆虐，而且患病率和致死率都很高。因为普通百姓的医疗卫生条件及居住条件都很差，因此致死的大多是贫苦百姓。

徐乐天经常在外行走，他见到，在平民居住的帐篷内外，到处都躺着满身满脸起了脓疱疹的患者。在拉萨的街角小巷，也经常有一些被遗弃的浑身长满了脓疱疹的天花患者，他们就被裹在一些破破烂烂的被絮里，奄奄一息苟延残喘，等待死神的降临。那时，人们对于天花还没有特效药，基本只能依靠患者自身的抵抗力，因此，在那段时间，徐乐天曾目睹了几位因为感染天花而死亡的藏族群众，后来他总也忘却不了那些惨不忍睹的情景。

在进藏之前，徐乐天和其他同事都接种过牛痘疫苗。牛痘病毒是一种可以引起人产生轻微牛痘病灶的病毒。若感染该病毒，只会产生轻微不适并且激发出人体对牛痘病毒的抵抗力，由于牛痘病毒和引起人类天花病的天花病毒具有相同的抗原性质，因此，人在接种牛痘疫苗后就能获得抗天花病毒的免疫力。

进藏人员自身并不担心天花病，西藏的大部分贵族、官员也接种过牛痘疫苗。因此他们对天花也并不害怕。

经过调查，解放军了解到，有许多藏族群众从未接种过牛痘，于是便立即着手推广普遍接种牛痘的工作。从各地调来了许多的牛痘疫苗。当牛痘疫苗不够用时，还紧急从印度和内地购买了大量的牛痘疫苗，尽最大努力给藏族同胞进行接种。经过一段时间的努力，天花疫情终于得到了初步控制。

因为工作的关系，在拉萨期间，徐乐天还专门去访问了西藏地方政府下属负责医药和历算的部门门孜康，亦即医算局。医算局当时有两位负责人。其中一位叫钦饶诺布，是一名四品官员。

徐乐天想看一看医算局里都有哪些医疗器械。结果发现，这里现代医疗器材就连简单的体温计和血压表之类的都没有。当他询问医算局负责人他们怎样给病人看病时，医算局的同行拿出了一张挂图。挂图像一棵树，树上长满了树叶，叶子上画满了各种姿态的人的图案，在树的根部画了一群人围着一个中心人物。那棵树周围、每片叶子边上，都用藏文写满了密密麻麻的文字。这棵树似乎有点像中医里身上标明了一个个穴位的铜人。

其实，早在1950年徐乐天去甘南夏河县拉卜楞寺慰问时，就曾在寺庙墙壁上看到了很多类似的壁画。他通过了解，知道此类医学挂图与壁画，是藏医通过树与图的形式，以根、干、枝、叶、花朵、果实做形象的比喻，完整地再现人的生命的全貌，揭示生理和病理之间的关系。然而，他们究竟是如何通过这幅画图来给病人诊病的，挂图究竟是如何使用的？医算局的同行并没有解释，同为医者的徐乐天也看得一头雾水。

在解放军到来之前，西藏的现代医疗机构几乎是一片空白。在整个拉萨市只有两家从事医疗的机构，一个是门孜康，一个是药王山医学利众院。这两家都是藏医的医疗和教学机构。门孜康创立于1916年，医学利众院创立于1696年。这两家医疗机构里都没有现代化的医疗器械或者辅助设备，专业医生也很少，而且他们只为官家、贵族和寺院僧侣三大领主服务。普通百姓缺医少药，加上生活卫生条件极差，传染病蔓延，瘟疫猖獗，导致民不聊生。广大农牧民缺乏基本的医疗条件，只能自生自灭，挣扎在生死线上。

冒险开展各种外科手术

1951年9月8日，徐乐天和冯冠森、魏晓峰这支中央代表团附属医疗小组，首先到达拉萨。随后10月25日，十八军卫生部主任张学彬等从成都出发的西南医疗队，还有中国科学院科工队小组组成的大队人马同时到达拉萨。12月1日，由董光率领的北京医疗队和从西安出发的西北医疗队到达拉萨。这些医疗队都有备而来，经过了较长时间的精心准备，他们为西藏带来了大量的医疗人力物力。在短短的几个月间，拉萨这座小城市就集合了近百名现代医疗人员。这些由四川、青海、新疆、云南四路入藏的解放军随军进来的部队卫生人员和中央民族卫生工作大队是最早参与筹建西藏地方医院的骨干力量。

经过一年的筹备，1952年9月8日，正巧是徐乐天他们抵达拉萨整整一年之际，在拉萨龙王潭公园之畔，在布达拉宫广场前的一处楼房内，拉萨市人民医院正式揭牌成立。

张经武将军和军区司令部、西藏工作委员会各部门的领导以及噶厦的官员出席了成立大会。

张经武在大会上发表讲话时说，我人民解放军进藏后，努力开展医疗卫生工作，积极为群众免费治病，在接近群众、影响群众方面取到了显著的效果。截至拉萨市人民医院成立之前，已免费为僧俗群众治病36000多人次，受到了群众的高度肯定和热烈欢迎。

医院、医生是给人民群众带去健康安全福祉的，因此，拉萨市人民医院的成立受到了西藏地方各族各界群众热烈的欢迎。

新成立的拉萨市人民医院，由张学彬任院长，崔静州任副院长兼内科主任，董光任副院长，孔宪云任医务主任。徐乐天则担任外科主任。

拉萨市人民医院的医疗人员由4个部分的人员组成：一是十八军的卫生委员，二是从四川去的西南医疗队，三是青海去的西北医疗队，四是北京去的北京医疗队。

由中国科学院派出的科学工作队的成员陈继舟教授运用自己带去的梅毒康氏反应试剂，先后做了1000多个病例，结果发现，当地群众的阳性反应率达到40%，这意味着当时在拉萨的普通百姓中，梅毒的感染率达到了四成。这种状况无疑令人十分担忧，但是，因为当时医疗条件有限，医生的诊治也需要因地制宜随机应变。在医院成立之初，只有30张病床。办理住院和做手术其实有很多具体的困难，而且，当时医院针对当地的贵族和老百姓，无论什么人都是一律免费治疗，住院的费用也完全由国家承担。

在这种情况下，截至1953年4月离开拉萨之前的短短半年多时间，徐乐天完成了一批外科手术，包括肠结核切除、宫外孕切除、急性阑尾炎手术和23例白内障手术。

因为到西藏之前，各地派去的医疗队都了解到西藏地区白内障的病发率高，所以都随身携带了精致的眼科器械，唯一没有带来的是眼科医生。面对着那么多的患者，也有很好的医疗器械，可是却没有主刀大夫。身为外科主任的徐乐天意识到，或许这个重担就该由自己来承担。虽然此前他并未接触过眼科手术，但是，丰富的临床医疗经验使他有信心给患者做好眼科手术。

白玛大妈已经50岁了，双目失明多年，脸上布满了皱纹，头发发白，显出与她这个年龄并不相称的苍老模样。

在翻译的帮助下，徐乐天帮助她取出了一个眼睛老化的晶体核，白玛大妈隐隐约约地看见了一些光明，便禁不住用藏语大声叫喊起来："嘎布睿！嘎布睿！"

徐乐天问旁边的翻译，翻译告诉他，大妈在喊"白色的！白色的"。原来，失明多年的她终于能够看见光亮了，因此激动万分。

这，让徐乐天感到十分高兴。看到自己为病人解除了病痛，带来光明的喜悦，他自己的内心也充满了欢乐。

新闻报道了这位白内障患者重见光明的故事。

拉萨文工团得知这件事，认为是一个很好地增进百姓与军队鱼水情深也是人民政府为人民带来幸福和光明的故事，于是专门派创作员到拉萨医院去采访。不久后，他们便编出了一个《白内障重见光明》的舞台剧，并且陆续在西藏各地上演。这部剧打动了很多藏族民众，也让许多罹患眼疾乃至失明的人看到了希望，纷纷找到了拉萨医院，请求给自己做手术。

1952 年的一天，军区送来了一个女战士，年龄不到 20 岁，说是左下腹疼了一天。

医生给她测了体温，体温正常。又检测了血常规，结果发现白细胞计数 5000 每毫升，血红蛋白只有 10 克每升。

检查的临床医生想到了，这可能是宫外孕。但是，患者是一个还不到 20 岁的女战士，甚至还没有结婚，怎么可能怀孕呢？因此，大夫心里有一点犹豫，不敢说出口。

腹部疼痛，究竟是什么原因呢？

徐乐天感到很困惑。他认为可能需要通过外科手术来找到原因，并且帮助患者解除痛苦。

他对姑娘说，你这种症状可能需要做手术，你再想想看，在此之前有没有其他特殊的经历。

听说需要做手术，这个姑娘一下了慌了，这才羞红着脸道出了实情。

原来，她和部队的一名战士偷偷地好上了，因为部队纪律很严，两个人没敢公开恋爱。前一阵子，两个人偷吃了禁果，因为慌慌张张，也没有采取防护措施，估计是肚子里"有了"，因为这些天她也经常感到恶心、呕吐。

和徐乐天一起会诊的临床医生脱口而出："那应该就是宫外孕！是宫外孕造成的腹痛。"

在做过进一步检查之后，确认这个女战士的确是宫外孕。

"宫外孕"，医学上称为"异位妊娠"，是指受精卵在子宫腔以外的部位着床并发育的情形。异位妊娠是妇产科常见的急腹症。罹患此症的怀孕期女性在停经后会出现阴道不规则出血、腹痛等症状。如果不及时处置，将有可能造成怀孕早期孕妇大出血乃至死亡等严重后果。于是，徐乐天严肃地对姑娘说："你这种情况需要急诊，马上做手术。"

姑娘问："医生，那我肚子里这个孩子就保不住了吗?"这是她怀上的第一个孩子啊。

"是的，宫外孕很危险，不可能成功孕育，更不可能成功分娩。只能做人工手术，取出未成形的胎儿。"

姑娘非常躁动。可能是为自己婚前不当性行为而感到懊悔，也可能是因为已经怀上的孩子却保不住，因此显得特别激动。她红着脸一再地追问："大夫，有没有其他办法能保住这孩子。我还是希望留下他。"

徐乐天无奈地摆摆手，告诉她："现在的医疗条件，无法保住孩子，也无法单纯通过药物就能治好这种病。你这种情况，只有做手术切除才能免除病痛，否则，会给你自己带来生命危险。"

姑娘默默地听着，眼眶发红了。

救人要紧! 徐乐天深知宫外孕的极大危险，他决定亲自主刀。

开刀就需要采用点滴乙醚实行全麻。内科医生任华林自告奋勇担任麻醉师，他给姑娘注射了麻醉剂，效果非常好。

躁动的姑娘安静了下来，徐乐天得以平心静气一心一意地做手术。虽然没有很好的医疗条件，但是根据患者的主诉和自己的判断，徐乐天准确找到了宫外孕的位置，并将未成形的胎儿完整地取出，然后熟练地缝合了伤口。手术取得了成功。

姑娘腹痛的症状很快便消失了。因此，这位女战士所在的单位领导非常高兴，参与这场手术的全体医护人员也倍感振奋，因为这大概是拉萨人民医院做的第一例比较复杂的外科手术，况且这个手术的风险很大。

北京医疗队队员王改兰是一名20多岁的护士。她在进藏之前已经被明确诊断患有回盲肠部肠结核，但是没有任何症状。到了拉萨，因为高原缺氧、高原反应，她的消化道开始出现一些异常的情况，包括发生了肠梗阻。肠梗阻是一种非常危险的病症，如果不能及时处理，将导致患者无法正常进食甚至死亡。在这种危急情况下，徐乐天决定，马上给她进行手术处理，切除回肠部。

虽然拉萨市人民医院刚刚成立，条件非常简陋，但是身为护士的王改兰，完全相信外科医生的能力，相信已经做了多例成功外科手术的徐大夫一定能够帮她解除病痛。

其实，徐乐天在手术之前心里并无十分的把握，因为毕竟他还没有做过这种回盲肠部的手术。但是，看到患者因为肠梗阻而忍受的巨大痛苦，他又觉得自己必须挺身而出，无论如何都要冒险去闯这一道关。

做回盲肠部切除，可能会发生腹部大出血的后果，需要有很好的止血减压的措施。这时，北京医疗队带来的十二指肠减压管正好派上了用场。因为有了这个减压管就能减轻患者肠道的压力，从而给手术争取时间。

根据病人的情况，徐乐天决定给王改兰做局部麻醉，就是腰部麻醉。在手术前，大家充分地讨论病例，研究手术的每一个步骤，因此，在实施手术过程中，腰麻效果很好，手术也很顺利，没有出现意外。经过几天的术后康复、防感染，患者身体恢复良好。

这个手术虽然冒了很大的风险，但最终取得了成功。这也极大地鼓舞了徐乐天，让他对自己的外科手术能力增强了更大的信心。

然而，见到许多自己无能为力的病例，徐乐天也感到十分痛心。

拉萨大街一家北京商店的一名女员工，年轻貌美，又喜欢笑。因为她从未接种过牛痘疫苗，在1952年天花大流行期间，不幸感染上了天花病毒，症状极其严重，呼吸、消化、泌尿系统衰竭。当她被送到医院，徐乐天经过检查，发现已经无法着手治疗了。于是他只好眼睁睁地看着这样一个貌美如花的年轻姑娘就在自己眼前凋谢，感到非常痛惜。这一年春天在拉萨，他已经先后看见了3个因天花疫情死亡的病例。

这次天花疫情，让他认识到，医生治病一次可以治愈一个病人，但是只能一个一个地去治疗，而如果能够开展大规模的预防以及推广疫苗接种，就可以消灭大范围的疫情传染病。在一次次的实践中，他对临床医学有了更为深刻的认识，切身体会到了病防在先、以防为主、"大医治未病"的说法的确是真理性的见解。

拉萨市人民医院是在雪域高原成立的第一家社会主义现代化的科学医院。这家医院的成立，结束了雪域高原从来没有现代化手术的历史，而开启创造这一历史的正有徐乐天这位援藏医生第一人。看到在自己的手术刀下，许多垂危的病人转危为安，尤其是许多原来被判定为盲人的人，经过治疗重见光明，不仅让徐乐天增强了荣誉感和成就感，也让拉萨人民医院的广大医疗工作者看到了自己工作的重要意义。与此同时，这些犹如让死人复生一般让盲人复明的实际疗效，也让拉萨人民医院和广大医疗工作者在西藏群众中树立了很高的威信。原先骨瘦如柴、从死亡边缘被抢救过来的患者，当他们康复出院时，每一个人都眼含热泪，真诚地感谢党中央，感谢解放军，他们用藏语说："中央人民政府好！金珠玛米好！"医院对百姓看病、检查、化验、发药、注射，包括住院、输液、手术，甚至膳食、住宿全部免费，因此深受当地百姓的衷心拥戴和热烈欢迎。开业以后，几乎每天藏族民众都络绎不绝地前来就医问诊。医院的院子里，经常是熙熙攘攘的，如同集市。老百姓认为，找到了这里，就找到了治好疾病的希望，也就找到了健康和幸福。

患者家属举办感谢会

有一次，有一名藏族同胞在家里整理炸药时，不慎发生了爆炸，结果把面部炸得鲜血淋漓、血肉模糊，昏倒在了地上。

他的家人吓坏了，以为自己的亲人肯定不行了，估计活不成了！一家人都呼天抢地号啕大哭。

邻居听见爆炸声和哭声，纷纷围过来察看。看到倒在地上一直在流血的乡亲，他们立即意识到发生了什么，连忙对那一家人说："听说拉萨人民医院的大夫医术很高明，他们能让盲人的眼睛睁开，他们也一定能救活你们的亲人。"

于是，抱着一线希望，大家一起动手，帮着把昏倒的受伤者抬到了拉萨市人民医院。

外科主任徐乐天立即亲自给患者做了检查。他指挥医护人员，给患者的伤口进行及时的止血清理。经过包扎，血止住了。好在失血还不算太多，加上止血及时，没过多久，那个患者便从昏迷中清醒过来。

看到自己的亲人醒过来了，藏族同胞非常激动，万分感激，认为是徐大夫救了他们的家人，他们双手合十说："徐大夫，您就是活菩萨，您是毛主席派来的神医啊！"

徐乐天摆摆手说："虽然血止住了，人抢救过来了，但是因为失血较多，还需要留在医院里观察治疗。"

藏族同胞听从了徐大夫的处置。医院给患者进行了精心的护理，及时地换药。一周之后，那些伤口都陆续地愈合结痂。加上医院的营养搭配得当的伙食，这位受伤者很快便恢复了健康，开始能够自己下地行走。

当看到自己的亲人又活蹦乱跳恢复原样，站在自己面前的时候，那一家人都无比激动。他们一再地表示，共产党的恩情太重了，医生对他们太好了，他们一定要好好感谢医生！

但是，徐乐天坚决不接受那家人赠送的各种礼物，更不接受他们给予的钱财。他笑着说："这是我们作为医生应该做的事情。而且，按照医院的规定，患者生病治疗一切都是免费的，我们不能收你们的钱，也不能收你们的东西。"

那一家人觉得，实在没有办法表达自己的感激，于是便一再地找到医院领导，提出，他们要为此专门召开一次感谢会。

医院领导通过研究，认为这也是一个教育医疗工作者和促进医护人员同当地百姓密切感情的好机会，于是便同意了。

几天后，在拉萨医院门外的空地上，隆重地举行了一次别开生面的患者家属感谢会。

在墙壁上方悬挂着毛主席的巨幅画像。在画像的两边，用绳子扯着拉开两面巨大的五星红旗。一个临时搭成的主席台，台边坐着医院的领导和徐乐天大夫等。台下则密密麻麻地坐满了医护人员和一些当地的藏族民众。

戴着圆顶毡帽的藏族同胞站在台上，手里拿着稿子，含着泪花，一句一句地朗读着自己发自内心的感谢之词，感谢那些为他们救回了亲人的医生亲人，衷心感谢毛主席，感谢中央人民政府，感谢"金珠玛米"，衷心祝愿这些人民的好医生扎西德勒，吉祥如意！

这场特殊的感谢会，给徐乐天留下了深刻的印象，也有力地促进了藏族同胞对人民医院的理解与拥戴。

见证公医在西藏变成现实

本来，在1951年动身进藏之前，组织上告诉徐乐天，他去西藏只是去出差，时间也就是3个月。然而，等真的到了拉萨，徐乐天切身感受到了当地缺医少药的严重情形，加上天花疫情肆虐、外科大夫急缺等原因，他不得不一次又一次地推迟离开西藏的时间。

眨眼间，时间便过去了两年。在临床诊疗过程中，徐乐天感受到了自己在医术上还有许多盲区，有很多亟待提升的地方。正在此时，他原先受业过的协和医院向他伸出了橄榄枝。当时，协和医院要重建胸外科，却缺乏医师。

1953 年 4 月，在拉萨医院不断壮大、内地前来支援的医护人员越来越多、医院外科医师队伍逐渐健全之后，徐乐天，这位进藏医师第一人，恋恋不舍地离开了自己热爱的这片土地和人民，回到了北京。

在北京协和医院，他在几位医学前辈的提携、教诲和引领下，逐步开展胸外科手术。日复一日，年复一年，经验丰富的他修炼成了协和胸外"一把刀"，成了名扬天下的胸外科专家。

在后来的岁月里，他除了在医院出诊外，还常年到基层去为老百姓看病。

在临床上，他陆续做了 850 例食管癌、贲门癌手术。对这些手术，他都进行了认真的探讨和分析，总结出了许多重要的经验。20 世纪 80 年代，他应邀赴美国访问，用自己所做手术的临床经验，给当地的医师们作报告，深受欢迎和赞赏，并被美国的医学院聘为客座教授。

在临床诊疗之外，徐乐天还言传身教带学生，培育了一批优秀的外科医师人才。2015 年，徐乐天获评"最美医生"。

回想当年，1947 年他曾在《大公报》上发表文章，呼唤人人都能享有福利医疗。半个多世纪过去了，2001 年，正值香港《大公报》创刊 100 周年之际，他又有感而发地写下了《我和〈大公报〉》一文。他以世界卫生组织提出的"人人享有医疗保健"作为目标愿景，写下了自己的感想，刊发在这一年 7 月 15 日的《大公报》上。在这篇文章里，徐乐天回顾了党的十一届三中全会以来，中央实行了一系列重大决策，引领我国经济又好又快地发展，30 多年来，达到了前所未有的水平，我国城乡居民，普遍实施基本医疗保险，这种改进了的公益制度，合作医疗、全民医疗保险，在一个 13 亿多人口的大国真正实现了从过去的无医无药、缺医少药到"人人享有基本医疗保健"。在他看来，这和全国取消农业税、推广普及九年义务教育制度，都是划时代的伟大创举。他在 1947 年作为一个青年学生曾经提出的那个美好的梦想，在今天的中国，已经美梦成真。为此，他深感欣慰。

而对于西藏，他更是有着一份特殊的感情。

2002 年 9 月，在西藏自治区人民医院（其前身即为拉萨市人民医院）成立 50 周年之际，徐乐天应邀回到了这座自己亲手参与创建的医院。他看到，这个拉萨市第一所现代化医院，如今已拥有 500 张床位、700 多名职工，成为自治区第一家三级甲等医院。他亲眼看到了蓝天白云、雪山碧水和欢快流淌的拉萨河，看到了一座和祖国内地大城市一样生机勃勃的现代化大都市。过去那个落后、陈旧、肮脏的拉萨已经一去不复返，永远地留在了他宝贵的相册里。在拉萨这片土地上，活跃着来自祖国四面八方的人们，这是一座充满创造活力的现代化城市。他看到自己当年的梦想一一成真，看到自己亲手参与筹建的西藏历史上第一所现代化医院，揭开了医疗援藏的历史篇章。数十个春夏秋冬，寒来暑往，数不清的赴藏、援藏的医疗队和医护人员，奔赴高原，播撒大爱，为提高西藏的医疗水平作出了不可磨灭的贡献。今天，在医疗人才组团式援藏的推动下，一个个国家级、省级质控中心、培训基地都在西藏自治区人民医院相继挂牌，见证了西藏自治区人民医院稳步提升的学科水平和辐射能力。随着医疗水平的显著提升，西藏百姓的健康指数与幸福指数亦随之明显提高。看到这一切，徐乐天心里充溢着欣慰和兴奋，也感到无比自豪和骄傲。

2019 年是新中国成立 70 周年，耄耋之年的徐乐天，重新整理了近 70 年前自己跟随中央代表团进藏的经历，找出了当年亲手拍摄的一幅幅珍贵的照片，一一加上简短的文字说明，编著成了一册薄薄的《拉萨影痕》，交由洪涛担任社长的中国藏学出版社，并于当年 2 月正式出版，作为献给中华人民共和国成立 70 年的一份珍贵礼物。

2022 年 9 月 22 日，徐乐天安静地走了。这一年，他 96 岁。在70 多年的行医生涯里，他为不计其数的患者解除了病痛，挽救了生命，而他自己，最终亦毫无痛苦和遗憾，微笑着辞别了这个他挚爱的人世。

第十一章

情牵百姓，护佑安康

生命至上，人民至上。为了高原人民的卫生医疗事业，一批又一批救死扶伤的白衣天使勇毅出征，以"攀登者"的姿态登上高原，克服种种困难，为百万藏族百姓送去健康和平安。

医疗界的代表叶如陵传承医疗健康援藏的光荣传统，持续援藏 31年，谱写了一曲大爱献边疆、仁术泽人间的壮美乐章。

"我要去援藏，我们还是分手吧！"

1959 年，叶如陵考上了南京医学院（今南京医科大学）医疗系。叶如陵和雷锋都是 1940 年出生的同龄人。1962 年，在雷锋牺牲后，全国掀起了向雷锋同志学习的高潮。在雷锋精神的感召下，叶如陵第一次递交了入党申请书。

1964 年，叶如陵大学毕业后分配到了北京中国医学科学院整形外科医院，当上了一名整形外科大夫。

有一天值夜班，他在查房的时候看到有一个护士正在吃饺子。他随口感慨地说了一句："这么晚了还有饺子吃，有家在北京真好！"

这位护士就是张玉凤。她是北京人，1947 年生，比叶如陵小 7 岁，刚从中国医学科学院北京协和医院护士学校（现协和医学院护理学院）毕业不久。在平常工作中，叶如陵和这位年轻的女孩有过一些接触，觉得是一位挺善良的人。没想到他只是随口一句话，第二天晚上值班时，张玉凤竟捧着一饭盒饺子递给他，说："请你吃饺子。"就这样，两位彼此互有好感的年轻人便开始了交往。在交往一年多以后，两个人开始正式地处对象。

1969年，毛主席发出了把医疗卫生工作的重点放到农村去的"6·26"重要指示，周恩来总理对中国医学科学院指出："你们最高学府也要支援边疆。"中国医学科学院立即组织成立了3支医疗队，分赴甘肃、青海、西藏3个省区，支援周期都是3年。

叶如陵听说这个消息后，心想既然要去就去最艰苦的地方，于是便毫不犹豫地报名去支援西藏。看着女友比较单薄的身体，叶如陵惴惴不安地跟她告别："我要去支援西藏，西藏那边的生活环境太艰苦了，我不能拖累你，我们还是分手吧！"

没想到，张玉凤却坚定地回答："不！你去西藏，我也要去！我是护士，我也要为边疆建设做贡献。"

叶如陵原以为两个人可能从此天各一方，没想到女友竟然如此坚定，愿意和他相濡以沫、同甘共苦。于是，两个人便正式地谈婚论嫁。在医疗队去西藏的前夕，1969年9月3日，简单地办了酒席，请了双方的亲友聚一聚，两个人就算结婚了。

1970年刚过完新年元旦，1月2日，叶如陵和自己的新婚妻子就同北京援藏的23位医护人员一起踏上了进藏之路。他们先从北京乘火车到了青海西宁。接着，换上了汽车，从柏油马路到颠簸不已的"搓板"土路，跋涉了半个多月才到达拉萨。

一路上，高原反应带来的强烈不适，让叶如陵格外感慨当年十八军修筑青藏公路的艰辛，十八军的事迹令他备受鼓舞，他为西藏人民服务的决心也更加坚定了。在路过唐古拉山顶时，医疗队一行人还专门下车采摘了一束束野花，献给因修筑青藏公路而牺牲的十八军的烈士们。

当时仍处于"文革"时期，医疗队到了拉萨没有人管他们，大家就住在拉萨招待所里等待了两个月。陪着他们进藏的军代表很着急，不断地去找组织。最后，医疗队一行23个人被分到了各个县去。其中6个人包括叶如陵夫妇则被分到了昌都地区类乌齐县的马查拉煤矿卫生所工作。

在马查拉煤矿

西藏和平解放后，昌都地区要建热力发电站，需要用煤来发电。通过勘查，在马查拉地区发现了煤层，于是就在这里建立了马查拉煤矿，进行煤的开采，开启了西藏第一代重工业。煤矿领导是 60 年代进藏的汉族干部，煤矿工人有 100 多人，原先是藏族年轻的牧民。

马查拉位于西藏东北边界的山区，往北翻过山去就是青海玉树，方圆百里之内没有人烟，只有夏季才有牧民把牦牛赶到山上来放牧。

开始时叶如陵他们以为马查拉煤矿的条件肯定会比其他援藏医疗队员分配的地方条件要好，感到很高兴。从拉萨坐车走了 4 天才到达马查拉煤矿。到了才知道和他们想象的不一样，这里是一片荒凉的地方。海拔高达 5240 米，存在着"三高三低"：高海拔、高寒、高辐射，低气压、低氧、低沸点。空气中的氧气含量仅有 11%（而北京则有 26%）。

刚到这里，每个人就发生了非常强烈的高原反应：呼吸困难，头疼欲裂，眼睛充血，走路就像踩在棉花上，深一脚、浅一脚；晚上睡觉不能平卧，只能靠着被子打盹；大家一个个脸色发紫，加上强烈的紫外线照射，不到一个月，每个人的皮肤都被晒得黝黑黝黑的，像是一个个"非洲黑人"。

马查拉天气严寒。一年 365 天，每天都需要生火取暖。不仅如此，因为海拔高，水的沸点就低，水烧到 83℃ 就沸腾了，大家只能喝这种温暾水，吃夹生面、夹生米饭。在这里蔬菜也不易储存，只能吃干黄花菜、粉条、木耳等耐储存的蔬菜和食物。一个月下山一次，从山下把一个月前的报纸和信件拉上来。时间不长，叶如陵的血色素就涨到了 23.9 克，几乎是正常人的两倍，得了高原红细胞增多症。

生活异常艰苦，但是矿工们见到他们却都很高兴，格外热情地欢迎这些医护人员的到来。他们激动地说："你们是毛主席派来的，是北京来的医疗队。你们来了之后，我们以后下矿井，心里就更踏实了！"

叶如陵想起当年一面进军西藏一面筑路的十八军，他们当年的条件可比现在苦多了。现在又听到煤矿工人发自内心的这种期盼，更是深受鼓舞，下决心克服种种困难，也要把卫生所扩建起来。张玉凤原来是护士，到了这里她便改行当一名药剂师，专门分管药房，矿工们都很喜欢她。

初到西藏，语言不通，无法和患者直接交流，这是叶如陵遇到的最大的困惑和难题。语言不通，患者的病情、医生的诊断和建议都无法准确地向对方表达，造成了许多麻烦。于是，叶如陵想到，要想在西藏当好一名医生，一定要攻克语言这个难关。从那时起他便开始学习藏语。对于他来说，这并不容易。但是叶如陵利用一切机会向藏族矿工和牧民学习。渐渐地，他就能够用不太准确的藏语和患者进行直接的交流，这样就能帮助他准确地做出诊断和治疗。

到了1972年，马查拉卫生所终于形成规模了。卫生所不仅为矿工们看病，在夏季，卫生所的医生也经常骑着马，定期去给附近的牧民看病。

生活区位于海拔4800米的地方，煤矿工地在海拔5240米的高山上。矿上汽车有汽油的时候，就开车送工人到工地上去采煤，没有汽油大家就走路上山，每次都要气喘吁吁地走上一个多小时。为了方便给矿工看病。卫生所在井口设立了值班点，送医到井口，在井口出诊。工人在井下40米工作，每生产两个小时就需要上来歇口气。叶如陵他们在值班室里为工人们烧开水、热饭，矿工们也可以在这里休息、烘烤衣服。

在煤矿，叶如陵和藏族同胞结下了深厚的友谊。藏汉一家亲，民族大团结，对此他感同身受。藏族同胞都尊敬地称他"阿姆吉拉"。在藏语里，"阿姆吉"意为医生，"拉"是表示尊称的敬语。在马查拉的这几年里，大量的重体力活工人们都不让他干。每次从矿井下上来，每位矿工都会精心挑选一块整齐的煤块装在包里带下来，路过叶如陵家时放在他家门口，结果他家门口堆起了一大堆的煤，几年也烧不完。休息的时间，工人们就帮他们劈柴火。用水需要下到二三十米深的山沟去提水，当生活区停电抽不上来水时，工人每天都帮叶大夫把水从深沟里提上来。尤其让叶如陵感动的是，有一回发生骚乱，有一个藏族小伙，天天都坐在叶如陵家对面的山坡上。后来别人告诉了叶如陵，他才知道，这个藏族小伙原来是在暗中保护他们。

每次叶如陵下到牧区去给牧民们看病，老百姓一听说北京来的阿姆吉拉要来，都早早地就准备好酥油茶和像豆腐块似的酸奶等着他们。每回叶如陵都会随身带上一包白糖，把白糖撒在酸奶上吃，味道特别好。他也给牧区的老百姓带去了他们最需要的药品。男士们喜欢的是甘草片，他们把甘草片磨成细末掺和到他们喜欢吸的鼻烟里，味道很好闻。那些女牧民要的东西特别奇怪，她们想要的是医用胶布。每逢节假日她们都会把脸洗干净，再把那些胶布剪成一小片一小片地贴在自己的脸庞上，她们觉得这样装饰很好看。

煤矿海拔高，生活、工作条件差，困难也多。但在矿山，医护人员和工人关系十分融洽。在这里，原本只是整形外科大夫的叶如陵不得不担负起一名全科大夫的职责，老人、孩子的病都要看。不仅能看感冒、发烧、拉肚子，也能做手术。一次，在整个卫生所医疗人员的积极配合下，创造条件，在一个临时搭建的手术室成功地为一个藏族妇女做了"子宫全切"，受到矿领导和昌都地区人民医院的褒扬。

1972年春天，张玉凤怀孕了。为了确保婴儿的安全，在妻子怀孕6个月时，叶如陵就让她回北京到她父母家待产。这一年12月31日，女儿叶岚出生。出生后才100天，张玉凤便忍痛把孩子留给姥姥、姥爷，只身返回了西藏。

当时，叶如陵和妻子的户口和粮油关系都在西藏，女儿在北京出生但却不能在北京报上户口。就这样，他们的女儿一出生就成了一个"黑户"。孩子喝牛奶都要凭北京户口。没有户口当然也没有粮油供应。无奈，叶如陵夫妻俩只好自己省着吃，把攒下来的一点全国粮票都寄回北京。那时的规定是西藏的物资不准回流到内地，无奈之下，他们就在西藏买好布，绑在身上，到成都出差时带到成都，再从那里寄到北京。好在孩子还小，日子就这样一天天地挨过来了。

直到 1976 年，唐山发生大地震，北京市要求疏散人口。叶如陵的小女儿没有地方可以疏散，直到这时，北京公安部门才同意让孩子随姥姥姥爷给报上了户口。姥爷很激动，带着小外孙女专门到西单的北京电报大楼，给叶如陵夫妇打电话。在电话里，女儿兴奋地告诉叶如陵："爸爸，我不再是'黑人'了，我现在是'白人'了，可以上幼儿园了！"听到孩子童稚而天真的话，叶如陵眼泪唰地就流了下来。

1973 年年初，3 年的援藏时间转眼就到了。其他援藏的同事纷纷回到了北京，而叶如陵和妻子却因为表现好，被要求留下来。那时有一句半开玩笑的话这样描述："表现坏，走得快；表现好，走不了。"这时女儿出生没多久，叶如陵心里当然也渴望能够回到北京，可以更好地陪伴孩子成长，因此他当时在心里确实经历了激烈的斗争。

西藏自治区卫生厅希望他们留下来，马查拉煤矿的矿工们也希望叶如陵阿姆吉拉能够留下。在煤矿的几年生活，对叶如陵的思想触动很大。煤矿工人和领导弘扬"一不怕苦、二不怕死、顽强拼搏、甘当路石、民族团结、军民一家"的"两路精神"和党中央为长期建藏援藏人员总结出的"老西藏精神"让叶如陵深深地受到教育。叶如陵思前想后，权衡再三。最后他认识到，像他这样的大夫在北京有很多，西藏却很少，西藏和煤矿需要他，矿工们需要他，于是他决定留下来。当他把这个想法和妻子一说，善良的妻子再一次坚决地支持他一起留下。

煤矿采煤一直在进行中，但暴露出的问题越来越多。马查拉煤矿属于横断山脉地区，生态脆弱。煤矿因为海拔高，生活、工作条件差；矿工们技术不熟练，生产事故多；加上大设备上不去，生产技术不行。最重要的是矿脉不清楚，一窝煤采掘完了，下一窝煤在哪儿，还需要重新找，因此煤的产量相当不稳定，给发电厂发电带来被动。当时主要靠砍伐煤矿周围的原始森林来做巷道的支撑木，坑木需求量大，树木砍伐得比较多，对森林有较大的破坏，老百姓对此很不满。煤矿离昌都很远，运煤车来往一次要一天，而且由于缺氧，四吨的车一次只能拉两吨煤。老百姓说，这是在用汽油换煤，实在划不来。于是，在 1973 年年底，中央经过认真考虑，决定马查拉煤矿暂时下马，待以后条件具备后再重新上马。

"如果离开西藏，我会一辈子良心不安"

一听说马查拉煤矿下马了，拉萨方面迫不及待地找到矿领导，要把叶如陵夫妻俩调到拉萨去工作。就这样，1973年年底，叶如陵和妻子被调到了拉萨西藏自治区人民医院工作。

那时医院的医疗设备和医疗水平只相当于内地县级医院的水平，只有大内科、大外科、儿科和妇产科，其他的医学科室都不健全。医院里许多的藏族年轻医生都没有上过大学，都是依靠老医生带徒弟的方式"传帮带"这些年轻的医护工作者。一批60年代进藏的汉族老医师，身体不好，又快要退休了。因此，叶如陵一到人民医院很快就变成了医院的骨干。

西藏和平解放之前，西藏的医疗主要是藏医，后来有了西医。开始时老百姓都不了解、不相信西医，不喜欢到医院去看病。有一个真实的故事是这样的：有个藏族百姓生病了，就去找寺庙的喇嘛开了藏药。结果病并没有好，他就又去找喇嘛。喇嘛就告诉他："昨晚我做了个梦，菩萨跟我说，让你到人民医院去看病。"于是这个人就来到西藏自治区人民医院看病，病就好了。老百姓就是这样渐渐地认可了西医，而且知道了什么病该看什么科的医生。

在西藏自治区人民医院，叶如陵一直工作到了2000年退休为止。在这27年间，他参与和完成了好几件大事。

当时从内地到西藏要走川藏线或青藏线。那时的公路还都是碎石路、"搓板路"，西藏各县之间主要是泥土路，因此汽车行驶在路况不佳的道路上很容易出车祸。车祸中很多的伤员都是颅脑外伤。送到人民医院，由于医院没有脑外科医生，不能手术，只能保守治疗，很多人就没能被救活，死亡率很高。叶如陵学的是整形外科，当时，藏族同胞对于整形并不了解也不感兴趣。叶如陵感觉自己在西藏搞自己的本专业搞不下去，而脑外科又缺乏医生，他没有学过脑外科专业，为了能够更好地帮助这些伤员，他决心改行，当一名神经外科大夫。

说干就干。他先找来了一些颅脑外科解剖书籍自学。每天晚上值班，没有病人的时候他就专心地看书。他还请求病理科帮忙找来了一个经过处理的人脑标本，他自己揣摩着学习人脑解剖。

这天晚上，王院长在夜查房时撞见了叶如陵正在琢磨人脑解剖。叶如陵汇报了他想学脑外科的想法，王院长勉励他好好干。

两周以后，就有了一个机会。卫生部要为新疆和西藏培养一批神经外科医生，要在上海举办一个培训班。于是王院长便推荐叶如陵去上海瑞金医院学习一年。

1975年，叶如陵来到瑞金医院。这一年的时间他整天都泡在医院里，跟着医院的大夫认真学习，几乎没有离开过医院，近在咫尺的上海外滩他都没去游玩过。这时，他的妻子张玉凤回北京休假，便专门带着他们的女儿从北京赶到上海。就这样，在女儿两岁九个月的时候，叶如陵第一次见到了自己的孩子。

因为表现出色，在他即将完成进修时，当时瑞金医院神经外科主任汪道新便极力挽留他："我们神外科缺人，听说你是南京人，离上海很近，你就留在我们医院工作吧！"

听到这个邀请叶如陵很兴奋。是啊，如果能留在上海，当然非常好！上海是一座大都市，是我国经济发展的前沿，能够留在上海工作，对自己医术的提高无疑大有帮助，在这里自己也会有很大的发展前景。

汪主任仿佛看出了他的心思，接着说道："你要愿意留下，西藏方面的问题我们去协调。"

然而，一想到西藏缺医少药，尤其是西藏至今都还没有神经外科，没有神经外科的大夫，如果自己留了下来，心理上怎么也过不去。经过慎重的考虑，叶如陵最终还是委婉地谢绝了汪主任的盛情。他回复说："西藏需要我，如果离开西藏，我会一辈子良心不安。"

学成回来，他总算可以给脑外伤病人做手术了。但是那时西藏缺医少药的状况并未彻底改观。手术后，有的病人出现脑水肿需要脱水治疗，最好是给病人输入甘露醇。西藏没有甘露醇，叶如陵只好用

50% 的葡萄糖替代。遇到脑出血的病人，因为缺乏脑外科专用的止血血管钳，无法给出血的皮瓣止血。叶如陵尝试着用普通外科血管钳钳夹皮瓣根部去止血，止血效果也很好。这是他自己摸索出的经验，上海的汪道新主任知道后，对此十分欣赏，把它称为"叶如陵止血法"。后来叶如陵在清查外科仓库的时候，发现了老十八军进军西藏时带去的一整套的脑外科器械，特别高兴。由于当时十八军没有神经外科医生，这套器械便一直存放在仓库里。

在拉萨做手术，经常会遇上停电的情况。有一回，叶如陵正在给一个患者做脑血管造影。病人躺在放射科的手术台上，穿刺针也已经刺进颈动脉了，正要推造影剂做血管造影时突然间停电了！

无奈之下，叶如陵穿着带血的手术衣径直跑到发电厂，请他们马上把电给送到医院来。发电厂工人们吓坏了，马上送上电。叶如陵同发电厂协商好，今后发电厂如果要给医院停电必须事先通知。

就这样，神经外科在区医院发展起来了。

殚精竭虑谋发展

在医院里，叶如陵一边工作一边还要带藏族的年轻医生。他们没有上过大学，普通话说得不好，教他们就比较难。院里有一个老医生带一个藏族年轻医生，带了 10 年，结果那个藏族医生还是只学会了阑尾切除。

医院条件差，没有一间教室。每次培训，叶如陵就在草坪上给学员们上课。

1977 年，西藏成立了西藏医学院，又在咸阳西藏民族学院成立了医疗系。叶如陵被聘为两所学校的教授。从此，他就一边在医院做手术，一边在高校里为藏族学生讲课。1982 年，西藏自治区有了第一批正式的医学专业的藏族大学毕业生。叶如陵在西藏工作 31 年，西藏有 70 多个县。31 年间，叶如陵走过了 30 多个县，在每个县他都能见到他的学生，这是让他尤其自豪的一件事。

当年马查拉煤矿卫生所曾招聘了几个年轻的藏族小伙子，其中有一个小孩，叫"仁青"。他跟叶如陵学消毒打针，一学就会。但是这个孩子有些调皮，也不会料理生活，分配给他一个月的粮食，20多天他就全吃完了，工资也花没了，于是他就到处去蹭饭吃。叶如陵找到他，让他把粮票、工资都交给自己保管。每周再按额发给他。这样，仁青就不至于到了月底没饭吃。因此，叶如陵和仁青关系处得很好。矿工们看到叶如陵对仁青这么好，就对仁青说，你就管叶医生叫"阿爸"吧！仁青爽快地答应了。从此，仁青就人前人后地叫起了叶如陵"阿爸"。

后来煤矿下马了，叶如陵被调到了拉萨，仁青则被调到了昌都人民医院，随后又被送到华西医院去学习，找了一个拉萨的女孩结婚，于是他就调到拉萨来工作。

有一天，叶如陵正在他的办公室里审批文件，突然门开了，医院办公室的同志问叶如陵："新调来一名医生，您要不要见一下？"叶如陵随口回答："好啊！"

办公室同志就领了一个年轻人走了进来。开始时，那个小伙子半天不说话，突然，他张口喊了一声："阿爸！"见叶如陵半天没有反应，他又接着说："阿爸！我是马查拉的仁青啊！"

叶如陵这才认出了仁青，他激动地站起来，走上前去和仁青紧紧地拥抱。仁青学的是泌尿外科，当时医院正要建立泌尿外科和胸外科，正好需要这方面的人才。

1980年7月31日晚上，西藏自治区人民医院接收了一个受到严重头皮撕脱伤的病人。这位名叫张晓萍的18岁的女孩在发电厂工作，因为洗澡后没有将头发梳理好就来上班，在开动机器时，不慎头发被卷进卷扬机里，张晓萍当时就昏迷过去，整个头皮都被机器撕脱下来，鲜血满面，右眼和右耳都被撕伤。护士都吓得不敢近前。叶如陵立即参加了抢救，主刀为她做了手术并安排了住院治疗。

在长达半年的住院治疗中，几乎每个月叶如陵都要给她做一次头皮植皮手术。那段时间，张晓萍觉得自己毁了容没脸见人，再活下去也没有意思。叶如陵就每天和她谈心交流，鼓励她、安慰她，对她说："你的状况比刚来的时候好了很多。等以后伤口治好了，你还可以戴假发，什么颜色都可以。"

随后，张晓萍被叶如陵带到上海的医院做进一步治疗。每个月她都会收到叶大夫给她写的信，询问她治疗的情况，给她做深入细致的心理工作，让她安心治疗。在和张晓萍的交流中，叶如陵了解到她一家生活很困难。叶如陵就通过各种渠道，帮助她的弟弟和妹妹找到了工作。一家人都很感激叶如陵大夫。张晓萍父亲对她说："叶大夫是我们家的恩人，以后你就是对我不好，都要对你叶叔叔好！"张晓萍做了整形手术，伤愈后重新走上了工作岗位，对叶如陵非常感激。

在西藏工作 31 年间，叶如陵到过西藏一多半的县。他还拽着马尾巴，爬上 6000 多米的高山，去给牧区的孕妇接生。藏族老百姓对他既感激又尊敬。接生完后，家属将最好的糌粑和酥油茶捧出来请他吃。叶如陵晚上睡在牧民的帐篷里，牧民总是让他睡在篝火旁最温暖的地方，用藏袍给他盖得严严实实的，弄得叶如陵喘气都困难，但心里却热乎乎的。有时，叶如陵在给藏族病人做手术时，他们的家属提着一瓶暖和的酥油茶在手术室外面等候，等着叶大夫做完手术出了手术室，让他马上喝上一口热乎乎的酥油茶。叶如陵感觉这是自己收到的最好的谢礼。

叶如陵见证了西藏自治区人民医院逐渐壮大的过程。这个医院原先只有内地县级医院的水平。1973 年叶如陵刚来医院时，医院只有200 多人，病床数不到 200 张。1984 年，卫生厅突然宣布，任命叶如陵为业务副院长，负责医院的医疗业务这一摊。他一方面感到高兴，感谢自治区卫生厅和医院领导的信任、群众的拥护，同时他也感到自己肩上的责任重大。他也意识到，自己这下就再也无法回内地了。他决心一定要把西藏自治区人民医院建成西藏最大最好的医院。

叶如陵想到自己是中国医学科学院派出的援藏医生，医科院是他的娘家。于是他专门回到北京，找到医科院的领导，请求医科院支持西藏自治区人民医院的建设。医科院领导见到他也很高兴，说："其他的同志都回来了，只有你在坚守，留在西藏，你来要求支援，我们一定全力支持！"

就这样，西藏自治区人民医院和中国医学科学院签订了为期 10 年的对口支援协议。在这 10 年间，医科院派出了 37 批医疗队到西藏自治区人民医院培养医生；同时，接受西藏自治区人民医院派来的已经参加工作一两年的藏族医生，到中国医科院下属的协和医院、阜外心血管医院学习。这些学员到了这些一流医院多次进修以后，医疗水平都有了很大的提升。

10 年过去，医院的医疗水平有了很大的提高。西藏自治区政府又为医院健全了所有的科室和干部病房。到了 1997 年，在全国医院评比中，卫生部派了四川专家去评审西藏自治区人民医院。经过综合评价，1998 年，西藏自治区人民医院被卫生部最终批准为"三级甲等医院"。这是当时西藏唯一的一家三甲医院。西藏自治区人民医院的发展也带动了西藏全区医疗卫生系统的进步。许多地区的医生都到西藏自治区人民医院来进修，人民医院也派医生下去，前后培训了五六百名医务人员。

在这期间，中国医科院曾三次想把叶如陵调回北京。最后一次是医科院的副书记亲自来做工作，他对叶如陵说："我们在北京给你把职务、工作、住房都安排好了。"但是叶如陵早已下定决心不离开西藏，决定在西藏奉献一辈子。

在西藏工作期间，叶如陵还做了一件很有意义的事。他发现在西藏工作的许多藏族和汉族干部体质都比较差，叶如陵经过大量的调研，发现 61% 的干部都存在不同程度的高原不适应症。有一位在阿里工作的汉族干部，由于长期缺氧，才 40 多岁牙齿就已全部掉光。他注意到全国各地都有干部保健制度，西藏的干部保健尤其急需。于是在 1987 年，他就给区党委写报告，建议在西藏成立干部保健处。

不到一个月，区党委便批准了他的这份报告，并且任命他为西藏卫生厅干部保健处处长。保健处就设在西藏自治区人民医院。在他的倡议下，在西藏各地，先后都成立了干部保健科，保护了大批藏汉族干部的身体健康。

叶如陵他们不仅为藏汉族普通干部提供保健，也为领导干部提供保健。1988 年，胡锦涛同志奉命从贵州调入西藏，担任自治区党委书记直至 1992 年。那时叶如陵担任他的保健医生。胡锦涛曾在全区大会上说：只要能够推动西藏繁荣，我甘愿死在西藏。台下顿时掌声雷动。这一幕对叶如陵触动很大。胡书记讲过"不动摇、不懈怠、不折腾"三句话深深地刻印在了叶如陵的心中。胡书记调入北京后，还设法寻找联系过叶如陵。

叶如陵也曾担任过十世班禅大师在西藏期间的保健医生。叶如陵安排他住进干部病房，给他献上哈达。十世班禅最钦佩的人是毛泽东和周恩来。他在被关押的困难时期周恩来总理很关心他。班禅曾对叶如陵说："我特别嫉妒你。我爸爸妈妈都特别喜欢你，什么活动都想到你。"1988 年，班禅大师突然心梗发作，温家宝副总理带队来拉萨领导和组织抢救，叶如陵也参加了抢救。

一次，给一位活佛治病，叶如陵去病房看望他。活佛看了叶如陵好久，然后说道："叶院长，我知道您不信佛，但是您有佛性。"叶如陵问活佛："您讲的佛性是什么意思？"活佛回答："佛性谋公益，人性谋私利；佛性度苍生，人性度自家。您是个好人，您做了很多好事，普度了众生。"叶如陵笑着回答："这不是佛性，是党性。"共产党员的身份在叶如陵心中是第一位的，党在他心中是至高无上的，是党叫他这么做的。

叶如陵还参与推动了高原医学的研究。进藏第一天，他就对高原医学特别感兴趣，因为他自己就有严重的缺氧和高原反应。经过大量的临床研究，甚至直接到街上去给藏汉族老百姓测量肺活量，了解藏汉族对高原的适应差别和能力。叶如陵后来出版了多本专著，《高原保健指南》出版后，他被授予享受国务院特殊津贴专家待遇。

2000 年 10 月，叶如陵到了退休年龄。

当他离开拉萨那一天，西藏自治区人民医院全院的医护人员都来为他送行，他的身上被披上了 100 多条洁白的哈达。

回到北京后，叶如陵在小区里创办了为老百姓义务问诊的"爱心小屋"。

韩丽是北京联合大学的学生。从大学一年级起，每周休息时间她都会来"爱心小屋"做志愿者。叶如陵就跟她讲自己当年在西藏工作的故事。这些故事对韩丽有很大的触动，大学毕业后她想去西藏工作，北京联合大学回复说没有指标。于是，叶如陵就把自己所获的奖章都挂在身上，和韩丽合了一张影，让韩丽拿着这张照片去援藏部门报名，结果韩丽被派遣去了西藏的一个县工作，还考上了研究生。在叶如陵精神的感召下，有十几个大学生先后报名去支援西藏，到了西藏，他们发现，西藏很需要他们。

退休 20 多年来，叶如陵获得了"全国优秀共产党员""全国最美志愿者""全国首批优秀五星级志愿者""首都道德模范""全国离退休干部先进个人""身边雷锋·最美北京人"等多项荣誉称号。

在"爱心小屋"的墙上，端端正正地贴着叶如陵的真情表白："我是一个老党员、志愿者，我将把我的爱心和知识奉献给我的祖国和人民，直到永远。"

第十二章

胸存凌云志，笔传西藏情

"大鹏一日同风起，扶摇直上九万里。"李白的诗句正是朱晓明和卢小飞这对夫妇在人生重要抉择之际拥有的胸襟。他们是北京大学中文系同班同学，毕业之际，坚定地选择接过前辈的接力棒。用所学知识和手中笔，服务西藏人民，建设社会主义新西藏，谱写了雪域高原新闻宣传事业的一曲动人乐章。

"十八军"后人新婚赴藏

1976 年秋天的拉萨西郊，自治区第三招待所大院里云集着来自祖国各地数百名大学毕业生，有一对刚刚结婚一个多月的新婚夫妇在这批学生中格外醒目。

男同学身材高挑帅气，名叫朱晓明。那位朝气蓬勃的女同学，靓丽的脸庞上，闪着一对会说话眼睛的叫卢小飞。他俩都是刚刚从北京大学毕业的优秀学子，也都曾在陕北延安插过队。

卢小飞的父亲夏川是一位老革命。1950 年 2 月 12 日这一天，担任十七军宣传部长的夏川在向兵团司令和政委汇报时，正巧碰到前来汇报进藏筹备工作的十八军军长张国华。早在冀鲁豫时期二人就非常熟悉，张国华像发现了宝贝似的脱口而出："夏川，你在这儿啊！我们马上就要去西藏了，你就跟我们去吧！西藏缺你这样的人。"

夏川知道，西藏那时还没有摆脱封建农奴制，是一片雪域高原，进军西藏相当于是第二次长征。但是他没有丝毫犹豫，一声"好啊"便决定了自己随后的命运。调令第二天就到了，他的夫人吴静是军政治部组织干事，夫妇二人即刻出发赶到四川乐山与十八军会合。

十八军先遣部队向西藏挺进的时候，小飞的母亲吴静已经有孕在身，她和另外三名同样情况的战友留在四川新津县（今成都市新津区）纯阳观十八军留守处待产。小飞出生不久，附近的新津军用机场正好有几架军机受命赴京，吴静有幸搭乘其中一架飞机，将孩子托付给在京居住的婆婆，自己未及休息便去追赶部队。看着襁褓中只有 12 天的孙女，奶奶感叹不已："这孩子这么小就坐了飞机，就叫'小飞'吧！"

尚在哺乳期的小飞先是由姑姑送到河北老家找乡亲带到了一岁半，而后像大多数的十八军子弟一样，在保育院度过童年。

1955 年，父母双双调进八一电影制片厂。1963 年，八一电影制片厂拍摄反映西藏农奴翻身解放的故事片《农奴》。主演和配角几乎全部来自西藏话剧团，几十号演员都住在八一电影制片厂东侧的炮兵训练营。他们平常就在厂里食堂吃饭，拍戏间隙常常活跃在篮球场上。小飞和电影厂的孩子们放学就去看热闹，看他们演小品，看他们打篮球，慢慢地跟这些演员都混熟了。她觉得这些藏族的姐姐哥哥都很亲近，她喜欢他们，年节到时还自绘贺卡送给他们。或许在那个时候，西藏那片土地和那里的人就已经走进了她的心里。

1969 年元月，卢小飞和妹妹到陕北延安县李渠公社插队，在土窑洞里生活了 4 年半。1973 年初夏，经推荐和考试，小飞被北京大学中文系录取。北大当年在延安地区只有两个招生名额，另一个就是朱晓明。当时，朱晓明在延长县插队。巧的是，他也是电影圈的后代，他父亲朱今明是北京电影制片厂著名摄影师。

大学期间，卢小飞和朱晓明渐渐地从相知走向了相爱。1976 年夏天临近毕业，在校学生会担任宣传部副部长的朱晓明提前得到了消息："西藏要人！"下一步就要在应届毕业生里开展动员工作。朱晓明是一个充满了理想和激情的人，他立即找到卢小飞，征求她的意见，说："西藏需要人，咱们去吧？"

卢小飞毫不犹豫，脱口而出："好啊！"

两个有情人真是心心相印。他俩都主动写了决心书，贴在中文系32号楼一层过道的墙上。卢小飞的决心书简单明了："愿做鲲鹏飞万里，鄙弃燕雀恋小巢。"

夏川得知女儿要去西藏工作，非常高兴，顿时诗兴大发，题诗一首，赠给小飞："阔别雪域二十载，山河依旧入梦来。女儿接我移山志，憾恨顿消心花开。"

谁也预料不到，几年之后，夏川自己也再度进藏，和女儿、女婿一起并肩战斗。当时他应此时已出任西藏自治区党委书记的十八军老战友阴法唐之邀，经组织批准，出任西藏自治区党委常委、军区副政委。后又担任自治区政协副主席。他推动成立了西藏文联，创办了《西藏文学》，组织创作和筹拍电影。他还寻求军委领导和全国文联等支持，恢复重建了西藏军区文工团。夏川为人宽厚，识才爱才，欣赏有志有为的年轻人，尤其是当时在西藏文坛上崭露头角的班觉伦珠、马丽华、吴雨初、扎西达娃等青年才俊。2005年夏川因病在京去世，享年87岁。

大学毕业前夕，中文系举行毕业联欢会，朱晓明、卢小飞两人登台同唱了一首西藏歌曲。大家这才知道他俩恋爱了，并以热情的祝愿为他们壮行。

当时，北大一共去了11个毕业生，全北京市去了52个人。北大为每位赴藏工作的毕业生都制作了一只木箱子。小飞和晓明进藏时就带上了这两只箱子，并列摆放在宿舍里，铺上褥子成为待客的"沙发"。

两个人都跟家里说了自己心仪的对象。两家人都很支持。小飞的大姑姑提议："既然你们有结合的意愿，不如进藏之前就把婚结了吧！"

于是，秋高气爽的9月，两家人聚在一起，吃了一顿饭，就算办完了婚礼。

9月22日下午，小飞和晓明等52名北京进藏同学乘坐69次列车满载着建设西藏的青春热望出发了。

列车一路西行到了柳园，来自全国各地的进藏学生在这里聚集，而后分批次转乘汽车。学生们都集中住在柳园中转仓库，十几个大库住满了学生，其间有一些集体交流活动，还安排参观了莫高窟。彼时的青藏线还没有铺上沥青，尽管一路颠簸，尘土飞扬，但车厢里却歌声不断，即便在沱沱河和五道梁等高海拔站点，歌声也没有停下来。几天后，他们抵达拉萨。

10月6日，他们翻过海拔5200多米的唐古拉山口，这正是粉碎"四人帮"的日子。一到拉萨，这批刚刚走出校门、踏入社会的青年便上街欢庆粉碎"四人帮"。

当时进藏的毕业生安排的都是集体宿舍，接收朱晓明的西藏宣传部没有想到来的是一对年轻夫妇，只好临时将原来用作广播室的一间很小的土坯墙、铁皮顶的房间腾出来，给他们两个人住。这个房间里只能放下一张桌子、一把椅子、一张床，再就是两人带来的两只木箱子，之后的岁月里，被当作"沙发"的木箱子承载了不尽的幸福与欢乐。

自治区党委宣传部位于拉萨市中心的金珠路（今江苏路），旁边就是新华书店，对面就是百货商场。他们房间虽然很小，但因位居市中心，加之二人是在拉萨的唯一一对已经结了婚的同学，加上小飞热心好客，很快就成了当年拉萨的进藏大学毕业生特别是北京学生聚会的地方。

每到周末，门口就停了一溜的自行车。大家聚在一起，用从北京带来的煤油炉子煮挂面吃，然后一起唱歌，天南海北地聊天。小飞每次担当起"阿庆嫂"的角色，热情招待南来北往的同学们。家里的脸盆都用上了，用来盛饭拌菜。大家边吃边聊，歌兴大发，特别开心。

他俩在这个房间里住了4年，后来一位老同志内调，他们欣喜地搬进老同志留下的住房。这是大院南边的一间平房，十几平方米的屋子隔成里外两间，外间是饭厅兼客厅，里间刚好挤下双人床和一张桌子。

小飞被分配到《西藏日报》工作，晓明在自治区党委宣传部。两个人业余时间都主动学习藏语，用当年父辈十八军进藏时学藏语的油

285

印课本来学一些简单的藏语，同时注重研究西藏的历史。那时拉萨相关的资料很少，能够看到的主要是《西藏日报》。

晓明开始有计划地收集和整理西藏史料。他让小飞从报社资料室借来从1956年4月22日创办以来的一本本《西藏日报》合订本，小飞每天用自行车后座驮着带回家。看完还了，再去借新的回来看。晓明一边翻看，一边记笔记、做卡片。他陆续做了几千张卡片，梳理出了一份《大事记》。这是一种基础性的工作。他们就是这样开始着手研究西藏的历史。

经过几个月的学习，他们对西藏的民族和宗教问题逐渐地有所认识，对西藏的过去和现在也有了概貌的了解。

卢小飞在《西藏日报》担任编辑、记者，从铅字排版拼版开始做。当时《西藏日报》办公楼全都是干打垒的土坯房，屋顶是用洋铁皮搭建的，太阳晒过后炙热难耐，天冷的时候却又抵挡不住严寒，一下雹子就叮咚作响。社里没有几辆车，记者下乡采访大多都是搭便车，要传稿子则只能到邮局去发电报。天气严寒时他们通常都是穿着军大衣，坐在太阳底下写稿子。

那时在拉萨生活，长期吃不上蔬菜，人们普遍维生素缺乏。卢小飞的指甲盖儿整个都瘪了下去，又在前端翘起来。想吃个鸡蛋也很难买到，即便有卖的也贵得很，一个鸡蛋要卖两元钱，而那时朱晓明、卢小飞每人每月的工资才55.25元。

艰苦的生活难不倒他们。两人在陕北经历过比这还难的日子，然而十八军父辈早年比这要困难得多，前辈们有着特别能吃苦、特别能战斗、特别能忍耐、特别能团结、特别能奉献的老西藏精神。这种精神也一直在鼓舞和激励着他们。他们经常回顾老一辈的经历，进藏部队一路住的是没有窗户却透风的帐篷，挡不住风雨，有时吃的是发霉的豌豆和青稞，他们还要把汽车拉上，把大炮拆成零件扛上，跨越雪山冰河，带到西藏，在高原上一边进军，一边修路，更是无比艰难。

小飞性格风风火火，特别豪爽，很善于同藏族干部群众打交道。

小飞第一次下乡到藏胞家里，老阿妈用穿得油光锃亮的"邦单"（围裙）擦过碗，再用这只碗盛上酥油茶递过来，初次喝酥油茶，确有些异样的感受，但很快她就克制住了自己的不适，屏住呼吸，一口气喝完。然后，她也学着藏家人的样子，慢慢地咀嚼主人送来的风干牛羊肉，喝家酿的青稞酒。很快地，她便适应了西藏的生活。

小飞在大学毕业前曾在报社实习过。她当时被安排在《抚顺日报》实习，报社规模不大，麻雀虽小五脏俱全，练手的机会也多，她学写了消息、通讯和言论等作品，因此到了《西藏日报》后，她对于新闻稿件写作流程并不陌生，上手也很快，一条消息当天就能完成。

雅鲁藏布江上游的远行

1977 年 4 月，小飞第一次远行，是去日喀则地区最西端的仲巴县采访。那里是紧挨喜马拉雅山脉西段的纯牧业地区，西藏全面平叛以后那一带一直不太平，尤其是那里临近尼泊尔木斯塘地区的叛乱分子的大本营，残匪每每混迹于边民中，通过雪山垭口回窜，不仅入境抢劫牛羊，裹挟当地牧民，甚至打冷枪、打伏击，造成我方人员伤亡。正是那年的 4 月，县公安局里孜派出所所长拉吉带领当地民兵巡逻，在多处草滩发现叛匪的踪迹，经过侦察、追踪、智取、包抄，最终在 4 月 3 日这天一举将其全部歼灭。这是一次了不起的胜仗，解决了持续多年的隐患，边境地区终于迎来了和平年代。为此，西藏自治区革委会和西藏军区决定隆重表彰，于是由西藏军区政治部和西藏日报社派出记者，去采访这个打击回窜叛匪的事迹。

西藏日报社派出富有经验的老记者、政文组组长贾克让，卢小飞正是他手下的新兵，闻知此事立刻请战。贾克让有些为难，说那里条件艰苦，并告知是汉文编辑部确定的人选，他不能做主。小飞是个"明知山有虎，偏向虎山行"的人，越是强调艰苦反倒越能够激励她。

果然如贾组长预料，汉文编辑部主任杨炳和分管副主任韩勇都不同意。特别强调仲巴县那里地处遥远，交通不便，自然条件差，女同志去有诸多不便。

小飞就"赖"在主任那里磨，最后"上纲上线"说："主任，你们对年轻人的培养观念不对！这不是爱护年轻人的表现。"

两位主任实在被磨不过，互相对视又耳语了一番，最终答应了小飞的请求，同时立刻嘱咐她去办理相关手续。那时候到边境地区采访，除了需要办理边境通行证以外，还要配枪，领取御寒皮大衣等等。这些手续贾组长帮助办了。

小飞兴冲冲赶回家告诉了朱晓明这个消息。朱晓明很不放心。因为他知道去仲巴一路上都是沙石路、草原路，而且他也略微了解到当时的国际背景，加上小飞藏语还不行，到了那里语言不通，会遇到很多的困难。

小飞他们一路风尘，来到了雅鲁藏布江上游。这里是偏吉草原的夏季牧场，水草丰美，牛羊成群，牧民的帐篷星罗棋布。牧民们从四面八方赶来欢迎他们。他们的采访对象就是这些手握长枪的牧民，准备挖掘的就是他们亦兵亦牧的动人故事。

草原上的生活习惯都是一家几代人挤住在一起，这次出行除了报社还有西藏军区派出的摄影干事，以及当地武装部和区委的同志，他们都挤住在一顶大帐篷里。采访组里只有小飞一位女同志，帐篷和铺盖都是从当地驻军借的行军装备，单人小帐篷顶部开口，清晨可看蓝天，夜晚可数星星。她把两个军用睡袋套在一起，棉衣和棉裤叠起来当枕头，报社借来的手枪枕在头下。睡袋很薄，压上报社借来的大衣，还是冻得睡不着。草原的夜晚静谧幽深，临近一道白光光的雪墙，第二天小飞才得知那就是赫赫有名的喜马拉雅山脉！清晨起来就用小河里冰冷的雪水洗漱。大伙儿就在草原上架起炉子，点柴火烧奶茶，下河摸鱼炖鱼汤，吃罐头、糌粑。

这天晚上夜色深沉，白天采访一天虽劳顿却难以入睡，突然听见自己的帐篷簌簌作响，似有动物蠕动，卢小飞心头一紧，下意识地准备摸枪。

原来是白天采访过的白玛大姐。她手里拿着一杆步枪，说着藏语，比画着手势，大意是说：我来陪你，不要怕！

这位大姐是帐篷小学的老师，白天见她在教孩子们学习藏文字母。有她的陪伴，小飞安心地睡着了。

第二天晚上，帐篷又簌簌地响起来，小飞有点发怵。这次，爬进来了一个小女孩。小飞用藏语问她叫什么名字，回答叫"仁钦"。过了一会儿，又爬进一个小孩。孩子们争着要挨着北京来的阿姐拉，是新鲜好奇，也是一份温暖。很多年后，小飞始终惦记着这个叫仁钦的孩子，算起来她应该50多岁了。

贾克让60年代初期毕业于西北政法学院新闻系，在新闻一线已有10多年的历练，由尼玛区长陪同翻译，依次采访了所有参加剿匪的民兵，返回拉萨后，以《雪山剿匪记》为题，在当年6月22日的《西藏日报》上，以两个整版的篇幅介绍了民兵剿匪的事迹，故事曲折，内容丰富，惊险细节迭现，可谓不辱使命。卢小飞负责采写《草原民兵连》，这是一篇工作通讯。主要反映民兵连的发展史。她邀请县武装部次仁部长当翻译，依次采访了十几位兼任民兵的牧民。她按城里人的思维刨根问底，汉藏文化差异引出了不少笑话。语言的障碍也带来了阻碍，没有能够挖掘出更多感人的细节，成为小飞终生的遗憾。这篇4000字的通讯刊登在6月24日的《西藏日报》上。6月16日，西藏自治区革委会和西藏军区发出《关于授予仲巴县偏吉公社民兵连"高原英雄民兵连"光荣称号和给拉吉等三人记一等功的决定》。不久后，在拉萨大礼堂召开的表彰大会上，小飞又见到了那些草原上的朋友。

怀上女儿以后，卢小飞提前几个月到北京去待产。待产时体重长上来了，她高兴地写信告诉朱晓明：自己的体重从105斤长到了110斤，能够听到孩子的胎心音了。每天的变化都让这位即将成为母亲的年轻女性欣喜和激动。

她同丈夫商量好了，如果孩子是女孩就叫"朱玛"，藏语发音就是卓玛，也就是仙女的意思；如果是男孩就叫"朱峰"。她进城买了细毛线和花绒布，赶着做了一件又一件的棉袄、棉裤，织了毛衣、毛背心、毛裤。她一定要在自己离开家之前把这一切都做好。

1979年10月，女儿出生后3个月，她返回了西藏。如同自己的童年，小飞也不得不承受着骨肉分离的痛楚，女儿和自己小时候一样，只能交给亲人和幼儿园去带，父母都没办法陪在她身边。

难忘的察隅之行

在采访过程中总有许多的人和事让卢小飞念念不忘。特别是当地老百姓的忠厚朴实善良，更是令她备受感动。1980年春天，她和《西藏日报》的阿多，新华社的马竞秋、才龙一起去藏东，遇上阴雨天，一行人被困在了只有8户人家的慈巴村。

村里的生产队长才旺卓玛热情地招呼他们进屋喝茶，然后便捅开灶火，到院子里抓了一只鸡，宰杀，燎毛，上锅炖上。小飞他们客气了一番，但是心里却暗暗窃喜，到肚子饿了时，就该能喝上飘香的鸡汤了。

卓玛把自己的屋子让给卢小飞住，父母的房间则让给才龙和马竞秋，阿多被安排在门道里住。而他们全家老小则拥挤在堂屋周边的卡垫上。堂屋很宽敞，有30多平方米。中间是火塘和灶台，吃过饭后他们便进行访谈和聊天。

这时，突然有一个人水淋淋地站在门口大声地吆喝。原来这是一个僜巴人。卓玛居然也会说僜巴话，两个人交流了几句。卢小飞递了一把小板凳给那位僜巴人，没想到她却摆摆手，扑通一下坐在地上和卓玛聊天。卓玛还热情地拿来了一壶"阿拉"（白酒）和一只搪瓷茶杯，倒了一杯酒，先从远方来的客人开始，大家传着喝。

开始时每人喝一口，后来那个僜巴人喝高了，晃晃悠悠地站起来，伸出小拇指比画说"我们是这个"；又伸出大拇指说"你们是这个"。她催着卓玛赶快替她译。然后，她接着说："我们不同民族，却用同一个杯子喝酒，现在是真正的平等了。"

僜巴人境内外加起来只有几万人，世代居住在丹巴江流域至察隅河流域的热带雨林中，在察隅境内只有几千人。

卢小飞又去采访了洞冲边防站站长松鸟。他和参谋梅内都是僜巴人。梅内作为翻译，陪卢小飞去了新村、巴安通、沙琼、夏尼、嘎腰等村寨。小飞满满地记了两个本子的采访内容。

走过正在插秧的一群僜巴妇女身边时，那些妇女都跟着起哄。卢小飞跟她们打招呼，梅内又和她们一同叽里咕噜地喊话。

卢小飞在返回驻地的时候，那群妇女又跟梅内喊话。梅内很生气地捡起一块石头砸过去，水花溅了她们一身。那群妇女全都咯咯咯地笑。

卢小飞便追问梅内到底是怎么回事。梅内说，那群妇女嘲笑自己："你娶了汉族老婆，美得不轻啊！"梅内回答："我就有这个本事，眼红了你？"那边又回话："不过三两天的事，你别烧包了！"

一听这话，卢小飞也很恼火。她让梅内回复她们说："我不走了！怎么样？"

这招还真灵，那群妇女立刻都沉默了。当然双方都是善意地打趣，卢小飞并不以为意。

临离开慈巴那天早上，卢小飞他们租了村里的四匹马。从慈巴到下察隅区委有 60 里山路，大约需要走一天，怎么把租的马还给乡亲们呢？这就需要跟着去一个人，再由他把马牵回去。这个牵马的人有一个好听的名字叫"回马人"。

以前卢小飞骑过两次马，都是老乡帮忙牵着马。这回大家要分头赶路，她心里有点不安。卓玛告诉她："你不用担心！给你找的是村里最老实的马。我弟弟跟着你们走。"

离开的时候，慈巴全村的人都出来送行。卢小飞他们骑马上了坡，回头张望，发现人们都还舍不得回去，老阿妈还在那里抹眼泪。

穿越在原始森林里，令人心旷神怡，卢小飞开心地放声歌唱。但是，这种轻松美好的体验还没维持多久，便下起了越来越紧的雨点来。小路的泥泞让人担心马会摔倒。走过几道山岗就遇到了泥石流，他们只好翻身下马，牵着马小心翼翼地绕过塌方区。

没走多远，卓玛的弟弟次仁多吉喊了句什么。他冲到前面举手挡住卢小飞他们的马，然后再侧耳倾听，好像在听什么动静。

很快，随着一阵轰隆隆的响声，一块大石头夹着一堆的碎石滚下了山。

这种情形后面他们还遇到了几次。如果不是次仁多吉这位经验丰富的回马人，那些山顶上坠落的石头肯定会砸到他们。就在这一年，中国地质科学院有一位老专家就牺牲在察隅。他当时就是因为专心致志地研究一块岩石，结果被滚下来的石头击中了头部。

卢小飞屏住呼吸不再唱歌了，她生怕影响了次仁多吉的听力。

在过一道溪流时，河水暴涨，简易的圆木搭的桥变得光溜溜的，没有护栏。过桥让人胆战心惊。次仁多吉一次又一次地把那些马一匹一匹地牵过去。而卢小飞则是抓着马尾巴过的河。

在最后一趟过河时，次仁多吉牵着马脚下一滑，身上的藏刀从刀鞘里脱落，掉在两根木棍中间。就在他弯腰捡刀时，马蹄子又踩空了，差点滑倒。他赶紧牢牢地抓住马才使它没有跌落到河里。看到这一幕，卢小飞简直吓坏了。

一路下着雨，太阳却一直照着。路过一片松林草地，大家停下来吃午餐，是卓玛和阿妈准备的烙饼和卤肉。

快到格拥山时，一大片塌方挡住了去路。右边是陡坡，左边是悬崖。人可以垂直往上爬，因为可以抓住草丛向上攀登，但是马就不行，况且马还驮着大家的行李呢。多吉的那匹马驮的行李最多。

快到 3 点的时候，马说什么也走不动了，多吉拽着缰绳使劲往上拉。突然，那匹马翻倒了，马背上的行李拖着它不由自主地向山下滑去。

正在这千钧一发之际，次仁多吉抽出腰刀，果断地砍断了马肚带，甩下马背上的东西包括马鞍，他自己则站到下风口，双手死死地托住马的肚子。

那匹马终于颤颤巍巍地直起了身子，浑身都在哆嗦。

这一切都在眼前发生，卢小飞简直看得目瞪口呆。

只见多吉又跑到沟底去，把那些马驮的东西捡起来，全部扛到自己身上。这个在卢小飞看来惊心动魄的过程，多吉却像什么都没有发生过似的，依旧平静地带着大家继续赶路。

傍晚时，他们终于抵达了下察隅区。大家凑合吃了点东西，便早早地睡下了。卢小飞感觉浑身酸痛，一点劲儿都没有。好不容易熬到天亮，她赶紧爬起来，头一件事就是要跑去感谢多吉。

还没走到宿舍门口，她的心就沉下来了。因为她发现原先拴在院子里的马都不见了。再走进他们的屋，发现多吉的床铺叠得整整齐齐，她的心彻底地凉了，但还是不甘心地问了一句。阿多他们回答：天没亮，多吉就赶着马回去了。哎呀！卢小飞心里别提有多么懊丧，她本来是想好好地感谢他，可是人家压根就没把这个当回事。

从下察隅区委返回县城，卢小飞又遇上了泥石流。这次塌方面积更大，交通完全中断，也没有马骑。几个人背着他们的行李徒步走了很久，走到另一头，终于有当地驻军开着吉普车来接应他们回县城。离开县城时他们坐的是卡车，这是一辆装满了黄豆的运输车。四个人挤坐在一袋袋黄豆上，麻袋都高过了驾驶室的顶棚。这还是县委孙书记打的招呼，人家才让他们搭便车。因为超载，在翻越达姆拉雪山时令人倍感心惊肉跳。

这次的采访一路上都是这样搭车过来的。从拉萨出发坐的是拉萨运输公司破旧老式的大客车。从拉萨到八一镇整整走了 3 天，在米拉山上就堵了半天。后来，他们又搭上了西藏军区汽车 16 团的卡车。在波密县境内采访，多数是徒步。有两回搭乘了农民的拖拉机。在然乌兵站小住后，他们又搭上了青藏兵站部的车队，随着车队浩浩荡荡地爬上达姆拉雪山。

2013 年 5 月，卢小飞有机会再一次带领一个小组到察隅做口述史的采访。她迫不及待地赶到慈巴寻找故人。幸运的是，在此她又见到了次仁多吉。他后来当过村长、村支书，还兼任着村里的电工。有一次抢修电路，他两只手被漏电烧伤，留下了永久的残疾。

物是人非，当年同行的马竞秋和才龙两位记者已先后过世。阿多 2013 年夏天到北京来做血管瘤手术，卢小飞帮他联系了阜外医院最好的大夫。但他身体没有康复，就急着返回西藏，几个月后便不幸去世了。

到了下察隅，卢小飞又四处打听她当年结识的巴都、梅内、松鸟等，却被告知这些朋友都已相继去世。

返回林芝八一镇，通过在波密县委宣传部当干事的卓玛小女儿帮着联系，卢小飞才在宾馆里和卓玛再次相见。当卓玛的身影出现在楼梯口时，泪水瞬间涌出小飞的眼眶。

这一次进藏，通过卓玛的小女儿，小飞和她一家人建立了微信联系。2021 年，利用西藏和平解放 70 周年契机，小飞写出了《喜马拉雅深山"亚龙娃"——西藏上察隅镇一家四代妇女的变迁》，通过剖析这一家人的生活与成长道路，透视西藏发生的地覆天翻的历史巨变。文章在这家人的微信群里引起热烈反响，次仁多吉的大女儿是中学英语老师，她在微信群里留言："30 多年前的友谊维系至今，是怎样的一种友谊！虽然我和卢阿姨从未谋面，您到老家时，我还未出生，但在您写的故事中，我知道了我们的家族史，知道了我们老一辈和父母一代的生活，读您写的故事，那些情景恍如我亲身经历一样，历历在目。感谢卢阿姨，让我们这些作为下一代'亚龙娃人'，了解自己的家族史，更加懂得珍惜珍贵的亲情、真挚的友情。"

第一个赴阿里采访的女记者

1980 年 1 月 1 日，按照国务院部署，一度由新疆代管的阿里地区重新划归西藏管辖。1981 年初夏，自治区人民政府安排民政厅和文化厅带慰问团去阿里慰问军民。听到这个消息，卢小飞第一时间联系民政厅，要求随团采访。获准后她将消息告诉朱晓明，自然又引来他的担心。

这趟出行计划两个月，那时公路还没有修通，车队穿过无人区，既有草原自行路，也有前人抢修的简易路，当地人称"急造路"。同行的有西藏歌舞团的演出队，还有电影发行公司的放映小组，沿途为当地的农牧民表演和放电影。

小飞是第一位到达阿里的女记者。她跟随车队一路采访，先后走过措勤、改则、革吉、普兰和扎达县，之后便独自行走，在日土县深入采访，写下了《日土人民的喜和忧》《多玛二队的启示》等一批生动反映阿里牧区改革发展的报道。回到拉萨后，她又写下了《阿里纪行》。朱晓明作为第一读者，对其中需要调整的地方提出意见。几十年间，二人互为第一读者，相互切磋，不断斟酌，对涉及敏感内容推敲商量已经成为习惯。

在日土兵站停留的那几天，小飞偶遇南疆军区送货的卡车，她顺便搭车去了一趟叶城，体味了阿里军民高原生存的另一种艰苦。后来她把去新疆的这一趟经历写成了一篇小说《茫茫雪线》，发表于刚刚创刊的《丑小鸭》杂志。

她采访了新疆叶城的西藏办事处，写好的稿件是以电报的方式发回拉萨的。又去了喀什，拜访了《喀什日报》的同行，受到热情接待。他们对卢小飞一人独自走这么远的路感叹不已。

在搭车开往新疆叶城的路上，在库地达坂附近，车抛锚了。

司机下车帮她拦住了后面跟随的卡车，是一位维吾尔族大叔拉羊的车，这些羊是要赶去叶城出售的。卢小飞爬上车厢，与一群大尾寒羊挤在一起。一路上颠簸，卡车震得哐当哐当响，卢小飞紧紧地把住车帮子，在群羊咩咩的叫声中感受着在拉萨享受不到的"新生活"。

几天后，她又坐那辆军车返回。这些新鲜又独特有趣的经历，在小说《茫茫雪线》里多有展现。几年后，她看到张贤亮的小说《肖尔布拉克》，顿觉心有灵犀，重温了当年那次不凡的旅程。

当年从仲巴县回拉萨的路上，也经历过一次危险。快到加加养护段时，卢小飞所乘坐的北京吉普车发动机烧坏，抛锚在前不着村后不着店的山谷中。大家只好在那里坐等，看后面有没有汽车路过，再拦下搭便车。政文组组长打算让卢小飞搭别人的车先走，他们再返回去找人想办法把这辆车修好。

一直等到天快黑的时候，才有一辆邮车路过。那辆车装满了邮件和包裹，驾驶室里坐着司机和副驾驶，中间已经搭乘了一个过路的乘客，于是卢小飞只能爬上车厢，和邮件包裹挤在一起。天气特别严寒，一路上车又颠簸得厉害，也不知时间过去了多久，大约在夜里十一二点，司机因为驾驶疲劳，差一点翻了车，幸亏卢小飞始终抓紧了车帮，一路都未敢松手。

司机下车一看，邮车的一个轱辘已经悬空在嘉错拉山的崖边上。大家都被惊醒了，都从车上下来，先用铁锹挖，而后借助司机油门加力一起推，邮车哼哼着拱了上来。半夜时分，汽车开到了角陀螺兵站，晚上就住在兵站。那里的门没有锁，门窗都是漏风的。卢小飞虽然胆大，但就她一名女性，还是充满了担心。晚上她把所有的桌椅都搬到门后顶住门，几乎一夜未眠。第二天中午终于顺利抵达日喀则。

在西藏的边防部队采访，热情的官兵总会以酒相邀，以小飞的豪爽也总是来者不拒。因为喝了大量的烈酒，小飞患上了早期肝硬化，确诊以后她就决定回北京治病。

1982年她回到北京治病，自己的人生计划是养好身体后返回西藏，采访之余着手小说创作。当时自治区正按照上级部署对在藏汉族干部实施分期内返，报社考虑到小飞的实际情况，顺势安排她第三批内调。孩子需要有父母陪伴，当然最好是母亲陪伴。卢小飞和朱晓明商量过后，最后决定还是她先回北京。于是，当女儿两三岁时，卢小飞就办了内调手续。由北京市委组织部对接，负责安排接收单位。

当时，卢小飞《西藏日报》的同事吴长生正在人民日报社读研究生。他听农村部的朋友说他们很缺人。吴长生的导师正是农村部副主任姚力文，1941年他在冀鲁豫入伍的时候，夏川是他们文工团的团长，虽然他很快就调离文工团去鲁西南专署文教科工作，但团长的一次演讲令他印象深刻。有了这样一层关系，吴长生就向农村部推荐了卢小飞。

卢小飞怀着忐忑的心情去农村部"面试"。三言两语，办公室的两位领导看出这是一块当记者的好料。但是要调到农村部，还需要按组织程序上报。同时还需要中组部和北京市委组织部协调，而这一步报社要求卢小飞自己去跑。

卢小飞自己找到中组部干部调配局，把局长堵在组织部家属宿舍门口。局长告诉他，档案已经分配到北京市，而人民日报社的组织关系又不能直接与北京市委组织部对接，还是要她自己去北京市委组织部跑一趟。

于是，她又找到了北京市委组织部，但却不知该找谁，也不知部长姓甚名谁。按照办公室标牌找过去，她看到一位正在打电话的同志貌似领导模样，就贸然闯了进去。等人家打完了电话后她自报家门："我是卢小飞，西藏内调干部。本来安排我内调回北京市委组织部等待分配，现在人民日报社农村部要接收我，希望市委组织部能够放行。”

正好这个人就是组织部的副部长，而且恰好就分管这件事。他当即表示同意放行，同时告知小飞，看过她的档案材料，原计划分到法制日报社或者北京日报社，现在能够去人民日报社就更好了。

就这样，卢小飞靠自己跑上跑下，把调动手续跑下来了。几天后，她便到人民日报社农村部上班了。

在农村部时，她曾深入到宁夏西海固、辽西朝阳地区和甘肃的贫困地区调研采访，在《人民日报》发表了《西海固的吊庄》《隆中对》《平升购销站》《朝阳，从这里起步》等反映贫困地区脱贫开发的文章。也深入到内蒙古赤峰、通辽的农村牧区调研采访，写出了《羊毛大战的背后》，分析一、二、三产业的矛盾，探寻畜牧业流通领域的出路与缓解草原载畜量等问题，在业内引起了很大反响。那时女儿已经三四岁了，有时她会带着孩子上班。孩子后来上学了，放学后经常就在报社办公室写作业。

重返高原

1987年，人民日报社决定在各地恢复重建记者站，因为历史的原因，记者站一度撤销，较长时间内由新华社驻各地分社代挂人民日报社记者站的牌子。对于西藏记者站的人选，主管领导询问了多位同志，都没有明确答复。有一天下班的路上，分管副总编辑陆超祺与同住报社南区宿舍的卢小飞同行，他仿佛想起了什么，突然问小飞："西藏要恢复重建记者站，你愿意去吗？""好啊！"小飞没有丝毫犹豫。

很快，报社管理层内部就替她完成了调动手续，她从农村部调到记者部，继而又接到了准备发给西藏自治区党委有关部门的人民日报驻西藏记者站首席记者卢小飞的任命书。西藏，是她魂牵梦萦的土地，她恨不能插翅立即飞向高原。但是孩子还太小，刚上小学二年级，这可怎么办呢？

卢小飞找孩子平心静气地谈一谈。孩子也很懂事。她一言不发地听着母亲讲自己的想法和决定。她让孩子自己选择，要是选择留下来，可以回到爷爷奶奶那里跟他们住，或者自己仍然就读原来的学校，放学了就到小飞同事兼好朋友家住。第三个选择就是跟妈妈一起去西藏，和爸爸团聚。

孩子默默地思考了两三天，最后答应跟妈妈一块去西藏。只是卢小飞担心西藏环境比较艰苦，饮食不习惯，还有卫生条件也不大如意。她如实地告诉孩子可能会遇到的各种困难，孩子大部分都能接受，唯一发愁的就是不敢去公共厕所。

因为担心两地基础教育存在落差，在办转学手续时，卢小飞在转学证的二年级的"二"上添了一笔改成"三"年级。她带着孩子在寒假里用一周时间突击学习了二年级下学期和三年级上半学期的课程，进藏后孩子插班到三年级学习。

到西藏后，卢小飞经常要下乡采访，朱晓明工作也特别繁忙，总是早出晚归的，基本都顾不上孩子。这时，朱晓明已经担任了自治区党委宣传部副部长。他们的邻居是一位藏族的副部长拉巴平措。后来，朱晓明担任中国藏学研究中心党组书记时，拉巴平措担任总干事。两个人共事了很长时间，彼此很熟悉，一直合作得很愉快。那时，女儿朱玛每天上下学父母都没法接送，每次都是邻居拉巴平措的二儿子、一个叫边巴扎西的小哥哥带着她一起去学校，处处护着她。

朱玛在西藏爸妈身边快乐地生活了一学期。因为小飞突然接到首都女新闻工作者赴藏采访团的带团任务，而朱晓明又被安排到中央党校学习，家里没有成人照顾，只好又把她送回了北京，由爷爷奶奶带着。后来，她考上了人大附中。17岁毕业，考上北京大学。后来又到美国留学，获得了教育心理学硕士学位。如今在北京一家机构任人力资源主管。女儿为父母增添了两个外孙女。大的已读高二，小的刚满3岁。

采访卡特

　　1987年6月，卢小飞作为《人民日报》记者刚返回西藏不久，就听说美国前总统吉米·卡特要来西藏访问。她心中一喜，这不正是一个向世界传达西藏声音的好机会吗？那段时间，国际舆论有不少泼向西藏的污水，其中就有美国众议院刚刚通过的"西藏人权法案"。十四世达赖到处窜访，不久前在斯特拉斯堡演讲，胡说西藏没有人权和宗教自由，文化和自然环境遭到破坏。这次卡特亲自到访西藏，如果能够采访到他就太好了。但是，在卡特的行程里并没有接受采访的安排。

　　卢小飞是一线记者，突破能力强。她想办到的事削尖脑袋也要去试试。当时外交部美大司司长刘华秋陪同卡特及其夫人到西藏，翻译是几年前外交部的援藏干部梅江中。卡特乘坐的是包机，下榻在刚刚落成不久的拉萨饭店。小飞尝试着到饭店门口去堵，但毫无近身机会。倒是在餐厅门口堵到了梅江中，他在西藏外办援藏期间，卢小飞和他有过接触，她便请他帮忙，他说这要请示刘司长，并热情引荐给刘华秋司长。卢小飞便对刘华秋阐明了自己想要采访卡特的意向和想法，恰好随行的新华社对外部记者也提出采访要求，刘司长回复说：卡特先生明天在拉萨有一整天的活动，后天就要返回北京，等待邓小平的会见，在藏时间很紧，争取明天给你们两家挤出半个小时采访时间。

　　当天下午是西藏自治区人民政府主席多吉才让安排的宴请，晚上是卡特与十世班禅大师的会晤。

　　第二天早饭后，卡特和夫人一行乘车来到市中心的藏医院参观，重点看了藏医的发祥与历史文物陈设，卡特看得非常仔细。而后又来到与医院相隔不远的八廓街，这是环绕大昭寺的转经道，也是一条熙熙攘攘的商业街。一入街口卡特夫人就被一辆流动的货车吸引住了，摊主是一位康区人打扮的汉子，他主动拿出几个藏式手镯向夫人推销，夫人径直走过去，毫不矜持地问价，经过一番讨价还价，最终满意地将那枚手镯收入囊中。如此走走停停地转到大昭寺，进入殿堂，在朝佛的人流中依次欣赏壁画，浏览各个佛堂的文物雕塑。大昭寺是公元7世纪的古建筑，主殿里供奉着文成公主从长安带来的释迦佛像，许多信徒长途跋涉到此，就是为了还一个终极的愿望。卢小飞一路紧随，看他们依次走过大小殿堂，始终没有合适的采访机会。她心里暗暗着急：照这个速度就难以安排时间采访了。

从大昭寺出来，卡特一行准备上车。这是一辆日本进口的考斯特中巴。来的时候，乘员除了卡特夫妇一行，还有刘司长和美大司的梅江中，以及年轻漂亮的翻译岚蓝。卡特的保镖除了一个留在车上，其他三个与中办警卫局的人乘坐另外的车辆。

卢小飞发现机会难得，便悄声跟刘司长说："我要上车采访。"司长轻轻点头并眨了一下眼，她当即意会。待卡特夫妇上车之后，她也跟着准备登上踏板。

"No！No！"卡特的两个保镖伸出臂膀，一左一右拦住了她。她用力推开保镖的胳膊，继续上车。

刘司长点头示意保镖，把小飞推了上去。上车后，她翻开通道的活动折叠座椅坐下来。刚刚上车的梅江中即刻与卡特沟通，说人民日报社驻藏记者想要采访他，得到卡特的应允。喜出望外的小飞赶紧走到前排，坐在卡特身边。"卡特先生，您刚才看了大昭寺的佛堂和壁画，又接触到喇嘛和朝佛的人群，有什么感受吗？"卡特微笑着以平和的语调说："我感到有兴趣的是这里的人们能以他自己的方式从事宗教活动。看到'文化革命'中毁坏的寺庙在中央政府的合作下得到恢复，我感到欣慰。"从大昭寺出来的下一站是西藏大学，中间的行车时间有20多分钟，这段时间里，卡特回答了有关西藏文化保护、宗教信仰等方面的问题。他说，他把这里与其他地区进行比较，看看民族文化的成分到底有多少。他对于中国政府注意保护和发展西藏文化的方针感到满意。

在参观西藏大学时，卡特就藏族学生的教育与在场的师生小范围互动。同行的国际商业信贷银行行长阿贝迪先生当场表示，每年要提供两名藏族学生的奖学金，支持他们去卡特先生任教的佐治亚州埃默里大学和英国剑桥大学读书。并称他在这里受到了感动，这是为了纪念卡特先生的西藏之行。

午餐后稍事休息。下午参观布达拉宫和达赖喇嘛夏宫罗布林卡，卡特兴奋地告诉陪同的朋友，中午他并没有休息，而是骑着自行车在拉萨城里转了一圈。他坦言，从机场到拉萨的路上，他发现这里非常美丽，对沿途农业发展的高质量感到惊奇。

当天晚上，卢小飞赶写出新闻稿件，并向总社发回以《吉米·卡特在拉萨》为题的通讯报道。

6月29日晚，邓小平先生在人民大会堂为卡特举行告别宴会。人民日报社总编辑谭文瑞应邀出席，令他没有想到的是，卡特竟然端着酒杯过来与他碰杯，告诉他在拉萨接受了《人民日报》记者的采访。谭文瑞回到报社，立即到夜班询问卢小飞采访卡特稿件的编辑处理情况。第二天，即1987年6月30日，《人民日报》在第四版醒目位置刊登了这篇通讯报道。

这一年的夏天，卢小飞接待了首都女新闻工作者代表团，在西藏记协的协助下安排去农牧区采访，其间小飞和一名女记者去了边防一线。时值雨季，部分道路因洪水冲刷损毁，车子在沿河公路行驶途中，突然遇到一段塌陷的路，卢小飞乘坐的汽车随着悬空的路面一起跌落进隆子河。她第一时间抱住照相机和被河水浸湿的采访本，而后与同事迅速从车厢里爬出来，快速蹚水到岸上。可是汽车却深深地陷在了河床的泥沼里。

卢小飞此前遇到过类似的挫折，因此她安慰同事，让她不用紧张，不要着急，一定会有办法解决问题。随后她自己搭上了后面行驶过来的一辆车，到前方的公路养护段去找救援。

一见到养护段的人，她就焦急地说："我是人民日报社的记者，我们的车掉进了冰河里。请你们帮帮我们！"

养护段的几个壮汉正与围在中间的一位大姐说事。事后小飞才知道这个女同志竟然是公路养护段的副段长，名叫卓玛。卓玛听后，安慰卢小飞不要着急。"我们这就派车去帮你们，"她说，"你放心！有我们在就有你们的车在。"

然后，她便指挥那几位大汉开着一辆解放牌卡车，前去河边拖车。那些大汉连拉带拽地将那辆车子从河道中拽上了岸。

此时，天色已晚，卢小飞他们忙着赶路，顾不得停留。待一周后结束采访返回路过时，她专程下车向卓玛一行道谢。

一晃 20 多年过去了。2010 年夏天，卢小飞带队赴藏开展西藏妇女口述史的采访，费尽周折终于又打听到了卓玛。此时的卓玛已经退休。在山南老家，小飞见到卓玛激动不已，泪水夺眶而出。而卓玛竟然没有反应，她对小飞叙述的往事没有丝毫印象，她说："我们养护段一年四季不知救援了多少车辆，这样的事再寻常不过了。"

这，深深地打动了卢小飞。她见过太多像卓玛这样的女性，不是一个两个，而是一个群体。她把这种感受写在了自己主编的口述史书的序言里："西藏女性中的大多数人是没有或者较少功利心的，眼花缭乱的世俗生活没有迷倒她们，官场的八股和名利场上的虚伪客套，没能演变了她们，难得保留下西藏人文烙印下的那份纯真。唯其如此，这些故事也更让人心醉，这批口述的历史也才更令人信服……60 位西藏女性的集体口述历史，也带有一点文化抢救的意味。西藏文化的保护涉及方方面面，女性文化的保护是其中的一支。逝者已去，而今人不能总是扼腕痛惜，必须行动起来，去记录去发现。以这样的情感和态度观照她们时，会不难发现，她们就在你我身边，她们绝大多数终其一生是平凡的，但平凡也仅仅意味着她们是一颗颗珍珠，只是被时间和空间的泥土掩埋得太深太久。"

不惧危险勇担使命

除了写新闻稿件外，卢小飞也写一些带有新闻性的散文、文艺通讯。那些文章比较短小，内容真实，采用写实的手法来讲故事，记录自己的所见所闻。她陆续在报纸副刊上发表了一些稿子。

那次从察隅回来，她写了一组文章。有一天，收发室的大姐对她说："小飞，你最近那组察隅的文章特别好看，就像你平时跟我们说话一样。"

大姐的这番话一下子点醒了卢小飞，她感觉茅塞顿开，突然间就意识到了贴近读者的要义，也悟出了新闻稿件如何才能更有可读性，诸如开门见山式的白描，细致入微的叙述，放下架子说话，真情实感的流露，等等。

从那以后，她开始尝试更多地运用白描手法去写新闻。虽然没有华丽的辞藻，但是读来朗朗上口且言简意赅。

卢小飞也善于向那些优秀的编辑记者学习，从他们的言传身教和文章中受益。令她获益最大的经验，就是采访之前的案头工作一定要做足，有的重要采访甚至要花十几天准备案头资料。

在后来的新闻写作生涯中，她又感悟出了另一条经验，就是新闻的现场采访以及深入实地的调查研究，道听途说的东西不可信，要尽可能多采访一些相关的人，这样才能采集到那些最真实、有思想深度又有新意的内容。

作为一名记者，她也特别关注时事政治，关注国家政策的走向，善于用国家政策来看待现实生活中的各种问题和情况。这使得她对新闻的判断更加敏锐，把握也更加准确。

在 20 世纪七八十年代，西藏采访条件还非常艰苦。西藏记者站只有一辆自行车、一台老式传真机，去边远地区采访都是搭车或者乘坐长途客车，通信传输只能依靠发新闻电报。高原的冬季天寒地冻，房间都没有暖气，在屋子里写稿太冷，为了暖和一点，白天可以在太阳底下写稿子，晚上写稿就缩在被窝儿里，下面铺着电褥子。

1989 年春天，为了完成报社"民族地区"系列报道任务，卢小飞和同事冯媛搭乘部队的车去错那县采访，途中遭遇大雪封山，因道路阻断汽车只能返回，她们俩和当地陪同的藏族大姐徒步翻越了波拉雪山。1987 年在隆子河陷车那一次，她和中国妇女杂志社龚晓邨在错那县勒布沟前沿阵地，翻越两架大山，抵达中印边境的边防哨所。驻守在哨所的官兵们都非常感动。在场的军官战士，每人向卢小飞敬了一碗酒，豪爽的卢小飞都是一饮而尽。她还替自己的同事挡酒。因为她的豪爽，她和哨所官兵们的距离一下子拉近了。

1987 年后，西藏和藏族聚居区一些地方断断续续地出现了一些小的政治风波。这些都是达赖集团在背后指使策划的。1989 年春，拉萨还出现了不安定的苗头和现象。几乎每一天晚上，人民日报社记者部值班编辑都要跟卢小飞通电话，听她介绍拉萨当地的情况和采访的线索。对一些突发事件，卢小飞准是第一时间就发回报道，当时使用的还是文字传真机。

随着事态的进一步变化，记者部对卢小飞的安全十分担心，每天打电话都叮嘱她要格外注意自身安全，特别是如果出现暴力冲突和投掷石头，一定要注意保持距离或者离开现场。但是，每次卢小飞都是微微一笑地回答："我会注意的。"

其实，一放下电话，她总是尽可能地跑到第一现场，及时发回了大量报道，帮助人们全面了解真相。特别是当国务院在 3 月 7 日发布在拉萨实行戒严的命令之后，卢小飞第一时间走上街头进行采访，撰写了新闻通讯《戒严令发布后》，刊登于第二天《人民日报》一版醒目位置，及时向外界传递了拉萨真实的信息。

1989 年 12 月朱晓明 40 岁，调入中央统战部工作。他熟悉西藏的民族和宗教工作，常常提醒小飞，作为《人民日报》的记者，要从全局的角度考虑问题。她自己戏称是"搭先生的车"。而新闻界的一些同行却不无感慨地说："突发事件抢新闻，我们这么多人都抢不过卢小飞！"

1991 年，作为人民日报社赴藏采访团团长，卢小飞带队圆满完成了西藏和平解放 40 周年大型系列报道任务。她和同事刘伟撰写的《朗生村的变迁》，以一个村庄和一批昔日奴隶的故事，勾勒了西藏从农奴制向社会主义制度跨越的缩影，获得中央外宣领导小组和中央统战部颁发的一等奖。

从 1987 年起，卢小飞在西藏又工作了 4 年。1991 年离开西藏，回到了北京，相继在人民日报社担任首都记者组组长、《各地传真》版主编、记者部副主任。

1997 年，她光荣地当选党的十五大代表。

1998 年，全国妇联协商人民日报社，调卢小飞出任《中国妇女报》常务副总编。2000年年底担任总编辑。面对的读者群和采编任务变了，但在她的心底，西藏依然是最留恋的地方。在中国妇女报社工作期间，她曾多次带队赴藏采访，撰写了一篇篇带着体温和热度、接地气的作品。

2009年1月19日，西藏自治区九届人大二次会议表决通过了《西藏自治区人民代表大会关于设立西藏百万农奴解放纪念日的决定》，将每年的3月28日设立为"西藏百万农奴解放纪念日"，以此纪念50年前发生的西藏民主改革和百万农奴翻身解放这一丰功伟绩。对这一重大新闻，卢小飞闻风而动，立即策划了"走过半个世纪的西藏妇女，民主改革50年西藏万里行系列报道"，并率小分队深入西藏城乡采访，赶在当年3月28日前，以6个整版的篇幅，分别从妇女解放、妇女参政以及经济、文化、科技、教育6个方面对西藏妇女进步发展做了全面报道。版面图文并茂，文章短小精粹，活泼耐读，每版都配有评论或点睛的随笔。

对这组报道，中宣部新闻局在当年4月1日的工作通讯《新闻阅评》上给予了很高评价，称"中国妇女报组织的这一组报道，紧密配合西藏民主改革50年的宣传，从西藏妇女的角度……讲述了西藏人民在政治、经济、社会、科技、教育等方面发生的巨大变化。妇女的解放是全世界的命题，西藏妇女的历史足迹更能见证西藏50年的跨越式发展。"

《中国妇女报》是一份日报，每期有八个版。主事一份报纸，卢小飞面临的最大压力是办好报纸扩大经营，要想方设法地筹措资金，增收创收，提高职工待遇。令她引以为豪的是，在她负责《中国妇女报》期间，他们敢于"第一个吃螃蟹"，第一家推出了报纸的手机版，这固然与今天的电子媒体不可同日而语，但在当时无疑是对传统的创新与突破。

为了纪念西藏和平解放60周年，卢小飞早早地就开始策划编写一部《西藏的女儿——60年60个妇女的口述实录》。她希望通过不同年代和不同领域藏族妇女的口述历史，真实反映西藏妇女的命运，见证西藏的发展与变迁。其中有许多妇女的故事都曾深深地打动了卢小飞。

2011 年 5 月，由她主编的这本西藏女性口述实录出版。

此后，她继续投入大量时间和精力，采访和整理《西藏妇女生活史》《喜马拉雅居民口述史》，以此折射这个时代、这个地域的文化及文明。

回望西藏足迹

60 岁时，朱晓明对自己当年的西藏工作经历写下了一首百十来字的纪实性短诗《西藏足迹》：

> 踏上西去的列车，
>> 唯有别情，没有惆怅，
>> 携手昔日的同学，如今的新娘，
>> 走父辈进藏路，共赴边疆。
> 到柳园，换汽车，
>> 翻雪山，沿青藏，
>> 三天颠簸，初尝缺氧，
>> 在车轮上"滚"进西藏。
> 高原岁月锻炼人，
>> 不会干，也要上，
>> 民族兄弟结情义，
>> 平息骚乱在现场。

朱晓明自称"处江湖之远，居庙堂之高，探殿堂之深"。他在西藏工作的轨迹，就是虽然身处天高地远的西藏，但是时刻都为国家为民族考量，时刻都站在国家大局和时代大潮上考虑问题，探索研究西藏的历史、现在和未来，研究西藏的民族工作、宗教工作和各项文化宣传思想工作。他为此倾注了毕生的精力。

如果说，当年从知青到大学生是一次人生的转变，那么，现在从大学毕业生到一名进藏干部，这又是一次人生的转变。他到了自治区党委宣传部宣传处担任干事，从事过宣传新闻出版和外宣工作。

到西藏后，朱晓明承担的第一项工作，就是进行粉碎"四人帮"的相关宣传。白天参加群众游行，晚上着手撰写批判"四人帮"的文章。有时到凌晨两点，他还猫在当时宣传部部长张再旺宿舍旁的小会议室里奋笔疾书，高原反应比较厉害，头痛欲裂，他说这才体会到孙悟空的所谓"紧箍咒"，可能就是高反啊！

第一次参加自治区党代会，朱晓明担任一个小组的秘书，但是他还从未写过会议简报，不知从何入手。当时的区党委一位副秘书长任务之只说了四个字"如实、充分"，令他茅塞顿开，从此逐步掌握了各种文件公文报告简报的写作方法。

为了更好地同藏族同事和群众交流，他和小飞找来十八军进藏时使用的藏语学习手册，自学藏语的那些日常用语。这样，每次下乡的时候，他就能与老百姓进行日常的对话与交流，也容易拉近同藏族群众的感情。

在平常，朱晓明和民族干部工作在一起，劳动在一起。区委宣传部在郊区有一个农场，每个月宣传部都安排卡车拉着大家去农场干活，一起翻地，种萝卜、白菜。

他和藏族同事一起下乡。每次下乡都自带行李。所谓的行李就是自己盖的被子、换的衣服和一块塑料布。到了农村，找到农民的房子，铺上麦秸或者青稞秸秆，然后再铺上床单和塑料布。汉族干部和藏族干部就在一个地铺上睡觉，彼此关系十分融洽亲密，没有任何隔阂。那时候因为年轻，精力旺盛，朱晓明专心致志，一心扑在工作上。

作为一名青年干部，他初生牛犊不怕虎，完成了繁重的任务。1981年就被提拔为副处长。1983年被提拔为处长。1986年被提拔为宣传部副部长。"内调工作"开展期间，朱晓明有一段时间，每天下班后都要跟要求内调的干部谈话，既要考虑每位干部本人和家庭的实际情况，又要考虑本单位实际工作的需要，向大家说明情况，表示组织上会全面考虑的。

那时拉萨的生活条件还比较艰苦，好在机关有食堂，平时吃饭基本靠食堂。有时自己用煤油炉子煮面条，挖几勺从部队弄来的大肉罐头放在面里，便是少有的"美味佳肴"。要给家里打电话也是找熟人到部队去打。寄北京一封信多的要 10 来天才能寄到。说是一年半可以休 3 个月的假，但实际上开始时他和小飞都没有休。因为那时正处于从"文革"结束到改革开放的历史大变革时期，多年受到压抑的精神得到解放，浑身焕发出无穷的力量。

1980 年，朱晓明第一次接触到了长期建藏的问题。那时他还是宣传部的干事，随同时任西藏自治区党委书记阴法唐同志去昌都地区调研，同行的还有中央统战部的"老西藏"李佐民同志。

翻过怒江山后，阴书记的车出了问题，就把朱晓明他们乘的车换给他，他继续去左贡县调研。

朱晓明他们坐着那辆一个轮子偏了但还能凑合开的车，直接去了地区所在地昌都。

到了昌都，朱晓明和其他工作人员就开始分工起草阴书记准备在昌都地区干部大会上的讲话。

当阴书记从下面调研到地区时已经过了半夜 12 点。他向工作人员表示慰问，每个人敬了一杯酒，要求第二天一早 8 点就拿出稿子。

于是，大家加班赶稿子。

第二天，阴书记讲完后感到比较满意，让大家继续修改。后来，这篇稿子以《为建设团结富裕文明的新西藏而努力奋斗》为题发表在《民族团结》1980 年第 7 期上。之后又收入《阴法唐西藏工作文集》，并作为打头的第一篇文章。

在这篇讲话里，阴书记谈到了"长期建藏"的问题。他指出："要进一步树立长期建藏、边疆为家的思想。西藏的建设是一项长期的任务……具体到每一个进藏干部职工来说，为西藏人民服务的时间总是有限的，而西藏建设事业的发展是无限的。每一个进藏工作的同志，无论在藏时间长短，都不应有临时观点和做客思想，而应以主人翁的姿态与藏族人民并肩战斗。"

这是朱晓明跟随阴书记一起调研后参与起草的。讲话里所表达的意思，实际上也正是他的内心所想，尤其是不能有临时观点和做客思想。那时，还没有援藏的制度，他们这一批分配到西藏的大学生都有长期留藏、长期建藏的思想准备。

长期建藏思想是老西藏精神的重要组成部分。十八大以后，党中央在新时代条件下重申了这些思想，并把长期建藏作为"依法治藏、富民兴藏、长期建藏、凝聚人心、夯实基础"五项原则之一，为老西藏精神注入了新的时代内涵。

"三所大学"

朱晓明自称，他一共上了 3 个大学，第一个当然是北大，让他开阔了眼界，不仅学习了一些文化知识，更重要的是领悟了学习的能力和方法。

第二个，是上了农业大学，也就是 1969 年 1 月到 1973 年 8 月，在陕北的延长县插队当知青。他所在的北京四中"文革"前就在全市中学中名列第一。他初中考入四中，接着考入本校高中。本来 1968 年应该毕业，结果 1969 年 1 月到陕北去插队。4 年的知青生活使他了解了中国的农村、农民和农业。不了解中国的农民就不了解中国，因此他认为这是非常重要的一段人生经历，给他的人生铺就了一层黄土高原的底色。

第三个是上了民族大学，也就是他在西藏的 13 年。在他看来，了解中国的民族问题，不能天真地、想当然地考虑问题。民族团结如同阳光、空气和水，是维护祖国统一须臾不可缺席的。他在离开西藏以后，一直都在投入与民族、宗教和当代西藏相关的工作。

他一边从事工作，一边在研究西藏的当代历史、改革开放中的西藏、西藏的反分裂斗争、西藏的民族工作、西藏的宗教工作。相继撰写出版了《新时期民族宗教工作的实践与思考》《西藏前沿问题研究》《当代西藏工作理论思考与实践》等著作，主编《宗教若干理论问题研究》《藏传佛教爱国主义教育工作读本》《爱国宗教力量建设问题研究》《建立健全藏传佛教寺庙管理长效机制专题研究》《西藏通史·当代卷》改革开放部分等著作和数十篇论文；主持完成了《爱国宗教力量建设问题研究》《建立健全藏传佛教寺庙管理长效机制专题研究》《达赖喇嘛"政治退休"后的政治角色研究》《科学无神论基本理论问题研究》《马克思主义无神论基础理论和教育问题研究》等国家社科基金课题。

根据他多年的研究心得，他总结了关于民族问题的三点体会：

一是中国共产党的民族政策，与历代中央王朝有着本质不同。历代中央王朝对边疆民族地区通常采取和对祖国内地汉族地区不同的治理方式，通过联合、笼络当地少数民族上层，实现对广大少数民族和边疆地区的统治。如秦汉的"属邦属国"、唐朝的"羁縻府州"、元明清的"土司制"等。这些制度是老办法，其实质是怀柔羁縻。一方面，中央王朝把少数民族首领作为他们统治的少数民族的代表，通过他们来管理少数民族；另一方面，中央王朝又许可少数民族首领沿袭其传统的管理运行模式，保留原有的社会组织形式，并在维护、服从、认同中央王朝一统的前提下，自主管理自己内部事务，从而满足了中央王朝和少数民族地方政权双方的现实要求。羁縻制度下的政治权力仅为少数民族的统治集团所享有，当地少数民族普通民众则压根没有什么政治权利。其历史功绩是维护了国家统一、领土完整，其历史局限是只着眼于笼络上层，并没有真正关心少数民族人民群众的疾苦。中国共产党则从根本上着眼于广大少数民族人民群众，同时团结上层，从而实现了劳动人民当家做主。历史上中央政权在西藏实行的统治和管理体制，是封建国家内少数民族上层统治者的自治，而不是人民的自治。新中国的民族区域自治制度，是建立在经过社会改革推翻了封建农奴制度的基础之上的，是依照法律实施的，是人民自治、依法自治，实现了真正的民族平等、民族团结。旧中国各种封建性、地域性政治体系林立，贵族、领主、土司等统治当地群众，一些地方主权和治权分离，国力孱弱、一盘散沙的状况，在新中国一去不复返了；各种封建性、地域性武装团伙林立，拥兵自重、各据一方的状况，在新中国一去不复返了。

二是民族因素不是静止不动的，而是随着社会的发展进步而变化的。观察和处理民族问题，要用历史的、发展的观点，而不能用孤立的、静止的观点。新中国成立以来，在党的领导下，走社会主义道路，实行改革开放，进入新时代，每一个民族在社会大变革、经济大发展、文明大进步中，都发生了翻天覆地的变化。民族因素的内涵也发生了历史性的变化。例如：西藏民主改革前，上层在一定程度上还代表着这个民族，那时候的民族因素，重点是上层因素。那时候的西藏工作，是以统战工作为主，同时做影响群众的工作。民主改革以后，百万农奴翻身解放，当家做主，成为掌握自己命运的主人，代表了民族的利益和方向，这时候的民族因素已经主要不是上层因素，而是劳动人民为主体的人民的因素。因此，在社会主义条件下实行的民族区域自治，是少数民族人民群众翻身解放、当家做主，同时团结各界爱国人士的自治，是社会主义制度在少数民族地区的实现形式。

新中国成立后，在党的领导下，通过实行民主改革，走社会主义道路，全面实现了边疆民族地区治理中主权和治权的结合，奠定了中华民族共同体的政治前提和制度基础。中国共产党是中国工人阶级的先锋队，也是中国人民和中华民族的先锋队，党在革命和建设的各个历史时期积极吸收各民族先进分子，党的队伍不断发展壮大。例如：西藏和平解放以前，没有党的组织。2021年中国共产党建党百年之时，西藏自治区党委组织部统计：西藏自治区党员由1952年的877名发展到41万名，其中少数民族党员占81.36%，基层党组织从57个增加到2.19万个，全区21个城市街道、676个乡镇、224个社区（居委会）、5261个行政村都已建立党组织。① 实现了党的各级组织和各级政权纵向到底、横向到边的全覆盖。

实行改革开放，发展社会主义市场经济，人员、商品、信息大流动，"中央关心西藏、全国支援西藏"，促进了各民族"肩并肩、手拉手、心连心"的交往交流交融，其广度、深度，历史上前所未有。脱

---

① 国务院新闻办公室举办记者会，西藏自治区负责人介绍西藏经济社会发展情况，《北青网》2021年5月22日。

贫攻坚"一个民族都不能少"。各民族共同实现全面小康，共同战胜新冠疫情的事实，真实生动地反映了铸牢中华民族共同体意识、推进中华民族共同体建设的实践进程和"换了人间"的伟大成就。

三是"中华民族大家庭"理论，与西方"大熔炉""大拼盘"模式形成鲜明对比。没有比较就没有鉴别。西方具有代表性的民族理论有两个，一个是以美国为代表的"大熔炉"理论，一个是以欧洲为代表的"大拼盘"理论。进入 21 世纪之后，美国国内的种族歧视、种族冲突此起彼伏，基于同化政策的"大熔炉"理论的华丽外衣被屡屡戳穿，已经再也包不住、藏不住、压不住不平等社会政治环境下美国非裔、拉美裔、亚裔等族群的反抗和怒火。欧洲一些国家以多元文化政策为基础的"大拼盘"理论，缺乏共同的目标和导向，忽视推进不同族群在文化、社会方面的交流交融，在发达国家福利社会面临老龄化危机，外来移民数量持续增长的趋势面前，种族冲突频发，成为引发社会动乱的诱因。

与之形成鲜明对照的是中国的"中华民族大家庭"理论。"中华民族大家庭"理论符合中国国情，其提出和形成经历了一个不断丰富和发展的进程。1958 年，毛泽东就提出了"中华民族这个大家庭"[1]。进入新时代，习近平总书记在 2014 年中央民族工作会议上，第一次清晰地阐释了中华民族大家庭的内涵，指出："中华民族和各民族的关系，形象地说，是一个大家庭和家庭成员的关系，各民族的关系是一个大家庭里不同成员的关系。"[2]"中华民族和各民族的关系"，核心是维护国家统一；"各民族的关系"，核心是维护民族团结。"祖国统一是各族人民的最高利益，民族团结是祖国统一的重要保证"。大团结，是团结在中华民族这个大家庭里；大团结，是团结在中华民族的旗帜下。铸牢中华民族共同体意识是新时代民族工作的主题主线，形

---

[1] 在中国共产党第八次全国代表会议上的讲话，《毛泽东文集》第六卷，中共中央文献研究室，人民出版社 1999 年版。

[2] 习近平总书记在中央民族工作会议暨国务院第六次全国民族团结进步表彰大会上的讲话，新华社北京 2014 年 9 月 29 日电。

成休戚与共、荣辱与共、生死与共、命运与共的一家人共同拥有的中华民族命运共同体。

在从事当代西藏工作研究时，朱晓明始终重视学习和坚持三个方面的原则。

一是重视对中央方针政策的学习，特别是历代中央领导集体关于西藏工作的重要论述。这些都是研究当代西藏的根本遵循和行动指南。

二是重视理论与实践相结合，在实践中遇到的重大问题和反复出现的现象，要从根子上去梳理清楚，从历史和现实中去寻找规律性的原因。

三是敢于善于坚决地同分裂主义作斗争，同十四世达赖集团的分裂活动作斗争。他特别强调，精神文化领域始终是反分裂斗争的重要战场。习近平总书记深刻指出，"推动民族工作要依靠两种力量，一种是物质力量，一种是精神力量。""物质力量和精神力量各有各的作用，在很大程度上是不可互相替代的，物质层面的问题要靠增强物质力量来解决，精神层面的问题要靠增强精神力量来解决。""经济发展、人民生活水平的提高，并不会自然而然带来人们思想认识水平的提高。维护民族团结，反对民族分裂，要重视少数民族和民族地区经济发展，但并不是靠着一条就够了。""应该说，问题的成因主要不在物质方面，而是在精神方面。一把钥匙开一把锁。我们在继续用好发展这把钥匙的同时，必须把思想教育这把钥匙用得更好。"

民族工作领域的思想阵地，同其他思想阵地一样，如果我们不用正确思想去占领，错误思想就会去占领。西藏在实践中，认识不断深化。坚持在长期舆论引导和宣传教育中，逐步清除分裂毒素对西藏社会的污染，增强全社会反分裂的免疫力。

朱晓明，原本是北大中文系毕业生，毕业后从事宣传、统战工作和当代西藏工作研究，逐渐成了这个领域的专家，中央西藏工作政策研究重要的参与者、践行者。回京后，他先后担任中央统战部民族宗教工作局、中央社会主义学院和中国藏学研究中心领导，为当代西藏工作奉献了青春、奉献了全部身心。

1989 年，有关方面提出召开中央第三次西藏工作座谈会的建议。中央统战部为此开始进行筹备。当时从西藏借调了两位同志进京参加筹备工作，一位是党委秘书长杨侯第，另一位就是西藏自治区党委宣传部副部长朱晓明。

1989 年 10 月 19 日，中央政治局常委会专门听取西藏自治区负责人的汇报，形成了《中央政治局常委会讨论西藏工作会议纪要》，解决了西藏工作中的重要问题，因此第三次西藏工作座谈会推迟到适当时机再召开。

那时，从地方借调到中央，第一次跨入中央机关的大门，朱晓明既兴奋又有压力。他们当时住在中央统战部机关食堂后面招待所的二楼。每天到民族宗教工作局上班，完成交办的有关会议筹备材料的研究和起草等工作。

国际社会对于我们的西藏工作、西藏问题存在着误解和偏见，甚至是污蔑和抹黑。在这种状况下，中央统战部负责民族宗教和西藏工作的部门提出，要专门创办一份对外宣传西藏的杂志。当时有关部门领导多次与中央宣传部沟通并获得了支持。

经过协调，朱晓明在结束了会议筹备的阶段性工作后，转入参与创办《中国西藏》杂志。办刊开始时只有张晓明一个人，后来朱晓明和杨清芬陆续加入。张晓明是和朱晓明同期进藏的大学生，来自江苏，毕业于南京师范学院，曾在西藏大学的前身西藏师范学院当过多年教师，后来考入中国社科院少数民族文学研究所读研究生，硕士毕业后进入统战部。3 个人承担了创办杂志的大量工作。

这一年年底，朱晓明正式调入中央统战部二局，从事民族宗教和西藏工作。

朱晓明由此离开了西藏。

三段人生路，一世西藏情

2002 年，朱晓明在中央党校学习，暑期去西藏开展社会实践活动。

在从达孜回拉萨的路上，天上正下着小雨，他们乘坐的车在距离拉萨大概几十公里的一个转弯处打滑翻车，车子在河滩上打滚。朱晓明感觉胳膊和腿还能动，肩部和胸部有点疼。

到西藏军区总医院就诊，经检查发现右侧肩胛骨粉碎、肋骨断了3根，只能进行保守治疗，不能手术去把骨折的肋骨拉开，防止造成二次创伤，形成气胸。那一次他住院治疗了十几天，中央统战部派人看望，小飞也专门飞过去探视。

在病床上，朱晓明便自己口述，请局里派来的一位年轻人做记录。他觉得，如果不把这份调研报告写出来，那么这次翻车就算是白翻了。这份社会实践调研报告题目是《巩固藏传佛教寺庙爱国主义教育成果》，后来获得了中央统战部调研成果一等奖。

还有一件特别难忘的事。那时朱晓明一直是自治区写作班子的成员，先后7次参与了自治区党代会、人代会报告的起草工作。在起草报告时，他有一个切身体会，通常这样一些重要报告的起草都要经历三个阶段：第一个阶段，刚开始让大家放开写，怎么写都行；第二个阶段，领导讨论，提出许多修改意见，怎么写、怎么改都不行；第三个阶段，临到马上要开会了，又怎么都行了。经历了一个又一个否定之否定的过程。参与了这些报告文件的起草工作，对于晓明个人而言，对西藏工作有了更加全面、系统的了解，也是一个不断学习和提高的过程。

他在西藏工作期间结交了很多藏族朋友。拉巴平措就是其中之一。

拉巴平措1942年出生，原来是江孜农奴的后代。他家的农奴主吉普后来担任了西藏自治区人民政府副主席，拉巴平措也当上了自治区人民政府副主席。坚持爱国进步的农奴主和翻身农奴的后代同时成为自治区人民政府一个领导班子的成员，这是西藏民主改革和统战工作胜利成果的生动缩影。

后来，拉巴平措也调到北京，担任中国藏学研究中心总干事，和朱晓明再次成为同事。两人共事时，朱晓明感觉拉巴平措谈问题时都很坦率，也很有水平，是一位优秀的领导干部，也是一位优秀的藏学专家。在拉萨，彼此是同事还是邻居，到北京，又成为一个班子的成员。几十年团结共事，知根知底，缘分不浅。

关于西藏，朱晓明还有一些难忘的小事。以前，每次大家从祖国内地、成都回拉萨带的行李都很重，因为大家的兜里都塞满了青菜。当年在西藏能吃到的蔬菜就是老三样：萝卜、白菜、土豆。后来，朱晓明学着其他干部的做法在自家窗前也建了一个小温室，大概也就有两平方米，在里面种了密密麻麻的小白菜，开春时就可以间苗来吃。改革开放以后，这种状况有了根本的改变，市场更为活跃，在西藏吃到蔬菜便不再成为难事了。

2009 年，朱晓明从中国藏学研究中心退居二线，2015 年退休后，参与了中国无神论学会的活动。2013 年至 2018 年担任理事长，后来担任荣誉理事长，从在第一线从事实际工作，转向从事理论政策研究。他说，退休后自己坚持两条原则，一是不干预第一线的具体工作，相信年轻的同事会干得更好：二是不放弃自己几十年从事民族、宗教和当代西藏工作的积累，要不断学习、不断思考。"一个人一件工作干了几十年，干了一辈子，总要搞清几个基本问题。不能像狗熊掰棒子，掰一个，丢一个，最后一个都不剩。"

近年来，他和无神论学会的团队一起，完成了国家社科基金《科学无神论基本理论问题研究》《马克思主义无神论基础理论和教育问题研究》等委托课题和重大课题研究。参与了有关部门组织的防范化解宗教领域风险隐患调研，参加了中国社科院《中国思想通史》中《中国宗教思想通史·社会主义初级阶段卷》的编写工作。马克思主义无神论进党校、进高校，取得了突破性进展。

朱晓明致力于推进马克思主义无神论学科的理论建设。他提出无神论理论研究"四件套"的设想：一是经典作家的论述摘编；二是经典作家无神论思想解读阐释，由朱晓明主编的《马克思恩格斯无神论思想研究》已经取得了阶段性成果，列宁和苏联无神论思想兴衰研究、毛泽东和我党历任主要领导无神论思想研究、新时代习近平总书记关于坚持和宣传马克思主义无神论重要论述等专题研究正在进行；三是编写《马克思主义无神论概论》教材；四是编纂一部工具书——《无神论词典》。在朱晓明看来，这些都是非常有意义的基础性工作。

他说，我们共产党人是无神论者，同时实行宗教信仰自由政策。正因为共产党不信奉某一种宗教，她才能平等地对待不同的宗教，把广大信教群众和更为广大的不信教群众都团结在党和政府的周围，携手建设全体中国人共有的、现实的、人间的幸福家园。

2023年年底，一位长期从事涉藏和宗教工作的老同志得知朱晓明新著《当代西藏工作理论思考与实践》出版后，感慨系之，赋诗一首：事非经过不知难，长啸罡风破重关。使君文字心血铸，凝心聚力克敌顽。

这是对朱晓明用岁月积淀、心血凝注的研究成果的一种肯定。

回望从进藏至今48年的经历，朱晓明说大体可以分为"三个阶段"：

第一个阶段是在西藏工作的13年。这一个13年，"处江湖之远"，亲历了西藏工作从"文革"结束到改革开放、拨乱反正的大变革，思想解放，全身心投入，精神焕发，神采飞扬；目睹了改革开放初期西藏出现的各种社会现象和社会矛盾，经历了平息20世纪80年代末拉萨发生的斗争，在现实考验中锻炼成长。这段西藏工作实践，对他来说有着重要的基础性作用。

第二个阶段是在中央统战部工作的13年。朱晓明曾任统战部民族宗教工作局第十任局长。参与了中央第三、第四次西藏工作座谈会组织筹备工作。经历了围绕班禅转世的斗争。作为统战部业务局负责人，曾多次列席研究民族、宗教、西藏问题的中央有关会议。令人欣慰的是，这一时期他们向中央提出的报告、建议，从来没有被打回来过。经过中央和西藏各方面的共同努力，保持了西藏局势连续多年的基本稳定。这段在中央机关的工作经历，可以说是"居庙堂之高"，使他有了一些更宏观的体会。

第三个阶段是在教学科研单位工作的20多年。2003年4月，朱晓明调任中央社会主义学院党组副书记、常务副院长。2005年年底，中央统战部领导约他谈话，说部里准备调他去藏研中心担任党组书记，询问他的想法。他回答说："中央社院的板凳我还没坐热、还没干够呢，好多事还只是刚刚开了个头。不过我本来就是做西藏工作的，如果部里需要，我愿意去。"他是藏研中心的第五任党组书记。在藏研中心工作期间，参与了筹备中央第五、第六次西藏工作座谈会民族、宗教方面的专题调研、综合调研。组织专家学者积极投入平息2008年"3·14"事件的舆论斗争，组织实施了建立健全藏传佛教寺庙管理长效机制的实地调研和文件起草工作。从党政一线到教学科研单位，他有了更深入的思考。

这"三个阶段"，基层锻炼—高层历练—殿堂修炼，从江湖之远、庙堂之高，到殿堂之深，是朱晓明从事西藏工作和当代西藏研究的轨迹。

这，也正是他毕生的志向与追求。

第十三章

新时代新西藏，新故事新风貌

讲好新西藏故事，就是讲好新时代中国故事，就是讲好中华民族故事。外宣传播领域的刘萱，心中永存那片蓝天白云，用情传递西藏人民幸福安康的声音。

向往远方

刘萱，是国务院新闻办派出的援藏后留藏工作的干部。从 2004 年起 3 年援藏，再延期 3 年至 2010 年。回京工作 3 年后，经不住西藏的"诱惑"，2013 年她再度重返西藏，留藏工作直至 2018 年退休。退休后，每年仍有 1/3 的时间在藏从事文化、传播等工作。她对西藏的感情非同一般。

其实，从很小的时候起，刘萱就有了"去远方"的想法。她 1958 年出生于唐朝大诗人李白的故里四川绵阳。1975 年高中毕业后，到了乡村当知青。1980 年，她好不容易考上了西南师范学院中文系。毕业后，她选择了去北京中央机关工作。因为擅长写作，了解国际国内形势和国家的大政方针，适合做新闻工作，又被调到了中央外宣办。

1985 年，她和在京校友聚会时在草坪上认识的一位男同学，大学排球队队长、二传手结了婚。1991 年刘萱怀上了孩子。1992 年 7 月生下儿子王子川。1996 年她已被提拔为副处长。

2001 年发生的一件事，改变了刘萱的人生路向。这一年是西藏和平解放 50 周年，中央媒体要组织采访团去西藏采访。刘萱一向对远方对西藏充满了向往，本来新闻办要派另外一位同志带着记者去，不知因何那位同志去不了就换成了刘萱。刘萱得到通知次日便出发了。

当她带着记者团路过米拉山口时，正赶上下雪。大雪过后，艳阳高照，日照金山，美轮美奂，就像藏族歌手才旦卓玛那些壮美的歌声一样，气象万千，令人心旷神怡。那幅美景深深地打动了刘萱，让她诗情大发。

这次西藏之行，刘萱为了防范高反，随身携带了丹参滴丸。记者们在雪域采访了近半个月，其间也有几位记者住进了医院。而刘萱虽然已经 43 岁，但她感觉自己的身体能吃得消，还很自豪，对接工作非常认真。同时她也发现，自己对西藏欠缺了解，对西藏文化相当陌生。这一次的西藏之行，在刘萱心里种下了一颗向往的种子，向往高原，向往诗和远方。

时间来到了 2004 年。

一天，刘萱正在上班，电话响了，里面传来的是国新办主任的声音。

主任了解刘萱，知道她平时喜欢写诗，也出版有诗集，于是半开玩笑半认真地对她说："刘萱，你不是说诗在西部吗？"

刘萱有点丈二和尚摸不着头脑，但她似乎意识到领导话里有话、弦外有音，于是便直截了当地回答："领导您有什么指示请讲吧！"

主任接着说："我希望你能够将诗人的浪漫变为现实。——是这样的，今年我们单位有一个援藏的名额，其他人去有困难。我想请你考虑一下。当然我也知道你的孩子还小，又是女同志……"

主任的话，在刘萱的心里激起了巨大的涟漪。说她一点顾虑都没有显然是不可能的，她最大的顾虑就是这一年她的孩子就要小学毕业，马上就要进入少年时期，正是成长的关键阶段，她不能不牵挂。但是那个远方，那遥远的梦想正在向她频频招手。

于是，她下定决心，还没下班就给新闻办主任回复电话：自己愿意去援藏。

这天晚上回到家里，吃过饭，夫妻俩靠着床头坐在床上。刘萱这才下定决心张口，向自己的爱人"通报"了一下自己打算去援藏的事。

她爱人一听说，靠在床头的身体立刻从床上反弹起来。对刘萱先斩后奏的通报，他的第一反应是："你是不是疯了？你都已经 40 多岁的年纪了，还要离开父母和孩子，一个人去援藏，你考虑过家人吗？考虑过家人的感受吗？"

丈夫的反应在自己的意料之中，刘萱也跟着跳起来，她一口气历数了自己多年来为了顾全家庭而放弃离开北京到基层去挂职锻炼的一次次的机会，似乎想以此来多少弥补一下自己对于家庭的"心虚"。

在刘萱办理援藏手续的时候，同事在楼道里碰到她，说："你简直是疯了！你马上就有上升的机会，很快就有可能被提拔为副局长，完全没必要去西藏'镀金'啊！"

刘萱一笑置之，回答："我这哪是去镀金啊，我这是要奔向自己的远方呢！"

尽管亲友们 90% 都强烈地反对，但是，西藏那壮丽神奇的风景，那天高地远的环境，从 2001 年以来时时刻刻都在诱惑着刘萱。她在少年时代接受过的教育"到祖国最需要的地方，到艰苦的地方去"的理想主义的情结依旧还在。激情还在，理想还在，热血也还在。

这时，有一位挚友的话，激起了刘萱强烈的共鸣。她说："一个敢于挑战自我的人才有前途。"这句话让刘萱铁了心。

然而，在刘萱心中，最难面对的就是自己的儿子。

那一年，她的儿子王子川已经 12 岁，正是最需要母亲陪伴照料的时候。在同儿子谈这件事时，她不知如何开口。直到儿子和丈夫一起到机场送别，儿子始终一句话都没说。在和母亲拥抱告别时，孩子依旧一言不发。

后来，刘萱在《西藏文学》发表诗作《儿子！儿子！》，这样坦露自己当时的心迹："在离别时的沉默，让我的心冻结了一块阳光再也不能到达的地方。这沉默也许会成为我无尽的思念与疼痛的雪线。"

被称"刘爱藏"

到了西藏以后，刘萱惊喜地发现，自己果真找到了"诗和远方"的正确打开方式。

组织上对她非常器重，任命她为西藏自治区对外宣传办副主任。她担当了大量的工作，经常加班到黎明。在这里，她得到了比在北京更为宽阔的工作平台和展示自我能力的机会，生命的价值在这里得到提升，这对于她而言是最为重要的。她充分地发挥了自己在北京工作近20年所积累的宏观开阔的视野和工作思考的有效方法，将之运用于当时刚刚开始起步的西藏对外宣传，在一项项工作中都取得了显著的成效，连她自己都不由得感叹：这里简直就是自己发挥才能的一片高原啊！

2005年是西藏自治区成立40周年大庆，组织上安排刘萱负责编辑出版一部反映自治区成立40周年辉煌成就的大型画册。

当时时间十分紧促，刘萱四处寻找图片资料，在一个月时间内便敲定了全部的照片、图片。每一天她都是工作到凌晨两三点钟，有时甚至通宵达旦，困了就喝一瓶红牛饮料来提神。在她的桌上，还常备着防范心脏不适的丹参滴丸。她认为自己来西藏就是来干活的，组织上又如此地信任自己，如果做不出来或是没做好，那就对不起组织上的信任。

单是为了寻找图片，她就连续工作了5个通宵。为了搜集最好的图片等资料，刘萱还动用了自己在北京的各种关系。

为了打印清样，她带着同事们半夜到街上去找印刷厂。结果那些打印的店铺都已经关门了。那一刻，刘萱心里就想起了那一首歌《为了谁》，这首歌正好传递了她最真切的心情。西藏的画家们也十分给力，帮忙将画册制作得尽善尽美。

这部名为《辉煌四十年》的大型画册选取来自于生活的图片，真实地记录了西藏40年来的沧桑巨变。画册共分为5个部分：西藏自治区成立回眸；亲切关怀，巨大支持；跨越式发展中的西藏；团结进步，幸福和谐；走向美好未来。通过这5个部分向世人展示了西藏各族人民40年来在党中央的亲切关怀和全国人民的无私援助下，在自治区党委、政府的领导下，在高原创造的奇迹，客观地介绍了今日西藏经济发展、社会和谐、民族团结、边防巩固、人民安居乐业的情况。画册的设计装帧精美，富有西藏民族特色和现代气息。它以丰富的图片信息为载体，将西藏40年来取得的翻天覆地的变化、各项事业取得的丰硕成果真实、全面地展现给国内外广大读者。

画册制作完后，刘萱又马不停蹄地把这些编辑好的内容送到深圳一家大型彩色印刷厂去印制。她亲自到印刷厂去督战。连印刷厂的经理都说："没见过像您这样的厅级干部还亲自来督印的。"

印制完毕，为了将这些彩色画册第一时间运到西藏，刘萱毫不犹豫地动用了在京工作的丈夫的关系，请他帮忙协调航空运输。最后联系到了南航，在他们的飞机上腾出了舱位，让这些画册及时地上了飞机，运到了成都，然后再由成都转运到拉萨，正好赶上自治区的庆典大会。当时领导们都在会上等着用这些画册呢。

这本画册资料齐全，内容丰富，主题鲜明，受到了广泛好评，为西藏自治区成立40周年献上了一份厚礼。在后来很长一段时间里，这本画册都成为推介宣传西藏的一个重要载体。因此，西藏的同事们给刘萱起了一个外号叫"刘爱藏"。

"刘萱，你是得了西藏病！"

刘萱还积极推动召开各种新闻发布会。在她入藏之前，西藏自治区很少召开新闻发布会，一年一般就几场新闻发布会。而刘萱担任外宣办副主任以后，一年就召开了30多次新闻发布会，其中她自己负责的就有二十七八次。

2003年，刘萱参加了第2期国新办新闻发言人培训班，学习了担任新闻发言人的技能。同时，制作《辉煌40年》的画册，也帮助她积累了一些经验，增进了她对西藏经济社会发展历史的了解。她努力拓展发布会的规则，力求贴近现实，贴近实际，满足社会对各方面工作的关切。譬如，当时西藏某地人间鼠疫发生后，她们中午召开了新闻发布会，下午央视就予以了报道。

在两年多时间里，刘萱先后主持了 50 多场发布会，她们努力做到主动说。包括西藏地震发布，关于西藏的环保问题、经济问题等敏感话题。因为刘萱是一个工作上的拼命三郎，这些发布会都取得了很好的效果。

她是第四批援藏干部，在 3 年援藏期间她几乎没回过家。她在报刊上也发表了一些诗文，用一种诗意的语言，表达自己对援藏工作的心得体会和感悟。后来，在第五批援藏干部中有一位女同志，她见到刘萱就说："我是中你毒了！我在网上查询了一下你援藏的情况，看到你在这里工作得风风火火，很有成就感，我也就报名来援藏了。"这是一位在工商口工作的援友。

到了 2007 年，一届 3 年的援藏工作结束。但是，刘萱感觉西藏外宣工作等方面才刚刚起步，稍有起色，还有许多工作都没来得及开展，自己不能半途而废撂下挑子回北京，于是她又主动申请延长一届，继续留下来援藏。

第二次援藏，刘萱的爱人更加反对，但是也无可奈何。他说："刘萱，你这是得了西藏病了！"

西藏的外宣工作涉及我国的国家核心利益。刘萱处在维护国家统一反对分裂斗争的第一线。她善于学习和思考，密切联系现实，就如何改变在关于涉藏舆论斗争格局中西强我弱的局面展开调研、思考和实践，提出了"国际涉藏舆论西强我弱局面亟待改变""跳出西藏看西藏""跳出外宣看外宣""利用网络建立大外宣格局"等宏观性战略性的思考。这些论点都被有关方面采纳。2008 年，她又提出"达赖集团宣传手法翻新，我外宣形势严峻"，提出"集中优势兵力对周边国家涉藏宣传进行重点突破"，"打好涉藏外宣五张牌即文化、学者、民间、宗教、华文媒体以增强西藏外宣主动性创造性"。这些有益的主张和建议都得到了中央外宣办领导和西藏自治区领导的肯定。

她积极推动各种涉藏外宣，配合中央外宣办组织协调了多场重大的文化周等"走出去"活动，推动西藏自治区新闻发言人制度的建立健全，组织主持新闻发布会150多场，致力于西藏网络宣传的起步和推广工作。先后在《新兴尼泊尔报》《印度斯坦报》等媒体推出以中国西藏经济为主要内容的报道。在尼泊尔首都加德满都建立了第一家中国西藏书店，实现西藏外宣在周边国家的战略性突破，组织协调每年中央及境外媒体赴藏采访和外宣品制作工作等等。

2008年3月14日，一场突如其来的打砸抢烧严重暴力犯罪事件在拉萨发生。

"3·14"事件发生后，国际舆论一度出现不分青红皂白是非颠倒的复杂局面，各种流言蜚语甚嚣尘上。刘萱在自治区党委和党委宣传部的领导下，冒着生命危险，积极组织对外宣传报道。

当时，中央媒体记者乘坐空军的飞机赶到了拉萨。

央视记者联系刘萱，希望马上赶赴现场采访拍摄。刘萱一下子迸发出了英雄气概，大声回答："你放心！我来安排！"

她想方设法找到了武警的队长。队长说："遇到困难，我们开坦克去接你。"

为了保障到现场去采访记者的安全，刘萱在几个小时之内便从武警方面协调到了一辆装甲车。

3月16日，她搭乘武警的装甲车迎接央视的8人特别报道小组。

记者们半开玩笑地说："人家开奔驰宝马接人就很好了，你这更厉害，直接开辆装甲车来了！"

就这样，刘萱让记者们坐在装甲车后面，带着他们闯入了当时形势还非常严峻的八廓街和嘎玛贡桑街道等打砸抢烧重灾区，拍摄采访留下了宝贵的第一手影像资料和采访素材。有关同志和报道组一起挖掘了"以纯店被烧""藏族格茨医生救汉族孩子""在拉萨外国人眼中的3·14"等新闻素材。央视根据这些素材制作了40分钟的电视纪录片《拉萨3·14打砸抢烧暴力事件始末》。后来，这部纪录片被推介到了100多个国家和地区，300多家电视机构转播，有效地澄清了西方媒体的各种流言蜚语，为我国在国际上争取了话语主动权。

4月，刘萱又担任了奥运火炬上珠峰新闻中心副主任兼新闻发言人，负责境内外记者采访活动的总协调。她提出的关于国内外媒体赴珠峰采访报道的紧急建议，引起了中央领导的高度重视，为确保中外记者在珠峰地区的有效管理发挥了积极作用。

新闻发布会设在海拔 5200 米高度的珠峰绒布寺中外记者大本营，当时有境内外 100 多家媒体报名要来报道。经过研判，刘萱意识到自己必须确保媒体采访报道 100% 的安全，决不能出负面的信息。为此她专门赶到中宣部去汇报。下午就要乘飞机返回拉萨，在中宣部的汇报时间有限，她提出不要那么多的媒体，包括境外媒体一共有 30 家就可以了，外媒七八家，这样可以确保报道平稳和安全。有关方面采纳了她的建议。

当时，有关方面得到的信息是，处于尼泊尔的一批"藏独"分子正在蠢蠢欲动，也要登顶珠峰，准备破坏奥运火炬登顶行动。刘萱他们必须做好充分的应对准备，确保火炬传递 100% 的安全。因此，必须把控好舆论。在她看来，如果万一北京奥运火炬登顶珠峰传递失败，那么北京奥运会就失败了一半。

这时那些新闻媒体最关心的是奥运火炬每天传递到了哪里，但是刘萱他们每天的发布会只能介绍火炬大概到了哪里，而不能发布最确切的消息。更多的时候只能向记者们宣讲西藏和西藏文化。这样有些记者就很不耐烦。他们私下里商量，打算集体要求下山。

这可就是个严峻的问题了。因为奥运火炬在西藏，安全有公安部门做保障是没有问题的，而如果在舆论方面出了问题，那很可能控制不住，尤其是外媒的舆论，刘萱一个人也是把不住关的。如果发生了记者集体下山这样的情况，刘萱认为自己就会上对不起祖宗下对不起子孙。因此她想方设法决不能让媒体集体下山。

于是，她私下派人去了解了一下。后来得知那群记者中闹得最凶的是一个德国记者，正好那几天他要过生日。刘萱就安排那天晚上给这个记者专门制作了精美的生日蛋糕，她自己还写了一首诗，准备了一份北京奥运会的礼物。

当时在珠峰大本营有一个简易的餐厅。当记者们走进餐厅的时候，刘萱他们就向这位德国记者祝贺生日快乐。

那个记者感到很惊讶，问道："你们怎么知道我的生日？"

就在他吃惊的这一刻，工作人员又把蛋糕端了出来，接着将北京奥运会会旗披在了他身上。然后，刘萱就开始朗诵那首献给他的诗："如果没有太阳，土地就不会温暖。如果没有月亮，夜晚就不会有光明。如果没有北京奥运火炬登顶珠峰，我们就不会相聚在这里。"

那位德国记者听到诗歌朗诵，特别激动，也特别感动。刘萱已经提前让北京电视台将摄像机都架好了，此时让北京台记者当即对那位德国记者进行现场采访，问他："您这个生日最大的愿望是什么？"

记者回答："我的愿望是，希望北京奥运火炬登顶珠峰圆满成功！"

就这样，北京电视台在每天推出的"珠峰一日"节目当天播的就是这个过生日的节目。

那天晚上，刘萱陪着记者们又唱又跳，跳起锅庄舞，喝着青稞酒。大家都很高兴。记者们也就没有再追问珠峰登顶究竟要历时多久。

就这样，刘萱他们在珠峰大本营整整坚持了 15 天，每天一场新闻发布会。她经受住了考验，用高度的政治责任感，化解了一个个工作中的矛盾和危机，取得了良好的外宣效果。

由于长时间的高度紧张、高强度的工作，刘萱身体开始吃不消了。她连续多日忙得每天只能睡两三个小时的觉，头疼，流鼻血，体重也掉了 5 公斤。

8 月初，当北京奥运会开幕的时候，刘萱突发急性阑尾炎，并且已经穿孔，休克了过去。她当即被紧急送往医院。西藏军区总医院李素芝院长亲自过问并及时组织手术，这才使刘萱脱离了生命危险。

去尼泊尔开书店

"3·14"事件之后，刘萱和她的同事们就在思考一个问题：当时的外交政策，周边应该是首要的，他们能不能把端口前移，将涉藏宣传做到周边？而尼泊尔就是重要的端口。我国和尼泊尔有着友好关系，但是一些西方的反华势力，特别是"藏独"的一些势力也集中在这里。在参加文化团赴尼泊尔访问期间，刘萱发现在加德满都泰米尔大街上，每走上十来步就有一家小书店。她看了一下那些书店里基本上只要有涉及西藏的书籍，几乎都是西方出版的。那些书籍要么介绍我们的军队在操练、拼刺刀，要么印着老百姓苦哈哈的样子之类的图片，几乎全是负面的宣传。刘萱意识到，涉藏宣传必须破局。

为了考察和创办一家中国书店，刘萱一共去过4次尼泊尔。当时从尼泊尔考察回来，刘萱就和同事们商量，她的一位同事因为跟尼泊尔有很多的联系，很懂书店运营，于是就提出在加德满都开设一家中国西藏书店的设想。

当这个设想被提出来之后，受到一些同志的竭力反对，认为这个项目不可行，不可能做成。有的领导说，这是一件太冒险的事情，而且怎么持续下去？意见纷纭，外宣办主任就问刘萱："你说怎么办？"

刘萱这时便毫不客气地站起来回答："我作为一名援藏干部，不是没有做过功课，我对有些情况还是做了一些了解。中央是希望我们走出去的，对于走出去是支持的。再一个，我们如果不迈出这第一步，哪来的第二步？"她讲了很多理由，同时也提出了遇到困难如何去克服。

当时外宣办的领导也是区党委宣传部的领导，他当场拍板说："好！我认为刘萱说得有道理，就这么定了吧。"

就这样，刘萱带领团队开始具体操作，再考察研究。这个项目实际上到了2019年才做成。

书店设在加德满都泰米尔大街上，2019年1月启动。因为地段很金贵，面积只有70平方米。除了放一些关于西藏历史、文化和介绍西藏的图书之外，偶尔也搞一些小型的摄影展等。书店开张那一天，现场播放了不少藏族的歌曲，在尼泊尔的很多藏族同胞参加了仪式，都很激动很高兴。图书销量也还不错。

让刘萱特别感动的是，这个书店办起来后发生了许多暖心的事情。国家外文局出版有很多小语种的书。当他们得知有这么一家书店后，外文局的领导主动提出，他们可以免费提供《北京周报》，还有一些图书也可以无偿提供。西藏方面也发过去很多书，也都不要钱。

各方面对这家书店都非常支持，刘萱不无感慨地说："一个人在做好事的时候，连老天爷都会帮忙的。"

当时这家书店装修的材料都是从云南和拉萨拉过去的。按要求，这家书店要建得有国际范，而让读者都愿意进来，因此在装修上要求比较高。另外当地的建材无法满足，必须从国内进口，需要穿越喜马拉雅山从樟木口岸穿过去。但她同事的货车行驶到尼泊尔境内时，因为尼泊尔境内的电线离地都很低，卡车过不去，只能下来拿根竿子将电线挑开，这样才能把建材运进去。刚过去的时候书拉过去没有地方放，因此就找朋友先寄放到朋友家。

然而，到了最后的关键时刻，装修又出了问题。

刘萱带了一个代表团提前赶过去，筹备西藏书店的开业仪式。幸亏她提前5天赶过去，结果她发现，书店还有半个月的工程没有完工。刘萱自己搞过装修，家里房子的装修都是她做的，因此她当时一看，就急得都快晕过去了。心里说：完了！这简直是要给我们西藏抹黑呀！说好的哪一天要开业怎么能不按时开张？

虽然她没有干过杂工的活，但那几天她却变成了装修的总指挥，每天进进出出在现场帮着铲泥，帮着糊墙，搬梯子，搭脚手架。她要全体跟上，整个团队都参与了装修。最后赶上开业那一天，装修才刚刚完成，也没来得及晾晒。

最终，书店总算如期开张了，刘萱也长长地舒了一口气，感到特别愉快，也特别开心。

当回忆起这件往事时，刘萱眉飞色舞，浑身是劲，因为她觉得这家书店的建成也让她实现了人生的一种价值，也提升了她的精神境界。

她说："如果说在北京可以开阔视野奠定基础，我也做了一些全国性的大活动，效果也很不错。而在西藏，我却实实在在地体会到什么是国家利益，你在工作的时候只有以国家利益为重，你才不会出错。在每次做选择、做决策时，在具体事情上，只要不损害国家利益就不会犯错。这是我的一句名言。"

"妈妈，我为你自豪！"

援藏6年，刘萱心里最放不下的是自己的儿子。

2004年她赴藏那一年，儿子12岁，刚要开始跨入初中。她只能把对儿子的关爱书写在一封封饱含深情的书信，写进一首首倾吐心声的诗歌里。

2007年，她的14岁的儿子也把对于西藏的向往和对于母亲的思念写进了作文。这篇名为《向往拉萨》的作文，获得了当年全国中学生作文大赛北京赛区的三等奖。评委们评价道：这篇文章感人至深，作者把对母亲的爱以及母亲对祖国的爱都融进了这短短的1000字之中。

母亲在拉萨工作，时刻牵挂着这个大男孩王子川，而子川也想念他正在那里援藏的母亲。2007年暑假，王子川和朋友一起乘车到青海游玩，然后在格尔木火车站和朋友告别，一个人乘上了从格尔木前往拉萨的火车。

旁边的一个藏族阿姨和几位叔叔看到这么小的孩子独自旅行，便问他："孩子你多大了？"

王子川回答："刚满14岁。"

那些大人立刻瞪大了眼睛，非常地惊奇："孩子你这么小，为什么一个人去拉萨？"

王子川回答："我要去看一年多未见的援藏的妈妈。"

叔叔阿姨们当即向他伸出了大拇指："你和妈妈都很棒！"

当火车驶上海拔5200米的唐古拉山时，王子川感到了一阵阵无法控制的眩晕。藏族阿姨告诉他，这是高原反应。

坐在火车上，望着窗外，已然是另外一番景象。一阵阵寒风袭来，夏天杳无踪迹。站台上的小红旗在寒风中猎猎作响。一位站台工人的帽子被风刮到了十几米远，他赶紧跑过去艰难地捡回了帽子，又顶着寒风回到了自己的岗位上。王子川知道，这里就是生命的禁区，但是当年修筑青藏公路的将士们，还有修建这条青藏铁路的工人们，却发挥了"特别能吃苦、特别能战斗、特别能忍耐、特别能团结、特别能奉献"的老西藏精神,他们晴天一身汗,雨天一身泥,硬是把天路修到了拉萨。还有许多人将自己的生命留在了这片荒凉的高原上。

想到这些,想起母亲跟他讲述的那些有关西藏的往事,这位少年心头湿润。他迫切地想要见到自己的母亲。他想起了母亲当年发表在《西藏文学》上的那首诗《儿子!儿子!》,曾打动了无数援藏的母亲:"当寒冬来到我心的深处的时候/我生命中的儿子正在遥远的地方孤独/儿子刚刚过完 12 岁的生日/我就在他生日的烛光中告诉他我要西去的消息/他不敢相信我的决定/清澈的眼睛堆满了疑问/他离别时的沉默/让我的心从此冻结了一块阳光再也不能到达的地方/这沉默也许会成为我无尽思念与疼痛的雪线/从此在我的生命中永不褪去……"

子川想到 50 多年来,不知有多少位父母舍小家顾大家,像他的母亲一样无怨无悔地支援西藏、建设西藏,正是因为有了他们的牺牲,才有了今天西藏的巨变。那一刻,他觉得自己理解了母亲,理解了和母亲一样的前辈们心中那种人往高处走的理想与追求,和他们的崇高品格。

虽然时常不能相见,只有思念,但是母亲就像一座精神的丰碑,激励着这个少年成长,独自默默地长大。他学会了一个人坚强地生活。

后来,他考取了北京师范大学第二附属中学,接着又顺利地考上了北京交通大学,后来又获得了香港大学电子工程专业硕士学位。尽管这对母子远隔天涯,但是他们彼此却有更多的爱与理解。这些爱和理解通过那些鸿雁传书而沉淀成金。

在王子川看来,母亲是精忠报国的,她独自奔赴祖国的边陲,尽管有很多人不了解乃至质疑,但是他相信母亲的选择是正确的。随着岁月的流逝,他越来越理解了母亲之所以会选择为大家而貌似舍弃了小家。尽管母亲没能在身边陪伴自己成长,但这对于自己而言却也不啻是一种锻炼,不啻是一种对未来人生的提前演练,毕竟在自己未来的人生路上,他必然也会面临这样那样的问题,等待他自己一个人去解决。因此,没有母亲在身边,他学会了自己一个人站在英国的大本钟下，独自体味着寂寞，学会了勇敢地站在虎跳峡旁，镇定地站在会场上自如地演讲……这一切，都是生活赐予他的，也是岁月教会他的，是独特的经历带给他的。

他学会了理解母亲，为母亲鼓劲加油，时时地为母亲点赞。在给刘萱的信中他这样写道："我很高兴你在那边工作进展得尤为成功。……那边的 5 年时光，想必是给你带来了人生一段难忘的记忆，使你成为一段传奇，成为一名英雄！是不必加上双引号的！我应该为我的母亲感到骄傲和自豪！"

时间总是匆匆而过。

2010 年 3 月 26 日上午，西藏自治区政府举行新闻发布会，通报 2009 年度经济运行情况。一片飘红的经济数据令人振奋，但是主持这场新闻发布会的刘萱却两度落泪，令在场的每个人倍感惊讶。

身着正装的刘萱动情地说："2004 年，我来到西藏主持的第一场新闻发布会，就是统计局的发布会。"

2004 年，刘萱告别幼小的儿子独自来到西藏任职。3 年援藏期满后，为了"为西藏做点事情，给生命一种交代"，她毅然地决定留下来，主动申请继续援藏 3 年。眼看这又 3 年的任期就将到来，刘萱百感交集，潜然泪下，不能自已。

她说："今天的这场发布会，可能是我今生最后一次在西藏主持新闻发布会。我今天一再告诫自己要坚强，要忍住，但还是没有。"

看到如此动情的新闻发言人，台下的记者 3 次报以热烈的掌声。

这，大概是对刘萱 6 年援藏最好的欢送吧！

是啊，时光难忘，往事可追。在这 6 年里，刘萱主持了 100 多场新闻发布会，经历了一个个终生难忘的瞬间和让她刻骨铭心的一件件事情。

在发布会的最后一刻，刘萱满含泪水，对着台下深深地一鞠躬，深情地说道："为了西藏的明天更加美好，让我们共同奋斗！"

"你的西藏病只有到了西藏才能治好！"

刘萱说，援藏 6 年是自己爱与被爱最多的 6 年。从 2004 年到 2010 年，她受到了组织上的高度信任和器重，承担了大量重要的工作。

2010 年外宣办领导了解了刘萱的事迹以后非常感动。刘萱也写信向他汇报过自己的工作情况。

领导说："像你这样的援藏干部，那种干部的奉献精神值得人们学习。"于是，便安排《光明日报》记者专门去西藏采访刘萱的事迹。后来发表了一篇长篇报道《心中有朵格桑花》。外宣办的舆情报告也刊登了。时任中央政治局常委李长春看了以后，打电话给新闻办领导说刘萱太不容易，让《人民日报》再采写一篇。就这样，中央媒体对刘萱做了一些重点报道。

2009 年，刘萱荣获了人生中两个重大的奖项。她被国务院授予第五届全国民族团结进步模范个人，被全国妇联授予全国三八红旗手。这一年国庆节，她又受邀登上了北京天安门观礼台，出席新中国成立 60 周年阅兵庆典活动。那一刻，她感觉自己走上了职业生涯诗意的巅峰。

6 年援藏结束后，她回到了北京，担任中央外宣办（国务院新闻办）七局副局长、巡视员，肩上的担子更重了，但是她的心依旧牵系着西藏，牵系着那片雪域高原。

在北京工作的 3 年里，她也是"5 + 2""白 + 黑"地工作，干成了几件大事。一是 2010 年在西班牙举办了中国西藏文化周，二是 2011 年在希腊雅典举办了第三届中国西藏文化论坛，向世界讲述西藏故事，讲述中国故事，传递中国声音。

2011 年西藏和平解放 60 周年，她参与承办了在民族文化宫展出的西藏和平解放 60 周年全国性大型展览，担任了北京人权论坛的总指挥。2012 年组织了波兰中国西藏文化周。

在东欧，人们对于西藏一向有一些偏见，同时那里也有很多的"藏独"分子。

这次的西藏文化周气派很大。为了确保安全，刘萱先和波兰当地做了充分的沟通，对警察保安保障力量进行排兵布阵，同时争取到了当地华侨的大力支持。华侨们答应，他们的车可以随便用，他们也来人帮忙。

这次文化周选的时间是 11 月 5 日，正好在 11 月 8 日开幕的党的十八大之前。原来刘萱他们以为十八大的时间会安排在 10 月中旬，没想到文化周正好紧挨着十八大的召开，因此刘萱感到压力巨大。

当时有一些"藏独"分子，还有一些歧视性媒体跑来干扰这个文化周。其间就有这样一个插曲：有一个假装记者的"藏独"分子，询问观看演出的一个波兰人："你认为西藏是中国的吗？"那位波兰老人很想观看文化周的节目，她不耐烦地反问道："西藏不是中国的，那难道是我们波兰人的吗？"

这次文化周得到了外交部和驻波兰使馆的大力配合。因为提前沟通，文化周同"波兰家园"这样一个民间组织合作，有力地宣传了中国西藏的文化，取得了很好的效果。

在最后的闭幕式上，刘萱朗诵了一位波兰诗人的诗：

> 我们曾把世界弄得先后没有秩序，
> ——它是那么细小，两只手就能抓住它，
> 那么平易，可以面带微笑地将它描写，
> 那么普通，就像祈祷中的古老真理的回声。

波兰的朋友们说，没有想到，一位中国的官员居然能够背诵他们波兰诗人的诗。

演出结束那一天，刘萱喝醉了，差一点把自己珍爱的相机都弄丢。

在北京工作当然很风光，但是在刘萱看来这离西藏就远了，离蓝天白云也更远了。人生苦短，对于已经在西藏工作过 6 年的她看来，那里正是自己的诗和远方，是自己怎么也无法割舍的一片热土。

在这 3 年时间里，她一直都在徘徊、纠结，远方的召唤无法阻挡。

2012 年，她去延安干部学院参加为期 10 天的培训。在学习期间她一直处于感动之中。

她是班上的学习委员，在谈学习体会时，她说："通过这次学习，我更加意识到，延安是我党的精神高地。我们每个人也应该有自己的精神高地。我认为我的精神高地就在西藏。"

在学习结业时，她手捧着红色的结业证书，向着宝塔山的方向，含着热泪，给自己的丈夫发出了一条短信，宣布了自己人生中一个最最重要、最最坚定后来也被许多人认为刘萱"彻底疯了"的决定：从北京中央机关调入西藏工作，正式成为一名西藏干部。

丈夫收到这条短信，立马给她打来电话。他大声地说："刘萱，我看你真是得了西藏病，已经无药可治，只有到西藏才能治好你的病！"

是啊，西藏，那片令人心驰神往的地方，是诗意栖居的所在，也是刘萱魂牵梦萦的地方。

调入西藏后，刘萱担任了西藏自治区政府副秘书长。她下定决心，要在工作之余，为自己心中的诗和远方做点事情。

刘萱注意到，很多介绍西藏的书籍和文章，要么千篇一律，要么晦涩难懂。有许多资深的文化人和文艺家给她提建议说："要把西藏真正的好东西，用更好的方式，更深入地介绍给外界。"

当时，外宣部门也希望能够借助新媒体做一些宣传西藏的事情，同时这种宣传要更温和柔性、更接地气。

刘萱最终选择了自己酷爱的诗歌这种形式。

2015 年 3 月，刘萱主持创办了西藏公益性文化微信公众号平台"雪域萱歌"。"萱歌"是她大学时同学们叫她"萱哥"的谐音，也是她在西藏写诗发表诗作时用的笔名。在这个微信公众号上，开办了西藏首个可供原创发表的有声栏目"雪域读诗"，每周六 10:00 准时推出一期。

很快，刘萱便发现，心中拥有"诗和远方"的人越来越多。至今，"雪域读诗"已经推出 400 多期，朗诵者有 100 多位。参与这项工作的大多是热爱诗歌和朗诵的志愿者，男女老少，专业非专业，不分区内外。刘萱常常引用毛主席的一句话：我们来自五湖四海，因为正义的事业走到了一起。"雪域萱歌"引领了西藏的读诗风尚，在全国都产生了相当大的反响。

除了线上发布有声诗歌朗诵和原创作品外，"雪域读诗"更是走到了线下，组织了很多线下的读诗活动。这些活动都是刘萱他们自己策划承办，自己找场地。

他们组织了昌都诗会。昌都是西藏和平解放后升起第一面五星红旗的地方。诗会在昌都大会堂举行。他们选了谭冠三将军的诗，选了马丽华、吴雨初等人的诗。这些诗歌都表达了强烈的爱国主义和家国情怀，加上优美的配乐和康巴汉子浑厚有力的声音，结果感动了全场。

刘萱还带着团队与相关机构组织了西藏首届诗歌节。这些诗会活动，都是在海拔很高的高原上边走边读，因此又被称为"行走中的诗歌节"。

在珠峰脚下，二十几个人为了筹备这场诗会前后忙碌了12天。他们组织得很好，朗诵了近两个小时的诗作，农牧民演出队进行了表演，堪称是一场史无前例的诗会。

这场诗会结束后，刘萱发现，自己的脸庞已被强烈的紫外线灼伤，很长时间都没法恢复，皮肤也变粗糙多了。

作为自治区政府副秘书长兼政府新闻发言人，刘萱参与了自治区两会的工作。用上了各种新媒体进行宣传。她走遍了西藏的山山水水，到过那些最穷最落后最偏远的地方。她也曾参加过督查，监督环保和垃圾卫生等问题。

最值得称道的是藏医药申请世界非遗工作。刘萱担任专班组组长，由自治区主席担任总统筹。这项工作刚开始是由文化厅和卫健委负责，后来刘萱建议为了确保取得成功，这件事直接由自治区政府统筹负责。领导说："那就成立一个专班小组，你来当组长。"包括文化厅卫健委都各派一名副厅长，还有西藏著名的藏药专家参加。

2016年刘萱正式接手，就这样，刘萱在自治区分管副主席的带领下，拳打脚踢，四方协调。经过1年多时间，2017年申遗最终获得成功。

其间，最难的是到北京去找有关部门，争取他们的支持。在西藏刘萱可以直接找自治区领导汇报提要求，而到北京，则需要到处去找人、求人。刘萱先后找到了文化部、统战部、国家非遗中心等。

当时有别的国家也在就藏医药联合申遗，形势非常紧迫。中央领导同志对此都作了重要批示。这让刘萱感到压力巨大。

此时文化部计划申遗的项目有3个，包括太极拳和天津年画以及藏医药，最终讨论决定从这3个申报方案初拟稿里选一个，文稿要由北京的申遗中心把关。可是，藏医药申遗的文稿离世界申遗标准有很大差距。

为了搞好文稿，刘萱亲自带队，在相关专家的大力支持下，加班加点修改文稿。花了1个多月的时间，终于做好了。最后的文本报送文化部审查。

文化部负责申遗的司长告诉刘萱一行："我们不打不可能赢的战役。"

其他专家还在琢磨司长这话的意思，而刘萱一听就明白了这句话的言外之意。这也激发了她此次申遗必须成功，绝对不能失败。

她恨不能揪住那位司长的衣领。

她义正词严地告诉他："如果不把我们作为申报联合国教科文组织的非遗项目，要是让别的国家抢先申遗成功，那么我们就会沦为历史的罪人，被钉在历史的耻辱柱上！"

刘萱毕竟是见过大世面的人。她对自己的申遗团队说："我们要马上找文化部部长。"然后，一转身，她就上楼去找部长。

文化部部长对藏医药申遗非常支持。

统战部也很支持。

就这样，刘萱他们使出了浑身解数，在各方的支持下，藏医药浴法申请联合国教科文组织人类非物质文化遗产最终获得了成功。

诗在远方

1995 年，第四届世界妇女大会在北京召开。中国散文诗学会为此组织开展了关于母亲主题的诗歌征集和朗诵活动。

有一个朋友告诉了刘萱这个消息。她就写了一首诗去参评，并且留了自己的电话。

当时柯蓝是中国散文诗学会的会长。他读了刘萱的诗以后感觉很不错，便亲自给刘萱打电话，像发现了一名优秀的人才一样，给予了充分的鼓励。

后来，在北京音乐厅举办了音乐演唱会《母亲颂》，陈铎、殷之光、盛中国等艺术家都参加了。

在柯蓝的鼓励和指导下，刘萱创作了散文诗集《生命阶梯》和《生命高地》。她特别喜爱柯蓝的一首小诗《真诚》："我非常贫困，一无所有／我唯一的财富是我的真诚／我唯一的满足是我的真诚／我唯一的骄傲是我的真诚／因为我有了真诚，我的头从不低下／因为有了真诚，我的眼光从不躲闪／我的真诚使我的一生没有悲哀，没有痛苦，没有悔恨／愿我真诚的生命永远闪光。"她把这首诗作为自己的人生坐标。

后来，得知刘萱要去援藏，柯蓝为她感到高兴。他还让人带话给刘萱，让她继续用功，写出好诗。2005 年，柯蓝去世。那时刘萱还在忙碌，无缘去送别，专门写了一篇纪念柯蓝的文章。

有人曾说过，初来西藏的人，一周之内便能写出一本书，一月之内能写出一篇文章，一年以后反而写不出东西了，因为这里的文化深厚，越深入越不知应该如何下笔。刘萱对此深有同感。她认为，初来西藏的人只能触摸到她的皮肤，只有真正热爱西藏的人，才能触摸到她的温度。作为一名诗人，她刚到西藏不久就写下了一部散文诗。但是她并不急于拿去出版。14 年之后，她才推出了自己的诗集《西藏三章》，锚定自己心中的那一个西藏，抒写自己的热爱与激情，包括意象、语言、修辞及首次开创散文诗"三章体"形式书写西藏，都是从心而来，真情抒发。

刘萱的母亲是 2015 年走的。这一年她正忙于工作，根本离不开。10 月的时候，母亲已病入膏肓，因为血栓在 84 岁时去世了。当时刘萱的两个弟弟在绵阳帮助照顾。得知母亲去世的那天晚上，刘萱一个人整整哭了两个小时。她感觉自己愧对母亲，长期以来忽略了对家人的陪伴。

母亲走后，她一直走不出来。后来她在"雪域萱歌"上推出了自己的诗《母亲》，一边写一边读，一边听，每听一次她都泪流满面。正是依靠事业和"雪域萱歌"的支撑，她才慢慢地从痛失母亲的悲痛中走了出来。但是她依旧不能回想，一想起母亲她就会哭，就会感到愧疚。

刘萱的父亲是一个乐观豁达的人，热情大方，做事利索实干，获得过很多次的先进工作者称号。他一直热爱艺术，品德高尚，被称为"十佳才艺老人"，还办过画展。父亲是 99 岁 2019 年那一年去世的。当时她也特地回去陪了父亲一下，但是因为正在筹办首届西藏诗歌节，实在走不开，所以陪伴的时间也不多。

10 月 4 日，父亲突然倒下，就这样走了。刘萱写了一首《我的父亲》。这首诗很多人读了都很感动。父亲在成都墓地下葬那一天，她又急匆匆地赶回拉萨主持诗歌节开幕式。

刘萱说，自己这一生都在行走，都在远方，唯独把自己的父母留在了家乡。她在心里默默地祈愿自己的父母在天上能够理解自己。对于父母，作为女儿的刘萱，心里永远存有许多的遗憾。

泰戈尔《飞鸟集》里有句诗是刘萱一直特别喜爱的：

> 天空没有留下翅膀的痕迹，
> 但我已经飞过，
> 您的阳光对着我的心头的冬天微笑，
> 从来不怀疑它的春天的花朵。

这，也正是她对于自己西藏人生的一种诗意总结。

后记

让他们被看见，让丰碑立纸上

　　2023 年年底，老舍文学院副院长周敏老师找到我，说明年就是中央实施对口援藏 30 周年，西藏拉萨市委宣传部有意组织创作一部反映援藏干部的报告文学，希望我能够承担这项任务。由于采访创作的周期只有半年多，因此我还是有一些犹豫。但是一想到西藏，想到那个神秘雄奇壮丽的地方，那个去过一次就让人一辈子魂牵梦萦的雪域高原，我的创作热情便被瞬间点燃。于是我贸然答应接受这项任务。

　　一旦进入采访和创作，却发现自己有诸多的历史、文化等知识的盲点。对于采访对象的了解亦寥寥无几。好在四川央嘉公司给予了极大的支持，派出了两位得力的助手谯先菊和江玉婷，她们高效的联络协调，让我能够在 3 个多月的时间里顺利完成了对十几位创作对象的采访。同时，她们也竭尽所能地为我收集了有关援藏的文献资料和援藏干部的感人事迹。所有这些，都为我的创作奠定了扎实的基础。

　　从今年春节前后开始动笔起草大纲，进入写作，到夏至之日完成初稿，整整历时 4 个多月。在这段时间里，除了要完成单位繁重的工作外，我几乎将所有的业余时间和精力都投入了本书的创作，我错过了整个的春天，也将要错过整个夏天。往年的这个季节，我都会带着自己的孩子出去踏青探春、郊游登山、旅行游玩，和她们一起在大自然和原野中奔跑欢笑。但是今年，我把整个春天和夏天都献给了这部援藏干部题材的报告文学。我用半年的时间穿越了这十几位援藏干部几年十几年甚至几十年一辈子的人生经历、西藏征程。我打开了这十几部的大书，了解了十几种并不完全相同或相似的人生。他们的经历、他们的故事乃至他们的遭遇都让我为之动容，而他们那种共同的执着坚定勤奋工作勇于牺牲甘于奉献，那种对于西藏的热爱，对于藏族同胞的骨肉深情，都令人深深地感动。西藏是一块美丽的地方，在这块土地上，比风景更美丽的是援藏人崇高的精神，是"两路"精神、老西藏精神、援藏精神。这群人，将他们一生中的一段时间或者全部献给了这片土地，令人感慨，让人激动，因此我热切地希望通过自己或许还不无笨拙的笔墨，写下他们的故事，记录下他们的人生，希望让更多的人了解他们的故事，了解他们的精神世界，也希望更多的人走进西藏，了解西藏，了解发生在雪域高原上无数可歌可泣感天动地的故事，走近那些用雪山草原高天大地用血汗泪水铸就的一座座不朽的精神丰碑。

在采访过程中，许多细节都让人难忘。马新明时任北京密云区委副书记、区长，工作可谓日理万机，他只能抽出一个中午吃饭的时间，接受笔者的采访。他的亲切平和，他对于西藏往事的眷恋和自豪都让人感觉到，他在西藏工作的确不虚此行，是他人生中的一篇华章。精神矍铄的叶如陵大夫在他那个狭窄的爱心小屋接受笔者的采访。温和亲切，娓娓道来，就像我们自己家的父辈长辈，也像结识多年的邻居和朋友。陈金水夫妇并肩坐在一起，脸上始终带着笑容和满足接受采访，那是一种人生的境界、一种精神的高度。吴雨初不知接受过多少次采访，但是他仍旧不厌其烦地回答笔者那些看似幼稚粗糙的问题，就像一个老师在辅导学生一样地富于耐心和细心。卢小飞和朱晓明两位前辈学长在自己的家里接受访谈，卢老师亲自下厨，在短短的时间内便烹制出了一桌丰盛的午餐。上午采访朱老师，他以学者的风度为笔者讲述对西藏工作包括民族宗教工作的深刻思考。卢小飞则更像是邻居家的大姐，豪爽开朗，平易近人，同时又不乏幽默与可爱，是一个活得通透澄澈的人。刘萱老师是在老舍剧院接受采访的，我提早到了半小时，没想到刘老师比我还早到。她是一个对工作十分负责而且充满了激情的女性，一个典型的四川妹子，泼辣能干，敢做敢当。而美术家韩书力始终戴着他的鸭舌帽，用慢条斯理的语调回忆过去，讲述今天自己的工作和生活状态。和他交流让人感觉就是在阅读他的这本人生大书，他家里布置得典雅，富于书卷味，同时亦不乏平民百姓的家常与平凡。洪涛社长是在他的工作单位接受访谈的，到处都是书和书稿，他的工作就是和书和文化打交道。房间里飘散着淡淡的藏香，让人仿佛一下子来到了西藏的某个地方。他是我福建的老乡，老乡相见，格外相亲，像和家人一样推心置腹促膝交流。张新慧专程驱车从北京延庆区赶到城里笔者单位，像普及科学知识一样为笔者讲述奶牛繁殖饲养的各种技术。王俊杰学长在国家天文台一层浓浓的咖啡香味中讲述自己惊心动魄的西藏经历和自己并不完美、充满遗憾的生活……

几个月的采访经历，对于我来说是一次走进援藏干部生活和心灵世界的过程，同时也是对我本人一次心灵和精神的洗礼过程。我读到了一部部人生大书，望见了一座座精神高地。虽不能至，心向往之，我愿意用自己的笔，尽己所能，把他们的故事和精神表达出来，传递给亲爱的读者。

在本书采访创作过程中，笔者得到了北京市委宣传部和拉萨市委宣传部、北京援藏指挥部、北京市文联、老舍文学院等单位诸多领导、朋友的关心支持。本书借鉴引用了各位被访者的著述，引用了媒体大量的相关报道等，恕未能在书中一一说明，在此，谨一并表示衷心感谢！

出　　品：中共拉萨市委员会宣传部

策　　划：王慧　边旦　董庚云　王明宝

特约编务：李蓉　江玉婷　谯先菊　李军

特别鸣谢：

西藏自治区党委宣传部

中国作家协会

新华社西藏分社

人民日报社西藏分社

北京市文学艺术界联合会

中国科学院国家天文台

中国藏学研究中心

中共北京市委党史研究室、北京市地方志编集委员会办公室

西藏自治区文学艺术界联合会

西藏日报社

西藏大学

西藏民族大学

西藏自治区社会科学院

西藏自治区档案馆

西藏自治区人民医院

西藏自治区美术家协会

西藏自治区作家协会

西藏军区军史馆

西藏书画院

拉萨市人民政府

北京援藏指挥部

中共拉萨市委员会统战部

拉萨市公安局

拉萨市融媒体中心

西藏牦牛博物馆

北京建藏援藏工作者协会

拉萨市林周农场

西藏北京商会

北京奶牛中心延庆基地

图书在版编目（CIP）数据

一生西藏情 / 李朝全著 . -- 北京：作家出版社；拉萨：西藏人民出版社，2025.6. -- ISBN 978 - 7 - 5212 - 3569 - 2

Ⅰ. I25

中国国家版本馆 CIP 数据核字第 2025Y9K490 号

一生西藏情

作　　者：李朝全
出版统筹：张亚丽　计美旺扎
责任编辑：翟婧婧　张远帆
装帧设计：周伟伟
出版发行：作家出版社有限公司
社　　址：北京农展馆南里 10 号　　　邮　　编：100125
电话传真：86 - 10 - 65067186（发行中心）
　　　　　86 - 10 - 65004079（总编室）
E - mail: zuojia@zuojia. net. cn
http: // www. zuojiachubanshe. com
印　　刷：北京博海升彩色印刷有限公司
成品尺寸：152 × 230
字　　数：310 千
印　　张：22
版　　次：2025 年 6 月第 1 版
印　　次：2025 年 6 月第 1 次印刷
ISBN　978 - 7 - 5212 - 3569 - 2
定　　价：65.00 元